Galsan Tschinag

Kennst du das Haus

Zu diesem Buch

Die ungeschminkten Reportagen des jungen Journalisten Galsan Tschinag erregen Aufsehen. Als internationaler Korrespondent erlebt er die Umwälzungen in Kambodscha, berichtet aus Moskau, Kasachstan, Deutschland. Als sich in der Sowjetunion die Perestroika ankündigt, bietet sich ihm eine einzigartige Chance: Er wird zum ersten Redakteur einer Zeitschrift, die in der Mongolei das bisher Unsagbare an die Öffentlichkeit bringen soll. Immer wieder stürzt Galsan Tschinag aus vermeintlichen Sicherheiten und findet sich auf neuen Wegen wieder, die ihn rund um die Welt führen: zu seiner Leserschaft, zu neuen Freundschaften und Einsichten und zu seiner Bestimmung als Schriftsteller.

»Tschinags eigentümlicher Sprachgebrauch und fantasievolle Wortkreationen entspringen einem besonderen Sprachverständnis und lassen jene ganz eigene Poesie aufleuchten, die den Raum der deutschsprachigen Literatur erhellt und erweitert hat: geografisch wie sprachlich.« *Lesart*

Der Autor

Galsan Tschinag, geboren 26.12.1943 in der Westmongolei, ist Stammesoberhaupt der turksprachigen Tuwa. Von 1962 bis 1968 studierte er Germanistik in Leipzig, seither schreibt er viele seiner Werke auf Deutsch. Er lebt den größten Teil des Jahres in der Landeshauptstadt Ulaanbaatar und verbringt die restlichen Monate abwechselnd als Nomade in seiner Sippe im Altai und auf Lesereisen im Ausland. Galsan Tschinag wurde mit vielen Auszeichnungen, darunter das Bundesverdienstkreuz, geehrt.

Im Unionsverlag sind außerdem lieferbar: *Im Land der zornigen Winde; Das Ende des Liedes; Der Wolf und die Hündin; Tau und Gras; Die Karawane; Dojnaa; Auf der großen blauen Straße; Der singende Fels; Gold und Staub; Die Kraft der Schamanen; Der Mann, die Frau, das Schaf, das Kind; Liebesgedichte; Mein Altai; Kennst du das Land; Kennst du den Berg* und *Weltenwanderer.*

Mehr über den Autor und sein Werk auf *www.unionsverlag.com*

Galsan Tschinag

Kennst du das Haus

Weltenweite Reisejahre

Unionsverlag

Dritter Band im Zyklus der autobiografischen Romane:
Kennst du das Land; Kennst du den Berg; Kennst du das Haus.

Im Internet
Aktuelle Informationen, Dokumente und Materialien
zu Galsan Tschinag und diesem Buch
www.unionsverlag.com

Unionsverlag Taschenbuch 1048

Neptunstrasse 20, CH-8032 Zürich
Telefon +41 44 283 20 00
mail@unionsverlag.ch

Die erste Ausgabe dieses Werks im Unionsverlag erschien 2023
Reihengestaltung: Heinz Unternährer
Umschlagfoto: Annie Spratt (Unsplash)
Umschlaggestaltung: Sven Schrape
Satz: Fotosatz Amann, Memmingen
Druck und Bindung: CPI – Clausen & Bosse, Leck
www.unionsverlag.com/produktsicherheit
ISBN 978-3-293-71048-1

Der Unionsverlag wird vom Bundesamt für Kultur mit einem
Verlagsförderungs-Strukturbeitrag für die Jahre 2021–2025 unterstützt.

Auch als E-Book erhältlich

I

Meine Arbeitsstelle in der Redaktion, die mich berechtigt, Monat um Monat ein Gehalt zu beziehen, lautet »internationaler politischer Beobachter«. Da heißt es mit einem Mal: Nach Kampuchea! Der Staat, der nicht mehr Königreich, sondern wie eben mein Land auch eine Volksrepublik sein soll.

An Nang. Großer Bruder Nang. Er nimmt uns am Flughafen Po Chen Tong in Empfang. Er ist ein wirklich großer Mann, sowohl im Wuchs als auch im Amt, das er bekleidet. Weil er mich um einen halben Kopf überragt, zudem über auffallend lange Arme und einen ebenso auffallend schlanken, ja, fast skeletthaft dürren Körper verfügt, wirkt er in alle Höhen und Längen gestreckt.

Und dann erst seine Funktion: Mitglied des Zentralkomitees der Nationalen Front zur Rettung Kampucheas und Vorsitzender der Landesgewerkschaften! Beide Titel sind mir wohlbekannt, darum werde ich sprachlos. Von solchen Amtsinhabern weiß ich einiges aus der großen Weltmacht Sowjetunion, dem fernen Teil Germaniens und meiner Mongolei. Meine Güte, so ein Gewerkschaftsboss verfügt über etliche Stellvertreter, Sekretäre, Abteilungs- und Sektionsleiter, Dolmetscher, Referenten, Redenschreiber und viele andere, die ihm rund um die Uhr zu Diensten stehen. So einer pflegt, abgeschirmt durch ein Lobbyzimmer, in einem protzigen Büro mit holzbekleideten

Wänden und blickdichten Vorhängen geschützten Fenstern zu thronen. Wohl möglich, dass ein dermaßen Abgehobener und Verwöhnter sich selbst als das Gemälde eines Heiligen in einem Edelholzrahmen sieht. Jeder Berichterstatter aus dem Ausland fühlte sich geschmeichelt, wenn er am Schluss seines Aufenthalts von dem so privilegierten Boss auch nur zu einem kurzen Höflichkeitsgespräch empfangen würde.

Aber hier ist der Amtsinhaber höchstpersönlich zum Flughafen gekommen, um mich, einen einfachen Journalisten aus der politisch wohl bedeutsamen, aber wirtschaftlich extrem leichtgewichtigen Mongolei, abzuholen. Ich muss es erst einmal verdauen!

Wir werden gebeten, in ein weißes Auto einzusteigen. Es ist eine sowjetische Produktion, ein Wolga neuen Typus. Unter den nicht wenigen Fahrzeugen, die ringsum stehen, ist unseres das ansehnlichste, sodass ich darin das tadellose Funktionieren der sozialistischen Hierarchie erkenne. Zweierlei aber weicht von der mir bekannten Praxis ab. Erstens steckt der Fahrer des Dienstwagens in einer Armeeuniform und trägt eine Pistole am Gürtel. Zweitens steigt der Chef vorne ein, obwohl sich sonst alle mit Recht auf einen Dienstwagen rechts hinten zu platzieren pflegen. Als er eine eindrückliche Schießwaffe aus dem Handschuhfach holt und auf seinen Schoß legt, glaube ich, die Erklärung dafür gefunden zu haben. Im Ernstfall würde er augenblicklich nach ihr greifen und sich in den Kampf stürzen.

Eher als gedacht, hat sich für mich, den Fremden, die Gelegenheit ergeben, in das Innenleben dieses Landes, das bislang außerhalb meines geistigen Horizonts lag, einzutauchen. Nach nur wenigen Minuten Fahrt treffen wir auf einen Zug von Menschen, den ich auf einige Hundert, vielleicht auch einige Tausend Menschen schätze. Sie wirken aus der Entfernung tiefschwarz und fast erstarrt. Dann aber, nachdem wir uns ihnen genähert haben, bemerke ich doch kleine, träge Bewegungen. Schließlich holen wir den Menschenzug ein und schleichen uns behutsam an ihm vorbei. Ich vermag die einzelnen Gestalten zu erkennen und hefte auf das eine oder andere Gesicht den Blick. In diese Mienen scheinen alle Schattierungen menschlichen Leids hineingemeißelt zu stehen: Elend, Entbehrung, Erschöpfung, Trauer, Verbitterung, Trostlosigkeit.

An der Spitze des Zuges hält der Wagen und wir steigen aus. Was ich zuerst wahrnehme, ist ein Meer aus Augen. Und ein Gedröhn von Schritten. Ich empfinde ein peinliches Unbehagen – nicht allein vor dem, was ich sehe, sondern vor allem wegen meines eigenen Aussehens. Meine gepflegte Erscheinung – schneeweißes Hemd und wolkengraue Hose und ein Gesicht ohne Schweiß und Staub, inmitten dieses Haufens Elend.

Viele meiner Berufskollegen hätten da anders verfahren, ich weiß. Aber ich bringe es nicht fertig, auf diese Menschen im schutzlosen, nackten Elend mit dem Objektiv des Fotoapparats zu zielen. Schon den Blick auf sie zu richten kostet mich schwerste Überwindung, so wie sie dastehen, in ihren verdreckten und zerfetzten Lumpen, mit ihren ausgemergelten und erschöpften Gestalten, wunden, blutenden Lippen und redenden Blicken. Der Kontrast kommt mir unerträglich scharf vor: Diese menschlichen Wesen, von schwerem Schwarz gedrückt und peinigendem Griff des Elends gezeichnet, und ich vor ihnen in strahlendem Hell wie im Eitelglanz von Glück und der Unbeschwertheit ungestörten Lebens.

Still und stumm, wage ich nicht einmal, auf die Menschen direkt um mich herum zu blicken. Stehe, die Augendeckel gesenkt, und gewahre alles nur gedämpft. Aber alle meine Sinne sind wach, ich spitze die Ohren. Vor allem lasse ich die Hände arbeiten – sie schreiben. Denn unterdessen hat der Chef ein Gespräch mit den Menschen angefangen. So schüchtern die Leute am Anfang auch gewirkt haben, jetzt rücken sie mit der Sprache heraus, eine richtige Aussprache ist im Gange.

Lien, meine vietnamesische Dolmetscherin, übersetzt fleißig, und ich versuche, es möglichst verlustfrei in meinem Notizbuch festzuhalten. In meinem Hirn beginnt es zu dämmern, warum es zu dieser Volkswanderung gekommen ist und wohin der Leidenszug führt.

Pol Pot und Ieng Sari, die Führer der Roten Khmer, hatten den Maoismus auf ihre Fahne geschrieben und allseitigen Beistand Pekings genossen. 1975 gelangten sie in Kambodscha zur politischen Macht und stürzten sich sogleich in ein gruseliges Abenteuer: Alles Bürgerliche sollte ein für alle Male ausgerottet werden. Mit einer unverhohlenen Gewaltherrschaft begannen sie, alles Städtische und Zivilisatorische zu zerschlagen. Würfelten die gesamte Bevölkerung durcheinander, vertrieben sie aus Städten und Siedlungen und verschleppten sie in möglichst weit abgelegene, unwegsame Gegenden. So sollte das ganze Land auf Landwirtschaft umgestellt werden, damit dann, getreu der Lehre des Großen Lenkers, ein Urkommunismus aufblühe, eine konfliktfreie Gemeinschaft von lauter Gleichen, in der es nichts mehr gab, worüber zu streiten wäre. Ein Volk ohne städtischen Luxus, ohne Elektrizität, ohne Maschinen, ohne Schulen, ohne Geld – ohne alles.

Jahre zuvor war mir eine kleine Broschüre in rotem Einband in die Hände gekommen und ich hatte darin auch ein paar Seiten gelesen. Ich erfuhr damals, dass diese Sammlung ausgewählter Zitate aus Werken des schwindelerregend mächtigen Vorsitzenden millionenfach gedruckt und nicht etwa nur kostenlos, sondern unter Zwang im eigenen Land verbreitet wurde. Es gab jedoch auch Versuche, die Broschüre in die Außenwelt einzuschleusen. Die Kreise der Mächtigen meines Landes nannte sie die Rote Mao-Bibel und verbannten sie in die Giftschränke.

Ich fand sie damals gut lesbar, hier und da merkwürdig oder fragwürdig, einige köstliche Passagen sind mir in Erinnerung geblieben: Greift der Gegner an, ziehen wir uns zurück, und sobald er das auch tut, greifen wir ihn an. Oder: Welches Glück, arm zu sein, so hat man nichts zu verlieren. Alles in allem schien es mir mehr belustigend und unterhaltend als ernst gemeint.

Daher hätte ich damals das Büchlein, das gut in die Brusttasche eines jeden Arbeitskittels passte, gerne zu Ende gelesen. Zu meinem Bedauern durfte ich es jedoch nicht mitnehmen, denn es gehörte nun einmal zum Giftschrank einer hohen Behörde und stand unter Aufsicht noch höher gestellter Sicherheitsorgane.

Mit keiner Fussel meines Gehirnes dachte ich damals daran, dass ich eines Tages zum Zeugen von Folgen jener verwirrenden Lehre werden würde. Hier, auf Kampucheas Erde, am 26. Juni 1979, starrt mich das Leid, ausgebrochen infolge jener wahnwitzigen Lehre, aus nächster Nähe erbarmungslos an.

Mittlerweile habe ich erfahren, dass vor zehn Tagen die Nationale Front angefangen hat, unter den Umherirrenden Lebensmittel zu verteilen.

»Wisst ihr davon was?«

»Ja, wir haben zweimal etwas bekommen. Aber es ist schon längst verbraucht!«

»Unsere Genossen tun ihr Bestes. Geduldet euch bitte etwas. Spätestens morgen kommt die nächste Hilfe. Ich verspreche es euch.«

»Können wir schon in die Hauptstadt?«

»Die Zugänge sind immer noch gesperrt. Aber man arbeitet daran, die Stadt wieder bewohnbar zu machen. Vorerst werden nur Schwerkranke, medizinisches Personal und Handwerker eingelassen.«

Da sagt mir Dolmetscherin Lien, der Chef habe mich den Leuten vorgestellt und uns vorgeschlagen, miteinander ins Gespräch zu kommen.

Ich stehe dem Meer von Augen gegenüber und vernehme ein leises, aber mächtig anschwellendes Gemurmel. Ich weiß, es gibt kein Zurück mehr. Der Möchtegernjünger des Rasenden Reporters Egon Erwin Kisch, der Anhänger von Ilja Ehrenburg und seiner Dauerfabrik von Kampfgeschossen gegen den Faschismus, der erklärte Schüler des Meisters in Reisebeschreibungen Lodongiin Tüdew – jetzt muss er dem Augenblick in die Iris schauen und Bericht erstatten, jede Regung in der eigenen Brust kurzhalten und jedes Schwächegefühl niederzwingen. Er muss seinem Dienstauftrag gerecht werden!

Also trete ich an den Menschen, der mir am nächsten steht, heran und spreche ihn an: »Warum und wann haben Sie sich auf den Weg gemacht? Wissen Sie, wie weit Sie noch zu gehen haben?«

Es ist eine ältere Frau, und sie fährt arg zusammen. Der Blick aus ihren tief liegenden, schwer entzündeten Augen ist zuerst scharf und stumpft dann schnell ab. Lien sagt etwas auf Vietnamesisch zu ihr, worauf die Alte hilflos den Kopf schüttelt. Der Chef, der längst dabei ist, mit anderen Menschen zu reden, unterbricht sein Gespräch und wendet sich zu uns. Der Träger von den vielen hohen Titeln muss mir auch noch als Dolmetscher meiner Dolmetscherin dienen. Es gibt keinen anderen Weg zur Verständigung.

Ich höre zu, wie meine Fragen, doppelt gebogen, endlich zu der armen Frau gelangen. Die Worte aus ihrem Mund kommen auf dem gleichen umständlichen Weg zurück:

»Früher haben wir in unserem Dorf Pen Potam am anderen Ende des Landes gelebt. Viele Tage und auch Nächte haben uns die Bewaffneten in neue Gebiete getrieben, als wären wir eine Viehherde. Nach drei Jahren, nachdem die Treiber geflüchtet waren, entschlossen wir uns, aus der Hölle dort nach eigenem Zuhause, in unser Paradies, zurückzukehren. Heute sind wir den dreiundfünfzigsten Tag unterwegs. Wie lange es noch andauern wird, bis wir zu Hause ankommen, wissen wir nicht. Aber wir werden es irgendwie schaffen, wir müssen. Andernfalls hätte es ja keinen Sinn gehabt, dass wir die Hölle überlebt haben!«

Hang But heißt die Frau. Ich stelle ihr keine weiteren Fragen, frage auch nicht nach ihrem Alter. Ihr Gesicht sieht uralt aus, obwohl ihre Stimme jung klingt. Alle hier wirken ausgemergelt und uralt. Selbst die Kinder sind ausgezehrte Gestalten mit abgehärmten Mienen und klagenden Blicken.

Ich wende mich an eines von ihnen. Das Mädchen heißt Mi Ma, stammt aus einem Dorf namens Pas Sat und ist dreizehn Jahre alt. Doch nichts ist kindlich an ihr, den Worten aus ihrer altersrau klingenden Kehle fehlt jegliche Gemütsregung. Als zusätzliche Absonderlichkeit bleiben ihre tieftraurigen Augen trocken, während nicht nur wir, die soeben Dazugekommenen, sondern auch manche der abgehärteten Mitziehenden vergebens gegen die Tränen kämpfen wegen ihres Albtraums, von dem sie erzählt. Vor drei Jahren ist sie als zehnjähriges Kind vom elterlichen Hof geflüchtet, an jeder Hand eine ihrer beiden jüngeren Schwestern.

»Im Gebüsch hinter unserem Gemüsefeld haben wir Kinder gespielt. Da hörte ich von unserer Hütte her brüllende

Männerstimmen. Zwei uniformierte Fremde zerrten jemanden, der sich wohl dagegen wehrte, aus der Hütte. Einige Schritte von der Hütte entfernt blieben sie stehen. Der eine mit der Pistole zerrte den Kopf des Mannes in die Höhe. Da erkannte ich unseren Vater. Und in demselben Augenblick sah ich das Messer des anderen aufblitzen und über Vaters Kehle fahren und daraufhin einen dicken, roten Strahl nach vorn schießen. Dann stürzte unsere Mutter sich mit einem Knüppel von hinten auf den mit dem Messer und versetzte ihm einen Hieb auf den Kopf, der andere richtete die Pistole auf sie. Ein Schuss krachte. Mutter stockte, krümmte sich, richtete sich kurz auf, sah mich. Ich hörte zum letzten Mal ihre Stimme: ›Mi Ma! Nimm die anderen beiden mit, geht weg!‹«

Mi Ma und ihre Schwestern gerieten in die Menschenmenge, die nun von Bewaffneten unter Schüssen und Schlägen weggetrieben wurde. Es grenzte an ein Wunder, dass die drei Kinder die Vertreibung, den Marsch und dann die rund tausend Tage und Nächte in der Hölle überstanden, ohne zu verhungern und ohne einander zu verlieren. Und nun sogar wieder auf dem Heimweg sind, voller Hoffnung, den Flecken Erde wieder zu betreten, dessen Gestalt, Farbe und Geruch all die tausend Tage und Nächte lang nicht von ihnen gewichen war. Um dort ihr grausam unterbrochenes Leben, wie auch immer es ihnen möglich sein würde, fortzusetzen.

Ich habe nicht die Kraft, die Interviews mit diesen Menschen, die die Hölle überlebt haben, weiterzuführen und noch mehr Grausamkeiten zu hören. Wozu noch in ihren ohnehin blutenden, wohl nie wieder heilbaren Wunden herumstochern?

Der Mekong mit seinem undurchsichtig grünen Wasser, seiner weit ausholenden Breite und seinen sich wälzenden Springfluten, da hell und dunkel, hier hoch und tief, liegt vor uns, ein gewaltiger Strom. Unsere Uferseite ist ameisenschwarz mit Menschen besät, während das gegenüberliegende Ufer noch leer, wie wartend und sinnend daliegt. Die Brücke zur Hauptstadt ist für die Flüchtlingszüge noch gesperrt. Unsere Gruppe wird als einzige durchgelassen. Der Fahrer hat auf meine Bitte hin in der Brückenmitte gehalten, wir sind ausgestiegen. Von der Brücke aus können wir das Leben und Treiben am Ufer beobachten: Die Neuankömmlinge befreien sich zuerst von ihrem Gepäck, treten daraufhin mit vorsichtigen, kleinen Schrittchen an den Fluss heran, sinken in die Knie und verneigen sich vor dem Fluss. Strecken sich dann nach vorne und schöpfen mit der hohlen rechten Hand Wasser und tröpfeln es sich auf den Scheitel.

Wie bei uns.

Dann stehen sie auf, treten ins Wasser, tauchen die Hand hinein, ziehen sie zurück und führen sie zum Mund. Nun schaufeln sie sich winzige Wassermengen beidhändig gegen das Gesicht und fahren mit den nassen Händen um die Halsgegend.

Auch wie bei uns.

Schließlich entledigen sie sich des oberen Kleidungsstücks, mehr ein Umhang als ein Hemd, legen es auf die Fluten, drücken es hinein und warten eine kleine Weile. Zurück am Ufer, schütteln sie das nasse Stück Stoff ein paarmal recht sanft und breiten es auf dem Kiesboden aus, um es, sobald es nicht mehr triefnass ist, wieder um den Körper zu legen.

Das ist anders als bei uns.

Viele sitzen, die Füße im Wasser, regungslos die Zeit vorüberziehen lassend und wohl auch kräftesammelnd und sinnend. Weiter hinten, in gehörigem Abstand zum Fluss, sind mehrere kleine Rauchsäulen zu erkennen. Um jede solcher Stellen herum hocken Gruppen von Menschen.

Anderntags, an einem anderen Ort, werde ich auf eine Menschengruppe stoßen, die um ein solches Notfeldküchenfeuer herum versammelt ist. In einem außen wie innen gleichermaßen verrußten und dazu auch noch sehr verbeulten Kessel köchelt eine dünne Reissuppe mit ein paar Scheiben Gemüse. Das gute Dutzend Menschen wartet mucksmäuschenstill und bewundernswert geduldig, ein jeder seine Essschale in der Hand und alle ihren Blick auf den Dampf aus dem Kessel gerichtet.

Auf der Weiterfahrt erfahren wir vom Chef einige Eckdaten: Von der Sieben-Millionen-Bevölkerung des Landes habe das Pol-Pot-Regime während seiner dreijährigen Herrschaft an die drei Millionen vernichtet. Gleich nach der Befreiung durch die Widerstandsbewegung mithilfe der vietnamesischen Armee hätten sich groben Schätzungen nach zwei Millionen der Überlebenden auf den Weg nach ihren früheren Wohnorten begeben. Etwa die Hälfte sei immer noch unterwegs. Sie zu versorgen, sie vor dem Hungertod zu bewahren, unabhängig davon, wo sie sich befinden, sei im Augenblick eine der wichtigsten Aufgaben der Nationalen Front.

Früher habe Phnom Penh über zwei Millionen Seelen beherbergt. Am Abend des ersten Tages der Verwüstung durch die Schergen seien davon nur an die vierzigtausend Menschen zurückgeblieben. Alle anderen hatten die Roten Khmer aus der Stadt geprügelt. Mit denen, die zögerten, dem Befehl zu folgen, hätten sie kurzen Prozess gemacht – erschossen, erstochen, erschlagen, erdrosselt.

Eine knapp viertausendköpfige Mannschaft bemühe sich jetzt rund um die Uhr, der Stadt wieder Leben einzuhauchen und das Allernötigste einzurichten: Strom, Wasser, Reis, Medikamente, ärztliche Versorgung. Denn die Mehrheit der Überlebenden sei durch die gezielten Grausamkeiten und die

Unterernährung ausgelaugt und am Ende ihrer Kräfte. Viele würden während der langen Fußmärsche von ihren Nächsten mitgeschleppt oder sogar getragen. Mindestens zweihunderttausend Menschen würden hinter den Absperrungen um die Stadt herum warten. Man könne sie beim besten Willen nicht sofort hereinlassen. Bevor die Wasserversorgung und Kanalisation wieder in Gang gebracht sei, befürchte man den Ausbruch einer Epidemie.

Die ersten Häuser tauchen auf. Sie schimmern als blinde Flecken durch die bedrohlich ausgewucherten Pflanzen, niedrige, meistens zwei- oder dreistöckige, weiß gekalkte Bauten. Das Merkwürdige ist, dass hier weder Autos fahren noch Fußgänger die Straßen kreuzen. Wir bewegen uns, wie stumm gleitend, auf leeren Straßen voran. Mir kommt eine Filmszene in den Sinn, die mir vor vielen Jahren Grusel eingejagt hat. Darin träumt einer, dass seine Stadt mit einem Mal von allen Lebewesen verlassen ist. Der Träumer irrt durch menschenleere, stumm gähnende Straßen und kommt an einem Gebäude vorbei, an dessen Wand eine große Uhr hängt. Ihr fehlen aber alle Zeiger. Dass der Film *Wilde Erdbeeren* geheißen hat, weiß ich noch, auch, dass es eine schwedische Produktion war. Und war der Name des Regisseurs oder Hauptdarstellers nicht irgendetwas mit »Berg«?

Mit solchen Erinnerungsfetzen im Kopf und demselben Gruselgefühl im Herzen rollen wir über die geisterhaft leeren Straßen der einstigen Millionenmetropole Phnom Penh, die noch vor gut tausend Tagen und Nächten um diese Tageszeit mächtig gelärmt und gebrodelt haben dürfte. Hatte man sie nicht sogar überschwänglich Asiens Paris genannt?

Und da heißt es: angekommen. Was für eine Überraschung – die Limousine hält auf einem tadellos glatten Asphaltbogen vor einem massiven Gebäude mit einer ganzen Reihe von Marmorsäulen. Das Royal Hotel, erklärt man mir. Hier seien die Herrscher und Vornehmen ein und aus gegangen, die höchsten Gäste aus aller Welt abgestiegen. So auch Pol Pot und seine Kumpane. Der Angriff, der sie vom Machtteppich wegfegte, musste sie arg überrascht haben, denn sonst hätten sie auch dieses Glanzstück, ohne mit den Wimpern zu zucken, in einen Trümmerhaufen verwandelt. Das Gebäude aber ist heil geblieben, darin residieren nun die neuen Machthaber der Volksrepublik Kampuchea. Und ich darf als ihr Gast hier unterkommen wie ein König. Ehrfürchtig bestaune ich das mir zugeteilte Zimmer. Alles ist sauber, edel und prächtig. Das matt glänzende Mobiliar, auch das Gestell des massiven Bettes muss aus einem ganz besonderen Holz in sorgfältiger, erfahrener Handarbeit geschnitzt worden sein. Allein die weißleinenen Bezüge der bauschigen Schlafdecke und des Kopfkissens wirken merklich ermattet und schmälern die Erhabenheit des Raumes ein wenig.

Als ich das Bad betrete, verschlägt es mir fast den Atem. Ein solch vornehmes Gelass mit wohlgemaserten Marmorwänden und steinern ernstem Fußboden in traummattem Glanz habe ich in der Hotellandschaft Eurasiens noch nie betreten dürfen. Geschweige denn, um dort meinen verborgenen menschlichen Bedürfnissen nachzukommen. Da trifft mein forschender Blick auf ein deckelloses, ovales Becken mit einem schmalen Röhrchen und zwei kleinen Drehrädchen hinten, direkt neben dem zwar kühle Vornehmheit ausstrahlenden, aber in diesem gehobenen Zimmer vertrauten Klo unter zugeklapptem Deckel. Bis ich begreife, wozu es gut sein soll, vergeht eine volle Minute. Und dieser Zeitbruchteil reicht aus, um in mir das alte, verfluchte, nomadische Minderwertigkeitsgefühl wieder zu erwecken.

Ach, denke ich verunsichert, ich bin noch immer jener blinde Welpe angesichts der großen kultivierten und zivilisierten Welt geblieben! Ich muss mir ein unliebsames, ja vernichtendes Eingeständnis machen: Alle diese Annehmlichkeiten der großen Welt, an denen ich mich als Mitnutznießer so gern beteilige – sie machen mir ein schlechtes Gewissen gegenüber dem eigenen weltunerfahrenen Volk. Ist mein Stolz darauf nicht bloß Selbstbetrug und Eitelkeit?

Von diesem quälenden und erniedrigenden Zweifel lenkt mich ein Geräusch an der Tür ab. Eine junge Frau. Sie hat nicht geklopft, wie anderswo in der Hotellandschaft dieser Welt üblich, verbeugt sich aber, die Hände vor der Brust zusammengelegt, und sagt etwas, dem Klang nach vielleicht auf Vietnamesisch. Mit der Rechten deutet sie auf die Badewanne hin. Da erst sehe ich das trübgrünliche Wasser, nicht viel mehr als eine Handspanne über dem Boden der tiefen Wanne. Jetzt spreizt sie die fünf Finger ihrer einen Hand, zeigt anschließend auf ihre Armbanduhr und sagt noch etwas. Ich glaube, so viel mitbekommen zu haben: Mit dieser Wassermenge musst du bis fünf Uhr zurechtkommen, dann wird nachgefüllt!

Da spüre ich in mir die vorherige Begeisterung erlöschen. Der Glücksaufschwung in meinen Adern ist geplatzt wie eine Seifenblase. Prompt erwacht in mir jenes Gegenmittel zur Unterwürfigkeit, mein Trotz. Mich durchzuckt der Gedanke: Wie lächerlich, umringt von all dem nichtigen, überflüssigen Zeug, Lockmittel des Luxus nur, mit entblößtem Arsch in hauchdünner Nachbarschaft zu dem Elend zu sitzen und deine so arg befristete, so wertvolle Lebenszeit zu vergeuden, o Mann! Schau, dass du schleunigst aus dieser Hölle wegkommst! Was hast du hier verloren, in dieser feuchtheißen Weltecke, wo auf der einen Seite Genuss, Rausch und Wollust aus allen Winkeln schreit, auf der anderen Seite die Tollwütigen Mord und Zerstörung predigen – und dazwischen schweigt eine hilflose, schafdumme, eselsgehorsame Menschenherde!

Wobei ich zugeben muss: Mein kaum verhüllter Nomadenstolz, aus dem Überlebenswillen geboren, ist ein recht schlüpfriger Boden. Denn der Nomade ist keineswegs nur mit diesen und anderen edlen Wesenszügen, sondern auch behaftet mit jenen und anderen fragwürdigen, die uns zu dem machen, was wir alle einmal sind: ein Mensch. So kann ich, als Steppennomade, schnell den Boden unter den Füßen verlieren und über jede Grenze hinausschießen. Ganz wie jeder andere seiner Art auch, in den unzähligen Schubladen des Riesenkastens Leben. Jenes harte Urteil, soeben meiner Hirnrinde entwichen angesichts des für mich bisher rätselhaften Afterbeckens und der Badewanne mit der trübgrünen Lache, scheint mir nachträglich wieder einmal unüberlegt, gemein und undankbar gegenüber dem Land und seinem Volk, über das eine unvorstellbare Not hereingebrochen ist. Nun möchte ich nachträglich doch hoffen, dass mit diesem Ausbruch ein Stein zertrümmert wurde, der viele tausend Tage und Nächte lang in bedrohlicher Nähe meines Herzens hing und es bedrückt hat.

Der Speiseraum ist klein und wirkt darum gemütlich. Nur das Servieren der Gerichte an die Gäste geschieht auffällig ungeschickt. Der Chef, der jede Bewegung der weiß beschürzten, nicht sehr jungen Kellnerin mit sichtbarer Sorge verfolgt, entschuldigt sich dafür schon zum Anfang: Alle hier, wie überall in den staatlichen Einrichtungen, seien Neulinge und ohne Erfahrung bei ihrer Tätigkeit. Die Gerichte aber schmecken ausgezeichnet. Zumindest hat der Koch große Erfahrung. Da fällt mir der rege Betrieb in der gemeinsamen Küche des Studentenwohnheims ein – dort pflegten besonders die Ostasiaten unermüdlich lange zu kochen und wurden deswegen auch von den europäischen Mitbewohnern regelrecht bewundert.

Meiner Gewohnheit, vor und nach jeder Mahlzeit mir Hände und Mundraum mit Feuerwasser zu reinigen, komme ich in dieser heimgesuchten Weltecke erst recht nach. Der Chef nickt verständnisvoll: Ja, auf Menschen aus kühlen nördlichen Breiten müssten die Tropen mit ihren vielen Mikroorganismen natürlich sehr belastend wirken. Was kann da schneller und gründlicher helfen als das spülende und brennende Feuerwasser!

Dies erlaubt mir, ihn zu fragen, ob ich ihm ein Glas anbieten dürfe.

Sogleich blüht ein sanftes Lächeln auf dem sehnig hageren Gesicht auf. Ich möchte aber nicht, dass der hohe Vertreter eines uns verbündeten Staates die Gabe des mongolischen Steppenbodens aus einem Billigbehältnis wie meiner Flasche kostet. Der Gläserschrank an der Wand glänzt gar verführerisch. Also stehe ich auf, trete an den Schrank heran und suche mir einen langstieligen Kelch aus dem Arsenal. Er ist aus klarem Bergkristall, schnittig geschliffen mit messerscharfen Kanten und am Rand erst noch goldgelb besprüht.

Ich fülle das Glas bis zum goldgelben Strich und bringe es meinem Gegenüber, streng nach der Regel des nomadischen Knigge: es beidhändig umfassend, mit feierlich-stiller Miene und leicht gesenktem Blick. Mein Gegenüber schafft die gleiche Haltung beinah auf Anhieb. Weswegen ich denke, dass er vielleicht schon diplomatisch tätig gewesen ist.

Monate später werde ich in der sowjetischen *Prawda* tatsächlich seinen Namen als Außerordentlichen und Bevollmächtigten Botschafter der Volksrepublik Kampuchea wiederfinden. Da werde ich mich freudig-verlegen an jenen Augenblick meiner Nebenrolle als kleiner politischer Clown erinnern.

Der Chef, An Nang, führt das Glas langsam zum Mund, setzt es bedächtig an die Lippen und trinkt den Inhalt wie tröpfchenweise und macht dann erst mal halt. Er scheint das Eingenommene zu begutachten, mit geschlossenen Lippen und eingekehrtem Blick. Schließlich spricht er sein Urteil aus: »Oh, der ist sehr gut. Ermuntert, brennt aber nicht. Und gleitet von selbst ölig sanft hinein!« Lächelnd leert er das Glas. Aber nicht wie unsereins, die wir in solchen Fällen die ganze Menge mit einem Ruck hinunterkippen und die Unsitte dann auch noch als partisanenhaft ausgeben, also ins Heldenhafte rücken. Mit geschlossenen Augen lässt er das Feuerwasser genießerisch still in sich hineinrinnen, sodass ich tatsächlich an Öl denken muss, das wie von selbst hineingleitet.

Nach diesem gekonnt ausgeführten, feierlich anmutenden Akt gehen seine schönen und ausdrucksstarken Augen wieder auf. Nur, da wirken sie durch die glitzernden Ringe ringsum irgendwie erschütternd. Die bläulich geränderten Ringe um die mächtigen Augen sind mir schon im ersten Augenblick unserer Begegnung aufgefallen, ich habe gedacht: Auch dieser Mensch hat zu wenig geschlafen! Dann muss ich mich wohl daran gewöhnt und nicht mehr darauf geachtet haben. Nun aber bin ich abermals darauf gestoßen und frage mich, wovon und warum die Haut dort dauernd glitzert. Und diesmal fällt es mir ein: Tränen. Tränen, entweder ein Rest vom letzten Ausbruch oder einen nächsten ankündend. Oder beides.

Jedenfalls rückt mir der Gedankenblitz diesen Menschen, von dem ich bis vor wenigen Stunden noch nichts wusste, ganz nahe und brüderlich ans Herz. Prompt stehe ich auf, hole aus dem Schrank ein gleiches Glas, schenke in beide ein, strecke meines mit der Rechten meinem Gegenüber hin. Ohne eine Silbe schauen wir uns an. Lassen unsere Blicke reden. Stoßen dann mit einem klangvollen Klirren an. Mit einem Ruck kippe ich den ganzen Glasinhalt in mich hinein. Mit einer Verzögerung von wenigen Sekunden folgt er meinem Beispiel. Worauf wir uns für eine, zwei, drei Sekunden erneut anschauen. Unsere Blicke reden miteinander. Und sie sind imstande, das Wesentliche auszusprechen und die kürzeste und passendste Formulierung zu treffen!

Hunderte, vielleicht Tausende im Grunde nichtssagende Ansprachen habe ich dolmetschen müssen, in Festsälen und Konferenzzimmern, in Empfangssälen und Verhandlungsräumen. Daher wohl graust es mir, wenn ich hin und wieder selbst darum gebeten werde, ein Schnapsglas zu heben und einen Trinkspruch anzubringen. Ja, es graust mir jedes Mal, wenn ich den tausendmal angeknabberten, zum Brei zerkauten Spruch der Funktionäre Eurasiens von der ewigen, unverbrüchlichen Freundschaft abermals anhören, geschweige denn dolmetschen muss. Wie zeitsparend, schmerzarm und sinnvoll ist es da, die Blicke reden zu lassen, die direkt vom Seelenspiegel her strahlen!

Ich bitte An Nang, etwas von seinem Privatleben zu erzählen. Sehr merkwürdig, dass er da zögert und dann bedauerlich knapp bleibt.

Sein Geburtsdorf liege etwa hundert Kilometer entfernt von Phnom Penh. Er habe es 1947 verlassen und sei nie wieder dort gewesen. Als Grund dafür nennt er sein unstetiges Leben, ständig unter Gefahr und im Dienstzwang zu kämpfen, rund um die Uhr beladen mit Eilaufträgen. Zuerst gegen die Franzosen, dann gegen die Amerikaner, daraufhin gegen die Lon Nols und schließlich gegen die Pol Pots.

Dennoch kann ich nicht glauben, dass er in zweiunddreißig Jahren seine Heimatecke, seine eigenen Eltern kein einziges

Mal hat wiedersehen können. Vielleicht wollte er nicht? Mein eigener bergsteppen-nomadischer, durch die Jahre der Trennung hervorgebrachter Hang zu meinen Eltern und meiner Heimatecke hat mich gewiss zu diesen Gedanken geführt, dessen unsichtbare Spitze sich gegen den heldenhaften Patrioten und unermüdlichen Kämpfer richtet. Ich frage, ob er denn in all den Jahren mit ihnen wenigstens briefliche Verbindung gehabt hätte?

Seine Antwort fällt kränkend kurz und kühl aus: Nein, seine Eltern seien Analphabeten.

Was mich wurmt und weiterbohren lässt: Ob er denn wisse, was aus seinen Eltern geworden sei. Die Antwort darauf ist nicht nur ebenso kurz, sondern sogar vernichtend abschlägig: Sie seien sicherlich längst gestorben. Ich schließe: Wir stammen tatsächlich aus zwei äußerst unterschiedlichen Menschenschlägen!

Als wenn der gute Mann meine Gedanken erraten hätte, spricht er einen Kanonensatz aus, der mich aufhorchen lässt: Seit er seinen Bauernspaten gegen ein Soldatengewehr tauschte, hätten so viele atemberaubende Ereignisse Kambodscha erschüttert, dass ihm, ohne je selbst darüber nachzudenken, jeder Gedanke an das Heimatdorf und die Eltern verschwunden sei. Mit der Bändigung solcher persönlichen Gefühle habe er tagein, tagaus gekämpft, und darüber waren die Jahre, ja, das halbe Leben verflossen. Was jammertraurig sei. Der einzige Trost wäre, wenn der lang ersehnte Sieg über die ärgste Knechtschaft endlich errungen sei. Und dennoch plage ihn das eigene schlechte Gewissen. Das müsse er gestehen. Da versuche man, sich mit einer blank geputzten Ausflucht darüber hinwegzutrösten, dass man sein klitzekleines Dörfchen Kong Pungin zurückgestellt, es nun aber samt Tausenden anderen Dörfern in sich einschließe und anstatt zu den Eltern zu einer riesigen Volksfamilie gehöre. Ja, der immer noch Millionen zählende Volkskörper, der die blutigen Gemetzel überlebt habe, ersetze einem all die lieben Wesen, denen man Dank schulde, erfülle einen mit Kraft, erhelle einem den Geist und erwärme auch die Seele.

Nach diesem kraftvollen Geständnis wirkt das tief dunkelbraune Gesicht des Mannes noch entschlossener. Und da erst werde ich auf einen rötlich glänzenden, fast handbreitenlangen Narbenstrich aufmerksam, der sich von seiner rechten Stirn rechts oben bis an die linke Augenbraue zieht. Unter heftigem Herzklopfen frage ich mich, wie oft er wohl am Tod vorbeigeschlittert war.

Ich halte mich bewusst zurück mit weiteren Fragen. Möchte dem guten Mann wenigstens eine kleine Rast und Atempause gönnen. Da reicht er mir eine etwas zerknitterte, aber nicht wirklich alte Fotografie herüber. Ein Dutzend Männer sind darauf zu sehen, in zwei Reihen, die vorderen sitzend und die hinteren stehend. Ihn erkenne ich in der Mitte der Sitzenden. Die Männer scheinen alles Leute aus der Oberetage der Gesellschaft und alle in bester Stimmung zu sein. Und auch er sieht wesentlich jünger und stattlicher aus.

»Das war vor sechs Jahren«, sagt er leise und traurig. »Rechts von mir ist Ieng Sari und neben ihm Pol Pot.«

Die Aussage trifft mich wie ein Schlag. Doch der Berichterstatter in mir meldet sich, wartet hellwach darauf, was als Nächstes kommt.

»Damals waren wir alle im Parteivorstand und noch guter Dinge, denn keiner ahnte, was demnächst in unseren Reihen über das Land hereinbrechen würde. Mit Ieng Sari war ich besonders verbunden, denn wir wohnten beide drei Jahre lang in einem engen Zimmer zusammen und teilten alles miteinander. Später, als unser Sieg über das Lon-Nol-Regime schon in Aussicht stand, versprach er mir das Amt des Generalbürgermeisters von Phnom Penh. Es hätte auch so geschehen können, denn er stand auf der Leiter der Macht eine Stufe höher als ich. Und über ihm, ebenso eine Stufe höher, nur Pol Pot.«

An Nang zögert. Ein müdes Lächeln erscheint in seinen Mundwinkeln und verschwindet sogleich wieder. »Dann geschah, woran keiner gedacht, aber seit Monaten so mancher gewartet hatte, mit einer solchen Wucht, die keiner für möglich gehalten hätte. Ich ging mit meinen Gleichgesinnten in den Dschungel. Von Neuem begann das Partisanenleben, und diesmal richtete sich meine Waffe gegen die vormaligen Genossen. Ich hätte wirklich ein schlechtes Gewissen bekommen können, wenn jene nicht so sehr abgekommen wären von ihrem anfänglichen Ziel und keinen Vernichtungskrieg gegen das eigene Volk angefangen hätten. Wären uns die vietnamesischen Genossen nicht zu Hilfe gekommen, wir allein hätten es nicht geschafft, die Peiniger des eigenen Volkes von ihrem blutrünstigen Höllenspiel abzubringen.« Er verstummt, hat sich fürs Erste ausgesprochen.

Wir gehen nach draußen, tauchen wieder in das schwüle, tropische Dämmerlicht ein und setzen unsere Fahrt fort. Sie führt durch geisterhaft leere Straßen, vorbei an etlichen Ruinen. Von einem mächtigen Gebäude, welchem das Dach samt einem Stück der Wände weggesprengt worden ist, heißt es, das sei einmal die Staatsbank gewesen. Ich bitte zu halten, um von diesem markanten Beweis der dumm-brutalen Gewalt ein Foto zu schießen. Als ich aussteige, sehe und fühle ich unter den Sohlen eine weiche, raschelnde Schicht, als stünde ich auf einem von Blättern bedeckten Waldboden. Um mich herum sehe ich lauter gleichmäßig geschnittene, bläulich bemusterte Papierfetzen, die ich schließlich als Geldscheine erkenne. Sie starren vor Dreck und sind so stark verwittert, dass auf der Oberseite das Bedruckte nur schemenhaft zu erkennen ist. Getrieben von journalistischer Pflicht, nehme ich vorsichtig ein paar Exemplare. Die Scheine müssen in unversehrtem Zustand recht schön gewesen sein, die Schrift mit ihren runden Schnörkeln wirkt ornamenthaft und freundlich fürs Auge.

Wir fahren durch einen verwüsteten Stadtteil und halten vor dem prächtigen Tor einer auffällig fest gemauerten Umzäunung, die ein verblüffend schmuckes, geheimnisvoll anmutendes Haus umschließt. Inmitten dieser Zerstörung sticht es wie eine Märcheninsel heraus.

»Was ist denn das?«, frage ich und höre vom Chef vorerst nur die knappe Antwort: »Ein Wohnhaus.«

Dann schlägt er mit geballter Faust gegen das Tor aus gediegenem Metall, so kräftig, dass ein dumpfer Knall durch die Gegend hallt. Seitlich an einer unvermuteten Stelle geht eine schmale Tür auf, und sichtbar wird ein Uniformierter, sehr jung und forsch, wie erwartet mit einer Pistole am Gürtel. Der Chef zeigt jenes Papier, das uns Stunden zuvor schon an der Brücke Durchlass gewährt hat, und wir werden hereingelassen. Wie friedlich es da drinnen aussieht! Die Anlage erinnert an einen der Höfe Europas. Selbst die Schatten spendende, bei Regen vor Nässe schützende Gartenlaube und die Sitzbänke fehlen nicht. Rasen und Beete allerdings sind verwildert von mächtig wuchernden Kräutern, Gräsern und Blumen. Der Pflanzenschmuck wird schnell zur Plage in dieser tropischen Welt.

Der Wächter eilt uns voran zur Tür des Hauses. Da geht sie mit einem Mal auf, und es erscheint ein weiterer Uniformierter, nun aber mit einem Maschinengewehr vor der Brust. Diesmal ein deutlich älterer Mann, der sogleich schwungvoll Haltung annimmt, aber etwas tapsig salutiert. Offensichtlich hat er den Besucher erkannt.

Dann betreten wir das Haus. Obwohl es von außen nicht ganz so mächtig ausgesehen hat, ist der Raum, der sich nun vor uns auftut, riesig, wie ein Saal für öffentliche Zwecke. Ich staune, wer hat denn in diesem Land so machtprotzend und verschwenderisch gewohnt? Da kommt vom Chef schon die Auskunft: Ieng Sari und seiner Familie soll es gehört haben. Unglaublich! In diesem Schloss soll der Mann gewohnt haben, der immer noch die blutige rechte Hand des Oberzerstörers und -mörders Pol Pot ist? Worauf aus mir die verblüffte Frage herausgeschossen kommt: »Derselbe, mit welchem Ihr drei Jahre lang in einem Zimmer gewohnt habt?«

Er nickt nur, eher traurig und sanft, aber auch wie jede weitere Frage von vornherein abweisend.

Die zahlreichen Räume des zweistöckigen Hauses stehen gähnend leer, als habe die Familie all ihre Habseligkeiten rechtzeitig weggebracht oder andere hätten sie ausgeräumt. Daher wage ich nicht, über den Geschmack des berühmt-berüchtigten Mörders zu mutmaßen. Doch eines steht fest: Die ganze Einrichtung des Hauses ist überaus modern und westlich. Der laut verkündete Hass auf alles Städtische und Westliche galt nicht, sobald es um den eigenen Luxus ging. Dieser schreiende Widerspruch bei vielen selbst ernannten Weltverbesserern war mir längst wohlbekannt. Es fing an bei den Mitarbeitern unserer Botschaft in Germanien. Sie warnten uns Studenten davor, unser knappes Stipendiengeld für westliche Sachen auszugeben, während sie selbst und ihre Familien fast ausschließlich in Westklamotten umherstolzierten, West-Filterzigaretten rauchten und Westbier aus der Dose tranken.

Und der Obergenosse, der Herr Botschafter, wurde in einer schwarz glänzenden Mercedes-Limousine von Empfang zu Empfang kutschierte.

Beim Wandern durch die so luxuriös angelegten Räume der schmucken Villa glaube ich, auf die Antwort zu kommen, weshalb der Spitzenzerstörer nicht seiner eigenen und zum allgemeinen Kriegsbrauch gewordenen Gewohnheit folgte und seine Wohnstätte zerstörte, sondern sie in heilem Zustand den Heranstürmenden überlassen hat. Im Augenblick der Flucht musste er davon überzeugt gewesen sein, wieder zurückzukehren! Und die starke Bewachung des leeren Hauses ist wohl Beweis genug für die Realität der neuen Führer und ihre vernünftige Haltung. Hat mein Land nicht die traurige Erfahrung gemacht, dass nach der Volksrevolution 1921, die den Besitzlosen die Staatsmacht zur Hand gab, so vieles sinnlos vernichtet wurde? Die sieben-, achthundert buddhistischen Klöster, die ausgeplündert, oft noch zerstört und angezündet wurden, sind nur ein Bruchteil der Schäden, die im Anschluss die erschöpfte Staatskasse zusätzlich belasteten. Geschehenes kann man nicht rückgängig machen. Damit pflegen wir uns zu trösten, dass jener Wandel uns jedenfalls mehr gegeben habe als genommen. Ich greife nach dem oft gehörten, milden Urteil über jene Ereignisse, die nun weit hinter uns liegen: Wer solches anrichtete, war bar jeglicher Bildung und Aufklärung, aber erfüllt von angestautem Hass ganzer Generationen auf die Ausbeuter. Und nun erwacht und entfesselt von den Fanfaren der Revolution. So versuche ich, Verständnis für die Irrnisse und Wirrnisse jener Zeiten aufzubringen.

Und umso bewundernswerter finde ich nun die Tatsache, dass die Wohnstätte eines Massenmörders, dessen Lebensweise für Millionen dem reinsten Hohn gleichkommt, in heilem

Zustand erhalten geblieben und sogar unter staatliche Bewachung gestellt ist.

Wir fahren weiter zu einem echten Schloss – zum Schloss des Prinzen Norodom Sihanouk. Das sieht viel schlimmer aus: teils zerstört, überall die klaffenden Wunden der Gebäude vom Ansturm der Roten Khmer. Teils gänzlich versunken in wildwuchernden Stauden. Ein grünes Ungeheuer, das mich mit lähmendem Gruselgefühl erfüllt.

Doch dann glaube ich, wie aus Trotz und zum Trost, helle Lichtstrahlen und kühle Lufthauche in mir zu spüren. Ach, ich kenne das. Da ich mich von der Schwüle und Zerstörung ringsum eingeschlossen gefühlt habe, ist mir meine Bergsteppenheimat zur Hilfe herbeigeeilt. Ja, jedes Mal, wenn ich weit draußen, auf fremden Gründen, unter fremden Himmeln in Bedrängnis komme, richte ich meine Gedanken, gleich den Zügeln meines Pferdes und dem Lenkrad meines Fahrzeugs, auf die Heimat, und kurz darauf kommt mir eine rettende Eingebung. So gesehen, sind der Altai und die Mongolei und deren einzigartige Natur mit dem ebenso einzigartigen Himmel darüber das Mantra aus Bild und Klang, an welchem sich mein Wesen putzt, wetzt und läutert. Möge es mir mein Heimatland bitte, bitte verzeihen, sollte ich mich dann und wann über dessen kahle, karge Erde und den kalten, herben Himmel zu undankbaren Gedanken oder Worten hinreißen lassen! Die süßen wie herben Erfahrungen in der Fremde zeigen einem jeden Menschenkind den Wert seiner Heimat. Angesichts dieser aus sich heraus explodierenden, alles um sich herum betäubenden und verschlingenden tropfgrünen Tropennatur will mir die ungestörte Weite und Leere unserer Höhensteppe nicht nur schön vorkommen, sondern auch gleichbedeutend mit wahrem Reichtum, imstande, tiefsten Seelenfrieden zu erschaffen.

Dieser Gedanke, den ich Tage später, wieder zu Hause, recht unsinnig finde und wieder verwerfe, wird jedoch Jahrzehnte später in meinem Schädel merkwürdigerweise doch wieder und wieder aufblitzen. Er erinnert mich jedes Mal an diesen, mittlerweile weit zurückliegenden Spätnachmittag des 26. Juni 1979 im gruselig verwilderten Schlosshof von Phnom Penh. Und dabei werde ich mich an ganz anderen Orten der Erdkugel befinden, Tausende von Kilometern entfernt, mich aber wieder von Übermenge bedrängt fühlen, ganz gleich, ob es sich um Pflanzen, Gewässer, Städte, Technik oder Menschen handelt. Oder Obdach, Klamotten, Futter, Habseligkeiten. Oder auch die Hilfsmittel, die sie sich zur Gestaltung ihrer irdischen Frist zugelegt haben, wie Bücher, Spiele und sonstiger Zeitvertreib. Sobald solche Dinge, die auch mir als gut und hilfreich einleuchten, zu Übermengen ausufern, beginnen sie mich zu quälen, werden zu Ballast, der mein Leben sinnlos beschwert.

Doch wieder zurück in den schaurig zerfallenen Thronsaal des Königs. Der Thron steht in einer Höhe von vielleicht anderthalb Metern, zu erreichen auf einer geraden, langen Treppe mit zahlreichen Stufen. Thron wie auch Treppe – alles scheint aus Holz zu sein. In der Ecke gegenüber türmt sich eine etwa kniehohe Schutthalde. Sie erinnert mich an eine aufgebrochene Beule aus Stein und Schlamm vom Dauerfrostboden des Altai. Hier aber scheint der ganze Schamott aus lauter Kistchen und Kästchen, Schatullen, Bändern, Orden, Medaillen und Ähnlichem zu bestehen. Für uns Menschen gewiss von hohem Wert, für die Natur jedoch nichts als Müll, und zwar ein wirklich sehr schwer vergänglicher. Wurde hier vielleicht eine königliche Schatzkiste aufgesprengt? Dass dabei der Thron heil geblieben und das feierlich geräumige Gemach nicht noch schlimmer verunstaltet worden ist, will wohl nach dem, was ich bisher gesehen und gehört, einem kleinen Wunder gleichen.

Da durchzuckt mich der Gedanke, mich einmal auf den königlichen Thron zu setzen. Erschrocken blicke ich unwillkürlich zu An Nang, dem Hausherrn. Und entdecke auf dessen sonst eher kämpferisch ernstem als verspielt heiterem Gesicht nun ein unverkennbar ermunterndes Lächeln und sogar Schalk im Blick.

Mein eigenes ziemlich unberechenbares Wesen ist mir bis zum Überdruss bekannt. Doch eine so abartige Idee, mich auf den Thron eines fremden Königs zu setzen, ist mir noch nie durch den Schädel geblitzt. Nun aber schwirrt es drinnen: Ja, warum auch nicht! Immerhin brachte ich es doch fertig, mich im Haus des Menschengottes und Dichterfürsten Goethe nicht nur wie einer seiner Vertrautesten lange und frei aufzuhalten, sondern mich einmal sogar auf sein Sterbebett zu legen! Mich auf den Thron eines der letzten echten Könige auf Erden zu setzen – diese Verrücktheit würde mir gewiss auf Lebenszeit in Erinnerung bleiben!

So schaue ich, wohl mit dem wild lodernden Blick eines Verrückten, auf den Hausherrn und sage kurz und gut hörbar: »Ja doch, wenn ich darf!« Der Bevollmächtigte und obendrein jetzt Gutgelaunte streckt beide Arme mit nach oben gewendeten Handflächen zu den Stufen aus und nickt mir mit einem verschwörerischen Augenzwinkern zu.

Als ich an die Treppe herantrete, spüre ich den verspielten Übermut jäh von mir abfallen. So mache ich zuerst einen kleinen Halt, besonnen und bedacht. Dann fange ich an, die sachten Stufen feierlich-gemächlich, eine nach der anderen hochzuschreiten. Mit einem Mal ersterben alle Stimmen und Geräusche im Raum, ich werde begleitet von Mucksmäuschenstille. Jetzt fallen mir die ebenso sachten Stufen an der Treppe des Hauses am Frauenplan zu Weimar ein. Mit einem Schlag begreife ich, dass deren sonderbare Beschaffenheit nicht nur mit Goethes kurzen Beinen zu tun hat, sondern vor allem auch für jeden Gast, der ins Haus kommt, wohl eine Aufforderung war, sich zu kleinen Schritten zu bändigen und seine Gedanken zu sammeln und bündeln.

Mit dieser für mich epochalen Erkenntnis komme ich am oberen Ende der Treppe an und bleibe stehen. Der Thron vor mir ist ein eher spartanisch als schwelgerisch gepolsterter Sitz mit Rücken- und Armlehne, sehr kunstvoll geschnitzt vermutlich aus den besten aller Edelhölzer. Ich setze mich dann hinein und versuche zu erspüren, wie es sich anfühlt, will meinen Blick endlich heben und merke, ich muss ihn aber eher senken. Versuche nun zu schauen, das Wie erwägend: hinaus, hinunter, herunter, herab ... Ja, wie schaut der König wohl auf seine Untertanen da vorne, da unten? Während ich grübele, merke ich, dass die da unten Stehenden verstummt sind und merkwürdig klein und niedrig wirken. Und gewahre jetzt auch deren auf mich gerichtete Blicke und sogar den einen oder anderen offenen Mund. Es ist, als wenn die Untergebenen in Totenstille harrten, ganz Ohr, auf jedes Sterbenswörtchen aus dem Mund Seiner Majestät lauschten. Unter so einer Menge darf auch einer mit dabei sein, der mit aufgesperrtem Maul heraufglotzt –

O Himmel, ein Schreck reißt mich aus dem Fetzen Tagtraum heraus! Also stehe ich sogleich auf und verneige mich. Schuldbewusst? Demütig? Beschämt? Verängstigt? Keines dieser Wörter vermag auszudrücken, was ich soeben erfühlt habe.

Aber das Volk ist gütig – wie überall, anfangs zumindest. Die Leute, eine Handvoll Unbekannter, haben meine Afferei da oben nicht nur geduldet, sondern sie spenden mir sogar einen kurzen, schwachen Applaus. Ich bin gerührt von ihrer Güte. Oder haben sie bemerkt, was in mir gerade vorging?

Ich steige sehr langsam die Treppe herab. Es ist mir, als müsste ich meinen schweren Körper, der mir betäubt und fremd vorkommt, mühselig herunterschleppen. Unten angekommen, zieht es mich hinaus, ins Freie, ins Schutz bietende Gehäuse des Autos. Weg, weg, wegkommen von hier, denke ich wieder und wieder, als wäre dies ein Mantra, von dem ich eine helfende Wirkung erwarte. Doch ich muss einsehen, dass ich so schnell nicht von dem Erlebten wegkommen werde. Weshalb bin ich denn so nachdenklich geworden, als ich auf dem Thron saß? Ich nehme mich in die eigene Gewalt und begebe mich auf Suche nach der Antwort. Sie führt mich nun durch ein Gedankengestrick. Erstmalig habe ich begriffen, was für ein armes Wesen doch ein König letzten Endes ist. Besonders dann, wenn sein Reich untergeht. Nicht anders als ein Meeresschiff oder ein Hirtenhund unter der Last seiner Jahre, weil er nicht mehr imstande ist, dem Umzug zu folgen. Dann muss der König mit seinem bisschen nackten Leben davonflüchten und auf Almosen von Fremden angewiesen sein. Und seinen Thron muss er stehen lassen und weiß nicht, wer von den Strolchen dieser Welt ihn demnächst besteigen und entweihen wird.

Im Auto werde ich von An Nang gefragt, ob es mir denn auf dem Königsthron nicht gefallen hätte. Ich gebe eine ausweichende Antwort. Der wahre Kern der Sache, so scheint mir, steckt darin, dass dieser Thron nicht jedem zusteht, weil dazu nur ganz wenige geeignet sind. Und solche wie ich gehören mit Bestimmtheit nicht dazu.

Der nächste Tag ist der Besichtigung von Betrieben gewidmet, die sich darangemacht haben, die Produktion wiederaufzunehmen. Hier geht es um die schmerzhafte, schwierige Geburt der neuen Volksrepublik Kampuchea. Ich sehe den stockenden Beginn der Arbeit, tausche mit den Belegschaften, die noch Unsicherheit in ihren Gesichtern, Händen und Körpern zeigen, einige wenige Worte. Mir ist feierlich zumute, dass hier ein neuer Staat in den Windeln liegt und ich zu den Schreibern seiner Geschichte gehöre. Immer wieder höre ich diesen formelhaften Satz: Wir fangen bei null an. Die Ausgangslage sieht tatsächlich beängstigend düster aus – die Pol-Pot-Bande hat alles zerschlagen und zerstört.

Die Textilfabrik Tul Go stellt wieder grobfaserige Stoffe her, die sich ziemlich rau anfühlen, doch recht stabil im Gebrauch sein dürften. Goldgelb, hellblau und rosafarben. Pol Pot hat nur die schwarze Farbe erlaubt. Auf etliche Hunderte schätze ich die Belegschaft. Doch die wenigsten stehen an den Webmaschinen. Viele tragen Gewehre und stehen um das Gebäude auf Wache. Die Mörder und Zerstörer sollen noch aktiv sein und immer wieder auftauchen. Andere sind immer noch mit dem Aufräumen der Trümmer beschäftigt, während wieder andere kaputte Maschinenteile zusammenzuflicken versuchen. Die tägliche Produktionsmenge ist angesichts der Bedürfnisse des Landes ein Tropfen auf glühheißem Boden.

Tep Tuon, der junge Fabrikleiter, ist mit einer Pistole bewaffnet und begnadet mit einer überzeugenden Miene und Stimme. Sein Ziel: Die Produktion so zu steigern, dass jeder Bewohner des Landes im Lauf des ersten halben Jahres mit einer Hose und gegen Ende des zweiten Jahres mit den allernötigsten Kleidungsstücken versorgt sei.

Der »Ingenieur« Lou Ngi belohnt mich, im Unterschied zu

vielen anderen, mit einem so festen Händedruck und einem so offenen Lächeln, dass es mir unvereinbar mit der augenblicklichen Lage in diesem Land vorkommt. Sogleich höre ich die Erklärung seiner Fröhlichkeit: Ich sei der erste ausländische Mensch, dem er in den letzten vier Jahren leibhaft habe begegnen dürfen. Wenig später erfahre ich, dass er selber vor Jahren auch einmal im Ausland gewesen sei, für ganze drei Monate in Albanien, zu Zwecken einer Lehre. Er habe nie studiert, trotzdem arbeite er nun auf dem Posten eines Ingenieurs, weil die Studierten alle umgekommen seien. Weil er früher mit Ingenieuren gearbeitet hatte, auf ihre Anweisungen hin dies und jenes habe ausführen dürfen, müsse er sich jetzt selbstständig um all die technischen Fragen kümmern. Womit über unserem Gespräch längst wieder der Ernst der Stunde schwebt. Nachdenklich und mit einer veränderten, leisen Stimme erzählt Lou Ngi: Diese Fabrik sei innerhalb von vier Jahren zweimal zerstört worden und werde nun das zweite Mal wieder zusammengeflickt. Zuerst hätten die Roten Khmer bei ihrem wilden Ansturm alles in den Fabrikhallen kaputt geschlagen und die Arbeiter brutaler als eine Viehherde davongetrieben. Wenige Tage später hätten sie die Arbeitslager nach diesen Arbeitern durchsucht und die Überlebenden zurückgetrieben und beauftragt, die kaputten Teile zusammenzuflicken und darauf das einzig erlaubte pechschwarze Tuch herzustellen. Die Arbeiter, die von da an in einem nach Geschlechtern getrennten Lager unter strenger Aufsicht steckten, mussten von der Morgendämmerung bis zum letzten Schimmer des Tageslichts arbeiten. Im vierten Jahr dann, als der Feuersturm nahte, der diesem Albtraum ein Ende bereiten sollte, hätten die Aufpasser unter Waffendrohung der Belegschaft befohlen, alles, was sie schon einmal zusammengeflickt hatten, wieder zu zerstören, damit es nicht dem Gegner in die Hände fiele. So sei man wieder dabei, alles zusammenzuflicken.

Zum Schluss sagt er: »Es ist zum Lachen, mehr aber zum Weinen, nicht wahr?« Während er diese Worte ausspricht, verzieht er sein frühzeitig gealtertes, müdes Gesicht so merkwürdig, als würde er etwas sehr Bitteres ausspucken.

Da fällt mir die beherzte Selbstbefreiung der Häftlinge des Konzentrationslagers Buchenwald zum Ende des letzten großen Kriegs ein. Hätten die Entrechteten auch hier in jenem schicksalhaften Augenblick den Verstand und Mut aufgebracht, den bewaffneten, aber zahlenmäßig unterlegenen Mördern an die Gurgel zu springen, wären nicht viele Menschenleben gerettet und viele spätere Mühseligkeiten erspart worden? Könnte die Bitternis in Gesicht und Stimme des Mannes, der die Geschichte Buchenwalds kaum kennen dürfte, dennoch diese verpasste Gelegenheit gemeint haben?

Doch gut, jene düsteren Zeitabschnitte, drüben wie auch hier, liegen hoffentlich ein für alle Mal überwunden zurück. Sowohl der Fabrikleiter als auch der Ingenieur sprechen zuversichtlich von der Zukunft und umreißen die Aufgaben ihrer Belegschaft genau, daher vermute ich, sie werden es schaffen. Und so auch all die anderen Kollektive, die ich besichtigte: Kraftwerk, Wasserversorgung, Bäckerei, Autoreparaturwerkstatt und Schuhfabrik. In den allernächsten Tagen sollen auch die Fabriken zur Gummiverarbeitung, für nicht alkoholische Getränke sowie die Bierbrauerei die Produktion aufnehmen.

Zurück im Hotel, erfahre ich von einem Empfang. Was mich zuerst erschreckt und erschüttert. Sogleich schießt mir der Gedanke durch den Kopf: Bei dieser Versorgungslage einen Empfang zu organisieren – sind denn die Leute noch bei Trost?

Zur angegebenen Stunde betrete ich den Speisesaal. Drei Gestalten stehen am Fenster und scheinen in ein Gespräch vertieft. Doch sie müssen auf mich gewartet haben, denn sogleich eilt der Erste, An Nang, mir entgegen und stellt mir den deutlich älteren, freundlich lächelnden Mann zu seiner Rechten als Genossen Hey Samom, Minister für Landwirtschaft, vor. Die dritte Person ist eine recht junge Frau. Über sie erfahre ich nur, dass sie eine von den einunddreißig Angestellten im Ministerium ist.

Auf dem Tisch liegen weiße, großblättrige Blumen, in gleichem Abstand zueinander hingestreut. Als Aperitif werden flache Flaschen mit rötlich gelber Flüssigkeit herbeigetragen, in welchen gezackte Wurzeln neben gespreizten Reptilien schwimmen. Man weiß, dass das von Dauerkriegen schwer geschundene Vietnam sein Nachbarland von Mördern befreit hat und es nun mit Reis und Mehl, Waffen und Treibstoff am Leben hält. Offensichtlich hält es zudem die Obrigkeit bei Laune, indem es ihr exquisite Tropfen und Happen zukommen lässt. Das Feuergetränk, aus welchen Ingredienzen es auch gemacht sein mag, schmeckt sehr verführerisch. Meine Laune, die seit dem Vortag zwischen Wut, Traurigkeit und Hoffnung schwankt, nimmt nun einen raschen Höhenflug.

Leise erschrocken über die fragwürdigen Gelüste in mir, erinnere ich mich an meine journalistische Mission und stelle dem Genossen Minister einige Fragen. Und dieser erstattet mir freudig Bericht: Das Land verfüge über zweieinhalb Millionen Hektar Saatfläche, das augenblickliche Ziel laute, mindestens eine Million Hektar davon zu bebauen. Aber es fehle an Traktoren, Büffeln, Arbeitsgeräten, Saatgütern – an allem!

Leiser Zweifel beschleicht mich. Hat es nicht geheißen, dass das Pol-Pot-Regime Kambodscha gänzlich auf die Ackerwirtschaft umstellen wollte? So müssten doch ausreichend Arbeitsgeräte, wenn auch primitive, vorhanden sein? Mein widerspenstiger Gedanke hat wohl mit meiner eigenen Erfahrung zu tun. Unsere gewieften Politiker pflegten im Gespräch mit ausländischen Freunden die Mongolei noch ärmer und hilfloser hinzustellen, als sie es war, um möglichst viel geschenkt zu bekommen. Anstatt daran zu denken, uns selbst auch ein wenig mit anzustrengen. Allzu große Freizügigkeit verdirbt wohl nicht nur Kinder, sondern auch ganze Völker zu schamlosen Schmarotzern.

Ich erinnere mich an einen Witz: Eine internationale Delegation besucht die Industriestadt Darhan im Norden des Landes. Ein Vertreter der Stadt stellt, auf der bekannten Anhöhe über der Stadt stehend, den Gästen die Bauten ringsum vor. Er deutet mit der Hand auf sie: »Der Komplex mit dem mächtig rauchenden Schornstein da vorne ist das städtische Kraftwerk und wie die Wohnviertel ringsherum aufgebaut und uns geschenkt von der großen Sowjetunion. Das große helle Gebäude dahinten ist die Ziegelei, aufgebaut und uns geschenkt von den polnischen Genossen. Daneben die Fabrik zur Fellverarbeitung, aufgebaut und geschenkt von der Volksrepublik Bulgarien. Und was dahinten grau schimmert und staubt, ist das Zementwerk, aufgebaut und geschenkt von der Tschechoslowakei. Das große helle Gebäude drüben ist das Fleischkombinat, davor die Konditorei und Bäckerei, aufgebaut und geschenkt von der Ungarischen Volksrepublik. Und jenes Kombinat ist ein Geschenk von unseren germanischen Klassenbrüdern …« Die Aufzählung will kein Ende nehmen. Doch dann endlich: Ob die Gäste vielleicht noch Fragen hätten.

Einer meldet sich, der aus Rumänien: »Und was haben Sie selber gemacht?«

Der redegewandte Mann stutzt verwundert. »Wir? Wir sind dabei, wie Sie doch sehen, erfolgreich den Sozialismus aufzubauen!«

Wie oft habe ich zu Hause Achtung und Bedauern gegenüber unserer Hauptgeberin, der Sowjetunion, gespürt, wenn ich zusehen musste, wie gleichgültig und verschwenderisch man mit ihrer wahrlich großzügigen Hilfe umging. Die teure, bestimmt an anderen Orten der Welt fehlende Industrie lag zu oft in der mongolischen Steppe herum und verkam. Denn ich hatte mit eigenen Augen gesehen, wie es um das eigene Volk der Sowjetunion stand: Man lebte dortzulande wesentlich ärmer und schwerer als wir. Wir, die dank unserer weiten, an Naturgaben reichen und unberührten Heimat und unserer milden nomadischen Vorstellungen von den Dingen und deren Zusammenhang miteinander noch kindlich unbeschwert zu leben wussten.

Die sowjetischen Spezialisten redeten oft über die drei Mantras des faulen, aber schlauen Mongolen: geht nicht – weiß nicht – kann nicht. Der Mongole antwortet darauf mit seinem eigenen Witz über die dummen, aber nützlichen Spezialisten: Was ist der Unterschied zwischen Amerika und der Mongolei? In Amerika müssen die Schwarzen schuften, damit es den Weißen gut geht, und hier, in der Mongolei, müssen die Weißen schuften, damit es uns gut geht!

Doch zurück ins Royal Hotel. Dort herrscht eine heitere Stimmung. Die Speisen und Getränke sind köstlich, und gelacht wird auch viel. Obwohl das Gelächter nicht mit dem zu vergleichen ist, welches bei uns erdröhnt, wenn wir uns von Schuh und Krawatte befreien und das Innerste unserer Seelen nach außen kehren.

Zur späten Stunde jenes 27. Juni 1979 wechsle ich mit dem Genossen Minister und seinen Mitarbeitern einen kräftigen

Händedruck zum Abschied. In den darauffolgenden Tagen und Wochen, als ich mit dem Niederschreiben meiner Südostasienreise beschäftigt bin, glaube ich an den Erfolg der Umgestaltung auch in dieser Weltecke und wünsche ihr mit allen meinen Gedanken ein kräftiges Gedeihen. Sosehr mir all die Schwierigkeiten der neuen Volksrepublik den Kopf zu zerbrechen drohen, tröstet mich die Erfahrung, dass in der mongolischen Volksrepublik vor einem halben Jahrhundert auch jegliche Grundlage für eine schnelle Umgestaltung des gesellschaftlichen Lebens fehlte. Alles drehte sich einzig um die Weideviehwirtschaft. Und doch ist es uns blinden Welpen im Dschungel der Weltgeschichte am Ende gelungen, den Anschluss an das Zeitalter und die große Außenwelt zu schaffen!

Allein – die Geschichte scheint ein schlüpfriges Biest zu sein, das immer dort, wo das menschliche Auge nichts sieht und woran das Hirn am wenigsten gedacht hat, seinen Schleichweg zu finden pflegt. So hat das 20. Jahrhundert an seinem Ausgang so vieles davon zerstört, was es an seinem Anfang vielversprechend angebahnt hatte. Der Bauriese Weltsozialismus, der ganz Eurasien überspannte, ist wie ein Kartenhaus in sich zusammengefallen. Es zerstob der Traum von An Nang, Hey Samom und so vielen anderen.

2

Jene drei Wochen in Südostasien, so darf ich später von der Turmhöhe des Alters aus urteilen, haben mich weiter ausreifen lassen. Die feuchte Hitze der Tropen, die mich arg hat schwitzen lassen, war eine meiner Universitäten, um mit Maxim Gorki zu sprechen. Erstmals wird mir schmerzhaft deutlich, dass ich, ein kleinwüchsiger, schrägäugiger Asiat, meinen eigenen Erdteil mit all dessen Vorzügen und Mängeln, den Feinheiten seiner Seele und seines Körpers, seinen Freuden und Schmerzen bei Weitem nicht so gut kenne wie das mir kulturell und geschichtlich fremde, rechthaberische Europa.

Was ich als Ertrag dieser Reise meinem Hirn abernte und über die Presse streue, belohnt mich mit weiteren Erträgen. Zum Ende des Jahres 1979 werde ich von drei Redaktionen mit Preisen geehrt: von der eigenen Zeitung, der Jugendzeitung und der Frauenzeitschrift. Die unsichtbare, aber hörbare und fühlbare Auswirkung ist zudem: Mein Name rückt im Bewusstsein der Öffentlichkeit eine Stufe höher. Die Bitten um einen Vortrag am Samstagmorgen und die der Einladungen zu öffentlichen Veranstaltungen und Debatten werden häufiger.

Dies alles beflügelt mich. Ich schlafe noch weniger und verbringe noch längere Stunden am Schreibtisch – lesend, grübelnd und schreibend. Doch ich merke, dass es dabei mit meiner Gesundheit bedrohlich schnell bergab geht.

Das Jahr 1980 beginne ich schwerkrank. Es ist das Herz, das immer wieder schmerzt, am häufigsten und auch am heftigsten, wenn ich esse und trinke. Das soll von einem gebürtigen Klappenfehler herstammen, hat ein Herzspezialist schon im September 1962 gleich bei der Aufnahmeuntersuchung am Herder-Institut festgestellt. Das ganze Studium hindurch blieb ich unter ärztlicher Beobachtung, nahm Tabletten und bei Schmerzanfällen Tropfen. Beim letzten Besuch nach meinem Studienabschluss gab mir der Arzt, der sich all die Jahre hindurch um mein Herz gekümmert und darüber hinaus an meinem Werdegang Anteil genommen hatte, ein ganzes Paket von Tabletten und Tropfen mit. Er legte seine Visitenkarte dazu, mit den Worten, er würde mir jederzeit Nachschub schicken. Tatsächlich blieben wir in Kontakt, und ich bekam einige Male Nachschub.

Doch bald schienen die Tabletten und Tropfen nicht mehr in der Lage zu sein, die Unordnung in meinem Herzen zu überdecken. So musste ich mich an Ärzte in der Mongolei wenden und stand zuletzt vor einer kleinen ärztlichen Kommission. Dabei prophezeite man mir ein recht düsteres Bild meiner Zukunft. Ein Arzt schreckte nicht davor zurück, von zwei Monaten Lebenserwartung zu sprechen. Da wurde mir dunkel vor Augen und dumpf in den Ohren, und ich verstand ab da so gut wie nichts mehr. Das Einzige, was ich noch mitbekam, als ich den Raum endlich verlassen durfte: Ich sollte am 3. Januar im nächsten Jahr vor einer erweiterten Ärztekommission erscheinen.

Die Tage und Nächte, unendlich viele und lange Stunden sind wie benommen. Mit einem Mal erschien mir alles irgendwie unverständlich, unglaublich, ja unglaubwürdig. Als war es mir vergönnt, bloß gerade sechsunddreißig Jahre auf Gottes

Erden zu verbringen, dachte ich feierlich-traurig. Alexander Puschkin hat ein Jahr länger leben dürfen ... Mozart musste noch ein Jahr früher gehen ... Schubert noch eher ... Und noch eiliger Michael Lermontov ... Georg Büchner, was soll man da sagen, großer Himmel, viel zu früh, mit vierundzwanzig ... Da war ich noch Student und durfte meine erste Erzählung in den Druck geben –

Die Gedanken stürmen und blitzen durch meinen Schädel. Im hellsten Lichtschein ihrer Blitze sehe ich den strohblonden Schopf des Dichtergenies Sergej Jessenin, der auch zu früh, gerade dreißigjährig, gehen musste, und durch den brausenden Sturm höre ich seine jugendliche, dennoch leidenschaftslos kühle Stimme:

Sterben – nun, ich weiß, das hat es schon gegeben;
Doch auch Leben gab es ja schon einmal ...

Und denke daraufhin merkwürdigerweise fast beruhigt: Ja, wie wahr. Sterben ist nicht neu, doch das Leben genauso wenig.

Wie wurden diese berühmten Doppelzeilen auf Mongolisch nachgedichtet? Ich komme und komme nicht darauf.

Nun kehrt etwas Ruhe in den Adern ein. Doch wie zum Trotz verdeckt mir im nächsten Augenblick Goethes Erscheinung die ganze Bewusstseinsfläche. Er durfte ganze dreiundachtzig Jahre lang auf Gottes Erde verweilen! Ganze siebenundvierzig länger als ich ... Was könnte ich in einem solchen Zeitenmeer alles sehen, erleben, schreiben und schaffen, o Himmel! Doch hatte mir die große Schamanin Purvü einst nicht sogar achtundachtzig irdische Jahre in Aussicht gestellt? Also ganze fünf Jahre mehr als jenem Sonntagskind, dessen kurvenreiche Wege und Stege gipfelwärts auf all ihren Teilstrecken von lieben Geistern aufs Sorgfältigste vorausgebahnt worden zu sein scheinen! Hätte die

Voraussage der Hellseherin recht behalten, was hätte ich dann nicht alles vollenden können, ach, Hoher Blauer Himmel, Heilige Gelbe Erde!

Am Donnerstag, dem ersten Arbeitstag im neuen Jahr, begebe ich mich zur Sitzung der erweiterten Ärztekommission. Meine gute Hassaa begleitet mich. Von meinen sorgfältig verpackten und aufgestapelten Manuskripten, meinen vier Kindern zwischen sechs bis elf Jahren, meinem Schreibtisch und Arbeitszimmer und unserer so schönen Wohnung habe ich stumm und feierlich Abschied genommen. Auch bin ich feierlich angezogen, stecke in meinem dunkelblauen Baumwollanzug, darunter das gut gebügelte, schneeweiße Hemd und die hauchzarte, weinrote Seidenkrawatte. So pflege ich mich anzukleiden, wenn ich zu einem Empfang gehe oder ins Theater. Denn ich rechne damit, dass ich nie wieder hierherkommen werde. Meine Kinder sollen ihren Vater als einen jungen, schönen Menschen mit noch tadellos dichten, bläulich schwarzen Haaren in Erinnerung behalten.

Das Krankenhaus liegt außerhalb der Stadt im Nordosten, in Scharr Had, wo die Justiz vor vier Jahrzehnten zu Tausenden die politischen Häftlinge zur Vollstreckung ihrer Urteile hinzuschaffen pflegte. Während wir im Bus auf der langen, hucklig-buckligen Strecke dorthin durchgeschüttelt werden, glaube ich den Gesang der Häftlinge – »Scharr Had, oh Gelbe Felsen« – in den Ohren zu hören. Das Abschiedslied der unglücklichen Wesen ist längst zu einem Volkslied geworden. Dass ihr verzweifelter Schmerz so verewigt wurde, vermag mich nicht zu trösten, nein, ich bin untröstlich traurig. Denn ich gehe meinem Ende entgegen. Also versuche ich, die wichtigsten Dinge, die mir am Herzen liegen, meiner überlebenden Hälfte noch mitzuteilen.

Gegen den Lärm des Motors und das Quietschen des wackligen Fahrgestells schreie ich ihr ins Ohr: »Bitte sorge dafür, dass meine sterbliche Hülle vom Krankenhaus direkt zum Friedhof gebracht wird. Die Kinder sollen mich nicht als starre, bleiche Leiche sehen und sich ängstigen. Sie sollen ihren Vater quicklebendig in Erinnerung behalten, so wie ich sie vorhin verlassen habe.«

Hassaa, die an mich geschmiegt neben mir sitzt, flüstert mit brechender Stimme: »Rede nicht von solchen Dingen, ich bitte dich!«

Als wir an der Endhaltestelle ankommen, sind wir die Einzigen im Bus. Ich kenne das ursprünglich weiß gekalkte, mit der Zeit aber mit vielen Notflicken dürftig ausgebesserte Haus schon. Vor Jahren habe ich hier vier Wochen als Patient verbracht. Im Innern sieht es viel besser aus, als man es von außen vermuten würde. Sauberer, heiterer, wohnlicher. Mir schien schon damals, dass hierin ein unsichtbarer, lichter Geist haust und hoft und die Seelen der Bewohner erwärmt und beleuchtet und streichelt.

Belastend war jedoch, dass dieses Heim – kurz »Neurologie 7« genannt – hauchdicht neben einer Anstalt liegt, in welcher die aus dem ganzen Land eingesammelten »besonderen« Patienten untergebracht sind. Unter diesen waren vor allem die Geistesgestörten, die der Volksmund die »Verrückten« nennt. Aber auch solche, die »die Gesellschaft gefährden«, wie die amtliche Bezeichnung lautet. Im Volk heißen sie »die Politischen«, und wer den Ausdruck in den Mund nimmt, der tut es hinter vorgehaltener Hand. Die Anstalt, die aus mehreren Buden und Baracken besteht, ist von einer hohen Mauer umgeben. Das Eingangstor steht unter polizeilicher Bewachung, man darf hier nur mit besonderer Genehmigung eintreten, also weiß keiner so recht Bescheid. Jedes Geheimnis entwickelt einen Sog, zieht die Aufmerksamkeit an und verleiht wilden Mutmaßungen Flügel. Daher gleicht diese eingemauerte und streng bewachte Anlage von Scharr Had einem Magnetbrocken, der die Neugierde der Öffentlichkeit anregt. Und klarer Fall also, dass die befristeten Gäste des Spitals heftig daran interessiert sind, was da unten in der Anstalt, sozusagen vor ihrer Nase, geschieht.

Trotz der strengen Absonderung scheinen die in der Anstalt Eingeschlossenen nicht nur über ihre eigene Lage, sondern auch über die Vorgänge im Nebenhaus recht gut Bescheid zu wissen. Denn so manche von den Siebenern – so nennen sich die Stationären der Neurologie des Krankenhauses – kommen von ihren kurzen Ausgängen in die Umgebung mit so mancher Neuigkeit zurück, die sie durch die Zaunlücken beobachtet haben oder die ihnen die Nachbarn durch die Schlitze der Stäbe des eisernen Tors zugerufen haben.

So ein Zuruf kann manchmal ein Gruß sein. Aber auch eine bissige Bemerkung: »Freundchen, stehst du schon auf der Warteliste? Wann wechselst du endlich zu uns herüber?« Oder sogar richtig beleidigend: »Ihr armseligen Angeber, bald werdet ihr auch zu uns verlegt!«

Bedeutet das, dass aus dem Spital manche nach drüben haben wechseln müssen? Ich habe mich schon beim Gedanken ertappt und bin erschrocken: Ob ich mit meiner losen, scharfen Zunge irgendwann auch da drüben lande?

Nun bin ich also wieder hier, immerhin nicht als Insasse oder Häftling der ummauerten Anstalt. Drinnen ist es warm. Ich führe meine Hassaa auf allerlei Schleichwegen zu unserem Ziel, wie einer, der hier zu Hause ist. Dennoch fühle ich mich zunehmend unwohler. Die Alltagsgeräusche und das gedämpfte Stimmengewirr sind ganz wie früher. Aber beim letzten Mal waren die Klänge freier und lebhafter. Vor allem aus den Oberetagen drang tagsüber meist eine singende Menschenstimme oder eine trällernde Mandoline. Manchmal waren sogar Gesänge aus mehreren Kehlen zu vernehmen. Das wirkte beruhigend, man fühlte sich wie daheim, in einer großen Familie. Aus diesem Grund haben die Ärzte und Schwestern es vermutlich auch nicht im Namen der Hausordnung und der öffentlichen Ruhe verboten. Oder täusche ich mich? Ist meine Wahrnehmung jetzt anders, weil ich im fahlen, kalten Licht des Todes stehe? Ist mir alles, was vorher gewesen, in den trügerisch rosaroten Schein der Abschiedserinnerung gerückt?

Nein, das kann nicht sein. Denn ich habe einen Beweis für jene Zeit, die mir nicht wie ein Krankenhausaufenthalt, sondern wie eine Traumreise vorkommt: ein fingerdickes Heft, voll beschrieben mit Liedtexten aus dem Scharr Had. Jedes versehen mit dem genauen Datum, einige sogar mit einer kurzen Notiz unter dem Text über den Menschen, der das Lied vorgetragen hat. Die meisten davon könnte ich hier und heute noch vorsingen. Also täuscht mich mein Eindruck nicht.

Der Weg zum Beratungszimmer ist merkwürdig verwinkelt: Man muss zwei Treppen hinaufsteigen, rechts bis zum Korridorende gehen, wieder absteigen und dann aber nach links abbiegen. Dies, weil ein Stück des rechten Flügels im Erdgeschoss gesperrt ist, aus welchem Grund auch immer. Die lange Bank im Gang sieht bereits voll besetzt aus. Fünf Menschen hocken darauf. Wir stellen uns am Ende an, hinter einer Frau. Jemand würde noch hinzukommen, warnt sie mich. Dann wäre ich also der Siebte in der Schlange. Auch das noch, denke ich gereizt. Denn Sieben ist keine Zahl, mit der man glücklich ist. Kurz darauf geht die Tür auf, eine junge Frau in weißem Kittel wird sichtbar und sagt streng: »Der Erste herein!«

Der Vorderste schnellt hoch und eilt zur Tür. Die hinter ihm Platzierten rücken augenblicklich vor. Hassaa schiebt mich von hinten. Natürlich gebe ich ihrem Schub nach und fülle die Lücke vor mir. Wir sitzen sehr eng aneinandergedrängt.

Der Erste kommt wieder aus dem Raum. Der Nächste springt schon auf, und der hinter ihm rückt weiter vor. So geht es schleppend voran. Irgendwann bleibt vor mir nur die Frau, die von einem zusätzlichen Wartenden gesprochen hat. Wie sehr ich hoffe, dass er nicht käme – dann wäre ich nämlich der Sechste in der Reihe! Doch ausgerechnet da erscheint jemand, laut verkündend, er sei schon da gewesen. Was auf mich wie ein Faustschlag wirkt.

Nach weiteren qualvollen Minuten bin ich an die Spitze der Schlange vorgerückt, die inzwischen eine beträchtliche Länge erreicht hat und sich sogar schlängelt. Nun hocke ich stumm und schicksalsergeben da und denke nur noch, es möge geschehen, was will und muss, aber bitte schnell …

Da geschieht etwas Unverhofftes: Ein alter Mann am Gehstock kommt um die Ecke gehumpelt, stellt sich direkt an die Spitze der Schlange, holt aus seinem Brustlatz einen roten Ausweis, hebt ihn in die Höhe und sagt hüstelnd: »Ich darf vorgehen, bin Held der Arbeit.«

Wie erleichtert bin ich da! Bin damit der Achte, befreit von der gefürchteten Sieben!

Aber mehr noch. Der Held der Arbeit, mein Retter, sagt, weiter hüstelnd und mit dem Atem ringend: »Gleich wird meine Frau nachkommen!«

Woraufhin tatsächlich eine Alte an Krücken auftaucht. Mit Herzklopfen denke ich: Soll das bedeuten, dass ich nicht nur von der gefürchteten Sieben befreit bin, sondern auch noch mit der heiligen Neun die Schwelle der Ungewissheit betreten darf?

Ja, ich spüre, wie mein Körper fester und meine Gedanken ruhiger werden. Nun bin ich gerüstet, dem nahenden Todesboten stahlkühl ins Auge zu blicken. Mehr noch: wohlüberlegt nach einem Ausschlupf zu schauen, um ihm irgendwie zu entkommen.

Als das hochbetagte und humpelnde Ehepaar endlich den Beratungsraum betritt, begleitet sie mein dankbarer Blick. Als die beiden wiederauftauchen und sich bemühen, mir, dem Nächsten, den Eingang freizugeben, da spüre ich in mir sogar ein dumpfes Schuldgefühl ihnen gegenüber, wobei ich noch nicht weiß, woher es stammt.

Achtunddreißig Jahre später, heute, am 20. August 2018, zur frühen Stunde, während ich diese Zeilen niedertippe, weiß ich, wieso jenes Schuldgefühl: Weil der gute Mann ahnungslos das für ihn unsichtbare, aber für mich spürbare schwarze Loch hat schließen müssen. Verzeih mir, großer Bruder, meine kleine, selbstsüchtige Freude von damals! Ihr weilt wohl längst nicht mehr unter uns Lebenden. Ich wünsche Euch beiden weiterhin gesegnet friedliches Weilen im himmlischen Reich!

Endlich kommen wir zum Genuss, so eine Warteschlange verlassen zu dürfen.

Unter dem halben Dutzend Menschen erkenne ich sofort den Arzt wieder, der mir vor wenigen Tagen nur zwei Monate Lebenszeit prophezeit hat. Auch er scheint sich, dem Zucken seiner dichten, buschigen Augenbrauen nach zu urteilen, an mich zu erinnern. Ja, es ist ein sehr lebhafter, fast lohender Ausdruck auf seinem runden, feisten Gesicht. Indessen überfliegt er meine Krankheitsgeschichte, die das vorgedruckte, fingerdicke Heft fast füllt, samt all den zusammengefalteten und -gehefteten EKG-Streifen, deren Gesamtlänge sicherlich etliche Klafter beträgt. Zwischendurch richtet er seinen gnaden- und schamlosen Blick immer wieder auf mich, hin und wieder streift er auch meine Frau. Das sehr wohl merkend, hefte ich im Gegenzug auch meinen Blick auf ihn, und dies beinah herausfordernd. Ja, direkt herausfordernd, weil mir sein hemmungsloser Blick einen Zugang zu seinen Gedanken ermöglicht.

Während wir zwei so einander mustern, herrscht im Raum angenehme Stille, abgesehen von leisem Tuscheln und Raunen. Einige hängen unverhüllt müßig und wohlgelaunt in ihren Stühlen, als würden sie sich über jede vergehende Minute der acht Dienststunden freuen. Andere betrachten uns zwei mit gehobenen Augenbrauen und zusammengepressten Lippen. Unsere ungewöhnlich sorgfältige Kleidung gibt ihnen Rätsel auf, das geklärt und gelöst werden muss.

Vorerst dauert zwischen uns beiden die Blickschlacht noch an. Diese ungewöhnliche Art des Kampfes werde ich in gut zwei Jahrzehnten wieder antreffen, als nämlich zähe mongolische Burschen als Nachkommen der Krieger von Dschingis Khan in Horden ins Reich der aufgehenden Sonne strömen und als Sumoringer Triumphe feiern. Weil die mongolischen Fernsehkanäle die jährlich sechsmal für je fünfzehn Tage lang stattfindenden Kämpfe direkt übertragen, erkenne ich das Kampfritual dieser Blickschlacht wieder. Ein jeder versucht, durch die eiskalte, klingenscharfe Entschlossenheit in seinem Blick dem Gegner das Herz zu erschüttern, wie das schon ihre heiligen Vorbilder, die Samurai, taten.

Kehren wir also zu meiner eigenen Blickschlacht zurück. Sie beginnt ruhig, gar lau und lasch. Der Doktor, der die verschiedenen Diagnosen samt den bereits unternommenen Behandlungen aus dem aufgeschwellten Heft überflogen hat, legt seinen Kollegen einen so schweren Fall vor, den ich selbst auch als glattweg hoffnungslos beurteilen würde. Tatsächlich sehe ich, dass manche Mienen sogleich von Schatten überzogen werden und bedauernde Blicke mich streifen.

Dann aber wird es heftiger. Die Schlacht mit Worten beginnt. Der Zündstoff kommt vom Arzt, der meinen Fall soeben vor der Kommission ausgebreitet hat und sich nun eine Zusammenfassung gestattet: »Das ist eine recht ernst zu nehmende Diagnose. Mich wundert und freut nur, dass Sie, junger Mann, immer noch so gut gelaunt sind. Oder soll ich mich noch deutlicher ausdrücken? Sie strahlen, man sieht Ihnen Ihr schweres Gebrechen nicht an, sie wirken eher wie ein Bräutigam mit seiner Braut auf dem Weg zum Hochzeitspalast! Und nun meine Frage: Was ist der Grund dafür? Wie kann man das erklären?«

Wenn ich nur wüsste, ob das ernst gemeint oder nur geneckt ist! Wie auch immer, es reizt mich. Ich spüre in mir Druck aufsteigen, antworte aber ehrlich und zurückhaltend: »Seitdem Sie mir eröffnet haben, Genosse Kardiologe, dass mir nur noch zwei Monate Lebenszeit verbleiben – das ist nun gut vierzig Tage her –, habe ich meine Sachen, so gut ich es konnte, geordnet. Nun bin ich da, um zu sterben. Es hat sich gut gefügt, dass heute so viele Herzspezialisten zur Beratung zusammengekommen sind. Ich werde also hierbleiben und sterben. Dafür habe ich meine besten Sachen angezogen, meinen vier Kindern zuliebe – sie sollen sich zeitlebens an ihren Vater als an einen einigermaßen gut aussehenden jungen Mann erinnern. Nicht aber an einen dahinsiechenden bleichen Todgeweihten. Sie werden mich fragen, warum gerade hier? Einfach deswegen, weil ich vor einigen Jahren vier Wochen lang als Patient hier lag und mich dabei nicht wie in einem Krankenhaus, sondern wie in meinem vergrößerten Zuhause gefühlt habe. Und außerdem arbeitet hier ein damaliger Student von mir als Arzt.«

Woraufhin sich eine drückende Stille im Raum ausbreitet. Alle wirken tief ergriffen.

Mein Gegenüber bricht als Erster die Stille und fragt mit etwas zittriger Stimme: »Bist du dir wirklich sicher, Genosse, dass ich dir das so gesagt habe?«

»So habe ich es jedenfalls verstanden.«

Er fährt mit dem Kopf ruckartig zurück und scheint einen Pulsschlag lang innezuhalten. Dann sagt er scharf, jedes Wort deutlich getrennt: »Kannst du dich an das, was ich dir gesagt habe, einigermaßen wahrheitsgetreu erinnern?«

»So was vergesse ich doch nicht, es ging ja um mein Leben. Ihr habt gesagt: Du kannst höchstens mit zwei Monaten Lebenszeit rechnen, Freundchen!«

Gewichtig zieht er die Augen zusammen und schiebt das Kinn in die Höhe. »Dann kannst du dich sicherlich an den Zusammenhang erinnern, worüber wir uns davor unterhalten haben?«

Ich sage: »Aber sicher. Sie haben mich nach dem Rhythmus meines Lebens gefragt. Und ich habe Ihnen geantwortet.«

»Und was war deine Antwort? Möglichst wortgetreu bitte!«

»Ich habe gesagt: Seit Ende August 1962 pflege ich bis auf den heutigen Tag jede Nacht um vier Uhr aufzustehen, um zu arbeiten.«

Da fängt der Mann an, merkwürdig zu lachen. »Aha. Du bist also jenes Arbeitstier, das seit achtzehn Jahren tagtäglich achtzehn Stunden versucht, jeder Stunde und Minute Spritzer und Schlucke Milch abzumelken – so hast du es selbst gesagt! Ja, auf das habe ich so barsch geantwortet. Und wenn du über ein so ausgezeichnetes Gedächtnis verfügst, Junge, dann sag mir doch auch gleich, zu welcher Vereinbarung wir damals gelangen konnten. Wozu hast du dich verpflichtet, Freundchen?«

Ich berichte stotternd: »Anfangs … einige Tage lang … habe ich mich sehr bemüht, mich daran zu halten. Doch dann … Es brachte gar nichts. Ich hatte sogar den Eindruck, es belastete mich nur noch mehr, weil mir der Müßiggang mehr Unruhe als Ruhe verschaffte.«

»Also hetzt du weiterhin so herum wie früher?«

»Es ist meine Natur, ich kann nicht anders.«

»Was heißt hier: meine Natur!« Er äfft mich nach.

Ich fühle mich verletzt. Nur komme ich nicht dazu, dagegen anzugehen, denn jetzt kommt er erst recht in Schwung: »Diese Sucht heißt in der Medizin Workaholism und kann genauso verheerend sein wie alle anderen Süchte. Sie entsteht aus übermäßigem Ehrgeiz, gekoppelt mit exzessiver Eitelkeit. Ich rief dich zur Vernunft und versuchte, dich einer krankhaften Gewohnheit zu entreißen. Du tust mir leid, junger Mann! Ich kann es nur nochmals sagen: Dieser Selbstmordversuch, an dem du seit Langem schon bastelst, wird recht bald sein trauriges Ziel erreichen!«

Ich fühle mich getroffen und am Boden zerstört. Der Schütze hat, wie es mir scheinen will, von seiner Beute abgelassen und sitzt nun demonstrativ von mir abgewandt.

Jetzt endlich kommen die anderen dran.

Eine ältere, mütterlich wirkende Frau sagt mit einer samtweichen, dabei leicht zittrigen Stimme: »Ich würde gern wissen: Wie war die Vereinbarung, die zum Schluss doch nicht eingehalten worden ist?«

Ich antworte leise: »Meine tägliche Arbeitszeit sollte um ein Drittel verkürzt werden. Von achtzehn auf zwölf herabgesetzt. Aber diese und all die anderen Regeln der Ärzte nützten nichts. Nach wie vor blieb mir der Schlaf weg, und mir schmerzte das Herz, sooft ich etwas aß oder trank.«

»Wie lauteten denn die medizinischen Anweisungen?«

»Dreimal täglich eine Tablette, und vor jeder Mahlzeit zwanzig Tropfen einer Tinktur. Und mich warm anziehen und jede heftige Körperbewegung möglichst vermeiden. Zum Beispiel beim Treppensteigen nach jeder dritten Stufe stehen bleiben und bis drei zählen.«

»Das waren doch alles richtige, gute Ratschläge!«

Ich merke, dass ich heftig werde, kann mich aber noch beherrschen und stoße zwischen den Zähnen leise hervor: »Richtig vielleicht für die Ärzte, die sich vor Kontrollen Höherer absichern wollen, wenn dann einmal meine Todesursachen abgeklärt werden. Aber nicht wirklich hilfreich für jene, die den Anweisungen im guten Glauben folgen und bereit sind, alles andere auf der Welt zurückzustellen.«

Die gute Frau stockt verwirrt. Eine andere, wesentlich jünger und kämpferischer, springt schnell für ihre Kollegin ein und durchbohrt mich mit ihrem Blick. »Junger Mann! Sie leiden unter dem Syndrom übersteigerten Widerspruchsgeists. Es ist nicht nötig, dass sie auf Schritt und Tritt an allem und allen anecken. Hören Sie bitte gefälligst auf, über uns Ärzte so zu reden, als würden wir nichts als unsinnige Scheinratschläge verteilen! Und merken Sie sich diese einfache Wahrheit: Der Arzt, der Sie behandelt, ist der Letzte, mit dem Sie sich es verderben dürfen!«

Ein Mann wirft noch einen Scherz hinterher: »Genauso wenig, wie wir dem Rechtsanwalt widersprechen dürfen, der unseren Fall behandelt!«

Ein weiterer Mann, mit einem verschmitzten Gesicht und einer ulkig hohen Stimme: »Auch der oberste Chef, dem wir alle unterstellt sind, darf strohdumm sein, allein, wir dürfen es ihn nicht merken lassen. Außer wir leisten uns die Dummheit, es ihm zu sagen. Hab ich nicht recht?« Er bricht in ein Gelächter aus, das schallend anfängt und scheppernd endet. Einige lachen mit.

Hinter meiner Stirn zuckt es auf: Mein Fall hat diesen Witzbolden nur Anlass gegeben, einen Brocken Last auf der eigenen Seele loszuwerden! Die Worte der Frau hingegen haben sich tief in die Grundfeste meiner Seelenhütte gebohrt und fordern eine Antwort.

Ich versuche, meine Stimme betont ruhig zu halten: »Vielleicht bin ich tatsächlich süchtig geworden, dann trage ich die Schuld ganz allein. Dennoch darf ich wohl meinem Unbehagen über unser Gesundheitswesen einmal wenigstens Luft machen, zumal ich am Ende meiner irdischen Reise stehe und mir in dieser Stunde das seltene Glück vergönnt ist, vor einem so illustren Auditorium zu stehen, meine sehr verehrten Genossen Professoren und Doktoren! Ja, angesichts des stürmischen wissenschaftlich-technischen Fortschritts der Medizin finde ich die Befunde unserer Ärzte und deren Behandlungsweisen armselig und beschämend rückständig.«

Ich werde unterbrochen. Die Ärztin, die mich angegriffen hat, fragt, ob ich eine Vorlesung halten wolle.

Ich verneine kurz, füge nur hinzu, dass ich seit Jahren meine Vorlesungen in anderen Fakultäten gehalten hätte. Da wird es ringsum still, und ich sehe erwachte Aufmerksamkeit in ihren Augen.

Dann fahre ich fort: »Ein Arzt, der zum Dienst in der Sprechstunde eingeteilt ist, bringt schnell die drei Pflichten hinter sich: das Stethoskop auf den Brustkorb legen, den Blutdruck messen und einen flüchtigen Blick auf den EKG-Streifen werfen. Dann verschreibt er, ohne länger zu überlegen, Tabletten und Tinkturen, die ihm gerade einfallen. Bittet man um einen

Rat, bekommt man die ewig gleichen einsilbigen Antworten wie: weniger arbeiten, mehr Ruhe, wenig Fett, nicht rauchen, nicht trinken oder eben jene oberste Weisheit mit der Schonung beim Treppensteigen!«

Die Ärztin putzt mich ordentlich herunter: Ich würde mit meiner negativen Einstellung all jene, die rund um die Uhr über die Gesundheit des Volkes der sozialistischen Mongolei wachen und ihren Dienst mit höchster Professionalität auf internationalem wissenschaftlichem Niveau ausführen, glattweg verleumden.

Ein Mann, sichtbar der Älteste in der ganzen Runde, meldet sich zu Wort. Er spricht leise, mit einer beruhigend tiefen Stimme und betont langsam, zunächst an seine Kollegen gewandt: »Liebe Genossen! Wir sollten mit Kritik an Patienten vorsichtig sein. Ich würde diesen jungen Mann eher loben, bevor ich ihn mit vorschnellen Todesdiagnosen erschrecke. Ich weiß, dass ich alt bin und auch altmodisch. Gegen so manche Modeansichten habe ich meine Vorbehalte. Zum Beispiel dieses Wort Workaholic. Für mich steckt hinter dem Begriff immer ein selbstloser, ja patriotischer Mensch, der es mit seiner durchaus lobenswerten Eigenschaft etwas übertrieben hat und dabei ins Schleudern geraten ist. Ich bewundere diesen Fleiß: Achtzehn Jahre lang täglich achtzehn Stunden arbeiten! Dazu gehört ein eiserner Wille und ein großes Ideal. Das sind Eigenschaften, die uns Mongolen in der heutigen Zeit schmerzhaft fehlen. Wenn ein jeder dort, wo er steht, so arbeiten würde, dann wären wir unserem Ziel, dem Sozialismus, schon bedeutend näher gerückt!«

Im Raum wird es mucksmäuschenstill. Ich sehe meinen Arzt wie erstarrt dasitzen, den Blick auf die Wand gerichtet. Mir ist, als sei ein Brocken Stein von meinem Herzen abgefallen.

Nun wendet sich der alte Arzt an mich. »Junger Mann, bei deinem Kampf gegen die Trägheit, die unsere mongolischen Menschen von Geburt auf zu beherrschen scheint, hast du einen Fehler gemacht. Du hast es übertrieben. Dafür zahlst du jetzt einen schmerzhaften Tribut. Aber es sieht bei Weitem nicht danach aus, dass du gleich das Schlimmste befürchten müsstest. Nein, ein Mensch, dessen Schicksal besiegelt ist, sieht anders aus. Vertraue deinem Körper, er wird bei rechter Anleitung den Stress bald überwunden haben. Dies ist der Schlüssel dazu: Baue die unmenschliche Arbeitszeit, die du dir zur Gewohnheit gemacht hast, nicht auf ein Drittel, sondern auf die Hälfte ab! Das ist keine Empfehlung, nein, das ist ein weiser Befehl für ein ganzes Jahr. Verstanden, Mann?«

Die Stimme, die anfangs so zögerlich und gemächlich war, hat mit jedem Wort an Kraft und Tempo zugelegt, sodass sie bei diesem letzten Befehl volltönend dröhnt.

Ich erschrecke, schrumpfe in mich zusammen und versuche mit brüchiger, zittriger Stimme ein »Ja«.

Er fährt fort, nun den strengen Blick aus einem Paar bläulich umrandeter Altmänneraugen mit geschwollenen Lidern direkt auf mich richtend: »Noch ein paar Tipps. In den Stunden, da du weder schlafen noch ruhen kannst, verlasse lieber das Bett und gehe nach draußen. Laufe durch die Stadt, die du zu kennen glaubst, und schau langsam und genau auf die Dinge und Menschen. Sehr bald wirst du dir gegenüber zugeben müssen, dass du sie bisher gar nicht wirklich wahrgenommen und in ihrem Wesen erkannt hast. Wandere in die Berge und folge den Spuren des Lebens, wie es auf Schritt und Tritt wimmelt und krabbelt. Du musst dabei nicht unbedingt alle drei Schritte stehen bleiben und bis drei zählen. Bewege dich sachte, lausche dem Mantra in dir: Ich habe alle Zeit der Welt! So wirst du dich wieder an die Welt, die Dinge, die Menschen, das Leben gewöhnen. Trage dabei in der Manteltasche immer eine winzige Flasche ...« Er macht eine Pause, lächelt mich kaum erkennbar an und verrät endlich: »Mit gutem, klarem Schnaps! Dies für den Fall, dass der Schmerz im Herzen sich meldet. Dann nimmst du einen winzigen Schluck und lässt Tropfen um Tropfen die Kehle hinunterrinnen. Du wirst merken, dass ein, zwei, drei Atemzüge später die Schmerzen vergehen. Manche aus meiner eigenen Reihe sticheln diesbezüglich gegen mich. Doch ich, gekrümmt unter der Last der verlebten Jahre, stehe gerade für das, was ich da sage: Alkohol ist Gift, ja, aber er ist auch Medizin. Wo die Grenze zwischen den beiden liegt? Dort, wo das richtige Maß zu Hause ist!«

Dann wendet er sich an Hassaa. »Und nun auch einen Ratschlag an dich, Töchterchen. Als vierfache Mutter hast du es mit diesem merkwürdigen Kerl bestimmt nicht leicht. Doch ich sehe, dass du zu ihm stehst. Habe Verständnis für ihn, seine Rückgewöhnung auf den normalmenschlichen Lebensrhythmus wird nicht frei von Schmerzen sein und einer Wiedergeburt gleichen. Dieser Kerl macht sich und jedem in seiner Nähe das Leben nicht gerade leicht. Aber in seinem Kern ist er nicht übel gestrickt. Du hast es wohl früher als alle anderen erkannt. So nimm ihn wieder nach Hause mit, und verbanne jeden Gedanken an Tod und Trennung aus deinem und seinem Kopf!«

Da nehme ich wahr, dass Hassaas Augen voller Tränen sind. Auch ich muss kräftig auf meine Lippen beißen. Obwohl niemand uns dazu die Erlaubnis erteilt, stehe ich auf und gehe zur Tür. Hassaa folgt mir. Ich hätte so gern einen Blick auf die Runde geworfen und wenigstens den alten, gütigen Menschen erkennen lassen, wie dankbar ich ihm bin. Doch ich habe Angst, in Tränen auszubrechen. So muss ich geschwind zur Tür.

Das Patientenbuch bringt mir die Schwester nach, als wir längst im Gang sind.

Wie dankbar bin ich, als Hassaas kleine, erhitzte Hand die meinige streift und sich sogleich in sie hineinwühlt! Die zwickende Kälte, die uns hinter der Ausgangstür des Krankenhauses empfängt und ans Hier und Jetzt erinnert, empfinde ich als eine Wohltat.

Der Bus lässt lange auf sich warten. Doch solches hat jetzt keine Bedeutung. Wir warten geduldig und treten dabei mit den hart gefrorenen Schuhsohlen gegen den vereisten Schnee, im Achtel- und zwischendurch sogar im Sechzehntel-Rhythmen der alten kaukasischen Tänze. Das hilft, bei grimmiger Kälte die Füße in den Stiefeln vor totaler Erfrierung zu schützen. Jeder Städter, der auf den Bus warten muss, kennt diese Kunst. Gemeinsam und ohne einen Hauch von Hemmung stehen die Wartenden beieinander und vollführen die wild klopfenden und trommelnden Tritte auf dem Erdboden.

Die Heimfahrt hinter blind vereisten Fensterscheiben über die hucklig-bucklige Strecke kommt mir wunderbar feierlich vor, wie ein Schweben durch dämmerig-löchrige Wolkenlandschaften. Dieser eine Gedanke entfaltet sich wieder und wieder in meinem Hirn und zieht in Wellen durch alle meine Körperlandschaften wie über einen stillen Seespiegel: Ich muss nicht sterben … Ich muss nicht sterben … Ich muss nicht sterben …

Dann der nächste Gedanke: Ich darf bei meiner Hassaa bleiben … Bei Hassaa bleiben …

Wir haben unsere Hochzeit nicht gefeiert. In meinem späteren Leben werde ich viele prächtige und meist alle Grenzen nomadischer Schlichtheit sprengende Hochzeiten miterleben. Und jedes Mal, wenn das Hochzeitspaar, thronend in einer blumen- und ballongeschmückten Luxuslimousine, davongleitet, werde ich ihm nachschauen und an unsere Busfahrt vom Tod zurück ins Leben denken und mich fragen, ob sich die jungen Menschen da vorne auch so schwerelos fühlten. Ja, ich war, wir waren sehr glücklich in jener Stunde und fühlten uns wie im siebten, achten oder gar neunten Himmel.

In unseren vier Wänden angekommen, scheint es mir wesentlich besser zu gehen. Dies wohl, weil ich die von den wirbelnden Strömungen der Zeit gewaschene, gesiebte und geschliffene Gestalt des alten Arztes vor mir sehe, seine mächtig dröhnende, innig gütige Stimme im Ohr habe. Den Sinn seiner Worte begreife ich nun noch besser.

Da mache ich mir wieder einmal tiefere Gedanken darüber, welche Kraft doch in dem Wunderding Wort stecken muss – verletzende wie auch heilende. In meinem Gedächtnis erwacht ein Sprichwort nach dem anderen. Alle aus der Muttersprache, die mir eine kurze Weile lang – in jener verblendeten Zeit, als ich das Fremde für übermächtig hielt – wie ein versiegender Teich vorkam, die sich dann aber als ein ewig strudelndes, unerschöpfliches Meer erwies. Wunden von Waffen heilen, Wunden von Worten heilen nie. Ein Pferd, das dem Strick entkommt, kannst du wieder einfangen. Ein Wort, das den Lippen entschlüpft, ist für immer davon. Mit Dolchen kannst du verletzen und töten, mit Worten kannst du auch heilen und retten …

Da ergreift mich wieder einmal die heilige Ehrfurcht vor der Weisheit meiner Vorfahren, so schlicht, dennoch so tief im Denken. Noch ahne ich nicht, dass der kunstvolle Umgang mit Worten, mir vorgelebt von meinem Hirten- und Jägervolk, mich eines Tages in die Lage versetzen würde, nicht nur von geschriebenen, sondern auch von gesprochenen Worten mein tägliches Brot zu verdienen. Hätte mir da einer gesagt, ich würde dereinst mit Vorträgen zu Themen wie »Heilung mit

Worten« oder »Wie du denkst, so sprichst du, und wie du sprichst, so lebst du« oder »Redend webst du dein Schicksalsnetz mit der Zunge« wie ein Wandervogel über Gottes Erde reisen, wäre ich wahrscheinlich in Schock verfallen.

So verbringe ich zu Hause, in meinem traumhaften Glücksgehäuse, meine unermesslich gewordene Lebenszeit in einem schwebenden Rauschzustand. Wenn der Schmerz sich meldet, verleugne ich ihn. Und rede mir ein, auch ohne die lästigen Tabletten und Tropfen auszukommen. Doch mit der Zeit wird der Schmerz so heftig, dass ich doch zum Fläschchen mit den Schmerztropfen greifen muss. Die Linderung der Krämpfe im Herzensraum verschafft mir Erleichterung, aber auch eine leise Enttäuschung. Letztere gilt mir selbst, da ich wieder einmal einsehen muss: Deine Menschennatur ist stärker als dein Wille.

Was mich aber nicht davon abhält, dem Grund für die rasch eingetretene Linderung des Schmerzes nachzugehen. Ich versuche, die winzigen Buchstaben des Etiketts an der Flasche zu entziffern. Unter manch unbekannten Bestandteilen finde ich einen bekannten: Alkohol, 28 %. Aha! Mir fällt die Empfehlung des alten Mannes ein: Guter, klarer Schnaps!

Ja, da haben wir es. Warum dann nicht gleich den Schnaps im Laden holen? Der ist mit mindestens 38 % noch stärker. Also dürfte er noch besser wirken. Und auch mengenmäßig: Aus dem Medizinfläschchen darf ich nur zwanzig Tropfen nehmen, da gibt jeder Schluck aus der gekauften Flasche deutlich mehr her! So entscheide ich mich für den Schnaps.

Jahrzehnte später werde ich von der wundersamen Wirkung des Placeboeffekts erfahren und mich an den Alltag der nomadischen Welt mit der oft spielerisch anmutenden Suche nach Heilung erinnern samt ihren Beschwörungen, Andachten und Ritualen. Was sich letztlich mit der neuzeitlichen Medizin, ihren Bergen von Arzneien und Seen von Tropfen samt allen Kniffen und Tricks vergleichen lässt. Könnte hinter Tabletten und Tropfen, Spritzen und Salben, Tricks und Tipps nicht ein gewisser Placeboeffekt stecken?

Wieder in den eigenen, so wunderbar vertrauten vier Wänden und in der Mitte meiner lieben Familie, die ich vor wenigen Stunden erst gar nicht wiederzusehen geglaubt hatte, nehme ich das Glück des Daseins mit jeder Faser meines Bewusstseins wahr, fühle es mit jedem Zipfel meines Körpers.

Doch dann, nach einem ersten, kurzen Schlaf, liege ich hellwach neben meiner Hassaa, glücklich über ihre glühende Hitze, das friedliche Schnaufen und den betörenden Duft, in den sie mich hüllt. Glücklich, aber schlaflos. Dabei spüre ich hin und wieder dumpfe, nadelfeine Stiche nicht nur im Herzensraum, sondern auch entlang der Arme und Beine, in den Sehnen und Muskeln, zwischendurch auch in den Knochen.

Im Kopf weckt das ungute, schwere und düstere Gedanken. Sie münden schließlich in dem Tümpel Trotz. Da beschließe ich, alles, aber wirklich alles, was die Ärzte mir im Laufe der letzten Jahre vorgebetet haben, genau umgekehrt zu machen. Sind sie nicht schuld an meinem jetzigen Zustand? Ab dem morgigen Tag ist Schluss mit all den Dummheiten wie dem langsamen Treppensteigen und dem Zählen der Stufen! Ich werde sogar damit anfangen, wieder Sport zu betreiben!

Eine Stimme, vielleicht die der Vernunft, glaube ich, in mir zu hören: Und dies mitten in der Zweiten Neun, bei minus vierzig Grad Kälte? Das stachelt meinen Trotz erst recht an. Ja, wenn es sein muss, auch in der ärgsten Kälte. Meine Mutter erzählte mir, ich sei inmitten der Ersten Neun an einem klirrend kalten Morgen zur Welt gekommen, darum sei ich so kältefest. Vielleicht ist mir die Kälte so wichtig wie der Sauerstoff?

Das bequeme Stadtleben hat sie mir geraubt, und darum kränkele ich.

Ich muss Hassaa um ihre Telefonnummer fragen. Wie man sie im Notfall am schnellsten erreicht.

Warum das, wird sie wissen wollen. Bei der Arbeit habe sie keine Zeit für Telefonate!

Es könne manchmal doch Wichtigeres geben als die Arbeit, werde ich ihr sagen. Vielleicht, dass ich zu ersticken drohe vor Sehnsucht nach ihrer Stimme. Dann kann ich kurz anrufen, ihre Stimme hören, und bin gerettet.

Noch sei keiner erstickt vor Sehnsucht, wird sie antworten und mich so spitzbübisch anschauen, dass ich ihr sofort einen kräftig-saftigen Schmatz verpassen würde, wären wir nur zu zweit im Raum. Doch weil die Kinder anwesend sind, werde ich nur mit einer tiefernsten Stimme sagen: »Was wäre, wenn ich im Sterben läge!«

Über ihr leuchtendes Gesicht wird sofort ein Schatten huschen, und sie wird für einen Herzschlag lang verstummen. Dann wird sie die Nummer aufsagen, und ich werde versuchen, sie zu beruhigen, indem ich verspreche, die fünf Ziffern nur dort – ich deute auf meine Stirn – aufzubewahren. Da wird sie mich einen weiteren Herzschlag lang stumm anschauen, dies aber mit einem Gesichtsausdruck, der dem Weinen genauso nah ist wie dem Lächeln. Unser spielerischer Seelenverkehr wird damit enden, dass sie mich am linken Ohrläppchen sanft und kurz zupft. Wie sie es immer zu tun pflegt – nur links, nie aber rechts.

Die Telefonnummer wird wenig später, gut lesbar auf einen handtellergroßen Kartonfetzen gemalt, in die Außentasche meines dicken, langen Wintermantels gelangen und mich den ganzen Winter begleiten, mit der Notiz auf der Rückseite:

Im Ernstfall bitte die Person unter dieser Nummer benachrichtigen!

So beginnt meine Winterschlacht gegen den Todesteufel, der bis in meinen Herzensraum vorgedrungen zu sein scheint und sich nun dort versteckt hält. Die Ärzte haben mich im Laufe vieler Jahre nur die Defensive gelehrt. Nun habe ich erkannt, dass auf diese Weise die Niederlage zwar hinausgezögert, das böse Ende jedoch nicht abgewehrt wird. Jetzt habe ich mich für die Offensive entschlossen. Aller Gefahren bewusst, will ich so meine Lebenszeit auf Gottes Erde vielleicht doch noch verlängern. Und nicht den Helden herauszukehren, der dem Sensenmann schrecklos entgegeneilt. Eine gewagte Taktik, aber getragen auch von einem Schuss Vertrauen in die Kräfte meines Willens und Körpers, die dem geschärften Blick jenes hochbetagten Arztes ja auch aufgefallen sind. Ich will leben, und dies nicht nur im Sinne von Atmen und Kauen, sondern als gesunder, tätiger Mensch, imstande, für sich und seine Nächsten zu kämpfen und dabei über jeden Widerstand und auch über die eigenen Schwächen zu siegen!

Um sechs Uhr in der Frühe verlasse ich die Wohnung, dick und warm angezogen, wie vermummt. Um die Mütze aus Altai-Herbstmurmeltierfell mit langen, breiten Ohrklappen ist noch ein Wollschal gebunden, sodass Mund und Nase verdeckt sind, bis auf einen schmalen Schlitz vor den Augen. Der Leib steckt im dicken, langen Wintermantel sibirischer Art, die Füße in einem Paar einheimischer Filzstiefel und die Hände in Fäustlingen aus Winterschaffell. Als ich diese vermummte Gestalt im großen Spiegel im Korridor wahrnehme, erwacht in mir das Bild der Soldaten entlang der Stalingrader Fronten im Schreckenswinter des Jahres 1943. Da zuckt es durch meinen Schädel: Bin ich nicht in jenen schicksalhaften Stunden zur

Welt gekommen? Jetzt gilt es zu beweisen, dass das kein Zufall ist. Der Gedanke hilft mir sogleich. Denn bei meinem winternächtlichen Gang friere ich nicht, sondern kämpfe mich durch klirrende Kälte, Dunkelheit und heulenden Wind und spüre dabei eine Hitze, die mich von innen her zu verbrühen, zerschmelzen und ersticken droht.

Freilich spüre ich dabei so höllische Schmerzen, dass ich immer wieder stehen bleibe und eine geballte Faust gegen die Stelle im Brustraum presse. Wieder und wieder ergreift mich Schwindel, und ich sehe kreisende rote Punkte vor den Augen. Doch sogleich verschwindet diese Sinnestäuschung, sodass ich den Kampf, mich voranzubewegen, verbissen fortsetze. Es ist der Kampf eines glühenden, flammenden Willens gegen die stockende, versiegende Schwäche eines Körpers.

Die Schlacht findet auf der Rennbahn im Park hinter dem Regierungspalast statt, keine fünf Minuten Gehweg vom Haus, in dem wir wohnen. Sie beginnt bei dem von den Ärzten gerade noch genehmigten Tempo und steigert sich im Laufe der nächsten Tage, Wochen und Monate Stufe um Stufe bis zum Laufschritt. Dazu kommen gymnastische Übungen aus der Schulzeit, die mir wieder einfallen, sie gipfeln in den Liegestützen. Da erst wird mir bewusst, wie geschwächt mein Körper schon ist. Ich kann mich erinnern, auf wie viele Liegestütze ich es als Schüler zuletzt gebracht hatte: auf fünfzig. Nun aber komme ich mit Not und Mühe auf zwanzig, o Himmel! Ich schwöre einen Eid, jeden Tag einen dazuzulegen.

Als ich nach einer guten Stunde nach Hause komme, empfängt mich Hassaa mit einem Schreckensruf: Wie ich denn ausschaue! Ich trete vor den Spiegel und erblicke jenes vermummte Wesen, nun aber mit einem reifweißen Oberteil. Aber ich habe keine Kraft mehr, darüber zu lachen. Schwitze, keuche, wanke und spüre eine große Wunde im Brustkasten. Doch darf ich diese wahre Lage meiner Frau gegenüber auf keinen Fall zugeben, da die ersten Töne der Schelte schon längst gefallen sind.

Sie hat von Anfang an Bedenken gehabt wegen meines Vorhabens, alle ärztlichen Verordnungen über den Haufen zu schmeißen. Nur ungern hat sie mich in die heulende Kälte der stockfinsteren Nacht gehen lassen. Hat gedacht, ich würde nur ein paar Minuten draußen frische Luft schnappen. O je, sie war schon bereit, nach mir suchen zu gehen, die Fellmütze bereits aufgesetzt, den warmen Wollschal schon über die Schulter geworfen. Ich muss mir weitere Schelten anhören, lasse sie schweigend über mich ergehen. Ich bin ja das Kind, das etwas verbrochen hat. Auch fühle ich mich außerstande, ein Sterbenswörtchen der Verteidigung hervorzubringen.

Später, als Mutter und Kinder ihren Pflichten nachgeeilt sind und ich allein zu Hause bin, überdenke ich noch einmal die Lage. Ich habe das Äußerste gewagt und es vorerst gut überstanden. Mein Körper wird künftig mit solchen Portionen Anstrengung irgendwie fertigwerden. Ich muss nur aufmerksam auf seine Zeichen achten und Mut und Demut zu einem Gespann zu vereinen wissen. Obendrein gelingt mir zum ersten Mal seit Jahren mitten am Tag ein kleiner Schlaf. Danach fühle ich mich von den Anstrengungen in der Frühe erholt und nun sogar erfrischt. Ein lichter Moment kommt hinzu: Ich wage noch ein paar Liegestütze, diesmal mit dünner Bekleidung auf dem Teppich. Wieder komme ich auf zwanzig. Wenn ich mich weiter angestrengt hätte, dann hätte ich auf einundzwanzig oder sogar die zweiundzwanzig kommen können. Doch ich lasse mir etwas Freiraum, um der Prüfung des morgigen Tages gesichert entgegenzusehen. Mit dem, was im Verborgenen steckt, kann man doch hin und wieder auch ein wenig spielen!

Und da treffe ich von einem Pulsschlag zum nächsten eine Entscheidung: Rufe meinen Abteilungsleiter an und bitte ihn um Genehmigung, gleich ab dem heutigen Tag den Urlaub anzutreten, der mir nach dem Arbeitsgesetz jährlich einmal zusteht.

Er wirkt verwirrt. »Wieso denn das? Bist du denn nicht im Krankenhaus?«

Ich sage, dass ich darauf verzichtet hätte, weil ein Arzt mir in Gegenwart aller seiner Kollegen einen Weg zur Selbstheilung empfohlen habe. Dafür brauche ich nun den Januar.

Mein Chef und Kollege scheint immer noch verwirrt und fragt zögernd: »Warum denn schon im Januar? Ich zumindest fände es schade für dich. Willst du nicht den Urlaub in einer wärmeren Zeit genießen?« Zuletzt aber hat der gute Abteilungsleiter nichts dagegen einzuwenden, verspricht, meinen Entschluss der Leitung und dem Kollektiv weiterzuvermitteln, und wünscht mir Erfolg bei meinem gewagten Eigengang.

Ich lege auf und sitze eine kleine Weile mit geschlossenen Augen unbeweglich da. Fühle mich erleichtert, diese fällige Aufgabe hinter mich gebracht zu haben. Aber ich ahne, was der gute Freund von mir denkt: Der Kerl kanns nicht lassen. Selbst bei einer so ernsten Krise, wo es um Leben und Tod geht, hat er sich für einen absonderlichen Gang entschieden. Wenn das nur gut geht.

Nach dieser Einbildung gehe ich meinem Vorhaben erst recht nach, um am guten Ende gesundet und gestärkt auf die Lebensbühne zurückzukehren. Ich habe ja kein Recht, länger als die mir gesetzlich zuerkannte Frist krank und schlaff zu bleiben, geschweige denn zu sterben! Laut und tief hole ich Atem. Nun, ohne Wenn und Aber, vorwärts!

Warm angezogen verlasse ich die Wohnung und gehe in den

kalten, jedoch längst nicht mehr so beißend eisigen Tag hinaus. Gehe zu dem Park, durch den ich vor Stunden keuchend gehastet bin. In der südöstlichen Ecke, die am dichtesten bewaldet ist, entdecke ich zu meiner freudigen Überraschung drei Hirsche stehen. Sie haben sich an das Stadtleben mit Menschen und Autos gewöhnt, denn sie verfolgen den Verkehr ringsum mit ihren schreckwachen, glänzenden Augen, aber halten all das Geräusch und Gewimmel doch irgendwie aus und scheinen den ganzen Tag hier in ihrem unsicheren Versteck zu verbringen. Nur wenn einer von den vorbeihastenden Menschen stehen bleibt oder gar ihnen näher rückt, werden sie unruhig und weichen schleunigst in einen anderen Winkel des Parkwaldes aus, mit weit ausholenden, flinken Schritten auf ihren wunderbar schlanken Beinen.

Also bleibe ich nicht stehen, gehe weiter auf dem Weg, der, eine Ellipse bahnend, den ganzen Park durchzieht. Sie lassen sich von mir nicht stören. So umkreise ich sie auf meiner Ellipse, wie auf der Rennpiste eines Stadions, ganze fünf Male. Und dabei merke ich, dass ich kein einziges Mal etwas von meiner alten Herzbeschwerde spüre. Wie dankbar bin ich diesen edlen Wald- und Bergbewohnern – sie sind mir ein Geschenk des Himmels!

Als am Abend die ganze Familie versammelt ist, erzähle ich voller Freude von meiner Entdeckung. Die Kinder wollen sogleich hinausrennen und die Wesen, die sie bisher nur von Bildern kennen, leibhaftig und lebendig sehen. Die Mutter jedoch sagt ohne jegliche Regung in der Stimme: »Ja, die Hirsche, die kommen bei uns tagtäglich, manchmal bis zu den Müllkübeln. Wir werfen ihnen Eisklumpen nach, weil sie die Kübel umstoßen.« Und sie spricht ein Machtwort aus: »Nein, heute nicht! Um diese Tageszeit ist ohnehin nichts mehr zu sehen.«

Worauf ich die Kinder tröste mit dem Versprechen, sie morgen mitzunehmen. Am nächsten Morgen gehen wir gemeinsam tatsächlich zu den Hirschen. Die Kinder sind so begeistert und beeindruckt, dass ich sie auf dem Nachhauseweg frage: »Könnt ihr ein Geheimnis hüten?« Natürlich kommt aus jedem Mund sofort ein »Ja«, und ihre abenteuerlustigen Augen leuchten wie sprühende Flammen. »Verratet niemandem, was ihr hier gesehen habt. Damit sie nur unsere Hirsche bleiben! Wenn andere davon erfahren und die scheuen Tiere belästigen, werden sie wieder davonziehen.«

So beginnt mein neues Leben. Aber nichts soll beschönigt und gelogen sein: Der Anfang fällt mir schwer, zeitweise ist es zum Verzweifeln und schmerzhaft. Dermaßen schmerzhaft, dass es mir in der Nasenwurzel sticht und die Augenränder heiß anlaufen. Manche Male denke ich, Großer Himmel, ich sterbe und tue mir selbst leid. Doch dann endet es nicht ganz so schlimm.

Am schwierigsten sind die morgendlichen Liegestütze. Wenn ich meinen lang und flach gestreckten, steinschwer anmutenden Körper gegen die Saugkraft der Erde stemme, kommt es mir vor, als wäre ich dabei, eine steile Wand zu besteigen. So manchen Tag schaffe ich die angezielte Zahl nicht, so sehr ich mich auch anstrenge und mir brennend wünsche, auch dieses eine Schrittchen zu tun. Am Ende solcher Kämpfe breche ich zusammen und bleibe mit zuckendem Kinn und laufender Nase auf der eiskalten, steinharten Erde liegen. Und spüre, dass etwas in mir heult und brennt, vor Wut auf meinen eigenen, so schändlich schwachen Körper.

Doch keine Niederlage vermag es, meinen Willen zu brechen. Den hat mir vielleicht der Schöpfer noch vor der Geburt zum Ausgleich für den mir zugefallenen dürftigen Leib und zum Schutz des daran klebenden schwachen Fleisches in meinen Schicksalsbeutel gesteckt. Ich bin nicht gewillt, die demütigende Niederlage inmitten der eiskalten, noch finsteren Frühstunde gedemütigt hinzunehmen. Wenn der Tagesplan so schändlich zerspringt, gehe ich das Ziel im Laufe der helllichten Stunden unter günstigeren Umständen von Neuem an und erreiche es in der Regel. So darf ich mich denn als Sieger sehen und jenes unsichtbare Wesen in mir, das ich splitternackt, hopsend und geltungsbedürftig weiß, endlich beruhigen.

Von wirklichem Belang dabei ist: Von Tag zu Tag spüre ich immer seltener und weniger Schmerzen im Brustraum. Und im gesamten Leib erwacht die Kraft.

Am 11. Februar – es ist ein Montag – kehre ich an meine Arbeitsstelle zurück. Ich spüre die Freude des Neubeginns wieder einmal in all meinen Adern erwachen. Wie vor drei Jahren an jenem Morgen, als ich den Griff der gewaltigen Tür zum Palast des Zentralrats der Gewerkschaften aufriss, wie einer, der dazugehört. Und natürlich werde ich von allen Seiten mit freudiger Überraschung empfangen.

Nun wieder meine Pflicht vor dem Staat erfüllend und das tägliche Brot für die Familie verdienend, bin ich ehern entschlossen, meine andere Pflicht gegenüber dem eigenen Körper keinesfalls wieder zu vernachlässigen. Ich setze den Morgensport fort und erhöhe täglich die Belastung. Die Schmerzen nehmen ab, die Kräfte zu. Gegen Ende des Frühjahrs weiß ich sehr oft gar nicht mehr, ob denn überhaupt ein Herz zu meinem Körper gehört. Ja, so ist es – ist ein Organ gesund, dann erfüllt es seine Aufgabe, ohne von sich etwas merken zu lassen.

Erst jetzt genieße ich das Dasein auf Gottes Erde richtig, als wären meine Sinne endlich entschleiert worden. Die Erkrankung, die meinem Leben um ein Haar ein Ende bereitet hätte, hat mich mit der wertvollsten Erkenntnis belohnt. Wofür ich ihr mehr als dankbar bin. Auch an Hassaa erkenne ich neue Lebensfreude. Ja, ich lebe ermutigt und erstarkt, wieder einmal fast euphorisch, doch nun mit der Zugabe einer guten Portion Demut.

Eines Tages, mitten im tobenden, tosenden Stadtverkehr, begegne ich auf der Straße meinem Arzt, jenem Mann, der mir damals nur zwei Monate Lebenszeit prophezeit hat. Als der Jüngere von uns zweien begrüße ich ihn zuerst, mit einem leichten Kopfnicken und einem leisen »Guten Tag«. Er scheint in seinen Gedanken versunken und schaut mich verwundert an. Offensichtlich erkennt er mich nicht wieder. Klar, denke ich, damals war ich doch so schreiend feierlich angezogen, während ich heute dagegen in meiner Alltagsbekleidung stecke.

Und damit will ich an ihm vorbeigehen. Doch dann ändert sich mit einem Mal seine Miene, er bleibt stehen. Mit einer Stimme, die sich fast panisch anhört, ruft er: »He, junger Mann! Bist du derjenige, der wegen einer Herzgeschichte zu Anfang des Jahres bei uns war?«

Mein Name ist ihm so schnell nicht wieder eingefallen. Aber dass er sich wenigstens an mein Gesicht erinnern konnte, das rechne ich ihm hoch an. Sein schönes Gesicht zeigt ein mildes Lächeln, er streckt mir die Hand entgegen, die auffallend weiß wirkt und sich dann auch recht weich anfühlt. Meine Hand mit Nachdruck festhaltend, sagt er, als hätte er etwas Unerwartetes entdeckt: »Du siehst sehr verändert aus!«

Ich ahne, was er meint, aber ich schweige und warte ab, was noch kommt.

»Du siehst aus, als hättest du nie etwas mit dem Herzen gehabt. Sag mir, wer dich geheilt hat!«

»Ich glaube, mein Lebenswille und der Sport haben mich geheilt.«

Er hebt die Augenbrauen. »Sport? In deinem damaligen Zustand? Ich erinnere mich genau an meinen Befund!«

»Ihr habt recht, mit meinem Herzen stand es nicht gut. Das war die Folge von all dem, was wir im Laufe ganzer Jahre gemeinsam vermasselt haben. Ich selbst aus falschem Ehrgeiz und krankhafter Dickköpfigkeit. Aber auch die vielen Ärzte aus fehlender Kenntnis, die anderen aus Besserwisserei.«

Sein Gesicht, das soeben noch vor Neugier strahlte, verfinstert sich mit einem Schlag. Ich höre, wie er die zornigen Worte herausspuckt: »Du Angeber! Du wagst es also, für die Folgen deines Wahnsinns uns Ärzte zu beschuldigen?«

Ich bleibe erstaunlich ruhig und kühl. »Ihr habt mich gefragt, Genosse Doktor. Und ich habe so schonend geantwortet, wie es nur ging. Nun sehe ich mich gezwungen, die hässliche Wahrheit offenzulegen: Ja, vom ersten Tag an habe ich das Gegenteil von all dem getan, was ihr Ärzte mir verordnet habt. Habe mich aus der Schonecke herausgeholt, zuerst meine Hülle zerstört und sie dann neu errichtet. Denn sie war erstarrt und hatte schon angefangen zu verfallen.«

Der Genosse Doktor wird wieder bleich und stammelt ungehalten: »Nein, du Grünschnabel! Lass dieses Gerede, denn du hast ja keine Ahnung von der medizinischen Wissenschaft, und jene, die Wissenschaft, die ich studiert habe und der ich seit Jahren diene, sagt mir, dass das, was du soeben gesagt hast, absolut unmöglich ist!«

»Bin ich denn, wie ich hier vor Euch stehe, nicht Beweis genug, dass ich nicht gelogen habe?«

Er zittert und stammelt. Da werde ich von einem merkwürdigen Gefühl überwältigt. Der schöne Mensch, der gute Mann, der seinem schweren, hoch angesehenen Beruf treu ist, tut mir leid. Ich komme mir schuldig vor, weil ich trotz seiner gewiss wissenschaftlich begründbaren Voraussage nicht tot bin, sondern quicklebendig dastehe und darum wohl auch frech wirke. Ich zwinge mich zu einem Schritt, der durch den deutlichen Altersunterschied zwischen uns angemessen sein dürfte: verneige mich vor ihm. »Verzeiht mir, großer Bruder, wenn ich mich Eurem Berufsstand gegenüber ungehörig ausgedrückt haben sollte!«

Dann strecke ich ihm vorsichtig die Hand entgegen. Wie sehr freue ich mich, als sein verdutztes und verfinstertes Gesicht sich aufhellt und schließlich seine weiße, weiche Hand die meinige berührt und kräftig drückt! Wir kommen in ein kurzes, ausgeglichenes Gespräch, das sich hauptsächlich um meine Arbeitsstelle dreht. Zum Schluss sagt er, dass wir uns ein andermal die Zeit nehmen würden, das wunde Thema zu besprechen.

Das Versprechen bleibt vorerst unerfüllt. Doch Tage später wird sich ein älterer Mann auf der elliptischen Rennbahn des Parks zu mir und meinen beiden Buben gesellen, wodurch sich unser Trio zu einem Quartett erweitert. Bald werde ich erfahren, wer ihn dazu veranlasst hat – jener Arzt, der so viel Treue zu seinem Berufsstand gezeigt hat! Wollte also der Genosse Doktor durch einen Patienten sprechen und sich bei mir entschuldigen? Oder hat er einen Ahnungslosen als Versuchskaninchen zu mir geschickt? Wie auch immer, die Bewegung scheint dem üppig beleibten Mann nicht zu schaden.

Im neuen Mitglied unseres Morgenquartetts muss eine gesellige und mitreißende Menschenseele stecken. Denn von Morgen zu Morgen schwillt unser Quartett zu einer richtigen Gemeinschaft an, vereint durch die Leidenschaft, auf der vertrauten Piste einige Runden zu drehen und zum Schluss in gemächlichem Schritt und bei einem behaglichen Schwätzchen den aufgewühlten Körper zur Ruhe zu bringen. Bei dieser Gelegenheit bekomme ich allerlei Begebenheiten der Welt und des Lebens zu hören und lerne nach und nach weitere Menschennaturen kennen.

Eines Tages schreibe ich über unsere Gemeinschaft einen Bericht mit dem Titel *Vom Reitervolk zum Läufervolk* und schicke ihn nach Berlin. Einige Zeit später bekomme ich von der Gewerkschaftszeitung *Tribüne* den gedruckten Artikel zurückgeschickt. Denn ich fungiere als internationaler Korrespondent dieses Blattes.

Habe ich mich nicht geniert, diese Kleinigkeit zu erwähnen, dann wäre es doch ungerecht, eine kleine Familiengeschichte unerwähnt zu lassen. Die Minuten vor, nach und zwischen unseren Morgensportstunden nutze ich, um meinen sechs und neun Jahre alten Buben die Muttersprache von Goethe und Schiller, aber auch von Marx und Engels beizubringen. In Bissen und Schnipseln – jeden Morgen einige Wörter oder einen kurzen Satz. Das Ab- und Aufsteigen der sechsunddreißig Stufen im Treppenhaus, der Gehweg zwischen Haus und Park, je zwei Minuten, das reicht den morgenfrischen Kinderhirnen vollkommen aus, die Tagesportion aufzunehmen. Worauf es ankommt, ist, wie bei so vielem anderen, die Beständigkeit.

Damit meine Schüler es auch ernst nehmen, habe ich mir eine eigene Anreizmethode ausgedacht, die meiner guten Hassaa ein wenig fraglich vorkommt: Abends, wenn die Buben aus dem Bad kommen, frage ich sie nach dem morgens Gelernten. Für jedes hängen gebliebene Wort bekommt der Gefragte sofort einen Tögrük-Schein auf die Hand gelegt. Jeden Sonntag, nach unserem gemütlichen, gemeinsamen Frühstück, unterziehe ich die beiden einer kleinen Zwischenprüfung. Für jedes vergessene Wort müssen sie mir einen Tögrük-Schein zurückzahlen.

Ein erstes Ergebnis dieses durchaus merkwürdigen Unterrichts: Der Jüngere kann sich nach einem Jahr mit dem so verdienten Geld sein erstes Fahrrad kaufen. Der Ältere geht leer aus. Dieser Unterschied wird bleiben, scheint unveränderbar. Fortan wird immer der Jüngere Sieger bleiben, während der Ältere mit leeren Händen dasteht. Dabei verfügt der Ältere über ein deutlich helleres Hirn. O ja, der höhere IQ hört sich zwar schön an, aber wirklichen Nutzen bringt wohl am Ende immer der EQ.

3

Das so düster begonnene Jahr 1980 belohnt mich am Ende mit einer doch sehr hellen Bilanz. Das am hellsten strahlende Glanzstück in der Girlande aus prallvoll erlebten und lustvoll genossenen Tagen und Nächten ist meine Reise zur Eröffnung der Olympischen Sommerspiele in Moskau. Mein Vorgesetzter hat mich zum begleitenden Berichterstatter einer teilnehmenden Gewerkschaftsgruppe für das Großereignis in der Hauptstadt des mächtigen Nachbarn auserwählt.

Die Moskauer Olympiade findet trotz der Boykotte durch die USA und ihre stolzen, doch so unterwürfigen Verbündeten statt. Inmitten des Kalten Krieges sendet der Schein des olympischen Feuers aus der so oft zerstörten und nun dauerbeschimpften Stadt an der Moskwa ein Bild des Friedens und der Freundschaft in alle Welt. Das Eröffnungszeremoniell ist ein gewaltiges, atemberaubendes Spektakel und drückt gehörig auf die Tränendrüse. Angespannt folge ich den sich wandelnden Bildern, die unten auf der Bühne und oben am Himmel in Sekundenschnelle erblühen und schwinden. Tief in mir fühle ich jenes Erhabene brodeln und überkochen, das mir nur die hohe Kunst hin und wieder beschert, zum Beispiel wenn ich in Lermontows *Borodino* lese, der Platte mit Beethovens *Heiligenstädter Testament* lausche oder Raffaels Sixtinische Madonna betrachte. Noch Jahre später werde ich den plüschweichen, nussbraunen Bärenjungen Mischka, die Symbolfigur der Moskauer Olympiade, in die Hand nehmen, an die Backen drücken und voller Dankbarkeit denken: Wie gut, dass ich am Leben geblieben bin und dieses Kapitel der Weltgeschichte habe erleben dürfen!

Wenige Monate später, Anfang Februar 1981, kehre ich also schon zum dritten Mal nach Moskau zurück. Ich darf zum Augenzeugen eines weiteren Großereignisses werden: eines Menschenflugs in den Weltraum. »Unser Geliebter Führer« – so wird der Staatsführer Zedenbal, von 1940 bis 1984 ununterbrochen an der Macht, in den Medien genannt – hat bei der sowjetischen Regierung erreicht, dass zu Ehren des Staatsjubiläums einer seiner Bürger in den Weltraum geschickt wird. Denn im selben Jahr im Juli feiert unser Staat sechzig Jahre Mongolische Volksrevolution. Von der Weltraumkommission werde auch ich mit meinem holprigen Schulrussisch und meiner dilettantischen Lust auf die Wissenschaft profitieren.

Ich stecke in einer Gruppe von einem satten Dutzend Journalisten. Zu Hause haben wir wochenlang Grundkenntnisse des Raumflugs gepaukt. Wir werden im einfachen, aber soliden Hotel Mir untergebracht, immer zu zweit in einem Zimmer. Mein Mitbewohner ist der Fotograf L., ein Mann in meinem Alter, schlank und flink wie ich auch. Manche der Kollegen meinen, wir würden einander verblüffend ähneln. Tatsächlich kommen wir von der ersten Stunde an gut miteinander aus, was in solchen Fällen lebenswichtig ist. Bald kommt ein weiterer Grund hinzu, ihn zu mögen: Ich erfahre, er ist der jüngere Bruder des Dichters Schirtschin, aus dessen Gedichtband *Ujars'n setg'l* – Gerührtes Gemüt – ich schon als Schüler so manche Verse auswendig gelernt habe. Und zu einigen habe ich damals sogar selbst deutlich nachempfundene Zeilen gedrechselt.

Beide führen wir hin und wieder Telefongespräche vom Zimmer aus mit unserer Familie. Denn jeder von uns verfügt über einen Code, der uns erlaubt, Berichte an die Redaktion durchzugeben und so mit der Heimat Kontakt zu haben. Wie ich zu hören bekomme, ist am anderen Ende der Leitung mal die Frau, mal eins seiner Kinder. Eines Nachts aber höre ich meinen Zimmergenossen jemanden am anderen Ende der Leitung in überaus sanftem, ungewohntem Tonfall trösten. Die Worte fließen mir wie eine sanft gehauchte Melodie aus einer Edelholzflöte ins Ohr: Minii er'wg'r nüdün. Was für liebe, klangvolle Worte das doch sind: Mein volles, rundes, waches, lang gewimpertes Auge … Man könnte übersetzen: Kamelfohlenauge. Wie unerschöpflich reich an feinen Schattierungen ist doch das Mongolische. Ich gebe dem alten, seligen Rintschen, der für die Reinerhaltung dieser Sprache wie ein verwundeter Wolf gekämpft hat und so oft als Nationalist verschrien worden ist, abermals recht.

Wer aber ist jenes glückliche Wesen, das mit diesem Ausdruck belohnt wurde? Diese Frage raubt mir für den Rest der Nacht den Schlaf. War es eine Frau? Vermutlich. War es seine Frau? Dieser Gedankenfluss, ja Gedankensturm hat seinen Grund. Dem muss ich jetzt nachgehen.

Der gute Mann, der so angenehme Zimmergenosse führt ein Doppelleben. Er hat eine andere Frau. Er hat mir sogar gestanden, sie sei die eigentliche Gefährtin seines Lebens. Zwei Tage nach diesem Telefongespräch stößt sie zu unserer Gruppe. Und siehe da: Ich kenne sie. Sie ist keine andere als die N., die in meiner Erzählung *Der Ausflug* auftaucht und von der ich mich zum Schluss der Erzählung mit dem segnenden Wort verabschiede: Fließe, du, lebendes Wasser!

Verschlungene Wege des Lebensflusses! Nun begegnet sie

mir erneut, als heimliche Geliebte eines Familienvaters, der mit mir einen ganzen Monat auf engstem Raum verbringt. Unsere beiden Betten stehen nur anderthalb Schritte voneinander entfernt. Sie erkennt mich natürlich sofort wieder und streckt mir ihre Hand entgegen, fröhlich lächelnd: »Hallo, lieber Freund aus unserer Jugendzeit!« Nach dem Grund ihres verspäteten Auftauchens gefragt, erzählt sie mit deutlichem Stolz, dass sie sich an der Seite ihres Gatten ein paar Tage in Bulgarien erholt habe und erst vor einer Stunde in Moskau eingetroffen sei. Während ihr Gatte nach Ulaanbaatar weitergeflogen sei, habe sie sich zur nächsten Metrostation begeben.

Später erfahre ich von meinem Zimmergenossen, dass sie in einer anderen Etage mit einer anderen Journalistin ein Zimmer teile. Da aber auf diese kein Verlass sei, hätten sie beschlossen, sich lieber in unserem Zimmer zu treffen.

Und in all den darauffolgenden Jahren habe ich meinen sonst eher lockeren als verschlossenen Mund dichtgehalten. Selbst gegenüber meiner Hassaa. Habe gedacht, ach, wozu sie mit so verwickelten Ehegeschichten belasten? Denn die Sache hat meine Seele belastet. Sooft N. unser Zimmer betritt, überlege ich, was draußen für mich zu erledigen wäre. Und es gibt fast immer etwas. Im Kulturraum unten liegen viele Zeitungen und Zeitschriften. Oder ich bestelle im Speiseraum eine Kleinigkeit, setze mich in einen geschützten Winkel und lese oder schreibe. Manchmal gehe ich hinaus und lerne eine neue Ecke Moskaus kennen, um die beiden bei ihren Schmusereien nicht zu stören oder auch mich davon nicht quälen zu lassen. Wenn ich dann ins Zimmer zurückkomme, merke ich am Benehmen des armseligen Seitenspringers eine spürbare Verlegenheit.

Nachdem ich es fertiggebracht habe, dieses Geheimnis vor aller Welt so lange verschlossen zu halten, wieso decke ich es nun auf? Inzwischen sind alle, auf die ich Rücksicht zu nehmen hatte, nicht mehr am Leben. Und jenes Mitwissen einer nicht legalen Masche im Netz der zwischenmenschlichen Beziehungen auf Gottes Erde ist für meine Seele all die Jahre lang eine Last gewesen.

Die meisten Tagesstunden verbringen wir mit Besuchen im Flugleitzentrum oder von Stätten, die mit der Kosmonautik zu tun haben. Dazu gehören die Wohnstätten von drei historischen Persönlichkeiten, die mich zutiefst beeindrucken: Konstantin Ziolkowski, Sergei Koroljow und Juri Gagarin. Der Erste, weil er nicht nur ein großer Wissenschaftler war, den man Vater der Weltraumtechnik nennen kann, sondern auch, weil sein Schicksal sehr an das von Beethoven erinnert. Dreißig Jahre nach dem Abgang des störrisch-kämpferischen Tondichters auf die Welt gekommen, raubt eine Krankheit Ziolkowski mit zehn Jahren das Gehör. Mit Beethoven'scher Beharrlichkeit lässt er sich von Armut und Hindernis nicht beugen. Er begründet als Forscher und Theoretiker die Raketentechnik in einer Zeit, in der nur die wenigsten daran zu denken wagen.

Mit manchen der Kosmonauten knüpfen wir engere Kontakte, fast schon Freundschaft. Was mich betrifft, geschieht dies mit den beiden Russen Nikolajew, der als vierter Mensch in den Weltraum hinaufgeschossen wurde, mit Leonow, der als Erster außerhalb der Kapsel durch den Weltraum schwebte, und mit dem Vietnamesen Pham Tuan, der als Erster seiner Nation in den Weltraum ging, davor im Krieg eine amerikanische B-52-Maschine abgeschossen hatte. Besonders gut verstehe ich mich mit dem Deutschen Sigmund Jähn, dessen Freundlichkeit in Moskau so viele Menschen bewunderten. Ihn hatte ich anderthalb Jahre zuvor in der Spreemetropole bei der Parade zum Dreißig-Jahre-Jubiläum seines Staats getroffen und zu einem Kurzinterview bewegt. Ihn werde ich später in meinem Land zum dritten Mal treffen, wir werden einander in die Augen schauen und im Blick des anderen Wehmut erkennen: Wie anders verläuft doch dieses Leben, als wir es uns einst vorgestellt haben.

Ach, ich muss wieder einmal innehalten, sozusagen nach Luft schnappen. Heute ist der 21. Oktober 2018. Sonntagmorgen, kurz vor fünf Uhr, in einer Pension bei Hannover. O je, bin ich so müde, hundemüde. Nein, das ist ein fragwürdiger Ausdruck – wieso sollen Hunde so müde werden? Eher todmüde? Nein, meine Gedanken huschen quicklebendig hinüber und herüber! Es ist nur der Körper, diese von innen und außen gewiss längst abblätternde Verpackung.

So viele Gedanken, vor lauter Wachheit kann ich sie nicht mehr abschalten. In den letzten drei Nächten habe ich keine zehn Stunden zu schlafen vermocht. Es waren drei wahrhaft ereignisvolle, erlebnistolle Tage. Abgestiegen bin ich in Hamburg-Niendorf, auf dem Anwesen einer bekannten Therapeutin am Emmy-Beckmann-Weg 29. Ganz nebenbei erfuhr ich, dass die Gastgeberin nicht nur ihren Vornamen, sondern auch ihr Geburtsdatum – Jahr, Monat und Tag – mit der Staatskanzlerin teilt, die seit einer kleinen Ewigkeit als die mächtigste Frau der Welt gerühmt wird.

Seit der ersten Stunde meiner Ankunft wurde ich von Menschen bestürmt, die meinen Ratschlag benötigten. In einem Gesprächs- und Gefühlsreigen hielt ich siebzehn einstündige Einzelsitzungen ab, und danach beriet und berührte ich vierzehn Teilnehmer in einem geschlossenen Seminar acht Stunden lang.

Welch eine gewaltige Menge von menschlichen Träumen, Wünschen, Schmerzen und Leiden da ausgebreitet wurde! Wie sie mich mitnahmen! Aber mit welch freudigen Ergebnissen ich dabei belohnt wurde. Jedes Mal, wenn ich aus dem Mund des Hilfesuchenden hören durfte: Der Schmerz, das Unbehagen, die Angstattacke sei verschwunden – o was für eine Erleichterung auch für meine Seele, die mitgelitten und sich mitgesehnt hatte! Sechs Hilfesuchende kamen mit Rauschen und Pfeifen in den Ohren, und alle sechs wurden geheilt. Schon davor, Anfang der Woche in Lotte, sollte ich während eines Halbtagsseminars dreimal rauschende und pfeifende Ohren absaugen. Und da wurde meine Anstrengung mit einem *»Isch weg«* belohnt. Diese etwas eigentümliche Bezeichnung für das Gelingen kommt daher: Bevor ich meine Lippen auf ein fremdes Ohr lege, pflege ich mit dessen Besitzer auszumachen, er solle nach dem Versuch das Ergebnis nur leise so melden: »isch weg« oder »noch da«.

Woher das kommt? Es ist eine kleine Geschichte für sich, die ich mittlerweile etwas abergläubisch zu einem Ritual gemacht habe. Die allererste Patientin, aus deren Ohrinnern ich die wer weiß wie lange schon abgestandene Luft habe heraussaugen müssen, hat danach ein »Isch weg« gehaucht und mich damit unendlich glücklich gemacht. Hat doch die Weltgesundheitsorganisation den Tinnitus zu den unheilbaren Krankheiten der Menschheit aufgestuft.

Heute werden wir nach Nürnberg weiterfahren, wo wir von meinem türkischen Wahlsohn abgeholt und zu seiner rostbraun und hellblond gemischten Familie gebracht werden. Eines weiß ich: Im Umkreis meines Wahlsohns, meiner Schwiegertochter und seiner beiden Kinderchen werde ich schlafen können. Und mit der dort getankten Energie werde ich die folgende rappelvolle Woche gut durchstehen und danach wieder die Heimreise antreten. Die Vorfreude vermag die Restkräfte in diesem welken Körper zu einem Strang zu bündeln. Morgen beginnt in Tübingen ein Ganztagsseminar – und bald geht es endlich wieder nach Hause! Leb wohl Europa, anders schöner, anders schwieriger Erdteil. Paradies für meinen Geist – Hölle für meine Seele!

Wo waren wir denn vor dieser Abschweifung? Ach ja, in Moskau, Frühjahr 1981. Also zurück zur unterbrochenen Erzählung. Endlich kommt der lang erwartete Tag, der 22. März. Ich befinde mich im Zuschauerraum des Flugleitzentrums bei Moskau. Um mich herum sitzen gut zwei Dutzend Menschen, vor allem Kosmonauten und Journalisten. Ein Teil unserer Pressegruppe ist am Vortag nach Baikonur abgeflogen, der Rest ist hiergeblieben. Der große Bildschirm vorne zeigt seit Stunden die Startvorbereitungen des kosmischen Schiffs, das Sojus 39 heißt. Der dreiunddreißigjährige Mongole Dshügd'rdem'diin Gürragtschaa und der um ein gutes Jahrzehnt ältere sowjetische Kosmonaut Wladimir Dschanibekow, mit bereits dreifacher Weltraumerfahrung, werden zusammen reisen.

Während ich dies schreibe, lese ich auf dem Bildschirm des Computers das Datum meines letzten Eingriffs in das Manuskript: 31. Oktober 2018, 8.08 Uhr. Sogleich verwandelt sich mein Hirn in einen Rechner: In dreiundfünfzig Tagen nur einunddreissig Seiten geschrieben und dann ganze fünfzehn Tage lang gar nichts! Was für mich, das Arbeitstier, schwer erträglich ist.

Ja, es war eine mit dringlichen Aufgaben dicht besäte und schwer beladene Zeit! Ich schaue mit nachträglichem Schauder, aber auch mit gewisser Selbstachtung darauf zurück: Wie konnte ich all das nur überstehen, o großer, gütiger Himmel!

Diese letzte war die schwerste unter allen Lesereisen, die ich im Laufe eines reichlichen Vierteljahrhunderts hinter mich habe bringen müssen. Mein Sohn, der bei den letzten beiden Malen gleich bei der Ankunft ein Auto gemietet und mich durch halb Europa zu allen Zielen gefahren hatte, konnte dieses Mal nicht mitkommen.

Meine Managerin und ich, zwei schwer bepackte, alte Menschen, bewältigten dieses Unternehmen schließlich glücklich. Doch während unserer Odysseen stellte ich mir so manches Mal über uns eine versteckte Kamera vor und versuchte, heiter zu bleiben: Wie tragikomisch, aber auch allgemein menschlich sieht es aus, wenn so ein Duett mit nicht mehr gerade gut sehenden Augen und hörenden Ohren, hustend und prustend, hinkend und stolpernd, sich mal aneinander stützend, daraufhin auch miteinander hadernd, durch die wimmelnden Labyrinthe der Bahnhöfe hastet, im ewigen Kampf mit Zugverspätungen und unverhofften Gleisänderungen! Einst soll es in diesen Breiten die Redewendung gegeben haben: pünktlich wie die Eisenbahn. Von dieser Tugend scheint nicht viel übrig geblieben zu sein, trotz der Hochgeschwindigkeit auf Schienen und unaufhörlich in die Höhe schnellender Fahrpreise. Wir hatten darunter natürlich empfindlich mitzuleiden. Dass wir zwei so oft windelweich verschwitzten, jedoch knochenhart gesottenen Alten die Lesereise bis zum Ende trotzdem überstanden haben, dafür gibt es nur ein Wort: heroisch.

Heute ist der 26. Dezember 2018. Laut den Papieren trat ich heute vor fünfundsiebzig Jahren meine Erdenreise an. Ich kann es kaum glauben. Ich sitze am Schreibtisch im eigenen Haus, wohin ich vor vierzehn Jahren geflüchtet bin. Ja, geflüchtet, da mir der zupackende Würgegriff der Hauptstadt jede Lust aufs

Leben zu rauben drohte. Die Stadt, angesteckt von allen unheilbaren Krankheiten der Millionenstädte dieser Welt, ist aus allen Nähten geplatzt und riecht allenthalben nach baldigem Untergang. Die Pufferzone von zwanzig Kilometern, die ich mir als Freiraum in alle Himmelsrichtungen vorgesehen habe, wurde schon vor Jahr und Tag überflutet. Die Stadt hat mich eingeholt. Es ist mir nicht gegeben, dieser unersättlichen Bestie zu entkommen.

Mein Trost ist, dass ich aus dem Stück Grassteppe, bitterteuer den Krallen der Bodenmafia abgezwickt, inzwischen ein kleines Eigenparadies aufbauen konnte. Wobei ich jedoch zuschauen und ertragen musste, wie ringsum die Duftwolken aus Wermut, Salbei und weiteren Kräutern der Grassteppe, der Gesang und das Gezwitscher von nahen Vögeln, das Flackern und Flimmern der ferne Gestirne nun fetzenweise von anderen Zweibeinigen auf meinen Spuren, von stählernen und motorisierten Hauern und Krallen, von Baggern, Kettenraupen und Schlagbohrern verunstaltet wurde und zuletzt hinter brutalen Rohbretterzäunen und Rohziegelmauern verschwand. Abgemurkst und ungepflegt, begann rundum die Steppe zu verwittern und staubend zu zerfallen.

Fast gerührt denke ich daran, wie ich einst am Rand der noch fast heilen Steppe den ersten Spatenstich um unser künftiges Grundstück setzte, gegen mein schlechtes Gewissen ankämpfend. Wohl darum habe ich mich, nach der Schlüsselübergabe des fertig gebauten Hauses, sofort darangemacht, die zugefügten Wunden am Körper der in Abermillionen von Jahren gewachsenen Steppe zu lindern und zu heilen, indem ich den Boden mit Wasser besprühte und darüber Grassamen ausstreute. Tage später folgten die ersten drei Baumsetzlinge, soeben erstanden in der Stadtgärtnerei, eingepflanzt als Eckpunkte eines gleichschenkligen Dreiecks. Sie sind inzwischen zu weithin sichtbaren Kiefern gediehen, die ihre emporstrebenden Äste mit dichten, tropfgrünen Nadeln stolz ausstrecken. Um diese ersten drei Bewohner bilden mittlerweile weitere Bäume und Sträucher einen ganzen Hain, der sommers blüht, Düfte verströmt und dabei einen Freudenrausch auszustrahlen scheint. Winters trotzt er den grimmigen Sand-, Schnee- und Eisstürmen, zittert und stöhnt wie alle Lebewesen ringsum. Für mich ist das der schönste Baumgarten im ganzen Steppenreich.

Aber halt mit diesen Abschweifungen! Endlich zurück zur unterbrochenen Erzählung. Wo waren wir denn?

Beim Start des Raumschiffs Sojus 39, mit dem Mongolen Gürragtschaa an Bord. Auf dem Fernsehbildschirm verfolge ich die Vorbereitungen im Flugleitzentrum bei Moskau. Die Befüllung der Trägerrakete mit Treibstoff ist abgeschlossen. Ein goldbetresster Bus mit der Nummer 01 rollt bedächtig heran. Die Tür geht auf, und die Besatzung der achten Operation des Interkosmosprogramms steigt aus. Die Männer sehen aus wie Zwillinge, denn beide stecken im gleichen Fliegeranzug, unterschieden einzig durch die aufgeklebten Staatsflaggen am Arm – einmal der fünfzackige rote Stern über Hammer und Sichel auf ununterbrochenem rotem Hintergrund und einmal das goldene Sojombo auf Rot-Blau-Rot.

Die Besatzung tritt in forschen, aber nicht routinierten militärischen Schritten zuerst vor die Staatskommission und rapportiert ihre Bereitschaft zum Start, dann noch vor die Partei- und Regierungsdelegation unter Leitung des Vorsitzenden des Ministerrats der Mongolischen Volksrepublik, die zu diesem historischen Ereignis aus dem östlichen Zipfel Eurasiens herangeflogen ist.

Es wird ein Protokollfoto geschossen. Schließlich leitet einer im Arztkittel die beiden zum Fahrstuhl, der sie auf gut vierzig Meter Höhe zur Spitze ihres silbrig schillernden Reiseschiffs bringt. Das Raumschiff wirkt schlank und recht winzig, wie die Spitze eines Riesenpfeils. Es erinnert mich an jenes zum Lospreschen bereite beflügelte Ross, von dem in den Winternächten die Epensänger in den Nomadenjurten erzählen.

Auf einer Pressekonferenz hat ein Journalist neulich unseren Kosmonauten gefragt, in welchem Alter er zum ersten Mal auf den Rücken eines Pferdes gesetzt wurde. Er konnte sich daran nicht erinnern, also müsse es in einem Alter gewesen sein, in dem das kindliche Hirn noch kein Erinnerungsvermögen habe. Wohl mit drei Jahren, schätze ich nach eigener Erfahrung, weil ich selbst mich auch nicht daran erinnern kann, aber später öfters mit dabei gewesen bin, als andere Nomadenkinder erstmals auf den Pferderücken gesetzt wurden.

Vielleicht hat der künftige Held damals aus Angst geschrien, weil der Erdboden vom Pferderücken plötzlich weit in der Tiefe lag. Vielleicht wollte er nichts anderes, als schnell wieder absteigen. Der Vater hat seinem kleinen Sprössling bestimmt alles denkbar Gute gewünscht, aber sicher hat er niemals gedacht, dass dieser eines Tages ein so mächtiges Ross besteigen würde, wie er es jetzt gerade tut: Zwanzig Millionen Pferdestärken stecken in der Rakete, die das Raumschiff in abgezählten Minuten auf den Orbit bringen wird. Noch sechs Minuten bis zum Start!

In diesem Augenblick stellt die Bodenstation die Verbindung zur Besatzung in der Orbitalstation Saljut 6 her. Wladimir Kowaljonok, einer der beiden, die seit Monaten da draußen in der kosmischen Ödnis arbeiten, berichtet: »Gestern erstmals das Polarlicht gesehen. Wunderbar, man möchte schauen und schauen! Nur, wo die Zeit hernehmen? Wir wären dankbar um ein wenig mehr Freizeit heute. Wir müssen ein wenig aufräumen und putzen, um die Gäste zu empfangen …«

In diesem Augenblick passierte die Raumstation auf ihrer orbitalen Bahn den Himmel über Baikonur.

Zwei Minuten bis zum Start. Bei beiden da oben auf der Saljut 6 sind das zweiundneunzig Pulsschläge in der Minute …

Ein Journalist im Raum scherzt: »Kapitän und Soldat sind beide gleich aufgeregt!«

Fünf … vier … drei … zwei … eins … Start!

Unter der Rakete blitzt es grell. Das Auge ist für ganze Lidschläge geblendet. Noch bevor man die Welt um sich wieder wahrzunehmen vermag, erschüttert ein betäubender Knall den Raum, hier, Tausende Kilometer vom Startplatz entfernt. Aus dem Blitz wird ein hellroter Flammengürtel, der mit jeder Sekunde anschwillt und zu einem lohenden und berstenden Flammenmeer wird. Der Riese mit einem Gesamtgewicht von über dreitausend Tonnen scheint zu erzittern und hebt sachte ab. Mit jedem Sekundenbruchteil steigt er schneller und schneller in die Höhe. Schließlich rast er so schnell, dass einem schwindlig wird, während man ihm zuschaut. Die schlängelnd lange, flammend helle Garbe, die zurückbleibt und die ganze Bildschirmfläche auffüllt, verblasst und erlischt nur langsam.

Im Hintergrund des Gedröhns, das sich immer weiter entfernt, bleibt eine merkwürdige Stille zurück. Sie wird von Meldungen unterbrochen, die immer dichter werden.

Zehn Sekunden … Flug normal …

Sechzig Sekunden … Flug normal …

Hundertzehn Sekunden … Die erste Stufe hat sich von der Rakete getrennt …

Einhundertfünfzig Sekunden … Die Kosmonauten sind wohlauf …

Zweihundertdreißig Sekunden … Der Vakuumzustand ist normal …

Fünfhundertvierzig Sekunden … Die Satellitenkreisbahn ist erreicht …

Ein Beifallssturm bricht aus, drüben im Beobachtungsbunker in Baikonur und gleichzeitig hier im Flugleitzentrum bei Moskau.

Was waren und was sind zehn Minuten? Der Vater des mongolischen Kosmonauten konnte in diesem Zeitbruchteil unter gestrecktem Galopp hinter dem nächsten Hügel verschwunden sein, in der Staubwolke, aufgewirbelt von den Hufen des Pferdes unter seinem Sattel. Sein Sohn Gürragtschaa hat zehn Minuten nach dem Start den Planeten Erde verlassen und rast auf einer Kreisbahn Tausende Meilen von hier über Kamtschatka.

Da geht das Licht an. Wir, deren Landsmann nun den Planeten umkreist, werden von allen im Raum beglückwünscht. Händeschütteln, Umarmungen, sogar Küsse. Feierlich-fröhliche Rufe: »Der Kosmonaut Nummer 101 in der Weltgeschichte ist ein Mongole!«

»Die zehnte Nation, deren Vertreter den Kosmos erreicht hat, ist die Mongolei!«

Ich möchte Höhensprünge machen und aus vollem Hals rufen: »Völker aller Länder, höret: Ein Mongole umkreist den Planeten! Das Goldene Sojombo weht im Weltall!« Doch ich beherrsche mich, gebe dem brodelnden Urinstinkt in mir nicht nach. Denn jetzt steht der Sofortbericht an die Redaktion an.

Eilends mache ich mich auf den Weg ins Hotel. In der Metro sitzend, lasse ich mir alles, was ich in den letzten Stunden erlebt habe, noch einmal durch den Kopf gehen. Nicht nur die schillernden Bilder, auch die Geräusche, sogar die Stille. Ja, auch die angespannte Stille, die im Hintergrund all die atemberaubenden Minuten und Sekunden so deutlich im Raum beherrschte, dass man sie hören konnte.

Im Hotel rufe ich eilends die Redaktion an. Schon nach dem zweiten Klingelton nimmt der Diensthabende ab. Ich diktiere, und am anderen Ende der Leitung wird alles aufgeschrieben, was aus meinem Mund kommt. Und da darf ich nun erstmals auch die Namen der Kosmonauten nennen, die mir natürlich längst geläufig sind, aber noch geheim für die Öffentlichkeit waren.

Dann erst rufe ich zu Hause an und erfahre, dass inzwischen jedermann über das Wichtigste Bescheid weiß. Ich spüre die Freude in der Stimme meiner Hassaa, doch dann sagt sie mit etwas gedämpfter Stimme: »Wir haben dich unter den Anwesenden nicht entdeckt.« Worauf ich sie beruhige, dass ich zur Gruppe gehöre, die im Flugleitzentrum geblieben ist und in acht Tagen zum Empfang der Zurückkehrenden nach Baikonur fliegen wird.

Der zweite Tag hier unten auf Erden im Flugleitzentrum. Ein blauer Punkt auf dem Bildschirm zuckelt strebsam vorwärts. Das ist die Orbitalstation Saljut 6, die am 1271. Tag ihrer Reise durch den Kosmos die Erdkugel zum 20 034. Mal umkreist. Auf einer anderen Bahn bewegt sich Sojus 39 als ein gelber Punkt gemächlich über die Erdkarte. Auf der fünften Runde wird die erste Flugbahnkorrektur vorgenommen. Die Fluggeschwindigkeit wächst, als wenn der winzige gelbe Punkt in der kosmischen Unendlichkeit es eilig hätte, sich zur Orbitalstation zu gesellen, um der Einsamkeit zu entgehen.

Zusehends rückt der gelbe Punkt an den blauen heran. Um 19.17 Uhr erschallt die Stimme des Bordkommandeurs: »Station in Sicht …«

Kurz darauf die gleiche Stimme: »Distanz 800 Meter ...«

Auf dem Schirm wird das Innere der Station sichtbar. Wladimir Kowaljonok, jedermanns Liebling, ist wie immer zum Scherzen aufgelegt. Mit den Bewegungen eines Fisches im Aquarium nähert er sich der Kamera, und seine lustige Stimme erklingt nicht wie aus dem fernen Kosmos, sondern wie aus dem Nebenzimmer: »Sehr gut, immer nur schön geradeaus, ihr Lieben!«

Nun tauchen Zahlen auf dem Bildschirm auf, offensichtlich die Geschwindigkeit beider Objekte, und dies mit penibler Genauigkeit.

144.6 bei 0.93 Meter/Sekunde ...

»In Ordnung. Geradeaus halten ...«

29 bei 0.57 Meter/Sekunde ...

19 Uhr 27 Minuten 33 Sekunden: »Berührt ...«

Eine Sekunde später: »Gegriffen ...«

Fünf Sekunden später: »Gekoppelt ...«

Gekoppelt – was das ist? In der Kosmonautik die glücklichste Meldung direkt nach: »Weich gelandet!«

Obwohl niemand mehr am guten Ausgang dieser technischen Meisterleistung gezweifelt haben dürfte, ist das Aufatmen im Flugleitzentrum spür- und hörbar. Hier unten wie auch droben im Kosmos bricht stürmischer Beifall aus. Und wieder ist eine Runde der Glückwünsche fällig. Es ist in der Tat ein Erfolg, der die ganze Menschheit angeht. Was hat der große Zialkowskij gesagt? Der Planet Erde ist gewiss unsere Wiege, doch wir können nicht ewig in unserer Wiege bleiben – wir werden zu anderen Planeten vordringen!

Hier nun habe ich meinen kleinen Auftritt. Ich trete nach vorn und bitte um Aufmerksamkeit. Denn ich habe den Auftrag, zu diesem Zeitpunkt des Fluges von Sojus 39 den

Anwesenden einen neu kreierten mongolischen Schnaps vorzustellen, speziell herausgebracht zu Ehren des einmaligen Ereignisses in der Geschichte unseres Landes und unserer Zusammenarbeit mit der großen Sowjetunion. Ich hole die Dreiviertelliterflasche aus meinem Netz und hebe sie in die Höhe, um sie allen vorzuzeigen. *Bolor* – Kristall – steht darauf. Meine Kollegen eilen mit den bereitgestellten Gläsern herbei, ich fülle sie mit zitternder Hand und entpuppe mich für diese Aufgabe als nur bedingt geeignet. Was nicht nur von der mangelnden Übung, sondern auch der allgemeinen Aufregung herrührt, die auch auf mich übergesprungen ist.

Als alle Gläser gefüllt sind, mache ich es kurz, sage lediglich: »Darauf, Genossen und Freunde, dass alle vorgesehenen Aufgaben im orbitalen Ail aus unseren drei Jurten lückenlos erfüllt werden mögen!«

Dann hebe ich mein Glas hoch, schwenke es rechts und links und führe es an die Lippen. Einige kippen den ganzen Inhalt mit einem Ruck in den Rachen, andere nippen und kosten, wieder andere führen es zuerst näher vors Auge, dann vor die Nase und schließlich zum Mund – jede Kultur hat eben ihre Gewohnheit und jeder Mensch seine Eigenart, denke ich.

Ich berichte diese recht belanglose Szene inmitten so bedeutender Ereignisse aus einem ganz bestimmten Grund. Als Dolmetscher habe ich bei unzähligen Empfängen zwischen so manchen Typen aus dem Oberstock der Gesellschaft vermitteln müssen. So oft habe ich gesehen, wie genervt die Zuhörenden – die Essplatte unter der Nase und das Schnapsglas in der Hand – von den üblichen endlosen, inhaltsleeren Reden waren und wie erlöst sie dann klatschten, wenn der Redner endlich zum Schluss kam. Genau darum habe ich mich so kurz gehalten.

Der neue Schnaps hat nichts Kratzendes wie die allermeisten Wodkas hierzulande. Er schmeckt ölig mild, fast blumig, was wohl auf den Steppenboden zurückzuführen ist, wo das Getreide wuchs. Von nun an werde ich immer diesen einen Schnaps aus dem Ladengestell nehmen, wenn ich einkaufen gehe. Sicher auch, weil er mich an einen geschichtsträchtigen Augenblick erinnert, wie es einem während des ganzen Lebens nur selten vergönnt ist.

22 Uhr 41 Minuten. Auf dem Bildschirm wird das Innere der Raumstation sichtbar. »Photon-1« bleibt am Apparat, um die Direktübertragung aufrechtzuerhalten, während »Photon-2«, Wiktor Sawinych, zur noch geschlossenen Luke schwebt. Eine Minute später wird sie geöffnet. Und wieder die ständig muntere Stimme von Kowaljonok: »Kommt herein, ihr Lieben!«

Unser Recke, Gürragtschaa, kommt durch die Luke hereingeschwebt. In einer Hand hält er einen kleinen bestickten Teppich mit der Beschriftung *»Nairamdal – Drushba«*, »Freundschaft« auf Mongolisch und Russisch. In der anderen die beiden gekreuzten Staatsflaggen. Auf seinem Gesicht liegt ein bescheidenes Lächeln. Nach russischer Sitte wird er mit Brot und Salz empfangen. Umarmungen und Küsse werden getauscht. Im Namen der nunmehr angewachsenen Mannschaft erstattet Kowaljonok an die Generalsekretäre beider Politbüros Bericht darüber, dass sie entschlossen sind, den Ehrenauftrag beider befreundeter Staaten, Parteien und Völker erfolgreich zu erfüllen. Wenig später erfährt man, dass die Adressaten von der Erde aus ein Antworttelegramm geschickt hätten, in welchem sie der Mannschaft weiteren Erfolg bei ihrer kosmischen Mission wünschen.

Und damit endet diese formelhafte Zeremonie in der auf ihrer Kreisbahn dahineilenden Kapsel. Dieser politische Akt hat die Hochstimmung in meiner Brust abgedämpft. Aber mir ist bewusst, dass ich solche Gedanken vor allen anderen verstecken muss, ihnen aber auch in mir selbst nicht zu viel Raum geben darf.

Nun, achtunddreißig Jahre später, da ich das alles niederschreibe, tut mir inzwischen vieles leid. Wie holzsteif gestellt und zum Schreien komisch das alles ausgesehen haben muss in den Augen der Gegner, die ja teuflisch geübt waren im Stochern nach einer jeden unserer Schwachstellen! Aber ich empfand auch Freude über diesen Höhepunkt unserer Geschichte, den wir haben erklettern können. Und dass wir seither zu anderen Urteilsmöglichkeiten gelangt sind: mit eigenen Augen sehen und eigenem Hirn denken zu dürfen.

Eine Woche später fliegt unsere in Moskau gebliebene Gruppe gen Osten. Wir landen auf dem Flughafen von der Stadt Dsheskasgan in Ostkasachstan. Sobald ich aus dem Flugzeug heraustrete, kommt mir alles viel einfacher, näher und verständlicher vor: die Landschaft ringsum, die Menschen mit ihren asiatischen Gesichtern, ihren niedrigeren und schmaleren Körpern. Und das Kasachische ist sozusagen meine zweite Muttersprache. Dies muss auch der Obrigkeit, der ich unterstellt bin, bekannt gewesen sein. Denn am Empfang zu Ehren unserer Regierungsdelegation werde ich vom Leiter der Ideologieabteilung des Zentralkomitees der Partei mit einem Mal beauftragt, einen Toast in der Landessprache auszubringen.

Welch eine Ehre! Aber auch viel Verantwortung, denn gewiss werden mehrere Sicherheitsdienste mit ausgespannten Antennen bei meinen Worten mithören. Also frage ich schnell meine Tischnachbarn um Rat, in welche Richtung meine Rede am besten gehen soll. Zuerst frage ich den Korrespondenten der Parteizeitung, der zu meiner Rechten sitzt. Er meint, ich solle es rein journalistisch und locker anpacken. Dann wende ich mich zu meiner Linken an meinen Kollegen von der Jugendzeitung. Er meint, ich dürfe die politische Bedeutung dieses gemeinsamen Flugs auf keinen Fall vergessen. Da bin ich verwirrt! Wenn der bedeutend Ältere von der Parteizeitung politische Worte und der Jüngere von der Jugendzeitung – dazu noch ein Romanautor – Lockerheit vorgeschlagen hätten, hätte ich die Sache besser verstanden.

Da kommt auch schon vom Stirnsitz aus der gebieterische Wink, und ich muss mich erheben. Und ich rede. »Der Ruf eines guten Vaters ernährt einen Haufen schwache Kinder vierzig Jahre lang – so heißt es bei uns Kasachen in einem Sprichwort aus alten Zeiten.«

Ich merke, wie in den Augen der Gastgeber – lauter wohlgenährte, betont diszipliniert gekleidete Genossen in leitenden Stellungen – Funken von Neugier erwachen. In diesem Augenblick erreicht mich eine Alarmmeldung aus der Zentrale meines Hirns: Wer sollen nun jene schwachen Kinder sein?

O je, denke ich und rette mich sozusagen in einen Rückruf des vorhin losgelassenen Wortpfeils: »Schwache Kinder – das gehört in die alten Zeiten. Unsere neuen Söhne und Töchter haben die schwierigsten Prüfungen der Weltgeschichte glänzend bestanden, indem wir im Westen den deutschen Faschismus und im Osten den japanischen Militarismus zerschlugen. In der heutigen Zeit des Kalten Krieges werden wir jeder Provokation von Weltimperialismus und Maoismus unter Leitung unserer Parteien und deren Führer Breshnew und Zedenbal erfolgreich Abfuhr erteilen. Die sozialistisch-kommunistische Weltgemeinschaft, geschart um die große Sowjetunion, sei auf allen Gebieten im Vormarsch. Hervorragendes Beispiel sei der Vorstoß eines Bürgers der Mongolischen Volksrepublik in die

Unendlichkeit des Kosmos, Schulter an Schulter mit seinem großen Bruder, dem Sowjetbürger Wladimir Dshanibekow. Wie jeder in unseren Ländern bin ich fest davon überzeugt, dass die Besatzung von Sojus 39 nach erfolgreicher Erfüllung ihrer Mission morgen weich landen wird, hier inmitten der sagen- und segensreichen, sonnenhellen kasachischen Steppe.«

Während ich mich an diesem politischen Salat abquäle, merke ich zu meinem Entsetzen, dass die zu Beginn aufgeflammten Funken von Neugier aus den Augen verschwanden. Ich werde künftig ein peinliches Unbehagen in mir fühlen, sooft ich an meinen Trinkspruch zurückdenke. Es war weder Fett noch Drüse, wie unsere Nomaden zu so etwas halb Vergorenem sagen würden.

Das Publikum jedoch scheint damit milder zu verfahren und spendet gütig Applaus. Manche der Anwesenden drücken mir zum Schluss die Hand oder fangen mit mir ein kleines Schwätzchen an.

Auffallend ist auch: Ich bekomme, als wir am nächsten Morgen einen Hubschrauber besteigen, um die heimkehrenden Kosmonauten zu empfangen, die meisten Geschenke. Was mir peinlich ist. Ich versuche klarzumachen, dass ich in der Gruppe keinerlei Leitungsfunktion ausübe. Im Gegenzug kann ich immerhin, als offizieller Geschenkverwalter der Gruppe, jede Menge Abzeichen und Plaketten verteilen, hergestellt zu diesem Anlass in reichlichen Mengen. Mir waren jedenfalls ganze Säckchen und Päckchen davon anvertraut worden.

Das ohrenbetäubende Gedröhn und die häufigen Rucke des Hubschraubers erfüllen mich mit einem merkwürdig wogenden Gefühl aus wilder Freude, aber auch dumpfer Angst. Die wahre Kosmonautik beginnt für mich, für uns alle, eigentlich erst heute, denke ich, auf meine Kollegen schauend.

Irgendwann landet diese Höllenmaschine. Die Tür wird geöffnet. Wir steigen aus und entfernen uns panisch schnell von Lärm und Wind des Rotors. Zunächst warten wir auf die Ankunft der anderen beiden Helikopter. Bald kommen sie in kurzen Abständen hintereinander an. Dann heißt es, wir würden hier warten, bis die Anweisung eintreffe, wohin wir kommen sollten. Also warten wir, allerdings ohne jede Ahnung, wie lange noch. Denn die Uhrzeit der Ankunft der Rückkehrer scheint in das Fach Dienstgeheimnis zu fallen. Als dann später die Kosmonauten erfolgreich gelandet sind, wird es heißen, alles sei ganz planmäßig verlaufen und die Besatzung genau dort gelandet, wo es vorgesehen war. Aber auch dies muss ich im eigenen Schädel eingesperrt behalten und darf nichts darüber verlauten lassen. Im fünften Jahr meines Brotberufs als Söldner an der Front der Parteiideologie habe ich dies nun endgültig begriffen.

Nun endlich fange ich an, die Welt um mich herum in einiger Ruhe wahrzunehmen. Ja, es ist die Steppe, die sich in alle Himmelsrichtungen hin gewaltig und friedlich ausstreckt. Sie kommt mir so vertraut vor. Mich überkommt das Gefühl, dass sie ihre Gestalt im Laufe der Millionen Jahre unverändert bewahrt hat – so unberührt und unbeeinflusst und bar jeglicher Menschenspur bietet sie sich meinem Blick an. Ein sanfter Nieselregen, der in kurzen Abständen ansetzt und aufhört, überzieht sie mit einem leichten Glanz. Ein betörender Duftsturm von all den Frühlingskräutern weht einen an. Er macht die Steppe zu einem machtvollen Wesen, hin und wieder meine ich, sie sei eine Droge.

Wir gehen auf unserem Steppenzipfel auf und ab, hin und her, um uns die Zeit zu vertreiben. Hinter der Stirn nur ein einziger, unerträglich bohrender Gedanke: Wann ist es denn endlich so weit, o Himmel! Für die einzige kurzzeitige Ablenkung sorgt der Genosse Vizepräsident der Akademie der mongolischen Wissenschaften mit seinem Fund eines überaus sauber abgeknabberten, ausgeblichenen Saigaantilopenschädels samt heil erhaltener Kieferpartie. Ich bin dem sehr umtriebigen Mann bislang mit einem deutlich abweisenden Gefühl begegnet, nun muss ich gestehen, dass ich ihn um seinen Fund beneide. Dieser Neid wird von weiteren Gedanken begleitet: Noch in einem guten Alter, hat er schon fast alles Mögliche erreicht – Doktor, Professor, ordentliches Mitglied der Akademie, Vizepräsident … und wer weiß, über was alles er noch verfügt. Und jetzt musste das schöne Naturstück ausgerechnet ihm in die Hand fallen – also ist er einer von den Menschen, denen das Leben auf Schritt und Tritt alles bereithält!

Nur wenige Monate später aber muss ich mich über dieses Urteil an diesem 30. März 1981 in der Steppe in dem zwei Sonnenstunden weiter liegenden Kasachenland tüchtig schämen. Denn ich werde in der Zeitung lesen, dass der Glückspilz im Gefängnis gelandet ist. Also war diese kostenlose, neiderregende Gabe ein weiterer Köder, von dem sein umtriebiges Wesen, gleich einer gierigen Maus, immer leichtfüßiger und unbedachter vorangelockt wurde.

Ach, und nochmals Jährchen später wird auch diese Erkenntnis vom Leben infrage gestellt. Denn da werde ich erfahren, dass jener Vizepräsident und dann Häftling nicht nur zum Präsidenten der Akademie der Wissenschaften aufgestiegen, sondern auch zum Abgeordneten des Parlaments gewählt wird. Damit gehört er zur Bande jener Personen, die unter dem Schutzdach eines selbst geschmiedeten Immunitätsgesetzes sich fast alles erlauben dürfen.

Während des unerträglichen Wartens mache ich ein Grüppchen von drei, vier Personen aus, die verdächtig still beim zuletzt gelandeten Hubschrauber stehen. Ich nähere mich ihnen und vernehme mit einem Mal das Krächzen und Schnarren eines Radioempfängers und aus diesem heraus eine helle Männerstimme. Aus der Körperhaltung der Versammelten erkenne ich, wie gebannt sie der Stimme lauschen.

»Sojus 39 über dem Südatlantik … Bremsung ausgelöst …. Alle Funktionen in Ordnung … Landekapsel getrennt …«

Diese Stimme kenne ich doch!, zuckt es hinter meiner Stirn. Das ist Dshanibekow!

»In der dichten Schicht der Atmosphäre … Der Druck wächst … zwei … zweieinhalb … drei.«

Dann Stille.

»Bericht erstatten! Ständig Bericht erstatten!« Das war wieder die helle drängende Männerstimme aus dem Flugleitzentrum.

»Alles in Ordnung …« Oh, das ist Gürragtschaa! Ja, sein liebes kleines Stimmchen!

»Kumuluswolken sichtbar!« Das ist Dshanibekow, dem beschieden ist, diese aufregende Heimkehr nun zum vierten Mal zu erleben.

Einiges Angelesene beflügelt meine Fantasie: Die Landekapsel gleicht jetzt einem glühenden Meteor, der durch die Atmosphäre schießt. Trotz der Tausenden von Hitzegraden bleibt die Innentemperatur unverändert, da die Außenwand der Landekapsel vielfach mit feuerfestem Stoff beschichtet ist, während der übrige Teil des Raumschiffs restlos verglüht.

»Unter uns das kaspische Meer … 1000 km bis zum Ziel …«

Ein gewaltiger Knall, der uns allen Lauschenden einen erkennbaren Schreck einjagt.

»Bremsschirm aufgegangen!«

Dem Himmel sei Dank! Wir atmen beruhigt auf. Es ist

14 Uhr 27 Minuten. Später werden wir aufgeklärt, dass der Knall beim Auffliegen des tausend Quadratmeter großen Schirmes siebzig, achtzig Kilometer weit zu hören ist.

»Hauptschirm aufgegangen! ... Windgeschwindigkeit 12 m/s ... Druck lässt nach ... Körperbefinden in Ordnung ... 14.31 Uhr ... Bereit zur Landung! ... 14.35 Uhr ... Landung hat begonnen ... Seid ihr bereit zum Empfang? ... 14.39 Uhr ... Klare Sicht!«

Wir sehen nichts, hören aber: »Der riesige gelb gestreifte Schirm mit der daran hängenden Landungskapsel kommt aus der Wolken- und Nebeldecke herabgeschwebt!«

»14.42 Uhr ... Gelandet!«

Lauter Applaus.

Auch wir klatschen mit aller Kraft. Um uns herum wird es schlagartig laut. Alle fangen an zu reden. Händedrücke und Umarmungen. Jetzt erst nehme ich wahr, dass alle Menschen, die sich vorhin über die Steppe verteilt haben, herangeschlichen sind und mitgelauscht haben. Jetzt erst begreife ich, wie wir zu dieser gut halbstündigen Direktübertragung gekommen sind: Der Leiter unserer Regierungsdelegation ist im Hubschrauber sitzen geblieben und hat dem Piloten befohlen, Funkkontakt mit der Einsatzzentrale zu halten. Die Tür blieb offen, vielleicht damit frische Luft hereinkäme oder vielleicht auch, dass mithören möge, wer wolle.

Wir denken, jetzt sollte es schnell weitergehen. Also begeben sich alle zu ihren Hubschraubern. Doch das war wieder einmal zu hastig gedacht. Denn keiner von den Piloten scheint daran zu denken, den sonst so brülllustigen Motor anzulassen. Die Maschinen hocken still, mit hängendem Propeller und hochgezogener Trittleiter, wie bis zur Dumpfheit vollgefressene Heuschrecken.

Also warten wir erneut, eine ganze Ewigkeit scheint zu vergehen. In Wirklichkeit sind es knapp zehn Minuten, wie ich nachher an meiner Uhr ablese. Die Motoren springen kurz nacheinander an, die Propeller fangen an, sich zu drehen. Endlich dürfen wir einsteigen.

Sogleich fällt die Tür zu, der Motor heult auf, und das ovale Gehäuse wird ruckartig in die Höhe gerissen. Der Flug dauert länger als gedacht. Oder ist das wieder eine Gefühlstäuschung, verursacht von dem bohrenden und brennenden Wunsch, so schnell wie nur möglich das technische Wunderstück mit den wohlauf zur Erdmutter zurückgekehrten Kosmonauten in den Blick zu fassen? Hat vielleicht ein unerwarteter Wind in den höheren Luftschichten den Fallschirm vom Zielpunkt abgetrieben? Eines weiß ich vorneweg ganz sicher: Am Ende wird es wie immer heißen, alles sei ganz nach Plan verlaufen, die Kosmonauten genau am vorgesehenen Ort gelandet.

Wie alle anderen auch spähe ich aus jeder Luke hinaus, in der Hoffnung, vielleicht etwas zu sehen zu bekommen. Da ertönt eine weiblich helle Stimme durch das am Hirn zerrende Gedröhn hindurch: »Da! Etwas Gelbgestreiftes auf der Steppe!«

»Ja!«, bestätigt eine männliche Stimme aufgeregt. »Davor Menschen!«

Ich vermag nichts zu sehen. O je, habe wohl einen ungünstigen Platz erwischt. Was tun? Möglichst schnell hier aussteigen, um mir draußen einen günstigen Platz für das große Ereignis zu erkämpfen!

Bis zur Tür sind es zwei Schritte. Die werde ich in einem Sprung schaffen. Der ältere, füllige Mann, der bei der Tür sitzt, wird dann noch nicht einmal geschafft haben, auf die Beine zu kommen. Ich habe die Finger bereits auf dem Druckknopf des Sitzgürtels und gleiche einem glühenden Pfeil an der Sehne.

Endlich landet der Hubschrauber, und nach unendlich langen Sekunden geht auch die Tür auf. Ich federe hoch und bin längst an der Tür, noch bevor einer es geschafft hat, sich ihr zu nähern. Also berühre ich mit meinen Schuhsohlen als Erster die Erde und renne los. Ich sehe eine riesige gelb gestreifte Fläche auf der Steppe, dahinter einen Helikopter, davor etwas Rundes und Schwarzes und unweit davon wimmelnde Menschen.

Pustend und prustend komme ich am Ziel an. Da sind sie, die beiden Kosmonauten, leibhaftig, in ihrem Fliegeranzug, zehn Schritten vor mir. Sie sitzen nebeneinander in Feldstühlen, ihre Beine bis zum Boden zugedeckt. Freundlich schauen sie auf die Menschen vor ihnen und strahlen ruhige Freude aus. Die Spuren der vor Kurzem ausgestandenen Anspannung sind auf ihren Gesichtern noch abzulesen.

Um sie wimmelt ein geschäftiger Menschenhaufen aus lauter Uniformierten, leicht zu unterscheiden die Militärs und die Mediziner. Sie gebieten mir, anstatt auf meinen Gruß zu antworten, sofort laut und streng, hinter dem Strich stehen zu bleiben! Da erst entdecke ich besagten Strich und gehorche. Es ist eine recht merkwürdige Linie – unregelmäßig und krumm an vielen Stellen. Also ein Notstrich, gezogen in aller Eile mit dem Stiefelabsatz.

Nun kommen die Restlichen an, genauso pustend und prustend wie ich. Manch einer richtet längst das Objektiv seines Fotoapparats auf die Kosmonauten, was von den Uniformierten besonders aufmerksam beobachtet wird. Ich muss mit Notizblock und Stift vorliebnehmen, kritzle mir schnell ein paar Stichwörter. Für noch zuverlässiger halte ich meine Augen und Ohren und bin bestrebt, ganz genau hinzuschauen und hinzuhorchen.

Da entbrennt eine kleine Kampfszene zwischen unseren Journalisten und dem medizinischen Personal. Eine Frau und ein Mann wollen uns mit scharfer, brutaler Stimme verbieten, was wir vorhaben: Wir wollen unsere Helden, die nun wieder auf dem warmen, weichen Schoß unserer gemeinsamen großen Erdmutter heil und gesund gelandet sind, nach uralter Nomadensitte mit Milch in der Silberschale und einem himmelblauen Seidenschal begrüßen. Komme nicht infrage! Die beiden dürfen vor der medizinischen Untersuchung mit nichts in Berührung kommen. Und schon gar nicht mit Milch! Bei dem Wort scheint der guten Sanitäterin die Galle überzukochen: »Woher kommt die denn? Was da alles drin sein kann! Wer wird nachher die Verantwortung tragen? Nein und noch mal nein!«

Mich wundert ein wenig, dass der mongolische Delegationschef nicht mit der harten Genossin redet. Er steht reglos hinter der Linie. Und auch der sowjetische Genosse, der die Delegation begleitet, mischt sich nicht ein zugunsten der Gäste, die wir doch sind, oder?

Namd'gsür'n ist der Älteste unter uns, sein Wort hat Gewicht. Außerdem spricht er fließend Russisch. Zuerst versucht er, mit den beiden zu verhandeln, erklärt die Bedeutung dieser Geste für das mongolische Volk, das jetzt auf uns schaue. Aber nein, die gute, dienstbeflissene Person wird immer wilder. Da sagt er auf Mongolisch zu den beiden Frauen, die extra deswegen in seidenen Trachten gekommen sind: »Geht einfach schnell hin und überreicht die Schale zuerst dem Chef!« Derweilen tut er so, als wollte er erneut um Verständnis bitten, den Wunsch des gesamten mongolischen Brudervolks mit eigenen Sitten und Gebräuchen ein wenig zu verstehen. Die Unerbittlichen lassen sich überrumpeln und begreifen den Hintersinn der zähen Bettelei zu spät. Da sind die beiden Frauen in ihren feierlichen

Trachten schon am Ziel angelangt. Sie stehen vor Dshanibekow und überreichen ihm als Erstem die Ehrengabe. Er nimmt sie sogleich entgegen, trinkt aus der Silberschale einen guten Schluck und sagt zum Schluss: »Oh, das schmeckt aber gut!«

Unser sowjetischer Held, der sich nichts hat verbieten lassen, leckt sich unter dem panischen, lautstarken Protest der Sanitäter mit der Zungenspitze die Lippen und schmatzt noch genüsslich, um sein Wohlgefallen zu bekunden.

Dann gibt er die Schale zurück. Sie wird an Gürragtschaa weitergereicht. Er nimmt die Ehrengabe zwar an, führt sie auch betont langsam an die Lippen, gibt sie dann aber ohne einen Schluck genommen zu haben zurück, unter einem höflich leichten Kopfnicken. Dass er es seinem Kommandanten nicht gleichgetan hat, nehme ich ihm nicht übel. Als Neuling im Kosmos darf er es dem anderen, der schon viermal im Weltraum war, nicht gleichtun. Ein Dshanibekow wird schon wissen, wann und wem er gehorchen muss, wann und wem gegenüber er sich einen kleinen Ungehorsam erlauben darf. Der Neuling dagegen muss dem Verbot folgen.

Dann kommt es zu einer kurzen Steppenpressekonferenz mit den beiden Kosmonauten. Das erste Wort, das wir aus dem Mund unseres Ersten Kosmonauten hören, lautet: »Wo ist Gandsorig?« Der Genannte, Maidardschawyn Gandsorig, ist der Ersatzflieger, von der ersten bis zur letzten Stunde nach demselben Programm ausgebildet. Wäre – und sei es am letzten Tag – mit der Nummer Eins etwas passiert, dann hätte er, die Nummer Zwei, die Ehre gehabt, als erster Mongole die kosmische Reise anzutreten. Doch so musste er zurückbleiben.

Wir finden die Frage nach dem Kollegen, der sich über die Ehre, als erster Kosmonaut der Mongolei in die Geschichte einzugehen, genauso gefreut hätte, sehr anständig.

Dann wird etwas Traditionelles gepflegt: Die weich und wohl gelandeten Kosmonauten haben immer schon ihre Unterschriften mit weißer Kreide auf der schwarz verkohlten Außenhülle des Landeapparats angebracht. Was uns Journalisten erstmalig Gelegenheit gibt, ihnen etwas näher treten zu dürfen, obwohl die Uniformierten eine Schutzwand zwischen den beiden und uns bilden. Wir rücken vor bis zur schwarzen Kapsel und stehen im Halbkreis neben und hinter den Kosmonauten. Ich glaube zu merken, dass den gerade aus der Schwerelosigkeit Zurückgekehrten das Gehen auf der Erde schwerfällt. Und nicht nur das. Beim Anbringen der Unterschriften hat besonders unser Kosmonaut einige Mühe, den Fingern fehlt es an Druckkraft: Er muss die Schreibkreide etliche Male drehen und wenden, um auf der schwarzen Fläche die weißen Buchstaben anzubringen.

Die faustdicke Außenwand der Kugel aus vielen Schichten von geplättetem Asbest ist gänzlich verkohlt. Gruselig vorzustellen, wie die beiden noch vor wenigen Minuten zu uns heimgekehrt sind – gleich einem glühenden und leuchtenden Meteorstein durch die Atmosphäre mit der Geschwindigkeit einer Gewehrkugel.

Obwohl es ganz bestimmt verboten ist, schälen sich so manche Kollegen im Vorbeigehen von der halb verbrannten und tiefschwarz verkohlten Kugel kleine Schnipsel ab. Ich tue es auch und werde sie später vielen Menschen zeigen. Inzwischen sind sie längst verschwunden wie so viele Mitbringsel von meinen Reisen durch Länder und Jahre. Wo wird sich das alles so spurlos getrollt haben?, denke ich manchmal und höre eine nomadische Weisheit im Raum nachhallen: Weil sie vom Zeitwolf gefressen oder von Altershunden im Sand der Vergesslichkeit vergraben wurden …

Dann werden die Kosmonauten von den Uniformierten zu ihrem Helikopter gebracht, und wir schlendern, nun gemütlich langsam, aber unter heftig sprudelnden Worten, zu den Unseren zurück.

Der Weiterflug erscheint mir wie ein Traum. Ich weiß nicht mehr, wie lange es gedauert hat, bis wir auf dem Flughafen von Baikanur landeten, dem weltberühmten Raumfahrtzentrum.

Am darauffolgenden Morgen lernen wir aus einiger Nähe Maidardschawyn Gandsorig kennen, den Reservepiloten, der auf der Erde hat zurückbleiben müssen und nun als Ersatzmann in die Geschichte eingehen wird. Mein erster Eindruck: ein toller, ansehnlicher und natürlich wohltrainierter, strammer Bursche. Auf den zweiten Blick glaube ich, gewisse Unterschiede zum anderen festzustellen: Seine Züge sind strenger, die Augenbrauen dichter, und er hat die Angewohnheit, sein Gegenüber scharf zu mustern, ehe er ein Wort an ihn richtet.

Die Gelegenheit wahrnehmend, ziehe ich aus meiner Journalistentasche eine Broschüre mit Gürragtschaas bebilderter Biografie und bitte Gandsorig um seine Signatur darauf. Ich stoße auf eine ziemlich schroff ausgesprochene Ablehnung: »Ich setze doch meine Unterschrift nicht auf ein fremdes Buch!«

Aus seiner Tasche holt er eine andere, zum Verwechseln ähnliche Broschüre, offensichtlich die für den Notfall bereits vorbereitete. Er versieht sie mit seinem Namenszug und reicht sie mir wortlos, wobei er mich gnadenlos scharf anblickt.

Auf alle Fälle ist der Ersatzmann der genialere Typ im Vergleich zu dem, der zuletzt den Längeren hat ziehen dürfen. Im Stillen frage ich mich: Wer war geeigneter, als Erster nach den Sternen zu greifen? Wir in unserer vor allem von menschlicher Nähe und gegenseitiger Unterstützung lebenden Sippen-

und Stammesgesellschaft, inmitten gewaltiger Weiten und klaffender Scheren von eisiger Kälte und sengender Hitze – brauchten wir eher einen, der von Natur aus sanft und gütig ist? Der auf alle sofort ermunternd und verständnisvoll wirkt? Der selbst im grellsten Lichtschein und auf der schwindelerregenden Höhe des Ruhmes bescheiden zu bleiben vermag? Oder brauchen wir eher einen Genialen? Welcher wäre dem Staat nützlicher und dem Volk erträglich?

War es vielleicht doch nicht dem Fall eines Würfels zuzuschreiben, dass dieser streng-schöne, gefasst redende Mensch mit seinen knallhart zutreffenden, da und dort aneckenden Aussagen letzten Endes auf der Erde hat bleiben müssen? Während der Kollege, wohl auch Rivale, mit seiner fast mickrigen Stimme, seinen simplen Allerweltsaussagen ohne merkbar Eigenes und seiner fast rührenden Schüchternheit in den Kosmos und somit auch in den Ruhm hat reisen dürfen?

Ich glaube, die richtige Wahl ist getroffen worden. Wobei ich volles Verständnis für die ziemlich unverhohlen gezeigten Schmerzen des Ersatzmanns habe. Immerhin werde ich bald in der Zeitung lesen, dass auch ihm von höchster Stelle der Titel Kosmonaut der Mongolischen Volksrepublik verliehen wird.

Nach dieser Begegnung mit einem Menschen, der an der Schwelle zur Unsterblichkeit den Kürzeren hat ziehen müssen, kehre ich nur allzu gern zu unserem Liebling Gürragtschaa zurück. Er ist einer von jenen Menschen, in denen Sein und Schein zusammenfallen. Er hört gut und geduldig zu, kann warten und ausharren und dabei die knarrenden Räder der vergehenden Zeit mit seinem arglosen Lächeln abmildern. Sein rundes, tiefbraunes Gesicht erinnert an ein sattes, im Traum schwelgendes Kind. Es erinnert mich in geradezu erschütterndem Maß an das Lächeln eines Juri Gagarin.

Ja, Gagarins Lächeln! Das Bild des ersten Menschen im All, dieses lächelnden und dabei aus seinem Innern heraus strahlenden, glühenden und blühenden Siebenundzwanzigjährigen ging nach jenem 12. April 1961 um die Welt. Gagarins Lächeln eroberte die Seelen von Abermillionen und wurde bald zu einem feststehenden Begriff. Wie das Polarlicht, die Morgenröte, der Herbststeppenduft. Mit dem so unzeitigen Tod des von allen geliebten Gagarin konnte sich das russische Volk lange nicht abfinden. Und da taucht mit einem Mal am Rande der Mannschaft der Kosmonauten einer auf, der an den bitter Vermissten erinnert – auch wenn er einem benachbarten, verbundenen Volk entsprungen ist. Also zugegriffen!

Vielleicht ist alles ganz anders verlaufen, und meine Fantasie hat sich vergaloppiert. Jedenfalls freue ich mich sehr darüber, dass es jenen getroffen hat, der eine entfernte Ähnlichkeit mit der ersten kosmischen Schwalbe der Menschheit, Juri Gagarin, aufzuweisen vermag. Und seit neun Tagen ist er denn auch so im Bewusstsein der mongolischen Öffentlichkeit: Gagarins einhundertster jüngerer Bruder!

Ich bedanke mich höflich bei Gandsorig und streife anschließend den sowjetischen Kommandeur nur kurz mit meinem entmutigten Blick. Daraufhin sagt der lächelnd: »Gibs her!«

Ich strecke ihm die Broschüre mit Gandsorigs Bild und Unterschrift entgegen. Er holt gemütlich langsam aus seiner Jacketttasche einen Stift hervor und setzt seine Unterschrift unter die seines Unterstellten, mit eben der einfachen, unerschütterlichen Ruhe, die seine ganze Erscheinung ausstrahlt.

Wenig später beginnt das offizielle Programm des Tages. Im Park der Kosmonauten werden zwei Bäume gepflanzt. Die Journalistengruppe wartet im Halbkreis mit gezückten Waffen, die einen mit ihren Kameras, die anderen mit Stift und Notizblock vor den ausgehobenen kreisrunden Löchern. Alles, was gebraucht wird, liegt griffbereit: Erde, Schaufeln und mit Wasser gefüllte Eimer. Die Setzlinge lugen aus zwei Eimern, die auf den Knien zweier Mädchen hocken. Die Auswahl der Mädchen ist wohlüberlegt: Eines hat asiatische Gesichtszüge und pechschwarzes Haar, das andere europäische Züge und eine goldblonde Mähne. Beide strahlen mit glühend roten Backen in ihren weißen Kitteln und Handschuhen.

Endlich tauchen im Hintergrund die Erwarteten auf. Ein jeder der Helden tritt an eines der Löcher. Die Mädchen, die mit forschem Schritt genau zeitgleich das Ziel erreichen, setzen die Setzlinge in die Löcher und halten sie am Schopf gerade. Unser Kosmonaut wartet auf seinen Chef, und sobald jener nach der Schaufel greift, tut er es auch. Die beiden beginnen vorsichtig, die Erde um den Setzling herum hineinzuschaufeln. Während Dshanibekow weiterarbeitet, hält Gürragtschaa mit einem Mal inne und lässt mit seinem zarten Knabenstimmchen verlautbaren: »Wo ist denn Gandsorig? Der Baum gehört doch, wie der ganze Flug auch, nicht mir allein. Dies ist auch sein Baum!«

Gandsorig steht in einiger Entfernung und ist dabei, jemandem sein Autogramm zu geben. Dann macht er sich herüber, in militärisch forschen Schritten, doch mir erscheint sein Tempo zu langsam. Warum rennt er denn nicht herüber, denke ich genervt. Es gehört sich doch, den protokollarischen Pflichten geschwind nachzukommen.

Nun gut, er geht zu dem Wartenden, nimmt aus dessen Hand, ohne ihn vorher anzuschauen, die Schaufel und fängt an, die schwarzbraune Erde mit wütender Wucht ins Loch hineinzuschaufeln. Es wirkt, als wenn er diese ihm zugeschobene Ehre überhaupt nicht würdigen wolle. Die schicksalhafte Wunde sitzt wohl zu tief im Seelengespinst des guten Jungen.

Er wird sich davon nie wieder erholen, denke ich und empfinde Mitleid mit ihm.

Jahrzehnte später, in einer anderen Phase meines Lebens – ich nenne sie mein drittes oder gar viertes Leben innerhalb desselben Gefäßes aus Haut und Sehne, Gebein und Fleisch –, werde ich in einer schreigrellen Illustrierten ein Interview mit dem Copiloten jenes amerikanischen Astronauten lesen, der die Ehre hatte, als erster Mensch die Mondoberfläche zu betreten. Der interviewte Copilot rühmt sich darin mit echtem angelsächsischem Zynismus, genauso Erster gewesen zu sein: Ihm, der schön brav in der Kabine zurückbleiben musste, während sein Genosse als Erster einem anderen Planeten in die Arme schwebte, durfte immerhin als Erster über der Mondödnis schwebend darauf pissen, und zwar durch die Hose hindurch. Jeder, der dieses Bekenntnis liest, weiß warum: aus Neid auf den anderen da draußen.

Das Bild vom Ersatzkosmonauten mit seinem Bäumchen wird mir all die kommenden Jahre im Gedächtnis haften bleiben. Denn der Seelenschmerz des mir nahen Mongolen wie auch des fernen Amerikaners ist mir vertraut.

In den folgenden Jahren bin ich, zumindest in gewissen Kreisen, ganz vorsichtig ausgedrückt, bekannter geworden. Ein Buch nach dem anderen wurde veröffentlicht, es folgten so manche Preise, von welchen ich vorher noch nie gehört hatte. Darüber war ich natürlich glücklich, so sehr, dass es mir zwischendurch vorkam, als würde ich fortwährend träumen und auf Schwingen des Traumes durch Raum und Zeit fliegen. Das Erfreulichste dabei war, dass die Wunden, die ich von dem Ungeheuer in der Maske des Sozialismus-Kommunismus erlitt, aufhörten zu brennen und meine Gedanken im Wachsein und meine Träume im Schlaf nicht weiter vergifteten. Doch wurde mir dabei auch bewusst: Wurde nun auch ich ruhmgierig? Wohl ja! Ich glaubte, diese Gefahr zu erkennen. Doch ich schaffte nicht, mich in der Tiefe meines Seelenteichs und auf dem Gipfel meines Verstandeshügels mit dem Erreichten zufriedenzugeben, solange weitere Höhen in Sicht waren. Nun erstmals verstehend, was in Multimillionären und -milliardären vorgeht, die keinen Augenblick aufhören, ihre ausgepressten Hirne und schwächelnden Leiber weiter abzurackern, nur um die Anzahl Nullen hinter ihrem Vermögen noch höher hinaufzukurbeln.

Das Unerträgliche, ja, Tragische in meinem Fall: Ich wurde mit jedem neuen Lebenstag verbissener und verdrossener. Und im Endergebnis fand ich mich unglücklich wieder! Dabei war ich ja noch immer ein halber Niemand. War erst dabei, mich langsam-langsam den Berühmtheiten zu nähern, jener heilig erhabenen Horde, die nach außen süßes Lächeln verstrahlt, innerlich aber fürchtet, von der erreichten Höhe gestürzt zu werden, und nach einer weiteren Ausschau hält, um auch sie zu erklettern und den Ballast auf den eigenen Schultern noch um einen weiteren Brocken aufzublähen.

Darum werde ich für unsere jetzt sichtbar unzufriedene, unglückliche Kosmonauten-Berühmtheit später mehr Verständnis aufbringen, wenn ich seiner eleganten Gestalt auf offiziellen Fotos oder im Fernsehen begegne. Mir scheint nur, als sei die Grube über seiner Nasenwurzel tiefer, wie bei Menschen, die in ihrem Leben viel Schweres haben durchmachen müssen und im Ausgleich dazu dem Stein der Weisheit näher gerückt sind.

Nach dem Zeremoniell am Ende des Tages reisen wir wieder nach Moskau, und am nächsten Tag fliegen wir nach Hause. Zur Freude unserer Lieben, aber auch zu unserer eigenen. Denn so packend der Auftrag war, jeder von uns war zuletzt am Ende seiner Kräfte.

Nun muss ich zugeben, dass ich bei dieser Passage allzu breitläufig gewesen bin und die Geduld der Leserschaft wohl sehr strapaziert habe. Darum schließe ich das kosmische Kapitel nun ab. Zum Ausklang sei nur noch berichtet, wie es mit unseren Helden weitergegangen ist. Gürragtschaa brachte es für zwei oder drei Wahlperioden zum Parlamentsabgeordneten und dann auch zum Verteidigungsminister. Bei all den schwindelerregend hohen Funktionen ist er jener stille, gehorsame Junge des Volkes geblieben.

Gandsorig schaffte es bis zum Direktor eines Forschungsinstituts und begab sich schnurgerade auf die vorgekehrte Bahn eines jeden, der diese Ebene erreicht: Er wurde Autor von etlichen Büchern und Träger von allen möglichen Titeln. Dabei habe er sich als ein unberechenbarer, scharfer Charakter erwiesen. Das weiß ich allerdings lediglich vom Hörensagen, denn nach der Begegnung im Sog der Gestirne haben sich unsere Wege nicht mehr gekreuzt.

4

Nach diesem bleibenden, einschneidenden Erlebnis beginnt bei mir die Phase des Abstiegs. Erst Jahrzehnte später, am anderen Rand eines zuerst wild zertrampelten, dann stümperhaft verschlampten und schließlich leise-weise gepflückten und mühe- und liebevoll beackerten Zeitfeldes werde ich zu dieser Erkenntnis gelangen. Im Nachhinein tut es mir selbst weh in der Seele. Denn in jenen Jahren hastete ich meiner journalistischen Mission nach, schwitzte und glühte und wollte ein Schüler jenes Rasenden Reporters aus dem fernen Böhmen sein. Ich schuf meine Reportagen aus dem pulsierenden Herzen heraus und suchte nach Wegen und Pfaden, diese Ausgeburten meines flammenden Hirns in Worte und Sätze zu verwandeln. Ich erarbeitete sie wie ein Schriftsteller, wie es jeder Journalist tun sollte, der Achtung vor seiner Berufung und sich selbst hat.

Als der Blitz aus heiterem Himmel in mich einschlug, war das die seit geraumer Zeit fällige, bitter nötig gewordene Zäsur. Dutzende Reportagen hatte ich von meinen Dienstreisen mitgebracht, eine breite Leserschaft gewonnen und mir einen Namen gemacht. Mein Gipfel als Journalist war erreicht. Mehr musste nicht sein, es war genug. Nun musste der Schriftsteller in mir von den alltäglichen Pflichten eines Propagandasöldners befreit werden.

Doch die Zäsur geschieht skandalös schroff und wieder einmal schmerzhaft für mich. Eines Tages, kurz vor neun, als die letzten noch durch den Gang hasten, um ihre Arbeitsplätze zu erreichen, bevor die Arbeitszeitenkontrolleurin ihre Runde macht, erscheint jemand aus dem Parteikomitee mit einer Liste aller Redaktionsmitarbeiter in der Hand und gibt bekannt, dass am heutigen Tag der Vorstand des Zentralrats der Mongolischen Gewerkschaften zu einer Sondersitzung zusammenkommen und sich mit gewissen Problemen in der Redaktion dieser Zeitung befassen würde. Die persönliche Beteiligung an der Sitzung sei Pflicht. Anschließend lässt er jeden hinter seinem eigenen Namen unterschreiben.

Was für ein Sturmwind der Wichtigtuerei – wie an der Uni damals, denke ich eher belustigt als verschreckt. Ich habe keinen Schimmer, dass dieser Hammerschlag der Parteidisziplin auf mich zielt. Später werde ich erfahren, dass ich an diesem Morgen der Einzige bin, der es noch nicht weiß. Alle um mich herum sind nicht nur in Vorkenntnis gesetzt, sondern auch schon instruiert, wie sie sich zu verhalten haben.

Da kein Wort über die Uhrzeit der Sitzung gefallen ist, arbeiten wir im Zimmer weiter, bleiben aber vorerst sprungbereit, für den Moment, an dem es heißt: zur Versammlung!

Ich bastle an einer Seite zur internationalen Lage in der nächsten Ausgabe und bin mittlerweile ganz darin versunken. So fällt mir nicht auf, dass schon den ganzen Tag nie die Tür zu unserem Zimmer aufgeht. Auch schaut keines von den üblichen Plappermäulchen der Redaktion auf ein kleines Schwätzchen herein, um ihrem mitteilungsseligen Herzen ein wenig Luft zu machen.

Zur besagten, lauthals angekündigten Sitzung werden wir erst nach Feierabend gerufen. Unterwegs in den Versammlungsraum, denke ich unwillig: Sollten die Gewerkschaften nicht darüber wachen, dass die Arbeitszeiten und das Arbeitsgesetz eingehalten werden? Oder ist das ein unzulässiger Gedanke? Sogleich glaube ich den drohend gereckten Mahnfinger der Partei vor meinem inneren Auge zu sehen. Was meinen Puls höher und schneller schlagen lässt. Ich ertappe mich wieder einmal in fertiger Kampfstellung, bin auf einmal wieder wach und aufmerksam, trotz einem Körper und Geist auslaugenden Arbeitstag. Und da donnert und blitzt es schon:

»Genossen! Diese Sondersitzung des höchsten Organs der Mongolischen Gewerkschaften, des Zentralrats, notwendig geworden wegen der zunehmenden moralischen Abweichungen eines Redaktionsmitglieds, begünstigt von einer parteifremden, wankelmütigen Haltung vonseiten der Leitung der Zeitung, droht die langjährig bewährte Journalistenfamilie zu sprengen, worüber eine Kollektivbeschwerde seitens einiger Genossen eingegangen ist, welche durch eine gewissenhafte und umfangreiche Kontrolluntersuchung der eigens gebildeten Sonderkommission bezüglich aller in obiger Anzeige genannten Missstände klar und deutlich als begründet bewiesen wurde!«

Dieses unförmige Ungeheuer aus lauter Schachtelsätzen, diese abschreckenden Wortkeulen werden vom obersten Chef des Hauses mit der typisch gepressten Herrscherstimme von einem Blatt Papier abgelesen. Dies aber so stotternd und unsicher, dass der ehemalige Sprachlehrer in mir ihn dafür mit der niedrigsten Note hätte bestrafen müssen.

Während ich dem Gestotter zuhöre, starre ich unentwegt auf die büroblеichen, fleischigen Pranken des Gewerkschaftschefs, die wie im Krampf das kreideweiße, gepeinigte Papier umklammern. Dann lässt er das Blatt sinken, wie erleichtert, dass er sich nicht mehr an diesen lästigen Wisch halten muss. Denn frei reden kann er wesentlich besser, als Geschriebenes vom Blatt ablesen. Wobei in seiner Redeweise Risse zu klaffen scheinen – hie und da ein kräftiger und saftiger Ausdruck aus dem Volksmund irgendeiner Landesecke im hölzernen Büro- und Zeitungsmongolisch. Durch das, was er erzählt, schillern unübliche Farben und Töne, die merken lassen, er ist wenigstens ein direkter und ehrlicher Kerl. Zu dieser Einschätzung komme ich, als er erzählt, dass er die Zeitung *Hödülmür* erst bei seiner neuen Arbeit in diesem Haus kennengelernt habe. In dieser relativ kurzen Zeit sei ihm eine Sache klar geworden: Die Zeitung einer Gewerkschaft habe den parteilichen Standpunkt aus der tiefsten Mitte der werktätigen Massen heraus zu verteidigen. Gewissermaßen geschickt versteckt, letzten Endes aber entschiedener als die Organe der Partei und der Jugendorganisation. Also müsse das Kollektiv, das hinter dieser Zeitung stehe, an seine Aufgabe erstens parteilich, zweitens parteilich und drittens parteilich herangehen!

Nach dieser Auslegung holt er tief Luft und lässt den Blick über das Publikum streifen. Und sieh da – ein plötzliches Beifallsklatschen erschallt von hinten, findet da und dort Unterstützung. Stirbt dann aber jäh ab.

Hier müssen Außenstehende wissen, dass *Hödülmür* öfters von der Leserschaft, aber auch von kühnen Mitarbeitern kritisiert wird, weil sie der breiten Masse des werktätigen Volkes nicht genügend Tribüne sei und allzu oft wie ein Abklatsch des Parteiorgans wirke.

Der Redner stockt wie überrascht vom Beifall. Hat er sich gefreut über seinen oratorischen Erfolg nach dem zähen, schwierigen Anfang? Doch dann verfinstert sich seine Miene, und sein Mund spuckt die harten Worte aus: »Genossen! Das ist keine Feier, da gibt es nichts zu klatschen! Das ist eine

Sondersitzung, die, wie eingangs angekündigt, aus einem ernsten Anlass einberufen werden musste!«

Dann dreht er sich halb zu den Vorstandsmitgliedern, die das Präsidium dieser Sitzung bilden. Er nickt dem zweiten Mann in der Leitung zu: Dsarymkan, dem Kasachen, dem Sekretär für ideologische Fragen. Wir wissen schon, dass er bei allen wichtigen Anlässen dem Chef am nächsten steht. Dsarymkan erhebt sich und geht zum Rednerpult. Sein Gesicht und der lange Hals leuchten hochrot. Schon lange hat es sich die Redaktion zur Gewohnheit gemacht, daran seine Stimmung abzulesen. Wenn ein Mitarbeiter nach einer Kopfwäsche aus dem Kabinett des Ideologiesekretärs herauskommt, wird er gefragt, wie denn Dsarymkans Hals aussähe. Gewöhnlich lautet die Antwort: rot. Und das bedeutet: Ärger. Dabei war er keineswegs einer von jenen kleinen Tyrannen, die mit den Fäusten auf den Tisch knallen und einen mit schriller Stimme beschimpfen. Ganz im Gegenteil, er ist ein erstaunlich beherrschter Mensch. Je mehr er sich ärgert, umso gedämpfter raunt es aus ihm heraus. Was auf den Sündenbock vor ihm noch beklemmender wirkt. Seine Stimme klingt wie das Fauchen aus einer Erdspalte, und der eiskalte Raubtierblick seiner tief liegenden grünen, runden Augen erinnert unweigerlich an die Mündung einer Doppelflinte. Wer zu seiner Zielscheibe wird, kann der vereinten Wirkung von geisterhaftem Geraune und Raubtierblick nicht standhalten und verliert das Gleichgewicht seiner Seele. Wie als Gegenpreis für seine hohe Kunst, in kritischen Lagen so meisterhaft eiskalt zu bleiben, hat Mutter Natur ihn mit einer dünnen Haut versehen. Er läuft nämlich sofort rot, ja, richtig knallrot an, sobald ihm etwas nicht passt und er seinen inneren Brand niederhalten muss. Alle fürchten sich insgeheim vor diesem Menschen.

Ich gehöre allerdings zu denen, die ihn bewundern. Dies allerdings nur wegen seines Fleißes. Ja, er ist in der Tat einer der seltenen Menschen, die ich als Arbeitstier bezeichnen würde, ein anerkennender wie auch bemitleidender Ausdruck. Wenn ich spätnachts nach Hause gehe, nachdem ich stundenlang die nächste Zeitungsnummer so zusammengestellt habe, bis sie mich befriedigt, leuchten einzig im ganzen Haus noch die beiden Fenster seines Bürozimmers im obersten Stock. Zudem stammen wir beide aus der gleichen Ecke des Landes. Und er war es, der mich in der dunkelsten Phase meines Lebens als soeben davongejagter und entwurzelter Erwerbsloser in die Redaktion aufgenommen hat. Also habe ich wenig Grund, auf ihn einen Stein zu werfen. Daran wird auch dieser Tag nichts ändern, obwohl sich Dsarymkan mir nun von einer anderen Seite zeigt.

Der Genosse Ideologiesekretär des Zentralrats der Mongolischen Gewerkschaften, der dritthöchsten Institution nach dem Zentralkomitee der Partei und dem Ministerrat, stürmt also zum Rednerpult und peitscht erst einmal mit seinem zornigen Blick das Publikum. Aus diesem Blick speien die Flammen, noch nie habe ich an einem Menschen so wilden Schwung und fegendes Gehabe gesehen. Wenig später werde ich freilich den Grund dazu verstehen: Er hat von seinem Herrn harsche Schläge einstecken müssen, und dies wegen der Vorfälle in der Redaktion, für die er doch die Hauptverantwortung vor der Obrigkeit zu tragen hat.

Mit harter, ja sägender Stimme ruft er: »Genosse Miang-m'rrr!«

Der Redakteur erhebt sich und sagt hörbar: »Hier!«

Der funkensprühende Blick aus den grünen Augen des Genossen Sekretärs zielt gnadenlos auf den Stehenden. Als peilte er seine schwächste Stelle an, wie der gestreckte Zeigefinger des

Schlachters im heißen Bauch des Schafes nach der klopfenden Hauptschlagader sucht, um sie aufzureißen und das Lebensfeuer auszulöschen.

Der Angezielte, ein guter Mann mit zutiefst sanftem Gemüt, tut mir so leid. Ich ahne, er wird erniedrigt wegen seines schwachen Kollektivs, das nicht imstande ist, das Blatt mit politisch korrekten, aber auch journalistisch brillierenden Beiträgen zu füllen. Nun wird es mir wirklich bang ums Herz. Denn sicher habe auch ich mich dabei schuldig gemacht.

Da kommt schon das nächste Kreischen und Donnern: »Genosse Galsan!«

Ich federe hoch, nehme sogleich die Habachtstellung an und schaue starr in seine Richtung. Dsarymkans wohl bis ins Unkenntliche entstellte Gesicht nehme ich nicht wirklich wahr, denn mir schwindelt es vor den Augen. Ich höre das Pochen des eigenen Herzens und zittere am ganzen Körper wie vor Kälte.

Ich warte vergebens, dass noch weitere Namen aufgerufen werden. Die Liste von Schuldigen endet mit mir. Das so gewichtige Vergehen, welches das Präsidium zu einer Sondersitzung nötigte, haben also nur wir beide begangen. Bald aber wird klar, dass die Schuld meines Chefs lediglich darin besteht, mir gegenüber nachsichtig zu sein. Ich also bin der Schuldige. Nur meinetwegen müssen all diese Menschen zur Unzeit hier sitzen und ihre verdiente Erholung bei dieser Zusammenrottung machtlüsterner Bürokraten vergeuden. Und zum wirklich bitteren Schluss der ganzen Tragikomödie werde ich einsehen müssen, dass dieser schlecht gerührte Schandbrei von Anfang an nur mir zugedacht war und ich ihn allein vertilgen und alle Folgen verdauen muss. Den anderen sollte nur ein Schreck eingejagt werden, damit sie weiterhin schön brav und bescheiden bleiben. Zu dieser Einsicht bin ich aber erst später gekommen.

Zunächst läuft alles ab wie im chaotischen Gewirr eines Films:

»Laut Aussagen von Parteigenossen soll die betreffende Person schon lange aufgefallen sein, weil sie während politischer Vorträge mit sichtbar abwesender Miene dasaß und sich nie Notizen machte … Laut vorliegender Aufstellung der Finanzabteilung hat die betreffende Person, die Gehälter, die Honorare aller gedruckten Artikel und die erhaltenen Prämien zusammengerechnet, im letzten Jahr insgesamt 16 665 Tögrük verdient … Laut einer im Parteikomitee des Zentralrats eingegangenen Beschwerde, eingereicht von einer Genossin, hat die betreffende Person während einer Diskussion behauptet, die von Partei und Staat deklarierte Gleichberechtigung der Frau sei ein langer Prozess, bis sie sich auch im Alltagsleben der ganzen Gesellschaft durchsetze … Laut dem Journal des Bereitschaftsdienstes des Zentralrats hat die betreffende Person im letzten Jahr einen Ausfall an Arbeitszeit von zwei Stunden und zwölf Minuten aufzuweisen …«

Dieser pingelig zusammengekehrte Haufen Mist verrät die böse Absicht, noch bevor der Name der »betreffenden Person« fällt. Inmitten dieser Aufführung fange ich mich langsam-langsam wieder. Gerade die blödsinnigsten Stellen dieser Tirade liegen heute noch unauslöschlich meinem Herzen nah, als wenn sie es irgendwie beruhigten und wärmten. Ich bete zum Himmel, dass das Archiv des Zentralrats der Mongolischen Gewerkschaften im Zeitsturm unangetastet weiterbestehen bleibt, unter anderem mit dem vollständigen Protokoll jenes Abends!

Die Kanonenkugeln pfeifen und krachen weiter: »Die betreffende Person hat, nachdem sie während ihrer Tätigkeit an der Mongolischen Staatsuniversität schon einmal ihre politisch unzuverlässige Seite entblößt hat und deswegen auch von der erzieherischen Tätigkeit entfernt werden musste, erneut ihren Negativismus an den Tag gelegt. Damit stellt sich endgültig die Frage, ob sie es verdient, in der Presse der mongolischen Arbeiterklasse weiterhin aktiv zu bleiben!«

Diese Frage richtet er an mich.

Ich antworte, dass ich dies ungerecht und nicht begründet finde.

Ein lautes Luftholen geht durch den Raum, wie ein Windstoß aus lauter Atemgeräuschen. Die Stimme Seiner Hoheit dröhnt, mindestens um eine Oktave höher als vorher: Ob ich mich im Recht wähne, solches sagen zu dürfen!

Ich antworte, bestrebt, meine Stimmlage möglichst tief zu halten: »Gewiss! Weil ich vorerst kein Verurteilter, sondern noch ein freier Bürger unserer Mongolischen Volksrepublik bin, dem die Verfassung die Meinungsfreiheit garantiert. Und zudem ehern bestrebt lebe, mich auf Schritt und Tritt im Rahmen der Gesetze zu bewegen und jegliche mir anvertraute Aufgabe vor Volk und Staat ehrenhaft wie auch gewissenhaft zu erfüllen.«

Der Boss ist offensichtlich verunsichert. Er hat nicht damit gerechnet, auf einen so frechen, dabei noch das Grundgesetz zitierenden Widerstand zu stoßen. Er stockt für einen oder zwei Lidschläge. Da schrillt eine wütende weibliche Stimme von einer Ecke herüber. Es ist die andere Sekretärin des Zentralrats, die Dritthöchstangestellte unter diesem Dach.

Wie jeder in diesem Haus habe ich ihr im Gang oder auf der Treppe ein paarmal aus der Ferne zugenickt. Worte, geschweige denn Gedanken mit ihr zu wechseln, dazu ist es noch nie gekommen. Nun aber werde ich von einer knatternden Salve aus schrillen Worten getroffen. Sie sind so schmerzend und verletzend, meine Ohren vermögen zwar nur die wenigsten davon abzufangen. Aber als Brennwunden fressen sie sich sogleich in die Außenrinde meines Gehirns ein. Erstaunlicherweise wirken sie ungemein abkühlend und ausnüchternd. Vermutlich deshalb, weil sie mich warnen: Achtung, es geht um deine nackte Existenz!

Also warte ich ab, bis die Ladung restlos abgefeuert ist, und spreche dann ruhig und langsam: »Hochverehrte Genossin! Sie haben mich hier und heute sehr enttäuscht, denn ich habe Sie bislang für eine äußerst kluge und trotz ihres hohen Amtes bescheiden gebliebene Person gehalten. Doch die Worte, die vorhin über Ihre Lippen gegangen sind, haben meine Vorstellung von Ihnen zerstört. Denn Sie kennen mich ja überhaupt nicht, und dies ganz einfach deswegen, weil es dafür gar keine Gelegenheit gegeben hat!«

Mit unverhohlenem Triumph entgegnet sie: »O nein, Sie unterschätzen mich. Ich bin längst im Bild über alles Wesentliche zu Ihrer Person. Ich habe nicht nur im Archiv der Universität, sondern auch einer weiteren staatlichen Institution nachforschen lassen. Da steht klipp und klar, wer Sie sind!«

Schon fast neckisch entgegne ich: »Die weitere staatliche Institution ist wohl die Staatssicherheit. Ja, dann wissen Sie wohl auch, dass ich ein Vaterlandsverräter und Spion fremder Mächte bin. Haben Sie für diese Anschwärzung auch einen einzigen Beweis vorgefunden? Glauben Sie tatsächlich, dass das Ministerium für Staatssicherheit einen Verräter und Agenten so einfach davonlaufen lässt?«

Unser Schlagabtausch scheint die Zuhörer nicht zu langweilen, denn im Raum ist es mucksmäuschenstill geworden.

Ich fasse zusätzlichen Mut. Da bekomme ich etwas zu hören, was ich ganz und gar nicht erwartet habe. In meinen Ohren klingt es wie ein Kompliment für mich, den krampf- und schmerzhaft aufwärtsstrebenden künftigen Autor: Sie erwähnt meinen Band mit Erzählungen, der im fernen Germanien erschienen ist und mir angeblich eine Menge Honorargelder eingebracht habe. Während sie das ausführt, überlege ich mir, warum sie das vorherige Thema so klang- und sanglos fallen gelassen hat, um nach diesem völlig belanglosen Punkt zu greifen. Ist es ihr plötzlich zu heikel geworden?

Dann jedoch muss ich erfahren, dass das neue Thema der hohen Genossin keineswegs sinnlos, geschweige denn unüberlegt ist. Denn jetzt erlaubt sie sich die ungeschminkte Frage nach der Geldsumme und auch danach, wo sie zurzeit liege.

Ich stocke für einen Atemzug. Dann rede ich keck vom Recht jedes Sparbuchbesitzers auf Geheimhaltung. So stehe es doch in jedem Bankdokument geschrieben. Außerdem habe jeder Bürger laut Grundgesetz ein Recht auf seine privaten Geheimnisse.

Doch weder Bankgeheimnis noch Grundgesetz können sie bremsen, denn sie sagt unbeeindruckt: »Das mag so sein. Das gilt aber nur für Bürger, die sich nichts zuschulden haben kommen lassen! Sie aber stehen unter dringendem Verdacht, unsere sozialistische Ordnung zu gefährden! Für Sie, angesteckt von Habgier des Kapitalismus, sind diese sozialistischen Errungenschaften aufgehoben. Also antworten Sie kurz und bündig: Wie hoch war die Summe? Und wo steckt sie im Augenblick?«

»Die genaue Summe weiß ich nicht. Sie muss zuerst besteuert worden sein und ist seitdem durch Zinsen etwas gewachsen. Es dürfte sich um fünftausend Ost-Mark drehen. Sie wird, nehme ich an, weiterhin in einer Sparkasse in Berlin-Ost liegen, wie mir vom Verlag vorgeschlagen wurde.«

Nun glaubt sie, mich endlich geknickt zu haben. Das Verhör geht weiter: »Wie viel ist dies in unserer Währung?«

»Der Betrag ist mit eins Komma drei zu multiplizieren.«

»Und wieso lassen Sie das Geld in einem fremden Land liegen, ohne es sich überweisen zu lassen?«

»Die dortige wie auch die hiesige Bank wird Gebühren erheben, dachte ich. Darum wollte ich die Summe lieber in bar mitnehmen, wenn ich wieder einmal dort bin.«

»Aha! Und wie viel Geld haben Sie auf der hiesigen Bank liegen?«

»Eintausendzweihundertvierunddreißig Tögrük und sechsundfünfzig Möngü waren es vor sieben Monaten und acht Tagen. Ich nehme an, auch dies dürfte sich seitdem um Zinsen vergrößert haben, denn ich habe mit der Bank einen Sparvertrag abgeschlossen.«

»Genau! Damit liegt klar zutage, woran jemand wie Sie Tag und Nacht denkt. An nichts anderes als an diese Gelder!«

Ich muss gestehen: Während die Berliner Summe einigermaßen gestimmt haben könnte, ist die hiesige nur gespielt gewesen – ich habe einfach die Ziffern von eins bis acht aneinandergereiht.

Doch sie durchschaut meine Zahlenspielerei nicht. »Eintausend und noch etwas, das kommt mir sehr wenig vor. Denn mittlerweile wissen wir, was Sie unter diesem Dach Monat für Monat verdienen. Und auch vorher, an der Universität, bis sie dort hinausgeschmissen wurden, haben Sie viel mehr verdient als alle anderen Lehrer. Durch Überstundenlohn haben Sie gewaltige Summen eingehamstert. Das geht aus Ihrer Mappe hervor. Meine Frage nun: Wo ist das viele Geld hin?«

»Wir haben uns ein Wohnhaus bauen lassen.«

»Ein Wohnhaus? Ein ganzes? Wie groß? Und wo denn?«

»Ein fünfstöckiges Haus aus emaillierten, hellblauen Ziegeln. Mit zwanzig Wohnungen. Zehn davon mit drei, zehn mit zwei Zimmern und zu jeder Wohnung gehören ein Bad, eine Toilette, ein Korridor, eine Küche und ein Balkon. Alles eher etwas geräumiger und moderner eingerichtet als unsere Standardwohnungen. Dieses Haus steht gegenüber dem Haupteingang der Deutschen Botschaft in der UNO-Straße 47.«

»Hoffentlich haben Sie mir kein Märchen erzählt«, sagt sie etwas milder und bedenkt mich mit einem Blick, der dennoch eine erkennbare Portion Misstrauen enthält.

»Das ist aber wahr, Dargaa!«, ertönt die unerschrockene Stimme meines guten Arbeitskollegen Dshige von hinten.

Und darauf die immer noch zweifelbeladene Stimme der hohen Genossin, als wolle sie sich von ihrem Misstrauen so schnell nicht trennen: »Wie soll eine einzige Person, auch wenn sie gut verdient, eine so gewaltige Summe aufbringen können?«

»Nie habe ich gesagt, es sei leicht gewesen. Tatsächlich wäre das unerschwinglich für mich allein. Aber wir waren ja zwanzig Personen.«

»Zwanzig Personen! Wie kommen diese denn dazu?«

»Ich habe sie mir ausgesucht und überzeugt, dass wir uns zusammentun müssen, um uns selber zu helfen. So entstand die erste Wohnkooperation auf mongolischem Boden, mit Statuten, einem Vorsitzenden und seinem Stellvertreter, einem Buchhalter und vorerst zwanzig Mitgliedern.«

»War denn das alles gesetzlich zugelassen?«

»Zuerst war der Begriff noch unbekannt, also konnte es weder eine Genehmigung noch ein Verbot geben. Wir haben bewirkt, dass ein neuer Paragraf ins Baugesetz aufgenommen wurde, um Baugenossenschaften als Beitrag zur Lösung des Wohnungsproblems zu unterstützen.«

Ich sehe deutlich, dass sie meinen Worten nicht glaubt. Diesmal bleibe ich richtig ruhig. Ja, jetzt bin ich sozusagen die Ruhe in Person, denn ich habe den schwarz auf weiß gedruckten Beweis zu Hause liegen: den Beschluss über die Unterstützung von Wohnkooperationen. Also gebe ich weiterhin ruhig zu Protokoll, dass sich der Staat verpflichtete, fünfzig Prozent der Kosten des Kooperationsbaus zu tragen. Wir als Kooperationsmitglieder sollten für die restliche Summe aufkommen, wobei davon nur ein Drittel sofort zu bezahlen ist, während für den Rest ein langfristiger Bankkredit beantragt werden kann. Wie haben wir uns damals über dieses großzügige Gesetz gefreut, das auf unsere Initiative hin zustande gekommen ist! Das war eines der Male, als ich stolz dachte: Das Volk dieser »Volksrepublik«, das sind wir, und wir dürfen zu jedem seiner Gesetze mit unseren Ideen beitragen!

»Im Ergebnis ist jeder zu seiner Wohnung gekommen, auf die er sonst mindestens zwanzig, eher noch dreißig oder gar vierzig Jahre hätte warten müssen. Sie sollten Ihre gründliche Untersuchung über meine Person auf die Mappen mit den Wohnungsanträgen in den Archiven der Gewerkschaften ausdehnen. Sie werden sehen, ich habe keinesfalls übertrieben.«

»Sie erdreisten sich sogar, mir vorzuschreiben, wie und woran ich zu arbeiten habe? Sie irren sich aber, wenn Sie meinen, so könnten Sie die gerechte Strafe von sich ablenken! Nicht derjenige, der gut zu reden weiß, ist im Recht!«

»Diese Art von Beschuldigung lehne ich mit aller Entschiedenheit ab!«

Um mich herum halten alle wieder den Atem an. Und mir

gegenüber, wo das Präsidium sitzt, sechs Männer und zwei Frauen, sehe ich das Aufblitzen von spitzen, bösen Blicken.

Dann aber geschieht etwas Unerwartetes: Ausgerechnet der höchste Boss, der mir von Anfang an unheimlich vorkam, steht auf und geht zum Rednerpult. Ohne jegliche Eile, wie es sich für einen Gebieter im eigenen Revier auch gehört. Nachdem er mehrmals vergebens versucht hat, seinen massigen Leib in das knapp bemessene Möbelstück hineinzufügen, beginnt er zu reden: »Gut war es, dass das Zielobjekt der heutigen Sitzung Gelegenheit hatte, seine Sicht der Dinge auszudrücken. Nun kennen wir seine Überzeugungen. Ich persönlich habe gegen das, was ich hörte, an vielen Stellen nichts einzuwenden. Seine Argumente haben mich sogar auf manche selbstkritischen Gedanken gebracht.«

Ich, der von seiner Seite einen Raketenbeschuss erwartet habe, fange an, mich zu schämen wegen meiner so seichten Menschenkenntnisse und abweisenden Haltung seiner Person gegenüber. Nun aber verfolge ich die Rede mit wachsender Hingabe.

»Dass die Redaktion ihre Mitarbeiter für deren Beiträge in der Zeitung zu den Gehältern noch zusätzlich honoriert, hat mit einer gerechteren Entlohnung ungleicher Leistungen zu tun, nehme ich an. Nur, vielleicht müsste man der Honorarsumme der Mitarbeiter gewisse Grenzen setzen? Oder jene, die wenig oder gar nichts schreiben, dazu verpflichten, am Schreibbetrieb teilzunehmen und so auf ihre Zuverdienste zu kommen? Jedenfalls ist mir klargeworden, dass das Honorarsystem übersichtlicher und wirkungsvoller gestaltet werden müsste.«

Ach, bin ich ihm dankbar für diese Aussage! Denn das sind sinngemäß auch meine Worte gewesen, die ich immer zu denjenigen sagte, wenn ich bei ihnen Neid zu wittern glaubte.

Der Boss zieht die Augenbrauen zusammen, sodass das gewaltig breite Gesicht einen zornigen Ausdruck annimmt. Dann legt er los: »Genossen! Wenn ein jeder hier im Haus seiner Aufgabe tagtäglich ehrlich und sachlich nachgegangen wäre, dann hätten wir uns zu dieser späten Stunde mit der Sondersitzung nicht zu quälen brauchen. Den strengen Ton der Worte am heutigen Abend finde ich in Ordnung, denn Kritik und Selbstkritik sind ja die beiden Hauptprinzipien der zentral gelenkten Leitung und somit auch zur Erhaltung der Gesundheit unserer sozialistischen Gesellschaft unter den verwickelten Bedingungen der heutigen internationalen Lage. Meine Frage ist aber: Warum tretet ihr stattdessen im Alltag wie Weichtiere ohne Rückgrat auf? Immer nach oben schielend, zur nächsten Karrierestufe? Und abwärts in der Hoffnung auf einen verlogenen, aber nachsichtigen Chef? Wisst ihr, was solche Art Prinzipienlosigkeit uns letzten Endes kosten könnte? Unsere ganzen Träume und Errungenschaften seit Jahrzehnten, unseren Sozialismus! Der ist nämlich noch weit davon entfernt, vollkommen zu sein. Überall hapert und klappert und rumpelt es. Und das droht zuweilen unser gemeinsames Wohnhaus bis in die Grundfesten zu erschüttern. Die Gegner arbeiten indes pausenlos daran, dies alles auszunutzen und unser Baugerüst zum Einsturz zu bringen. Was in Polen geschieht, berechtigt einen zu dieser Befürchtung. Und was mich besonders beunruhigt, ist die Tatsache, dass so manche Genossen die Front wechseln, ohne jegliche Scham. Meine Überlegung als langjähriger Parteiarbeiter geht sogar so weit: Wer weiß, ob solches nicht auch bei uns geschieht, sollten die Unruhen zu uns herüberschwappen? Dann gäbe es vermutlich auch so manche Wendehälse. Die Machtsucht scheint eine hoch ansteckende Epidemie zu sein!«

Nur wenige Jahre später werde ich, den Aufstieg unserer Frontwechsler beobachtend, unwillkürlich an unseren Chef und seine strenge Rede für die Ideale einer versinkenden Epoche denken. Hatte er, der Ältere und Erfahrenere, die Zeichen im Verhalten seiner so bieder-strebsamen, an diesem Abend jedoch wie entfesselt und verwandelt wirkenden Untergebenen erkannt?

Mit einem Mal aber spricht der Machtmensch, der diese Funktionärssitzung in eine parteiideologische Predigtstunde verwandelt, in einem ganz anderen, nun wieder milden und sogar verträumten Ton: »Anhand unseres Vergütungssystems wird sichtbar, dass vieles überdacht und nötigenfalls vollkommen erneuert werden muss. Lasst uns dabei bitte bedenken, dass hier die Diplomierten zeitlebens wohlbeschützt sitzen und ihre Gehälter sorgenlos verdienen dürfen. Ein jeder sollte einmal darüber nachdenken, ob dies alles zu dem Gemeinschaftsmodell passt, vorgedacht von Marx und später angegangen von Lenin? Da gilt doch die Schaffung des Paradieses auf Erden für jedes Mitglied als das Endziel! Genossen, in jeder Ecke unseres selbst gezimmerten Hauses Sozialismus finden sich solche schlecht durchdachten und unglücklich ausgeführten Bauteile. Was tun? Ist doch klar – sie müssen geändert, verbessert werden! Also müssen wir uns an die Arbeit machen. Die Zeit drängt, angesichts des verschärften Klassenkampfes! Die morschen Teile ausbessern! Was überflüssig ist, weg damit! Was noch fehlt, her damit! Ja, wir müssen es tun, um weiterhin auf der Seite der Sieger in der Weltgeschichte zu bleiben, Genossen!«

Verwirrt, aber irgendwie auch getröstet, sogar bestärkt bis in die Knochen hinein, begleite ich mit dem Blick den massigen Mann, der sich aus dem zu engen Rednerpult herauswindet und sich mit trotzig-energischen Schritten zu seinem Sitzplatz hinschleppt. Noch im Stehen redet er weiter, als habe er noch etwas vergessen: »Ich bitte jene Genossen, die auf diese Sondersitzung gedrängt haben, mit der Entscheidung noch ein wenig abzuwarten. Ich möchte jetzt lieber sehen, wie ihr Spitzengewerkschaftler, Mitglieder des Vorstands auf der einen Seite und der Redaktion auf der anderen Seite, einen so kniffligen Fall lösen werdet. Er ist ja mit dem weiteren Schicksal eines Kollegen und vieler anderer Menschen hinter ihm verbunden.«

Oh, das war ein gar starkes Stück, denke ich irritiert. Die Mienen der anderen kann ich nicht anders auslegen. So weit mein Gedächtnis zurückreicht, will mir kein ähnlicher Fall im Umgang von Bossen mit Untergebenen einfallen. Was hat diesen Machtmenschen bewogen, seine Taktik zu ändern und die Reaktion seiner Untergebenen abzuwarten?

Die sind jetzt gezwungen, darauf einzugehen. Sogleich zeichnen sich zwei Strömungen ab. Die eine setzt den Angriff fort, die andere gerät in einen sanfteren Lauf, will lieber abwarten.

Die erste wird vom zornigen Genossen, den man für den Zweitmächtigsten im Reich der Gewerkschaften hält, auf eine wahrhaftig stürmische Art und Weise angeführt. Er fordert ohne jegliches Drumherum die Entlassung des Sündenbocks. Das Geschwür schleunigst herausschneiden, um den gesunden Körper der mongolischen Gewerkschaften zu erhalten.

Dann aber erstarrt der Raum. Denn von ihrem Vorstandssitz erhebt sich aufrecht und würdevoll die schöne Düüdshee, die Leiterin der Außenabteilung. Sie schreitet zum Rednerpult. Im still gewordenen Raum scheint der gleichmäßige Hall der handspannenlangen Absätze ihrer goldschimmernden Schuhe nicht nur den Ohren, sondern auch den Herzen den Takt zu geben. Viele Jahre, bis zum Wechsel der gewerkschaftlichen

Spitze, ist sie neben dem früheren Boss die mächtigste Person im Haus gewesen. Denn sie ist nicht nur berückend schön und einschüchternd gebildet, sondern war damals auch, wie fast immer und überall in solchen Fällen, die Herz- und Nierenwärmerin des Leitbocks. Was im dicksten Nebel des Schweigens verborgen lag, obwohl darüber längst ein jeder Bescheid wusste, gewiss auch der Ehemann der einen und die Ehefrau der anderen Seite. Seit dem Thronwechsel an der Spitze ist die Schöne auf der Machtleiter zwar um zwei Sprossen abgestiegen, doch ihrer angestammten Würde auf der Bühne des Machtspiels ist sie sich weiterhin bewusst. Nach der Neubesetzung der Spitze hat sich bei der Mehrheit des Publikums die vormalige Abneigung nun sogar in Zuneigung verwandelt, wohl weil sie den dringend nötigen Gegenpol zum neuen Machtgipfel bildet.

Getreu der eingeprägten Manier aus ihrer Glanzzeit, schmiegt sie sich anmutig in die vertraute Kuhle des Pultes, lässt den Blick ihrer bergbachwasserfrisch wirkenden, an Kamelfohlen erinnernden Augen aufmerksam und freundlich über uns gleiten und macht einen spielerischen Halbdreh mit dem Kopf in Richtung des Präsidiums, wobei sich ihr Gesicht sogleich mit einem spöttischen Ausdruck überzieht. Dann sagt sie, den Blick dämpfend, wie in ein Selbstgespräch versunken: »Es scheint heute ein denkwürdiger Tag zu sein. Manches kommt mir höchst seltsam vor. Zwischendurch habe ich mich gefragt, ob ich nicht etwa träume?« Woraufhin sie mit veränderter Stimme fortfährt: »Ich erlaube mir zwei Fragen an unsere beiden hochverehrten Genossen Sekretäre des Zentralrats: Erstens, war es denn wirklich nötig, den Vorstand wegen einer solchen Angelegenheit zu einer Sondersitzung zusammenzurufen? Und zweitens, warum seid ihr alle beide mit einem Mal wie ganz verwandelt aufgetreten?«

Bei den Zuschauern kommt es zu einer dumpfen, aber doch vernehmbaren Unruhe. In den Reihen des Vorstands dagegen scheint alles zu erstarren. Endlich bricht Düüdshee diese peinliche Stille: »Ich möchte die Worte unseres Genossen Vorsitzenden wiederholen: Warum wart ihr – waren wir alle – vorher nicht so genau und streng zu den Belegschaften, die uns Partei und Staat anvertraut haben? Woher kommt dieser plötzliche Eifer? Die Antwort darauf scheint von vornherein vorgegeben: Ein Schuldiger muss bestraft werden! Nur, ich sehe hier keinen Schuldigen. Ich sehe nur einen, der seiner Zeit wohl ein Stück voraus ist. Er hat zwanzig Familien zu Obdach verholfen. Was unter den gegebenen Verhältnissen unseres Landes eine patriotische, ja, heroische Leistung ist.«

Dann beugt sie sich über das Redepult herüber, zu uns, zum Publikum. »Der Anstoß zu dieser Sondersitzung stammt, habe ich verstanden, von euch, wertes Kollektiv von Journalisten. Was war der Hintergrund dieser Beschwerde? Ich vermute, es war der Neid. Nach meiner eigenen Erfahrung gibt es zwei Hauptgründe für Konflikte innerhalb der Kollektive: Auslandsreisen und Auszeichnungen. Sie erzeugen da und dort Neid, und dieser Neid macht die Runde. Bester Rat für alle, die darunter leiden: Erbringt selber auch so gute Leistung wie diejenigen, die ins Ausland reisen und Prämien erhalten.«

Die Rednerin stellt sich wieder gerade hin und setzt ihre Rede mit veränderter Stimme fort: »Es sieht ganz danach aus, als würde heute das höchste Organ aller Gewerkschaften, das sich doch als Verfechter für die Lebensinteressen aller Werktätigen erklärt, einen Beschluss fassen, der einen von vornherein für schuldig Erklärten von Arbeit und Lebensunterhalt abschneidet. Daran will ich nicht beteiligt sein. Ich spreche mich feierlich und voller Verantwortung gegen so einen Beschluss aus. Wer fragt, warum ich es tue, hat hier meine Antwort: Der Beschuldigte hat mehrmals unter meiner Aufsicht ausländische Gäste betreut. Dabei hat er alle Aufgaben einwandfrei erfüllt. Und weiter: Als er in die Redaktion eintrat, hatte diese Zeitung um die sechzigtausend Leser. Heute sind es doppelt so viele. Daran hat auch der Beschuldigte seinen Anteil. Habe ich vielleicht persönliche Gründe, ihn in Schutz zu nehmen? Da lautet meine Antwort: Nein. Ich kenne ihn nicht näher. Aber ich lese gerne, was unter seinem Namen in der Zeitung steht. Die Artikel sind ganz einfach gut begründet und ebenso gut geschrieben. Zum Schluss möchte ich einen weiteren Gedanken unseres Vorsitzenden aufnehmen: Sollte in unserem Heimatland einer mit den Erträgen seiner Arbeit ein Ministergehalt übertreffen, so betrachte ich das keinesfalls als Sünde, sondern als gutes Vorbild für die Zukunft. Und so möchte ich euch alle aufrufen: Verteufelt ihn nicht. Strebt ihm nach!«

Damit verlässt sie das Rednerpult und begibt sich zu ihrem Platz inmitten des Präsidiums zurück. Ihr sicheres Auftreten, der elegante, wiegende Gang, ihre Schönheit und Klugheit, die bedenkenlos klaren Worte – all das hat wohl niemanden gleichgültig gelassen. Ich selbst folge ihren Schritten mit dem Blick eines ergebenen Welpen.

Eine drückende Stille lastet über dem Raum.

Dann erhebt sich Badraa, auch er ein Abteilungsleiter: »Um Zeit zu sparen, sage ich die zwei, drei Worte von hier aus. Ja, unsere Arbeit muss verfeinert werden. Auch ich halte es für bedenklich, jemanden zu beschuldigen, obwohl es dafür keine eindeutigen gesetzlichen Bestimmungen gibt. Wir müssen unser Lohn- und Honorarsystem verbessern. Ich werde mit meiner Belegschaft morgen schon damit beginnen.«

Kaum sitzt er wieder, schnellt der nächste Abteilungsleiter hoch: Tschuka, mit Beinamen »Panischer Germane«, weil er erstens von Natur aus mit heftigem Temperament gesegnet ist und zweitens vor Jahren durch die Gewerkschaftsschule Fritz Heckert in Bernau bei Berlin gegangen ist. Sofort schießt er los: »Ich muss meine beiden Abteilungsleiterkollegen, die ich sonst sehr schätze, für einmal kritisieren. So einfach ist es doch nicht! Diese Fragen sind doch schon in unserer Parteiorganisation umfassend erwogen und besprochen worden. Alle Mitglieder des Parteibüros haben einstimmig beschlossen, den Fall dem höchsten Organ der Mongolischen Gewerkschaften vorzulegen. Darum ist diese Sondersitzung einberufen worden. Es ist unvereinbar mit dem Prinzip der führenden Rolle der Partei, diesen Beschluss infrage zu stellen! Ich als Parteigenosse darf und will das nicht –«

»Tschuka! Nimm dir doch Zeit!« Düüdshee wirft die Bemerkung zu ihm hinüber – wohl ein Überbleibsel von den Gewohnheiten aus ihrer First-Lady-Zeit –, und dies so laut, dass wir hier vorne alles mitbekommen.

Belustigtes Raunen rollt durch den Raum.

Der Redner gerät erst recht in Panik und beginnt auch noch zu stottern: »Hinnehmen! Da-da-darüber hinaus halte ich es für eine Beleidigung den Genossen gegenüber, wenn der Angeklagte für makellos erklärt wird! Wo bleiben da Kritik und Selbstkritik!«

Nun ruft Düüdshee, diesmal lauter: »Wir wissen doch, Tschuka, dass du immer hochwichtige, prinzipielle Dinge beiträgst. Drum geh doch bitte, wie wir alle, zum Pult und verkünde von dort aus deine Erkenntnisse, langsam und klar!« Düüdshee sitzt kerzengerade da, mit einem gelassenen, spöttischen Schmunzeln, das sie erhaben und unverwundbar erscheinen lässt.

Es ist, als wenn auf einmal eine sengende und klebende Hitze in den Raum hereinbricht.

Da bricht es aus Tschuka heraus: »Erlaubt sei mir ein Wort an meine Kollegin Düüdshii. Dass du schön bist und auch gebildet, das wissen wir alle. Sei dennoch bitte höflich daran erinnert, dass die Zeit, wo du jeden nach Belieben hast rumdirigieren dürfen, vorüber ist. Kapiert? Inzwischen ist eine andere Ära angebrochen –«

Der oberste Chef, der bisher geduldig, sogar belustigt zuhörte, greift nun laut und hart ein: »Genug, das reicht!«

Der Redner stockt jäh wie von einem Knüppelhieb mitten ins Schädeldach getroffen. Dann sinkt er artig in seinen Sitz nieder.

Der Boss streift die ihm Unterstellten mit sichtbar zornigem Blick. Dann wendet er sich an uns und lässt in einem milderen Ton verlautbaren: »Auch ihr dürft mitreden, Genossen Journalisten!«

Überraschte, ratlose Mienen in unseren Reihen. Da steht Migmar, unser lieber, stiller Redakteur, auf und nimmt die Verantwortung auf sich, dass er mit seiner Belegschaft bis jetzt zu nachsichtig verfahren ist. Dann übernimmt er auch die Schuld hinsichtlich gewisser Unregelmäßigkeiten in der Vergabe von Honoraren, Prämien und auch von Reisen ins Ausland. Und verspricht schließlich, sich mit seinem ganzen Kollektiv schon morgen daranzumachen, eine Neuregelung des Honorarsystems zu entwerfen und möglichst bald den höheren Organen vorzulegen. Womit er wohl allen Redelustigen im Raum den Wind aus den Segeln nimmt. Denn kein Weiterer meldet sich zu Wort.

Sodass sich der Boss nach dem Ideologiesekretär umdreht und kühl verlautbart: »Wenn es keine weiteren Wortmeldungen gibt, dann wäre es doch an der Zeit, über die Entscheidung der Sitzung abzustimmen, oder?«

Der Ideologiesekretär steht auf. »Also stimmen wir ab, Genossen Mitglieder des Präsidiums des Zentralrats der Mongolischen Gewerkschaften! Zuerst, wer ist dafür, dass der Genosse Galsan, bisher außenpolitischer Kommentator, von seinem journalistischen Dienst zu entlassen ist? Bitte, Hände hochheben!«

Die rechte Hand der Genossin Sekretärin Od'n fliegt in die Höhe. Der Genosse Ideologiesekretär sagt: »Eins!« Er streckt daraufhin seine Hand ebenso in die Höhe und fügt hinzu: »Zwei!«

Tschukas Hand kommt hinzu.

»Drei!« Der Genosse macht eine erwartungsvolle Pause. »Also drei. Bitte, die Hände runter! Nun die Gegenstimmen!«

Die Hand von Düüdshee fliegt in die Höhe.

»Eins!«

Badraas Hand folgt.

»Zwei!«

Eine weitere erscheint zögerlich – ich glaube, der Mann heißt Borhüü, und ich muss gestehen, ich weiß nicht, was für ein Amt er innehat.

»Drei!«

Warten. Die Sekunden scheinen in satten Tropfen auf den Boden der Stille zu schlagen. Ja, peinliche, angstvolle, aber auch Hoffnung einflößende Stille. Ich sitze mit gedrosselten Atemzügen da und komme mir zeckenklein und mückennichtig vor. Dabei hängt mein Blick am Vorsitzenden, der vorne thront, mächtig groß. Für welche Seite wird er sich entscheiden? O Himmel, o all die Hundertundhunderte, Tausendundtausende heiligen Geister meines Altai und meiner Vorfahren!

Der Ideologiesekretär, die ganze Zeit stehend, fragt mit bittend schwacher Stimme: »Genosse Vorsitzender? Eure Stimme?«

Der Gefragte wirkt wie aus einem Schlaf erwacht und sagt schlicht: »Ich enthalte mich der Stimme.« Und mitten in die Stille, die wieder entstanden war: »Das darf ich doch, oder?«

Der Ideologiesekretär antwortet mit seiner weichen, leisen Stimme, die man von ihm gewöhnt war: »Aber gewiss, Dargaa.«

Nun steht der oberste Chef auf und geht mit energischen Schritten zum Rednerpult. »Genossen! Wir alle sind jeden Tag am Weiterlernen. Ich als Parteiarbeiter werde zeitlebens auf die Diktatur der Arbeiterklasse pochen. Doch ist mir dabei auch bewusst, dass ich als Funktionär der Gewerkschaften mich tagtäglich an der Durchsetzung der Demokratie schulen muss. Vorhin habe ich euch alle unsanft gerügt. Nun muss ich euch loben. Eure Abstimmung war so, wie ich mir eine funktionierende Demokratie vorstelle. Die heutige Diskussion soll an der Basis weitergeführt werden. Wir als Leitung werden uns künftig gänzlich heraushalten. Entscheidet in der Redaktion selbst. Wobei ich jedem Mitglied des Zeitungskollektivs ans Herz legen möchte: Bitte, überlegt euch gut, was zu tun ist! Und hiermit, Genossen, erkläre ich die heutige Sitzung für geschlossen.«

So also bleibt mein strauchelndes Schicksal erst einmal in der Schwebe, sozusagen an einem Härchen hängend. Meiner Hassaa verrate ich nichts von der Versammlung – warum sie schon wieder quälen? Mein Versagen bei der ersten Station der Berufslaufbahn hat sie schon genug leiden lassen! Diese Nacht schlafe ich freilich so gut wie gar nicht.

Am nächsten Tag fällt die Entscheidung, und zwar schneller als gedacht. Von den neunzehn Mitgliedern des Zeitungskollektivs stimmen neun für meine Entlassung, während ebenfalls neun wollen, dass ich bleibe. Der Redakteur, diese sanfteste

Menschenseele, hat dieses Gleichgewicht auf der Waage wohl geahnt, denn er leitet die Abstimmung selber. Wie der oberste Chef behält er sich vor, seine Stimme als Letzter abzugeben. Nun sagt er mit einem Strahlen in den Augenwinkeln: »Interessant, unsere Übung im Demokratieunterricht, nicht wahr, Kollegen? Wieder ein Unentschieden! Wie es gestern ja zunächst auch war. Dann hat sich der Chef für die Stimmenthaltung entschieden und uns damit ermöglicht, die Entscheidung selber zu fällen. Nun, hier und heute werde ich mich aber für eine der beiden Seiten entscheiden. Ich tue es vor allem für unsere Zeitung und ihre Leserschaft. Also, ich stimme dafür, dass das Mitglied unserer Journalistenfamilie weiterhin bei uns bleibt und seine Kenntnisse und Schreibkunst nun erst recht für unsere Zeitung und das ganze werktätige Volk einsetzt!«

Diejenigen, die auf mich gesetzt haben, lassen es sich nicht nehmen, nach diesen Worten einen kurzen Applaus ertönen zu lassen.

So also bleibe ich weiterhin bei der Zeitung. Inmitten der Strömungen meines windungsreichen Lebensflusses, da wild, dort sanfter, wird mir später jene arg knappe Entscheidung – knallhart am Rande einer Blamage – immer wieder einfallen und mich mal zu Demut und Mäßigung, mal zu Mut und Ausdauer ermahnen.

Am Tag meines Davonkommens sagt Freund Dshige: »Nun haben wir wieder einmal gesehen, wer wo steht.« Die Worte fallen leise, wie nur gehaucht, sein Blick bleibt auf die Tür gerichtet. Unausgesprochen ist uns Freunden und Verbündeten klar: Heute du, morgen ich, übermorgen wir alle. Das Mitgefühl meiner Gefährten rührt mich.

Wissen, wer wo steht. Gleichgültig welche Papiere vor mir ausgebreitet liegen und an welchen Textmaschen meine Finger spinnen, diese Worte kribbeln pausenlos in meinem Hirn wie Ameisen. Die Klappermäulchen im Raum mit ihren unerschöpflichen Neuigkeiten haben sich nun mit einem Mal in zwei Parteien gespalten. Die eine gegen mich, während die andere um Stimmen für mein Dableiben geworben hat. O merkwürdig buntscheckige, von Geheimnissen knallvolle Menschenwelt!

An jenem ersten, vor widerfahrenem Glück wie auch vor überstandenem Schreck noch taumelndem Tag höre ich auch die Meinung des Redakteurs. Dies alles sei für ihn wie für mich eine harte, aber auch nützliche Lehre gewesen. Ich solle bei der Äußerung meiner Meinungen noch vorsichtiger werden. Seine Befürchtung für meine Zukunft sei, dass ich nun, wie die meisten der Kollegen schon, schwierigen Themen ausweichen würde. Das dürfe ich auf keinen Fall tun, die Leserschaft warte auf meine Beiträge. Ich solle mutig alles aufgreifen, mich dabei aber noch strikter an die drei Grundpfeiler der sozialistischen Journalistik halten: Faktentreue, Parteilichkeit und Volkstümlichkeit. Mengenmäßig vielleicht weniger schreiben, dabei aber umso tiefer ins Leben eindringen.

Gegenüber einer Hälfte der Redaktion fühle ich mich nicht mehr wohl, weil ich inzwischen weiß, sie wollen mich am liebsten weghaben. In ihrer Gegenwart komme ich mir vor wie eine Spur Dreck in ihren Augen, wie ein Splitter zwischen ihren Zähnen. Zur anderen Hälfte der Menschen um mich herum empfinde ich eine heftige Zuneigung, die mitunter brennend durch alle Fasern meines Zwerchfells hindurchzustrahlen scheint.

Inmitten der so gegeneinander tobenden Gefühlsstürme gebe ich mir beim Abschälen von Sätzen aus den Landschaften meines Herzens und Hirnes noch mehr Mühe als vorher. Zum Schluss höre ich wie immer wohlwollende Bemerkungen von der einen Seite, während auf der anderen Seite kaltes Schweigen herrscht. Gibt es also nichts zu kritisieren? Oder werden wieder im Stillen die Dornen gesammelt, die mir eines Tages in Bein und Mark eindringen?

Ach, es ist hässlich, dauernd in solcher Unsicherheit leben zu müssen! Da spüre ich eines Tages tief in mir einen Gedanken sich regen, der mir zunächst einen eiskalten Schreck in die Herzgrube jagt.

Soll ich meinen Platz hier freiwillig räumen?

War ich nicht bis soeben unerschütterlich entschlossen gewesen, die Tinte in meinem abgegriffenen Füller, den Schweiß von der klopfenden Stirn und das Blut in den Adern bis zum letzten Tropfen für nichts anderes als diese Zeitung zu verausgaben?

5

Nur wenige Tage nach jener inneren Erschütterung höre ich von meinem Chef, dass Genosse Tüdew mit mir eine persönliche Unterredung haben wolle. An dieser Stelle muss ich wohl meine Leserschaft aufklären: Tüdew ist der Vorsitzende des Mongolischen Journalistenverbands und Chefredakteur der Partei- und Regierungszeitung *Ünen*. Darüber hinaus ist er einer der ganz wenigen wirklich begnadeten Schriftsteller des Landes. Neben dem wunderbaren Erzähler Sengiin Erdene ist er der einzige Autor, den ich im eigenen Land schätze, verehre und dem ich auch nachstrebe. Übrigens ist er derjenige, der mich über die hohe Schwelle des mongolischen Schriftstellerverbands gehievt und mir nach Jahren endlich die Mitgliedschaft ermöglicht hat. Bei dieser Gelegenheit sei auch noch erwähnt, dass ich sein wunderbares Jugendbuch *Bekanntschaft mit der Welt* ins Germanische übersetzt habe. Er wiederum gab meine *Tuwinische Geschichte*, die im fernen Germanien als Buch erschienen war und die hiesige Medienmaschinerie zur Heißglut trieb, unter dem abgedämpften Titel *Erzählung aus einer Gewittrigen Zeit* nicht nur zum Druck frei, sondern versah ihn auch mit einem trefflichen Vorwort.

Ich darf wohl sagen: Ihn hat der Himmel von allem Anfang an zum Bewohner der Chefetage im Lebenshaus bestimmt. Er leitet unter anderem den Schriftstellerverband, die Zeitschrift der Jugendverbände und thront nun seit einigen Jahren, versehen mit zwei Stellvertretern und der zahlreichsten und bestbesoldeten Journalistenmannschaft des Landes, über dem Hauptorgan von Partei und Regierung.

Was tun, wenn so ein Mächtiger meine Wenigkeit zu einem Gespräch treffen will? Ich mache mich sofort auf den Weg zum Gebäude in der übernächsten Straße.

Der Mensch im Vorzimmer, persönlicher Gehilfe des Chefredakteurs, scheint nicht nur zu wissen, warum ich dort auftauche, er benimmt sich auch erstaunlich zuvorkommend. Was ganz und gar ungewöhnlich ist, denn die Überheblichkeit der Kollegen an der Hauptzeitung gegenüber allen anderen Journalisten ist mir längst bekannt. Sofort meldet er mich bei seinem Chef an, öffnet die schwere, holzgetäfelte Tür einen Spaltbreit und gibt das Zeichen zum Eintreten.

Der Chef, der in der Öffentlichkeit als eher unnahbar kühle Person bekannt ist, wirkt nun eher schlicht und herzlich. Er erkundigt sich nicht nur nach meiner Tätigkeit bei der Zeitung, sondern auch nach weiteren Strängen meines Lebens, der Familie und dem Vorankommen auf dem literarischen Gebiet. Als ich anfange, ihm von meinen vier Kindern und meiner Frau als Chefköchin beim Politbüro zu erzählen, fällt er mir ins Wort, fast spitzbübisch: »Dann bist du ja wie ich ein lebensgeprüfter Familienvater, in doppelter Hinsicht! Wenn deine tüchtige Gemahlin in den höchsten Regionen des Staats ihre Dienste tut, dann haben vielleicht ihre Köstlichkeiten auch mir das eine oder andere Mal die Sinne erfreut. Wie klein entpuppt sich manchmal dieses Land, dessen unermessliche Weiten wir so gern besingen. Aber wir sind ja nur so wenige, da bleiben die Lebensspuren schön übersichtlich und lassen sich gut verfolgen. Nicht wahr?«

Ich bin angenehm überrascht von diesem unvermuteten Wortschwall. Hier spricht gewiss der Schriftsteller, der Künstler, der zwischendurch immer wieder aus dem beengenden Rahmen des Offiziellen ausbrechen will. Also darf auch ich kurz meine literarische Tätigkeit erwähnen, und zwar ganz unverstellt: dass bei mir zurzeit wohl ein Wechsel von der Poesie zur Prosa im Gange sei, vorerst zu den von vielen gern gelesenen, von manchen aber auch belächelten lyrischen Kurzgeschichten. Wie dies bei vielen unserer Literaten in einer bestimmten Schaffensphase zu beobachten sei.

Er hört mir aufmerksam zu und sagt dann: Wichtig sei, keinen einzigen der ohnehin gezählten Lebenstage ohne ein paar niedergeschriebene Zeilen verstreichen zu lassen. Nur schon, um in Übung zu bleiben! Natürlich bilde man sich ein, jeden Tag an einem Meisterwerk zu arbeiten. Später werde man selbst erkennen, dass das meiste nur eine Fingerübung war. Wer weiß, vielleicht ist sogar das eine oder andere Meisterwerk entstanden, ohne dass man es sogleich erkennen konnte. Und schließlich packt er aus, was er mit mir vorhat: »Es kocht und brodelt gewaltig in unserer Nachbarschaft unter Gorbatschow. Bei uns jedoch herrscht immer noch dumpfe Stille. Unsere Obrigkeit pflegt ja allem, aber wirklich allem, was sich drüben rührt, sogleich nachzueilen. Diesmal jedoch wirkt sie erstarrt vor Schreck und wartet stumm und ratlos ab. Ich habe mit meiner Zeitung mehrmals versucht, Kleinigkeiten anzupacken, woran zu rühren vor einem Jahr noch undenkbar gewesen war. Doch wir sind die offizielle Stimme von Partei und Regierung. So gesehen, bin ich einer mit gebundenen Händen und gestopftem Mund. Hätte ich Zugriff auf irgendeine andere Zeitung, hätte ich längst versucht, dieses und jenes in Bewegung zu setzen.«

Während er diese Worte ausspricht, glaube ich, in seinen Mundwinkeln Spuren bitterer Enttäuschung zu sehen. Was mich seltsamerweise ein wenig tröstet. Also gibt es im Leben auch Dinge, denen selbst der große, mächtige Tüdew, dieser Glückspilz, hilflos ausgeliefert ist.

Doch kurz darauf kehre ich auf den Boden der Realität zurück und erkenne, was einen Tüdew von normalen Sterblichen unterscheidet. Soeben schien er noch hilflos, nun zucken ihm zornig die Kiefermuskeln, und es folgt eine Salve von Worten: »Also brauchen wir ein Presseorgan, in dem das bisher Verschwiegene und Unangetastete endlich beim Namen genannt und mit der scharfen Klinge des kühlen Verstandes angepackt werden kann! Diesem Pionierorgan wird die äußerst schwierige, aber ehrenvolle Aufgabe zufallen, die dumpfe Stille endlich zu brechen, die Gesellschaft aus dem Sumpf der Erstarrung herauszuziehen. Dieser trüben Brühe zur Gärung und Gerinnung, zur Farbe und Festigkeit zu verhelfen! Dafür brauche ich einen, der mit genügender Tollkühnheit in den Adern und ausreichend Grütze im Schädel ausgestattet ist. Und mir scheint, das bist du!«

Das kommt so schnell, als würden all die Worte in einem einzigen Atemzug herausgeschleudert.

Meine erste Reaktion darauf ist ein Riesenschreck, der mir durch Leib und Seele fährt. Was er sofort erkennt: »Ich habe volles Verständnis, dass meine plötzliche Offenbarung bei dir nicht sofort helle Begeisterung auslöst. Denn das ist keine leichte Aufgabe. Aber eine notwendige. Wir haben kein Recht, uns zu drücken vor diesen schwindelerregenden Umwälzungen.«

Etwas kleinlaut sage ich: »Dass Ihr ausgerechnet meine Wenigkeit zu dieser Aufgabe ausgewählt habt, ehrt mich sehr. Ich habe ja weder Journalistik noch Politologie studiert. Aber ich muss Euch gestehen, dass ich ein Parteiloser bin. Nur schon darum wird das Zentralkomitee Eure Entscheidung bestimmt nicht –«

Hier werde ich unterbrochen: »Gerade darum, Mann! Auf meinem augenblicklichen Posten habe ich kein Recht, auf Parteibeschlüsse irgendeinen kritischen Luftzug fallen zu lassen. Und jeder mit dem Mitgliedsbuch hat es viel schwerer, eine abweichende Meinung zu haben.«

Obwohl ich dies verstehe, kann ich immer noch nicht glauben, dass ich vor einem Sprung meiner bisher recht holprig verlaufenen, befleckten Karriere stehen könnte. Ich bin fest entschlossen, alle meine Stolpereien vor ihm auszupacken, ehe ich in eine noch peinlichere Lage schlittern könnte. Darum berichte ich ihm, welche Beschuldigungen ich mir erst neulich habe anhören müssen.

»Die Genossen von Eurer höheren Stelle werden die Akten aus meinen bisherigen Stationen bestimmt durchfilzen. Ich möchte Euch gestehen, da gibt es so manchen Haken.«

Da lacht er vielsagend auf und schaut schuldbewusst drein. »Ich weiß, ich weiß. Denn auch ich habe in deinen Akten rumgeschnüffelt. Da finden sich tatsächlich allerlei Attacken, die aber die Zielscheibe nie treffen konnten. Lauter vage Verdächtigungen. Der Spieß ließe sich leicht gegen die Schützen selbst umdrehen, sie als bösartige Verleumder disqualifizieren.«

Und schon sieht sein vielschichtiges Gesicht wieder ernst aus, und er sagt mit zusammengezogenen Augenbrauen, leise, aber gewichtig, wie mit aufgestautem Groll: »Wir müssen mit solchem zweifelhaften Getue, Mitmenschen nach Belieben anzuschießen und ihnen bleibende Wunden zuzufügen, dringend Schluss machen. Diese blindwütigen Schützen verschanzen sich hinter Begriffen wie Wachsamkeit und Treue. Steht einmal das

Presseorgan, dem wir zur Geburt verhelfen wollen, fest auf den Beinen, kann man dort nach den tieferen Gründen solcher Anschwärzungen und Beschädigungen von Menschen durch Menschen suchen.«

Ich bin schwerst beeindruckt. Nein, diese Phrase ist zu billig! Ich lodere vor Begeisterung! Fühle mich davon gepackt wie von einer mächtigen, atemberaubenden Umarmung! Schon bin ich fest entschlossen, an dieser Zukunftsmusik unbedingt mitzuwirken! Ja, ja – bin bereit, dieser neuen Epoche den Rest meiner Lebenszeit gänzlich zu opfern!

Der Meister muss meinen sprunghaften Gefühlswandel erkannt haben – flink und flüssig breitet er vor mir sogleich einen herrlich bunten, irre-wirren Gedankenteppich aus. »Die Grundfrage ist, wieso sie dich aus dem Weg räumen wollten, obwohl du ja keine Schuld trägst. Der Schöpfer hat dir ein Hirn mit hoher Drehzahl mitgegeben. Das macht manche neidisch und eingeschüchtert. Die schöpferische Unruhe von Naturen deines Schlags wird leicht als Störfaktor an der heiligen mongolischen Behäbigkeit, als Fremdkörper in unserer Gesellschaft verstanden.« Dann lacht er wieder unheilverkündend auf: »Die Papiere von der jüngsten Sitzung der Gewerkschafter haben meine Entscheidung für dich gefestigt. Ja, habe ich mir gedacht, diesen unruhigen Kerl hole ich dort heraus! Weil er sich weder von der Tatenlosigkeit blindlings folgsamer Vorfahren noch von der Willenlosigkeit bevormundeter Zeitgenossen hat beeinflussen lassen! Ich gebe ihm genug Freiraum, damit seine Schlagkraft sich entfalten kann zu dem, wozu sie fähig ist!«

Da beschleicht mich erneut der Schreck: O großer Himmel, bin ich denn überhaupt imstande, die in mich gesetzten Erwartungen zu erfüllen? Ich sage erst mal nichts und warte ab, was da noch kommt.

Der Chef hat meinem Gesicht bestimmt abgelesen, wie es um mich steht, und spricht nun wieder sachlich leise: »Du wirst sicherlich wissen wollen, worin deine Aufgabe besteht und was sich alles für dich und deine Familie ändern wird, falls du mein Angebot annimmst.«

Und tatsächlich erfahre ich sogleich das Gerüst jener Zukunft, auf die ich jetzt zuschlittere.

Ich soll das interne Bulletin des Journalistenverbands, das bisher monatlich, auf Schreibmaschine getippt und vervielfältigt, an alle Redaktionen des Landes geschickt wurde, in eine vollformatige, kostenpflichtige Publikumszeitschrift verwandeln. Dem Vorbild der sowjetischen Zeitschrift *Journalist* folgend, soll es vor allem Nachrichten aus dem einheimischen Pressebetrieb und über unsere Journalisten enthalten. Dazu herausragende Ereignisse aus der Journalistik der Sowjetunion, der anderen sozialistischen Länder und der linken Presse weltweit. Natürlich wären von Anfang an Perestroika und Glasnost die Hauptthemen. Also eine Publikation, die sich mit den wunden Themen unserer Gesellschaft auseinandersetzt und aufzeigt, dass es wesentliche Verbesserungen und Veränderungen braucht, um in Zeiten des Kalten Krieges weiter zu bestehen und voranzukommen. Ich würde zwar als Angestellter des Journalistenverbands gelten und unter dessen Dach in einem eigenen Bürozimmer residieren, dabei aber in meinen Entscheidungen weitgehend selbstständig bleiben.

»Und wie soll das neue Organ heißen?«, frage ich.

»*Setgüültsch* – Der Journalist«, sagt der Chef.

In meinen Ohren klingt das zu trocken, aber ich halte meine lockere Zunge zurück. Tüdew würde nicht Tüdew heißen, wenn er meinen Gesichtsausdruck nicht augenblicklich hätte ablesen können. Also fragt er mich: »Wie hättest du es gern genannt?«

»*Umstellung*«, sage ich. »Oder sogar beides: Umstellung und Offenheit. Also Perestroika und Glasnost.«

»O nein!«, ruft er gleich aus. »Wir müssen nicht mit der Tür ins Haus fallen. Die Öffentlichkeit muss sich Stück um Stück an heikle Gedanken gewöhnen.« Mit sanftem Tadel belehrt er mich: »Wir haben ja nicht nur jene gegen uns, die angesichts der Kühnheit ihres bisherigen Vorbilds Sowjetunion ratlos sind. Sondern auch die Verschreckten und Verstockten, die alles tun werden, um jeden Gedankenfunken klammheimlich auszulöschen. Erst wenn die Öffentlichkeit angesteckt ist, dürfen wir mit offenen Karten spielen.«

Ich sehe mich schon in der erhabenen Rolle des Meuterers gegen die eingerostete Maschinerie des Staates, an der Seite und als Vertrauter des genialen Denkers und Revolutionärs Tüdew. Wie mir die Rolle gefällt! Und dies, obwohl ich mir der Gefahren bewusst bin, die draußen, vielleicht gleich hinter der doppelt abgedichteten Tür dieses Zimmers, auf uns Aufrührer gegen alles Überholte lauern könnten. Ich habe ja mittlerweile selbst erlebt, dass die »Sicherheit« in diesem Staat am besten funktioniert.

Der erfahrene Menschenkenner hat mich schon wieder durchschaut und sagt: »Du wirst als mein unmittelbarer Mitarbeiter gelten. Also gehörst du, wie ich selbst, sowohl zur *Ünen*-Redaktion als auch zum Stab des Journalistenverbandes. Du wirst, wie ich auch, in beiden Organisationen zu Hause sein.« Und nach einer kurzen Pause: »Somit wärest du unter allen mongolischen Journalisten der einzige, der diesen Doppelstatus besitzt.«

Mir wird schwindlig. Gewiss hat der Mann mit dem Röntgenblick auch dies zur Kenntnis genommen haben. Denn er verkündet gönnerhaft lächelnd: »Doch du wirst einen *Ünen*-Ausweis bekommen.«

Kann das sein?

Hat er diese stumme Frage meinem hilflos erschrockenen Gesicht abermals abgelesen? Er sagt: »Doch, doch. Der Dienstausweis der *Ünen* wird dir ab jetzt viele Türen öffnen.« Sein Blick bleibt im meinigen festgeheftet. Feuerheiße, gleichzeitig auch eiskalte Wellen ziehen über meinen ganzen Körper. Dann sagt er, schlau lächelnd: »Ich hätte dir genauso gut einen Ausweis des Journalistenverbands ausstellen lassen können. Damit aber gältest du in der Öffentlichkeit weniger. Und was noch wichtiger ist, du kämst auf ein niedrigeres Gehalt.«

Dann erfahre ich, dass mir als Mitarbeiter der Partei- und Regierungszeitung auch das Recht auf die Sonderklinik – im Volk Ministerkrankenhaus genannt – zustehe, und viele andere Privilegien. Und diese gelten auch für alle Familienmitglieder! Besser kann es gar nicht mehr kommen.

Ich halte es nicht länger aus und gebe meine definitive Zusage. Worauf er mir strahlend seine büroweiße und samtweiche Hand mit den zarten, wie fein abgeschliffenen Fingern reicht und in seiner versierten, offiziellen Art gratuliert.

Lieber Himmel, denke ich noch, darf ich als Parteiloser den Dienstausweis des Partei- und Regierungsorgans überhaupt in die Hand nehmen und in der Brusttasche über meinem Herzen tragen? Warum auch nicht? Wenn ein Tüdew in seinem Machtbereich es so haben will, dann geschieht es ganz einfach so.

Klitschnass vom kalten Schweiß, aber wie auf Flügeln kehre ich am Abend heim. Meine gute Hassaa ist noch nicht da, es kostet mich nervenzerrende Geduld, weil ich mit meiner großen Überraschung warten muss. Daher eröffne ich den Kindern schon mal, dass sie bei Husten und Sonstigem künftig, ganz wie die Sprösslinge von Staatsministern und ausländischen

Diplomaten und Spezialisten, ins Sonderspital gehen dürften. Natürlich fangen sie an, mich zu löchern: Ob die Mama auch in einem Sonderladen einkaufen und ich in einem Dienstwagen fahren würde? Was der Unterschied zwischen jenem Spital und unserem bisherigen sei?

Die Tochter, die Schnellzüngige, fängt an loszuplappern, dass sie einen Trick kennen würde, sich bei Bedarf ganz schnell zu erkälten. So würde sie demnächst selber ins Spital kommen und mit eigenen Augen nachschauen, was dort geschehe.

O je, denke ich erschrocken und bekomme ein schlechtes Gewissen. Ich versuche, ihr klarzumachen, was Gesundsein ist – etwas überaus Wertvolles, das sich durch nichts ersetzen ließe. Aber ich weiß, dass meine verspätete Belehrung sie von ihrer kindlichen Neugier wohl nicht abbringen kann. Und sicher will sie damit gegenüber ihren Freundinnen, zu Hause oder in der Schule, angeben.

Als es endlich an der Tür raschelt, denke ich, die Kinder würden längst schlafen. Doch da höre ich die Tochter der Mutter entgegeneilen und losplappern: »Mama, ab nun dürfen wir ins Ministerkrankenhaus gehen und dort von Ministerärzten betreut werden!«

Hassaa fragt überrascht: »Wer hat dir denn dieses Märchen erzählt, mein Plappermäulchen?«

»Kein Märchen«, sagt das Kind bestimmt. »Papa hat es erzählt!«

Dann liegen wir endlich im Bett, und ich darf meiner Frau, auf die ich mit solcher Ungeduld habe warten müssen, Bericht erstatten. Ich tue dies sehr detailgetreu.

Dabei wundere ich mich insgeheim, dass Hassaa meinen Bericht recht zurückhaltend aufnimmt und immer wieder Fragen dazwischen fallen lässt. Der Grund wird mir erst zum Schluss einleuchten. Tüdew ist ihr von so manchen Empfängen her bekannt. Und dessen Wesen durch Bemerkungen Dritter. Einmal habe sie ihre Chefs im Billardzimmer über jemanden witzeln hören: Im Fach »sozialistisches Karrierebewusstsein« sei er Landesmeister. Trotz der zielstrebig erkämpften Ämter und fleißig abgeernteten Preise scheine der Hunger aber immer noch nicht gestillt … Darauf ein verdächtiges Hüsteln. Und danach auffallende Stille im Raum, hörbar nur noch das Aufeinanderknallen der Bälle.

Nachher fragt sie einen Bekannten aus dem Protokollamt, was man unter »sozialistischem Karrierebewusstsein« verstehen dürfe. Und bekommt prompt zur Antwort: »Oh, davon gibt es neuerdings eine ganze Rasse. Aber Eigentümer sei nach wie vor der berühmte Autor Tüdew!«

Gerade sei er im Gästehaus gesichtet worden, neben der Person herschreitend, die jedes Mal, wo immer sie auftaucht, Flüsteralarm vom Pförtner bis zum Chef auslöst. Es scheint im ganzen Staat kaum einen Menschen zu geben, der seelenruhig bleibt angesichts dieser gewaltigen, massigen Erscheinung, ihres stürmischen Wesens, der bohrenden, graugrünen Augen und dazu noch dieser Stimme, die her schrille wie aus der endlosen Weite russischer Dörfer. Der deutlich kleinere, schmale Mann habe die Wildmächtige recht selbstbewusst durchs Haus geführt, dabei selber gedämpft und beschwörend geredet, wie ein Tierbändiger, der den Biestern jeden Anlass zum Aufbrausen nehmen will. Da erst sei der Küchenchefin klar geworden, wer jene Person war – niemand anders als die russische Ehefrau des obersten Machthabers Jumdschaagiin Zedenbal.

Ich bin so traurig, dass meine Hassaa nicht bereit ist, meine Freude zu teilen. Ich frage sie, was ihr anderer Grund sei. Sie gesteht, sie habe sich über meinen guten Neuanfang bei der

Zeitung so gefreut und gedacht, ich würde dort endlich Fuß fassen und Wurzeln schlagen. Nun wolle ich diese segensreiche Nische wieder verlassen, und das wegen eines so heiklen, hochpolitischen Wagnisses, und das würde ihr Sorgen bereiten.

Diese Nacht schlafe ich noch weniger als sonst. In den langen Wachstunden will es mir zuerst leidtun, dass ich meine Frau in die ärgerliche Geschichte bei den Gewerkschaften nicht eingeweiht habe. Aber nun es nachträglich zu tun, würde sie enttäuschen und noch härter treffen. In diese Klemme geraten, spüre ich in mir erstmalig einen bemängelnden Gedanken gegen meine gute Lebensgefährtin erwachen: Ist auch sie vom Gedankengut des Spießertums angesteckt? Zählt für sie der persönliche Vorteil und nicht das Wohl der Gemeinschaft? Soll ich noch lange warten, in die sichere Nische verkrochen, und mich als Angsthase zurückhalten? Nur um mein einträgliches, aber nichtiges Pöstchen nicht zu gefährden?

Nein, ich werde dem Ruf des eigenen Herzens folgen. Ja, ich werde bei dem Wort bleiben, das ich dem älteren Kollegen, dem Aufklärer und Revolutionär unserer mongolischen Gesellschaft gegeben habe!

Am nächsten Morgen berichte ich meinen beiden Chefs, zuerst dem Abteilungsleiter und daraufhin dem Zeitungsredakteur, von meiner Begegnung mit Tüdew. Beide reagieren verblüffend ähnlich und sagen mir ziemlich dasselbe: Sie würden mich sehr ungern gehen lassen. Da ich aber eine Stufe höher stiege, sähen sie sich nicht berechtigt, mich zurückzuhalten. Beide erwähnen die unerfreuliche Geschichte und meinen, die unterlegene Seite in der Redaktion würde diese Schlappe schwerlich wieder vergessen und ständig auf der Lauer sein, wann denn von mir ein verdächtiges Wort und ein anfechtbarer Gedanke komme. Darum sei es wohl besser, ich ginge.

An diesem Tag verspäte ich mich abends wieder einmal, da es mein Ehrgeiz ist, alles, was mir anvertraut gewesen, bestens geordnet zurückzulassen. Also sichte ich die ganzen Inhalte des Panzerschranks an der Wand sowie der Schublade und des Spinds am Schreibtisch. Trenne alles in vier Haufen ab: Mitzunehmendes, Weiterzugebendes, Dazubleibendes und Wegzuwerfendes. Den letzten Haufen verstaue ich im Müll. Einen Teil des Mitzunehmenden verstaue ich in meiner Aktentasche.

Diesmal ist es Hassaa, die mit Ungeduld auf mich wartet. Mit sichtbar entgeistertem Ausdruck sieht sie mich mit der schwer bepackten Tasche heimkehren und ahnt, warum. Sie war wild entschlossen, mich von meinem Vorhaben abzubringen, denn sie hat mehr über meinen künftigen Chef herausgefunden. Eine Frau, die etliche Jahre unter der Leitung Tüdews gearbeitet hat, habe ihn einen eiskalt berechnenden, gefährlich schlüpfrigen Typ genannt. Dies, weil sie im Auftrag von ihm eine heikle Aufgabe erledigen musste, die sich aber als anders herausstellte, als er ihr weisgemacht hatte. Nun war sie in eine peinliche Lage geraten, er aber war ganz einfach verschwunden, ohne sich im Mindesten um ihr weiteres Schicksal zu kümmern.

Mehr gereizt als gewarnt von dieser Geschichte, sage ich: »Die Sache ist entschieden. Ich habe meinen Chefs bereits Bescheid gesagt, und sie haben mich zu diesem Aufstieg beglückwünscht, sosehr mein Weggehen ihnen auch leidtäte.«

Einen direkten Glückwunsch hat es, wie wir doch wissen, nicht gegeben. Der kleine Schuss Lüge soll meine besorgte Frau beruhigen. Doch es ist unmöglich, die Sorge der Mutter und Gattin wieder zu besänftigen. Das sehe ich in dieser Stunde und werde es während all unserer vom Himmel gegönnten gemeinsamen Lebenstage, -monate und -jahre immer wieder sehen.

Am nächsten Tag stellt mich der große Chef in der *Ünen*-Redaktion seinem Kollektiv vor. Allein, da fühle ich mich sehr unwohl, wie gehemmt und gelähmt, belächelt und bemitleidet, nicht viel anders als ein Bettler im Umkreis von lauter Wohlhabenden. Denn mir ist, als wenn ich in einen Wald von lauter sonnenfeuerblutroten, flammend flatternden Parteibüchern geraten wäre. Vielleicht hat die erhabene Gemeinschaft das neue Mitglied durchaus freundlich in Augenschein genommen. Aber ich kann mich im Nachhinein an das Benehmen der Anwesenden überhaupt nicht mehr besinnen. Vielleicht ist die Erinnerung an die allbekannte Arroganz so mancher *Ünen*-Journalisten gegenüber den Berufskollegen in mir wieder wach geworden. Denn diese Erinnerung wird in mir auch später immer einen Hauch Minderwertigkeitsgefühl wecken. Und das wirkt bei mir dann immer wie ein leiser Peitschenhieb, jener Bürde ähnlich, die ich durch die Geringschätzung seitens der Europäer in meinen Studentenjahren habe fühlen müssen.

Nun, schließlich bekomme ich feierlich meinen Dienstausweis ausgehändigt. Mit tiefer Verbeugung nehme ich ihn beidhändig in Empfang und vergesse nicht, ihn an die Stirn zu führen, wie die Landessitte es fordert.

Sogleich bekomme ich vom Chef meine erste Anweisung: Mir nach, mitkommen! Worauf ich erschrocken denke: Wohin denn wohl? Stumm folge ich ihm die Treppe hinab. Aus einem Auto am Straßenrand gegenüber der Haustür steigt der Fahrer aus, geht hurtig um es herum, reißt die rechte hintere Tür auf und wartet darauf, dass man einsteigt. Während mein Führer auf den Wartenden zugeht, wird mir klar, dass ich auf der anderen Seite einsteigen soll.

Habe ich es vorhin ein Auto genannt? Nein, großer Himmel, es ist eine spiegelblank geputzte, lackschwarze Limousine – und erst noch mit rot markiertem Nummernschild wie bei den Politbüromitgliedern, Ministern und Abteilungsleitern des Zentralkomitees. Dank meiner Frau und meines Berufs bin ich schon öfters in den vornehmen Kutschen der Oberklasse mitgefahren. Diesmal aber ist alles anders: Es ist der Dienstwagen desjenigen, dessen Vertrauen ich genieße und dem zu dienen ich entschlossen bin. Und zwar mit der Treue eines Hundes und mit der Ausdauer eines Pferdes, wie die Nomaden sagen.

Später werde ich vor mich hin rätseln, ob diese erste und einzige gemeinsame Fahrt des Fürsten mit seinem Lakaien nicht etwa ein eiskalt berechnetes Spielchen gewesen ist? Denn nach kaum fünf Minuten Fahrt kommen wir beim Haus des Journalistenverbands an. Dort werde ich wieder vorgestellt, nun einem kleinen Trupp aus zwei Männern und zwei Frauen. Der Raum, wo die Vorstellung stattfindet, soll ab nun mein Kontor sein. Es ist ein niedlich kleines Zimmerchen.

Von Mitarbeiterin Nandia, übrigens eine meiner allerersten Studentinnen an der Uni, werde ich später erfahren, dass der ganze Stab am Vortag bis in die Nacht hinein habe schuften müssen, um diesen Raum herzurichten. Er war eine Rumpelkammer gewesen, deren Fenster man vom Dreck vieler Jahre befreien musste. Die Wände wurden entstaubt, die Flecken und Schäden am Putz mit Fotos aus Zeitschriften überklebt, der Fußboden ausgewaschen und schließlich die Möbelstücke aus verschiedenen Ecken und Enden des Hauses herübergeschleppt. Daher auch das Gemisch all der Gerüche – Parfüm, Wacholder und Aceton –, das mir bei meiner Ankunft gleich auffiel. Ja, die Anweisung des Chefs lautete: Der Journalistenverband würde von nun an eine eigene kostenpflichtige Vollformatzeitschrift herausbringen. Bis zehn Uhr am nächsten

Morgen ist das Kontor für den Redakteur voll ausgerüstet bereitzustellen. Für Bedenken oder Widerspruch der Befehlsempfänger war da kein Platz. Der oberste Chef befiehlt es, also findet man den Weg, das Befohlene herbeizuschaffen.

So kam dieses Wunderstück zustande: Ein drei mal fünf Schritte umfassender Raum, ein Schreibtisch mit einem Stuhl, zwei Hocker in unterschiedlichen Formen und Farben und ein Wandschrank mit zweiflügeligen Türen, unten aus Holz, oben aus Glas. Dankbar und demütig sehe ich die Früchte der Anstrengungen dieser Menschen. Ja, das Zimmerchen bedeutet mir viel. Es ist meine Nische im Staatsgehäuse, ganz für mich allein. Kein geltungsbedürftiger Beamter kann es mir streitig machen. Ja, das ist mein Kontor! Hier kann ich, von niemandem abhängig, ungestört sinnen und werken, an Ideen sticken und stricken. Werde nach Themen suchen, zäh um Wörter und Wendungen ringen, ihren Wirkungen nachsinnen. Auf dass sich daraus eine hochexplosive Zeitschrift herausmausert, wie sie in mongolischen Landen noch nie gesichtet worden ist. Da fällt mir ein: In ferner Vergangenheit in fernen Landen hat ein vom Himmel Begnadeter den gleichen Traum geträumt: Friedrich Schiller mit *Die Horen*. Hier regt sich in meiner Magengrube eine alte, schmerzliche Enttäuschung über meinen gottgleichen Meister Goethe, weil er sich an jenem edlen Vorhaben nur halbherzig beteiligt hat. Ja, hätte Goethe dafür so geglüht wie sein kongenialer Freund und Konkurrent, dann wäre jene Zeitschrift bestimmt so geworden, wie deren Ideenvater es sich erdacht hatte, der dafür glühte und darüber seinen ohnehin geschwächten Körper um ein weiteres Stück ruinierte!

Endlich bin ich allein und frei, betrachte mit kindlicher Neugier den Raum und die Möbelstücke. Hier also soll ich geistige Nahrung für mein mongolisches Volk erschaffen. Dieser

Gedankenflug führt zu weiteren hochgestimmten Ideen und Plänen, und die Stichworte schwirren nur so um mich herum. Ich greife nach meinem Stift und suche ein Blatt Papier – da berührt die Kuppe des rechten Zeigefingers den neuen Ausweis, der sich unter all den Gegenständen in meinen Jackentaschen noch ganz fremdartig anfühlt. Ich halte inne, hole ihn heraus und schaue ihn mir genauer an. Er ist etwas größer und fasst sich fester an als mein bisheriger. Außen trägt er, in Goldbronze gedruckt, den Namen der Zeitung: *ÜNEN.* Innen, mit schwarzer Tinte handgeschrieben, gibt er meinen Dienstgrad an: Redaktionssekretär von *Setgüültsch*, Quartalszeitschrift der Zeitung *Ünen* und des Mongolischen Journalistenverbands.

Redaktionssekretär! Ich sinne weiter: Sekretär einer Einmannredaktion. Für eine Zeitschrift, die es noch nicht gibt, aber in neunzig Tagen fertig gedruckt zum Verkauf angeboten werden muss. Was eine Menge Arbeit bedeutet. Ich stürze mich sogleich hinein. Der Chef hat mir schon gestern zwei Nummern des sowjetischen *Journalist* und eine Nummer von *Mongolische Frauen* mitgegeben. Über Nacht habe ich sie überflogen. Nun fange ich mit der Arbeit an: Lese, sinne nach und notiere mir Stichworte.

Im Rückblick würde ich sagen: Ich stürze mich in die Arbeit wie ein ausgedurstetes Pferd, das ins Seewasser springt. Mit zittrigen Lippen und Händen tue ich in jenen Tagen alles in fieberhafter Eile und mit glühender Hingabe. Morgens komme ich zwei Stunden früher zur Arbeit und gehe abends zwei Stunden später nach Hause. So gnadenlos wie in dieser Phase habe ich Raubbau am eigenen Körper nie wieder betrieben. Heute wundere ich mich darüber, dass mein Körper, vor allem mein schon angeschlagenes, armes Herz, diesen reinen Wahnsinn ohne merkbare Schäden ausgehalten hat. Der Körper hält wohl viel mehr aus, als wir ahnen, wenn dazu reichlicher Wille vorhanden ist. Und der Wille war in mir grenzenlos da.

Nun ein paar Worte zum Stab. Da ist die bereits erwähnte Nandia, meine ehemalige Studentin, die ich in meinem ersten Jahr an der Universität in der Gruppe von zwei Dutzend frisch gebackener Abiturienten in Sprache und Kultur der Germanen einweisen durfte. Danach fuhr sie nach Halle an der Saale, wurde fünf Jahre lang in Naturwissenschaften ausgebildet und ist nun, wie es in unserem wirtschaftlich schwachen, aber von Akademikern dominierten Land so oft vorkommt, ganz woanders gelandet.

Die andere Frau, Badma mit Namen, kennt mich auch, wobei ich mich an sie nicht erinnern kann. Denn sie gehörte in der Vorbereitungsgruppe für das Auslandsstudium zur Untergruppe Französisch, schaffte dann aber den Abschluss nicht. Jetzt scheint sie hier als Person für alles untergekommen zu sein.

Der angenehmere von den beiden Männern heißt Tsaskhor. Er sei zuständig für das Journalistenlotto, so hat er sich mir vorgestellt. Ich bin nie dahintergekommen, was das für eine Arbeit ist. Habe auch nie eine seiner Lotterien gesehen.

Und schließlich der Chef. So tritt er zumindest auf, obwohl er nur der Orlogtsch, Stellvertreter, ist. Schon am ersten Tag hat mich dies irritiert, muss ich zugeben. Davon ist doch gar nie die Rede gewesen während jenes betörenden Gesprächs über unbegrenzte Gedankenfreiheit und schöpferische Arbeit zwischen dem höchsten und einzigen Chef Tüdew mit seinem ausgesuchten und exklusiv beauftragten Journalisten.

Dieser Mensch, der nun unvermutet auf meinem Weg auftaucht, heißt zu meiner und mancher anderer Belustigung Baassnband. Der erste Teil seines Namens, Baassn, ist doppeldeutig, bedeutet erstens »Freitag« und ist zweitens die Vergangenheitsform von »kacken«. Während der zweite Bestandteil »Kerlchen« bedeutet. Spaßvögel machen darüber natürlich ausgiebig ihre Witzchen. Sein Vatersname ist Hurg'nyy, das Lamm, und obendrein hat ihn der Schöpfer mit einer eindrücklichen Hakennase gesegnet. Dies bei einem gedrungenen, kurzen Rumpf. Was natürlich bei unserem Volk, das sich mit Tierwesen gut auskennt, für eine ganze Menge Späße sorgt.

Doch der Träger des unglückseligen Namens weiß solchen Sticheleien mit Entschiedenheit entgegenzutreten. Denn er ist eine abgebrühte Kämpfernatur. Einer jener funkensprühenden Parteigenossen in überspanntestem Sinne. Also bewahre ich von Anfang an Abstand zu ihm und denke: Will er unbedingt den Chef spielen, soll er das meinetwegen mit seinen drei anderen Untertanen tun. Mich aber hat er gefälligst in Ruhe zu lassen, denn ich bin eines anderen, besseren Herrn Untertan und habe meine klare Aufgabe!

Wahrlich – der kleine Möchtegernchef fängt sehr bald an, mich in den bürokratischen Betrieb seines Apparats einzuspannen. Mal soll ich einen langen Artikel in einer Zeitschrift lesen und für ihn zusammenfassen. Mal soll ich auf ein Schreiben aus dem Ausland auf Russisch antworten. Oder ich soll an der Pressekonferenz irgendeiner Institution teilnehmen. Zunächst tue ich das stillschweigend, wenn auch ungern. Bin ich schon wieder auf dem Weg, ein allzeit verfügbarer, unbezahlter Knecht zu werden? Mit aufquellender Wut im Bauch trete ich ihm recht bald entgegen und sage, dass ich keine Zeit für solche Nebendienste habe. Weil ich von unserem gemeinsamen Chef Tü – so wird er unter Journalisten genannt – beauftragt bin, etwas ganz anderes, nämlich eine prinzipiell neuartige Zeitschrift auf die Beine zu stellen. Da schaut mich das Kerlchen mit seinen Chef-Ambitionen so entgeistert an, als sei aus meinem Mund soeben ein Drohbefehl von der Art »Geld oder Leben!« oder »Hände hoch!« rausgerutscht. Die Spitze der berühmten Bocknase erblasst, ihre Flügel zittern und laufen dann rot an. Schließlich fasst er sich wieder und sagt mit jener wohlbekannten Beamtenstimme aus gepresstem Hals: »Da Ihre Person nun einmal unter diesem Dach sitzt, werde ich als Chef des hiesigen Kollektivs selber entscheiden, wem ich welchen Auftrag erteile.«

Ich sage darauf: »Mein Auftrag, erteilt vom Chef Tü, ist klar und konkret: die Zeitschrift! Er hat mir dazu jeden Freiraum versprochen!«

»Jeden Freiraum – wirklich? Das wäre mir neu.«

»Ich bitte Sie: Fragen Sie ihn selbst!«

Nach dieser Auseinandersetzung kann ich mich natürlich schlecht konzentrieren, sosehr ich meine Gedanken zu bündeln versuche. In der folgenden Nacht komme ich zu einem wichtigen Entschluss, um gute Beiträge für mein Blatt zu erlangen. Ich fange am nächsten Morgen gleich damit an und trete gezielt an von mir geschätzte Journalisten heran, ziehe sie in ein Gespräch über dieses oder jenes und bitte sie zum Schluss, dies alles zu einem Artikel für die neue Zeitschrift zusammenzufassen. Während dieser Gespräche spitze ich meine Ohren nach möglicherweise unterdrückten Materialien zum Thema oder wegen ihrer Schärfe nie gedruckten Artikeln. Und versuche anschließend, an das Material heranzukommen.

So betrete ich erst gegen Mittag mein Kontor. Sogleich heißt es, ich solle zum Chef kommen. Er empfängt mich mit der herausfordernden Bemerkung, dass man bei uns um neun Uhr mit der Arbeit zu beginnen pflege.

Ich sage, seit der Morgenstunde sei ich unterwegs auf der Suche nach Beiträgen für meine Zeitschrift. Zudem pflege ich zwei Stunden vor Arbeitsbeginn zu kommen und zwei Stunden nach Arbeitsschluss das Kontor zu verlassen.

Darauf bekomme ich zu hören: »Welchen ausgefallenen Regeln Eure Person folgt, mag deren Sache sein. Jedoch ist es für jeden, der hier sein Gehalt bezieht, die unverrückbare Pflicht, im Rahmen jener gesetzlich vorgeschriebenen acht Stunden auf dem Arbeitsplatz zu sein!«

Nach einiger Überlegung gehe ich zu Tüdew und werde von ihm auch gleich empfangen. Ich lege ihm, als abdämpfende Hülle meines Besuchs, den groben Entwurf der ersten Nummer der Zeitschrift vor. Er scheint damit einverstanden zu sein. Besonders lobt er zwei feste Rubriken, die der Leselust und Neugier dienen sollen: Sprüche und Weisheiten aus aller Welt neben hilfreichen kleinen Tipps fürs Alltagsleben unter dem Titel »Spritzer«. Auf diesen Namen hat mich die Opferhandlung der Nomaden mit dem Verspritzen von Milch, Tee und Schnaps gebracht, womit all die unsichtbaren, aber dauerhaft wirkenden Geister im All begrüßt und bedacht werden sollen. Auf diese Weise würden all die Geister in Gestalt von Lesern begrüßt und meiner Bereitschaft, ihnen zu dienen, versichert sein. Dass Tüdew nichts dagegen einwendet, diese Redewendung aus der religiösen Ecke zu verwenden, nehme ich als sicheres Zeichen, dass er meine Absicht verstanden hat.

Er will wissen, wie es mir gehe. Ich sage: »Ganz gut.« Da erweist er sich wieder einmal als ein Meister, auch die feinsten Abstufungen eines jeden Wortes zu hören. Er hält inne, schaut mir einen Pulsschlag lang ins Gesicht und sagt: »Ganz gut ist nicht sehr gut. Ich dachte, es müsste dir unter meinen Fittichen, abseits vom üblichen Trubel der Redaktion und mit einem klaren, großen Ziel, nun sehr gut ergehen. Sag mir, woran fehlt es?«

Ich erzähle von den lästigen Nebenaufgaben, mit welchen mir sein Stellvertreter viel Zeit nimmt. Erwähne auch, was heute zwischen uns beiden vorgefallen ist, nach meiner verspäteten Ankunft bei der Arbeit.

Der Chef hört aufmerksam zu und greift, ohne ein Wort, nach dem Telefon und wählt eine Nummer. Sobald sich eine Stimme dahinter meldet, spricht er ruhig und langsam, so wie es nur Menschen tun, die von ihrem Recht, Anordnungen zu erlassen, und von der Pflicht des Zuhörenden, jene auszuführen, unerschütterlich überzeugt sind. So ist der Wortlaut der Anordnung: »Baass'nban'd! Was ich dir noch nicht gesagt habe – ich dachte, es sei nicht nötig, du werdest es ohnehin verstehen, wegen der Wichtigkeit der Aufgabe, die wir uns vorgenommen haben. Aber soeben habe ich gedacht, ich müsste es dir doch sagen. Es betrifft meinen Beauftragten wegen der Zeitschrift. Also, er untersteht nur mir. Keiner darf ihm, betreffend seiner Arbeit und seiner Arbeitszeit, Anweisungen geben. Und noch etwas. Im neuen Kontor habe ich keinen Telefonapparat gesehen. Sekretär einer Einmannredaktion ohne Telefon, das geht einfach nicht. Er muss ja passende Beiträge suchen. Solches per Telefon zu erledigen ist der kürzeste Weg. Also sorg du dafür, dass er noch in dieser Woche zu einem eigenen Telefon kommt.«

Er legt den Hörer auf und schaut mich an. Kein Lächeln in seinem Gesicht, aber eine unverkennbare Zufriedenheit. »Zufrieden?«

Ich ringe kurz um Atem und bringe schließlich heraus: »Zufrieden? Sonst ein großes Wort, aber ein blasses für das, was ich gerade empfinde! Ich bin begeistert. Nein, auch das ist nicht das richtige Wort. Ich bin ganz einfach erschüttert von Eurer Umgangskunst mit dem Menschen, der mir wie ein dumpfer

Felsblock vorkam. Ihr habt mit ihm gar nicht erst diskutiert, habt ihn nicht einmal getadelt. Habt ihm einfach mitgeteilt, was zu geschehen hat. Ihr habt ihn nicht einmal wissen lassen, dass ich hier bin. Mir ist bewusst geworden, dass ich diese Kunst nie beherrschen werde.«

Nun lächelt Tüdew doch. »Mit der Zeit wirst auch du diese Kunst beherrschen. Denn es liegt weniger am Menschen, es liegt an der Macht, die ihm in die Hand gelegt worden ist, glaub mir.«

Jetzt hat er sich in einen anderen verwandelt, in den Künstler, den Menschen ohne Panzer. Er sagt noch weiter: »Dies ist ein Vorzug des zentral gelenkten sozialistischen Leitungssystems, der Diktatur im Namen der Arbeiterklasse, oder was damit immer gemeint ist.«

Bei diesen Worten sehe ich um seine Mundpartie ein spöttisches Grinsen zucken.

Doch gleich scheint er sich zu besinnen und schaut mich prüfend an. »Daraus dürfen wir jedoch nicht schließen, dass unser System auf nackter Angst der Menschen gegründet ist.«

Das aber wirkt auf mich gar nicht überzeugend. Jetzt ist der andere Mensch, der Spitzenfunktionär des Staats, wieder in ihm erwacht. Ich habe diesen Wechsel der Rollen in ihm erkannt. Ich habe ihn durchschaut. Zu meinem Schreck, aber auch zu meinem Triumph weiß ich nun: Seine Ansichten, mögen sie noch so scharfsinnig und blumenreich in Worte gekleidet sein, sind letzten Endes nur vorgespielt!

Die Zukunft sollte zeigen, dass ich auf der richtigen Fährte war. Noch aber fehlte dem Pfeil meiner Gedanken der erforderliche Flugschwung zur angemessenen Reichweite. Die Frage blieb unbeantwortet: Wozu denn solche Spielereien?

Diese Erkenntnis kommt mir wie ein Wetterleuchten mitten

in der tiefsten Nacht. Unter dem nächsten Wimpernschlag verschlingen mich schon wieder die Fluten der Aufgaben, die nach mir rufen. Wenn ich später meinen Chef immer wieder beim Wechsel seiner Rollen ertappe, werde ich mein Idol vor dem gefährlich kritischen Geist in mir in Schutz nehmen. Werde denken: Jeder tuts, auch du. Gibt es nicht andere Möglichkeiten für dich, die vom Himmel gegebene Frist auf Erden schmerzärmer und freudvoller zu verleben? Deine Zeit nicht mit Ach und Krach zu vergeuden? Ach, warum ziehst du dich denn nicht dorthin zurück, wo du aus dem Mutterleib gefallen bist und die schönste Strecke deiner Lebensreise hast erleben dürfen? Warum nicht deinen unterbrochenen Lebenstraum als Sammler, Jäger und Schäfer fortsetzen? Und sollte dem etwas im Weg stehen, dann gäbe es doch so viele andere Möglichkeiten, die verbleibende Strecke geruhsamer und zufriedener abzuwandern, frei von Hetzen und Schmerzen! Dabei weiß ich, dass es nicht mehr anders geht. Ganz einfach, weil ich mit allem, was ich mein nenne, vielfach in andere Maschen verstrickt bin und letztendlich festsitze, nicht viel anders als ein Vogel in der Schlinge.

Gut war an diesen Gedankengängen jedenfalls, dass ich, auf mich selbst bezogen und aus freien Stücken, herausfand, dass der große Lebenswechsel nicht mehr möglich war. Später, wenn ich so weit sein werde, den natürlichen Trieb nach Mehr und Höherem bei meinem Chef zu durchschauen, da werde ich längst keinen Grund mehr haben, meinen Wohltäter für seine Gier zu verdammen.

Doch nun darf ich endlich ungestört an meinem Zeitschriftenprojekt arbeiten. Noch in der gleichen Woche kommt ein Telefonapparat in mein Zimmer und schmückt fortan meinen Schreibtisch. Mein Kontor, mein Telefon! Welch dummes, eitles Wohlgefühl, denke ich leicht beschämt. Klingt durch diese Schamhaftigkeit hindurch nicht auch ein leises Wispern: Wer von deinen Vorfahren, von unserer Sippe und unserem Stamm hat über so etwas verfügt?

Die erste Nummer, die ich wähle, ist die von Hassaa. Eine strenge männliche Stimme meldet sich und will gleich wissen, wer ich sei und was ich wolle. Ich antworte darauf wahrheitsgemäß und bekomme zu hören: Es sei doch Essenszeit, die Köchinnen haben zu arbeiten. Da bitte ich, ihr nachher meine Nummer zu geben. Worauf ich gefragt werde, ob sie die Nummer schon kenne. Ich verneine: Die Nummer habe ich soeben bekommen!

Endlich klingt zum ersten Mal mein Telefon. Sie ist es! Die allererste Person, die mich anruft! Ich berichte außer Atem: »Heute habe ich ein eigenes Telefon ins Kontor verlegt bekommen!«

Nichts von der Überraschung, die ich erwartet habe. Sie sagt nur: »Hoffentlich wirst du nicht allzu sehr gestört. Achte darauf, dass du die Nummer nicht allzu vielen Menschen gibst!«

Erst später werde ich hinter den Sinn dieser Warnung kommen, die mir zuerst wie unfreundlich erschienen ist. Denn da werde ich sehen, welch großer Anteil der Arbeitszeit im Land unter sinnlosem Tratsch vergeudet wird. Und noch später werde ich zu einem verzweifelten Zeugen jener Zeit, in der jeder Mensch ein eigenes Telefon bei sich trägt. Für eine ganze Generation wird es alles ersetzen: Familie, Freunde, Bücher und sogar die umliegende Welt.

Doch in der Anfangsphase meiner journalistischen Laufbahn mache ich mit diesem Wunder der Technik eine durchaus gute Erfahrung. Der praktische Nutzen des Telefons ist gewaltig. Jene, mit denen ich über kritische Artikel gesprochen habe, und diejenigen, die es selber noch nicht wagen, verbinden mich mit Mutigeren. Und diese kommen zu mir gelaufen und bringen manchmal sogar andere mit, sodass mein Zimmer langsam anfängt, zu einem Treffpunkt von kritischen Geistern zu werden.

Dazu gehören auch die Schriftsteller. Ja, ich habe gleich am Anfang an sie gedacht. Denn sie sind in der Regel besser beim Denken und Ausführen als die Journalisten, die von der Linie der offiziellen Politik zu sehr beeinflussbar sind. Überdies, nicht wenige Journalisten sind angehende Schriftsteller. Deshalb plane ich schon für die erste Nummer einen ganzen Block von Kurzgeschichten, die nicht länger als eine Schreibmaschinenseite zu sein haben.

Die ersten Beiträge treffen ein. Ich überfliege einen jeden, um abzufühlen, ob drinnen ein Kern sei, der sich anfassen, klopfen und schütteln und dadurch auch anreichern ließe. Dann frage ich die Autoren, ob sie damit einverstanden seien, dass ich ihre Texte sprachlich umarbeite. Die allermeisten rücken mit ihrem Einverständnis locker heraus. Andere lächeln und fragen zurück, ob ich meinte, solches wäre nötig. Hinter ihrem Lächeln glaube ich Selbstgefälligkeit zu erkennen: Wenn du es schaffst, bitte schön. Vergiss aber nicht, mein kleiner Hergewanderter, ich bin, im Unterschied zu dir, ein Muttersprachler!

Solches kränkt mich längst nicht mehr. Denn ich bin es gewöhnt, als Angehöriger einer Minderheit, beraubt ihrer Stimme in der Öffentlichkeit, belächelt zu werden. Ich bleibe nicht nur ruhig, sondern freue mich manchmal sogar über die Gelegenheit, jenem Selbstgefälligen seine Schwächen in der eigenen Muttersprache kommentarlos vorzuführen. Was nun meinerseits ebenso selbstgefällig und gewiss auch nicht gut ist. Immerhin veranlasst es mich, an den Worten eines anderen so lange zu klopfen und zu nesteln, bis jegliches Wasser herausgepresst und jedweder Ballast abgefallen ist.

Kaum ist mir die Freiheit zur autorisierten Bearbeitung des Beitrags sicher, beginne ich, mit ihm so zu verfahren wie mit jedem eigenen. Ringe um den Anfangssatz, wiege die vor mir aufgereihten Wörter und versuche, sie in eine günstige Verbindung zueinander zu stellen und ihnen einen Wohlklang abzugewinnen. Dabei arbeitet meine Erinnerung mit: Wie hat denn vor fast zwei Jahrhunderten Schiller es mit seiner Dichtersprache getan? Wie hat er Klassizität im Unterschied zum flachen Naturalismus verstanden? Durch einen bewussten Eingriff in die Reihenfolge der Glieder alles unter ein neues Licht verrücken, auf dass ein jedes Wort und ein jeder Satz aufgefrischt wirke und der Leser sogleich aufmerke und die Aussage mit erwachten Sinnen aufnehme!

Es mag sein, dass an dieser Stelle der eine oder andere aus der Ecke der Kritiker mich wegen des Bezugs auf den großen Schiller der Unbescheidenheit bezichtigt und die Frage aufwirft, was ein Zeitschriftenartikel mit der Dichtersprache zu tun habe.

Zuerst die Antwort zum ersten Teil des Tadels. Bei Schiller wie bei Goethe habe ich die gleiche Aussage vorgefunden: Es wächst der Mensch mit seinen großen Zielen! Das hat mich ermuntert, bei meiner Wanderschaft durch Zeit und Raum den Blick immer auf den Gipfel des mächtigsten Berges und den Wipfel des höchsten Baumes zu richten. Wohl wissend, dass ich jene Höhen nicht erreichen werde, kann ich mich jedoch der mir erreichbaren Höhe zumindest nähern.

Und zum zweiten Einwand: So wie mit den gleichen Brettern, Ziegeln und Steinen sowohl Schuppen, Scheunen und Schlösser errichtet worden sind, so sind dieselben Wörter zum

Vermitteln von hässlichsten Flüchen, gewöhnlichen Mitteilungen und bleibender Shakespeare'scher, Heine'scher und Tagore'scher Poesie verwendet worden. Das Wort ist bei der Verständigung unter den Menschen eben das, was im Bauwesen Holz, Stein und Ziegel sind. Ein Autor, der seine Leserschaft achtet, muss an Auswahl und Verwendung eines jeden Wortes arbeiten, wie der Bauarbeiter an der Verlegung eines jeden Ziegels und Bretts seine Kunst beweisen muss.

Der Anfangssatz bedeutet mir sehr viel. Meistens quäle ich mich daran lange und oft auch schwer. Ich lasse ihn erst in Ruhe, wenn er in der Lage ist, seinen nächsten, den zweiten Satz von selber herzugeben. Und so geht es weiter: Der vorhergehende Satz verlangt nach dem nachfolgenden, als wenn ein Satz den nächsten gebäre. Sodass der ganze Beitrag am Ende einer Leiter mit wohlgefügten Sprossen gleicht und wie aus einem Stück gegossen wirkt. Und der letzte Satz darf erst dort enden, wo sich ihm sein Platz auch wirklich anbietet. Wodurch der Beitrag, der mit dem Anfangssatz eingeatmet hat, mit dem Schlusssatz endlich auch ausatmet. So zumindest die Forderung, die ich mir selbst stelle.

Was ich in den Jahren bei der Zeitung mitbekommen habe, daran will ich auch jetzt festhalten: Jede Nummer benötigt einen starken Stoff, der im Journalistenjargon »Lok« heißt, weil er, einer Lokomotive gleich, das Ganze mitzuschleppen hat. Mein erstes Lok-Material habe ich bereits im Kopf und glaube auch zu wissen, wer es schreiben wird – es sind zwei Männer, welche vor einiger Zeit mit einem sachlichen, offenherzigen Artikel meine Aufmerksamkeit auf sich gezogen haben.

Meine beiden heißen Lhagwaa und Donid. Der erste hat in Bulgarien und der andere in der Sowjetunion studiert. Da wir drei mit ähnlichen, schäumend patriotischen Träumen in die Heimat zurückgekehrt und dann auf die ziemlich gleichen Schwierigkeiten gestoßen sind, verstehen wir uns auf Anhieb. Dann nenne ich ihnen die Aufgabe – ein möglichst ausführliches und persönliches Interview mit einem der namhaftesten Vertreter unseres Staats zu führen.

Donid, der Gesprächigere von den beiden, sagt: »Wer wird denn in der heutigen Zeit mit seinen ehrlichen Meinungen herausrücken? Alle haben Angst!«

»Ich weiß von einem, der nicht zu den Ängstlichen gehört und unter Zeitdruck und einem brennenden Herzensbedürfnis leidet, mit der Wahrheit endlich herauszurücken.«

»Wer ist denn das?«

»Schirendew.«

Als dieser Name fällt, bemerke ich bei beiden eine gewaltige Bestürzung. Ich habe dafür volles Verständnis. Schirendew ist eine lebende Legende. Einer der Führer des Staats seit den Vierzigerjahren, zum Schluss Langzeitpräsident der mongolischen Akademie für Wissenschaften. Bedeutsam nicht nur wegen der Posten, vor allem aber wegen seines privaten Lebens. Als Mensch, als Person, als Charakter. Eine unerschöpfliche Quelle immer neuer Legenden und Geschichten. Eine lange Kette von lauter Superlativen verbindet sich mit seinem Namen. Er sei der intelligenteste, dabei aber auch der schönste Jüngling in den Dreißigerjahren gewesen. Nun ist er immer noch die graue Eminenz des Landes. Der Einzige, der selbst vor Zedenbal keinerlei Angst zeige. Der Einzige auch, der fürs Sicherheitspersonal seine Aktentasche nie aufmache, wenn er das Kabinett der obersten Führer betrete. Jeder wisse ja, dass er nur komme, weil der Oberste ihn zu einem Plauderstündchen herbeigerufen hatte, zur Auffrischung so mancher Erinnerungen aus ihrer gemeinsamen Jugendzeit. Selbstverständlich sei er auch der Meistverdienende unter unseren Eliten. Und der weltweit geachtetste mongolische Wissenschaftler …

Eine Weile herrscht Stille. Dann meldet sich wieder Donid: »Ist das nicht ein bisschen zu hoch gegriffen, Freunde?«

Lhagwaa, der Stillere, erwidert: »Wenn schon, denn schon! Die Frage wird nur sein, ob er auf unser Angebot überhaupt eingeht. Damit wäre uns natürlich ein ganz großer Wurf gelungen.«

Ich sage lediglich: »Lasst das bitte meine Sorge sein.«

Denn sein Sohn Bair, zu dem ich volles Vertrauen hege, hat mir fest versprochen, für mich ein Gespräch bei seinem Papa zu erreichen. Zu meiner Uni-Zeit habe ich mit ihm zusammengearbeitet, und dabei haben wir uns angefreundet. Er hat Englisch unterrichtet und war unantastbar, weil die Leitung stumm vor ihm scharwenzeln musste. Dennoch führte er ein leidvolles Leben wegen seiner Schwäche fürs Feuerwasser, aber auch wegen der Überwachung durch seine strenge Frau, die eine Russin war. Wie schon seine Mutter, der manche eine gewisse Nähe zur mächtigsten Russin im Land, der Ehefrau von Zedenbal, nachsagen.

Obwohl jenen Halbrussen und mich herkunftsmäßig also ganze Meilen voneinander trennten, sind wir uns nahegekommen. Vielleicht bedrückte uns beide die gleiche Einsamkeit gegenüber der Universitätsgemeinschaft, die mit dem stacheligen Draht der Angst zusammengehalten und unter der Despotie des Lehrstuhlinhabers funktionierte. Oder es gab einen anderen, tiefer liegenden Grund. Sicher trugen dazu auch unsere beiden Fächer bei: Er grüßte mich, sobald wir uns einander näherten, in einem sehr nach Russisch klingenden Deutsch, und ich antwortete darauf mit einem Englisch, das sich noch gruseliger anhörte. Jeder von uns tröstete mit seiner mangelhaften Aussprache das Gegenüber, und unsere Unvollkommenheiten beruhigten und glichen sich gegenseitig aus.

Bair lieh bei mir zudem hin und wieder etwas Geld, da seine Frau regelmäßig am Auszahltag auftauchte und ihm das Gehalt abnahm. Er verfügte über ein gutes Gedächtnis und nannte jedes Mal, wenn er mich abermals anpumpen musste, die Summe, die er mir insgesamt schuldete. Eines Tages erzählte er mir, dass er bald nach Moskau reisen müsse und nicht wüsste, wann und ob er jemals zurückkommen werde, da er ja wegen seiner Mutter als sowjetischer Staatsbürger gelte. So wolle er mich fragen, ob er seine Schulden mit etwas anderem begleichen dürfe.

Womit denn zum Beispiel, wollte ich wissen.

Ok, die große Wohnung der Eltern sei vollgestopft mit Dingen, die ein normaler Bürger in diesem Land gern und gut gebrauchen könnte.

»Goldbarren zum Beispiel, nicht kleiner als dies«, scherzte ich und zeigte ihm meine Faust.

»Goldbarren gerade nicht, aber Silberschalen jede Menge und von jeder Größe«, flüsterte er mit dem Blick eines Kindes, das etwas verbrochen hat.

»Du schuldest mir zweihundertfünfzig. Das reicht nie für eine Silberschale. Aber ich könnte schon eine brauchen, da wir Geschwister vorhaben, im nächsten Sommer unseren Vater, der gerade die siebzig erreicht hat, mit einem Volksfest zu ehren. Sag mir bitte, wie viel so eine schöne von mittlerer Größe kosten würde. Die Differenz bekommst du.«

»Nein, nein. Ich bringe dir morgen eine. Und von Differenz bitte keine Rede!«

Am nächsten Tag brachte er mir eine strahlend neue Silberschale von mittlerer Größe mit. Diese Kostbarkeit im Alltagsleben des Nomadenvolks wird später eine ganze Reihe von Geschichten ergeben.

Fast zwanzig Jahre nach jenem Handel, ein paar Tage ists her, treffen wir uns zufällig auf der Straße. Wir beide erkennen uns sofort wieder. Jeder bleibt wie festgewurzelt stehen und schaut den anderen verdutzt an. Dann fallen wir in eine solch herzliche Umarmung, dass dabei die Glieder knarren. Es dauert eine ganze Weile, bis wir uns wieder voneinander lösen. Dann gehen wir ins nächste Lokal. Ich sage meinem unvermutet wiederaufgetauchten Freund, dass ich ihn zum Essen und zu einem Gläschen einlade. Was darf ich da aus dem Mund des Hochgeschätzten hören? Seit Langem schon habe kein Tropfen Alkohol seine Lippen berührt.

Da wird mir so hell und warm ums Herz, als wenn ich einem Kind wiederbegegnete, das ich vor Jahren sterbenskrank verlassen, nun aber bis auf den Kern hin gesundet und vor Lebenslust strahlend und strotzend vorfinde. So sieht er auch aus: immer noch sehr jung, dabei jedoch ohne den damaligen düsteren Schatten im Blick seiner schönen schwarzbraunen Augen.

Wir essen eine Kleinigkeit, trinken Kaffee und Wasser und erzählen einander viel. Dies meistens auf Russisch, zwischendurch immer wieder mit Einschüben auf Deutsch, Englisch und natürlich auch auf Mongolisch. Wir beide haben durch schwere Phasen auf Gottes insgesamt schöner, zwischendurch auch grimmiger Erde schlittern müssen, aber jeder hat es auf seine eigene Rechnung glücklich überstanden und glaubt mittlerweile, die Beine recht stramm ausgestreckt, auf einigermaßen festem Boden zu stehen.

Während ich von meiner neuen Mission erzähle, rutscht mir einer meiner sehnlichsten Wünsche aus dem Mund: »Ich würde so gern ein Interview mit deinem Vater führen und einen wohlüberlegten Auszug in meiner neuen Zeitung veröffentlichen. Es soll die Geburt einer neuen Presse in diesem schläfrigen Land verkünden.«

Bair blickt mich wehmütig an. »Du müsstest doch wissen, dass sein Ruhm längst der Vergangenheit angehört. Er hat keine Macht mehr, wie ein General ohne Armee. Seit Langem versuche ich, mit ihm nicht mehr über seine alten Glanzzeiten zu sprechen, um ihm keine Schmerzen zu bereiten. Obgleich ich merke, wie sehr es ihn nach Gesprächspartnern sehnt, mit denen er über seine Erinnerungen sprechen kann, die ja einem Meer gleichen dürften.«

»Du meinst, er wäre zu einem Interview bereit?«

»Ich werde ihm gleich von unserem Treffen erzählen. Er soll wenigstens nachträglich wissen, dass ich damals an der Universität nicht nur ein gemiedener, weil unantastbarer Sprössling unter Neidern und Argwöhnischen war, der abends als Alkoholiker von Saufkumpanen umringt war, sondern auch einen Normalsterblichen zum Freund hatte. Und dass dieser nun als Journalist im Auftrag von Tüdew arbeitet, ihn ehrfurchtsvoll grüßt und um ein Interview bittet. Ich werde ihn sehr darum bitten, darauf einzugehen. Und ich bin mir fast sicher, er wird seinem endlich zurückgekehrten Sohn die Bitte nicht abschlagen. Denn der Zwang, unter einem aufgezwungenen Maulkorb durchs Leben gehen zu müssen, verbittert. Dieser mächtige Geist darf vor dem natürlichen Tod, der ohnehin keinen verschont, auf keinen Fall abgedrosselt werden!«

Er gibt mir die Adresse und die Telefonnummer.

Drei, vier Tage später, bei einem Treffen mit meinen beiden Journalisten, wähle ich die Nummer, um Bair zu fragen, wie die Sache steht. Am Apparat höre ich die ruhige, starke Stimme eines älteren Mannes, wahrscheinlich der Papa. Ich grüße höflich und frage, ob ich kurz Bair sprechen dürfe. Leider gehe das nicht, weil der plötzlich habe abreisen müssen. Ich bekomme einen Schreck und komme ins Stottern. Da fragt die Stimme, ob ich der Journalist sei, der wegen eines Interviews nachfragen ließ. Ich bringe mühsam heraus: »Wenn ich erfahren dürfte, wie Eure Entscheidung ausgefallen ist?«

Er lacht leise. »Was gibt es da noch zu entscheiden, wenn ihr Söhne es befehlt? Also meinetwegen. Wann willst du kommen?«

»Zu jeder Zeit, wann es Euch passt!«

»Ich bin Rentner und verbringe den Tag mit Tablettenschlucken und Zeitunglesen.« Ich höre wieder jenes leise Lachen, diesmal jedoch mit einem Schuss bitterer Ironie.

»Wie wäre es morgen um zehn Uhr?«

»Gut, um zehn.«

Dann fällt mir noch etwas ein. »Ich werde nicht allein kommen.«

»Aha! Wer kommt denn noch mit?«

»Zwei Journalisten, die Ihnen die Fragen stellen und dann das Material zusammenstellen werden.«

»Warum so umständlich, großer Himmel? Nach den Worten meines Sohnes kann ich mir nicht vorstellen, dass du für ein Gespräch mit einem alten Mann fremde Hilfe benötigst.«

»Aus gewissen Gründen darf ich es nicht selber tun. Selbstverständlich werde ich mich an allem beteiligen.«

Ich glaube, in der Hörmuschel schweres Atmen zu hören. Schnell nenne ich die Namen der beiden und auch noch die Zeitschrift, wo es erscheinen soll.

Da ruft der am anderen Ende der Leitung mit einem Mal: »Halt! Mir ist eingefallen, dass ich morgen doch aus dem Haus muss, wegen eines Arzttermins. Wir telefonieren am besten noch einmal.«

Ich erstarre. Denke entsetzt: Er hat Bedenken bekommen wegen der beiden Begleiter. Was tun? Mir fällt nichts ein. Ich bin ganz einfach zum Abwarten verurteilt.

Am nächsten Abend entschließe ich mich endlich dazu, ihn doch noch einmal anzurufen. Am anderen Ende vernehme ich die inzwischen vertraut gewordene Stimme in einem erleichterten Ton: »Wie gut, mein Junge, dass du anrufst! Ich hatte gestern tatsächlich vergessen, dass ich einmal im Quartal bei den Doktoren zu erscheinen habe. Die Armen haben sich heute Vormittag stundenlang abgequält mit ihren Vermutungen, was sich an Krankheiten in diesem alten, zerfallenden Leib verstecken könnte. Dabei peinigte mich mein schlechtes Gewissen, du könntest gestern gedacht haben, irgendwelche Bedenken hätten mich angefallen wegen deiner beiden Begleiter. Nein, nein. So war es wirklich nicht. Wenn du den beiden vertraust, dann habe ich keine Bedenken. Überhaupt habe ich meinetwegen keine Angst. Meine Sorge ist vielmehr, dass ihr selbst wegen dem, was zutage kommen wird, in Schwierigkeiten geratet. Ich habe mir übrigens deine Artikel besorgen lassen. Solide und auch glänzend geschrieben.«

Welch unverhoffte Freude, eine wahre Wende auf der gepfropften, engen Einwegstraße meiner verwirrten Gedanken. Nun kommt es einzig darauf an, dass wir die wesentlichen Fragen finden und sie präzise stellen. Ich gewinne diesen Menschen, den ich bisher lediglich als einen großen geistigen Gipfel in unnahbarer Ferne kannte, mit einem Mal sehr lieb. Sein unvermutet offenherziges, dabei aber auch unverhohlen kritisches Bekenntnis stößt alle Türen meiner Seele auf. Ich versuche, mich bei ihm zu bedanken. Die Worte kommen nur stockend aus meiner zittrigen Kehle, im Kampf gegen die aufsteigende Gefühlsflut aus ungeahnter Tiefe.

Dass ich nicht fähig bin, ihm ordentlich zu danken, tut mir leid. Jahrzehnte später jedoch werde ich vermuten, dass dies in den Ohren jenes Manns mit so viel Lebenserfahrung genau das Richtige war. Denn daraus sprach ein Rest meiner nomadischen Erziehung, der ihn in seinem Beschluss bestärkte.

Schließlich legen wir fest, dass wir uns am darauffolgenden Tag um zehn Uhr in seiner Wohnung treffen.

Sogleich rufe ich Donid an und berichte ihm von der glücklichen Wendung.

Am nächsten Morgen komme ich wie immer zwei Stunden früher zur Arbeit und finde die beiden bereits vor der Tür meines Kontors stehen. Meine erschrockene Frage, ob sie schon länger auf mich warten, verneinen sie und sagen, sie seien soeben hier angekommen. Ich berichte den beiden erst einmal aufs Ausführlichste über das gestrige Telefonat.

Donid sagt, vor Freude aufgewühlt: »Das Telefonat ist für unser Interview genau das, was für eine Sinfonie die Ouvertüre ist. Es hat uns Tür und Tor zu dem rätselhaften Planeten Schirendew aufgeschlossen!«

Lhagwaa wirft einen nachdenklichen Blick auf ihn. »Dieser Mensch lässt sich nicht so einfach aufschließen. Wir müssen darauf achten, dass unser ganzes Auftreten, unsere Gesten und Worte stimmen. Jeder braucht seinen eigenen Schlüssel. Galsans Schlüssel ist der Sohn, mit dem er befreundet ist. Du und ich, wir müssen noch einen eigenen Schlüssel finden.«

Damit beeindruckt mich dieser kleine, bisher stille Mann, gleichzeitig werde ich aber auch ein wenig vorsichtig. Denn wenn sich ein Mensch allzu sehr auf Hindernisse fixiert, kann es schwierig sein, mit ihm eine Sache anzupacken.

Doch vorerst legen wir alles, was wir über unseren Helden herausgefunden haben, zu einem Haufen zusammen: Geboren

1912 in der Nordmongolei als Sohn des Hirtennomaden Bads'r und seiner Frau Zer'ndul'm. Mit sieben Jahren als Klosterschüler zu einem Lama gekommen. Mit achtzehn von der neuen Volksmacht zum Leiter eines Ausschusses zur Absetzung der weltlichen und geistlichen Machthaber und zum Gründer einer Kommune im Landkreis Tschuluut ernannt. Wenig später Lehrgang an der Parteischule in der Landeshauptstadt. Zwei Jahre später nach Ulan-Ude in Sowjetrussland zu einem weiteren Lehrgang an der Rabfak-Arbeiterfakultät entsandt. Anschließend Studium der Geschichte am Irkutsker Pädagogischen Institut. Zurück in der Mongolei Rektor der neu gegründeten Landesuniversität in Ulaanbaatar. 1954 Erster Stellvertreter des Ministerpräsidenten. 1961 bis 1981 Präsident der Akademie der Wissenschaften. 1966 Staatspreis. Parallel dazu 1944 bis 1948 Sekretär des Zentralkomitees, ab 1951 Deputierter des Großen Volkshurals und von 1953 bis 1957 Mitglied des Politbüros. Mitglied des Exekutivkomitees des Weltfriedensrats. Träger der Joliot-Curie-Friedensmedaille in Gold. Autor zahlreicher Bücher. Hauptfigur des Buches *Der Sohn der Hanggae-Berge* von E. A. Nowgorodowa. Uns ist bewusst, dass dies nur ein Bruchteil dessen ist, was Leben und Werk unseres Helden ausmacht.

Das war damals. Nun, drei Jahrzehnte später, da ich auf der schwindelnden Schwebebahn des Lebens vom Pass der Siebziger zu dem der Achtziger bergauf wie auch talab krabbele, will ich noch ergänzen: 1991 wurde ihm der Titel »Verdienter Akademiker der Mongolei« verliehen. Eine Werkausgabe in zehn Bänden publiziert. Eine zweite Biografie: *Schmales Büchlein über einen Großen Menschen*. In den letzten Jahren seines Lebens wurde er, in der Zwischenzeit eine Legende geworden, zu einem der begehrtesten Gesprächspartner für Journalisten. Und ist dann 2001 im Alter von achtundachtzig Jahren gestorben.

Nun aber wieder zurück.

Zur vereinbarten Uhrzeit klopfen wir an die Tür. Sofort höre ich die mir bereits vertraute Stimme rufen: »Hereingetreten, die Tür ist offen!« Da erst sehe ich, sie ist ja nur angelehnt. Na, wenn dies kein Zeichen ist, wie sehr wir erwartet werden!

Am Ende des nicht allzu langen Ganges steht ein schlanker, leicht altersgebückter Mann, der wesentlich kleiner wirkt als Bair. Doch ist sein Gesicht länglich wie beim Sohn auch. Und seine Erscheinung ist mir vertraut von Bildern her: der sorgfältig gestutzte Oberlippenbart, die dichten, schwungvoll gebogenen Augenbrauen und das kurz geschnittene, auf beide Seiten hin leicht gescheitelte Haar – freilich alles graumeliert.

Er ruft uns zu, wir sollten die Schuhe ruhig anlassen. Die aber hatten wir schon an einem Fuß ausgezogen – angesichts des glänzenden Fußbodens, der aussieht wie soeben gewachst. Da stehen wir nun mit einem Schuh an den Füßen, und ich versuche zu scherzen, um die Peinlichkeit des Augenblicks abzumildern: »Habt bitte keine Bedenken, großer Bruder, wir sind alle drei Absolventen ausländischer Hochschulen, also lauter Europazivilisierte, von denen kein Fußschweiß zu befürchten ist.«

Darauf kommt vom Hausherrn eine umwerfende Antwort: »Ach, Jungs, vielleicht denkt ihr, ich hätte was gegen den Fußschweiß? Das ist doch die Harmloseste aller menschlichen Ausdünstungen. Ich gehöre doch zu denen, die seit frühester Jugend an den betäubenden Nebel des sibirisch-russischen Körpergeruchs gewöhnt sind. Sogar süchtig wurde ich danach, sodass ich mir zur Frau eine kneifechte Russin ins Haus genommen habe.«

Oh!, denke ich begeistert, dieses Bekenntnis ist wahrlich ein kraftvoller Eröffnungsakkord für unser beginnendes Interview!

Nun gehe ich auf den Hausherrn zu und greife nach der entgegengestreckten Hand. Der Blick der dunklen Augen wirkt trotz der bläulichen Altersringe äußerst lebhaft, aus der Mitte der glänzenden Iris strahlt Schalk zu mir herüber. Die bürohelle Haut der schmächtigen Hand mit den schmalen Fingern fühlt sich zart und kühl an und erinnert doch an Alter und Schwäche.

Munter begrüßt er auch die beiden anderen. Bevor er uns zum Platznehmen bittet, räumt er die vielen – sowjetischen – Zeitungen und Zeitschriften vom Tisch. Als wir unsere Notizbücher aus den Taschen holen und die Schreibstifte drauflegen, sagt er: »Etwas zum Technischen. Meine russische Ehefrau wohnt inzwischen wieder in Moskau. Und Sohn Bair musste wegen einer dringenden Familienangelegenheit abreisen. Also bin ich außerstande, euch zu bewirten, obwohl ihr doch zum ersten Mal über meine Schwelle tretet.«

Wir beeilen uns um die Wette aus allen drei Mündern, ihn zu trösten, dass das gar nichts ausmache. Der Hausherr lächelt zufrieden. Sagt darauf aber: »Doch habe ich, nach der Sitte unserer gastfreundlichen Vorfahren und aufgrund lebenslanger Erfahrung als Kommandant an vielerlei Fronten, per Telefon für euch drei Männer ein Notgericht herbeordert.«

Er bittet uns, in die Küche mitzukommen. Aus dem Eisfach des Kühlschranks holt er einen prallvollen, weißen Stoffbeutel und öffnet ihn. Der Anblick von hammelaugengroßen, kalkweißen Teigtaschen überrascht uns so, dass ein vereinter, tiefer Brustlaut unseren Kehlen entfährt. Jeder von uns hatte dafür vielleicht einen anderen Namen: auf Russisch Pelmeni, auf Mongolisch Bansch, auf Tuwa Pengschi, was möglicherweise ihrer originalchinesischen Bezeichnung am nächsten kommt, wer weiß!

Der Hausherr steht breit lächelnd da, beglückt von seiner gelungenen Überraschung nach dem vorgespielten Bekenntnis eines hilflosen alten Junggesellen. Er steckt den Beutel wieder ins Eisfach und holt mit jeder Hand eine Flasche Schnaps heraus und hebt sie spielerisch hoch. Und sagt verschwörerisch augenzwinkernd: »Welcher Schreiber könnte in diesen Tagen auf das verzichten, meint ihr nicht?«

Wir sind erschrocken, aber irgendwie auch beglückt durch seine lockere Haltung. Er kennt uns ja seit erst einer Viertelstunde!

»Mehr habe ich nicht anzubieten, Jungs. Nun aber eine kleine, etwas heikle Frage: Wer verfügt über die nötigen Kenntnisse der Kochkunst, um die Dingerchen da drinnen gegart zu bekommen? Ich bin in der Hinsicht nicht zu gebrauchen!«

Die beiden stehen drucksend da. Also sehe ich mich genötigt, die Kochrolle zu übernehmen. Was ja eigentlich eine Kleinigkeit ist – ins siedende Salzwasser und auf mittlerer Hitze unter häufigem Umrühren so lange kochen, bis alle Teigtaschen oben schwimmen, und fertig.

Wir kehren in die Stube zurück. Wie geplant, stelle ich mich zuerst vor, auch die Stationen meines Lebens benennend. Donid und dann Lhagwaa folgen mir. Schirendew schließt sich an, ohne dass wir ihn darum bitten müssen. Er ist natürlich ein geübter Erzähler. Heute auch ein bereitwilliger. Wie erwartet, beginnt der bunte Teppich seiner Erzählung bei unserer gemeinsamen nomadischen Herkunft. Vater und Mutter, beide Hirtennomaden, er gütig-streng, sie herzlich-offen. Dann das Klosterleben, genau das Gegenteil von all dem, was man bis jetzt gekannt hat. Der Lehrer, ein Lama, streng, aber auch gütig, denn alles, was er einen lehrt, ist auf die Zukunft seines Zöglings gerichtet.

»Als Schüler hat man zu lernen: Schreiben, Lesen. Nicht nur die wildfremde tibetische Sprache, sondern auch die einfachsten Griffe im täglichen Leben und Arbeiten. Der Zögling ist ja für den alleinstehenden Lama auch der Gehilfe bei jeglichen Verrichtungen in der winzigen, stillen Ein-Mann-Jurte. Am schlimmsten ist jedoch das Heimweh nach allem Eigenen: der Elternjurte, den Eltern selbst und den Tieren, die einem ans Herz gewachsen waren wie die eigenen Geschwister. Aber man muss darüber irgendwie hinweg und sich schlecht und recht an das Fremde und Neue gewöhnen.

Ihr seid vielleicht auch durchs Schulinternat gegangen. Euch wurde von Anfang an vorgepaukt: Es gibt weder Gott noch Teufel, und mit der Religion ist alles Lug und Trug! Nun werdet ihr von mir wissen wollen, ob ich jenen Lug und Trug sofort durchschaut hätte. Nein, ich habe geglaubt, was der Lehrer mir sagte. Mehr noch, ich war, wie mein Lehrer auch, einem Kloster unterstellt, das tagtäglich von Dutzenden, manchmal sogar von Hunderten Menschen besucht wurde. Sie näherten sich dem Kloster, den Lehrern und auch uns Schülern voller Achtung, mit gesenkt-gedämpften Blicken, eingezogenem Kopf, gebeugtem Oberkörper und gefalteten und an der Brust zusammengelegten Händen. Sie fielen auf die Knie, streckten sich aus und beteten und beteten, manche stundenlang. Und sie brachten Spenden, meistens Klumpen von zerlassener Butter für die Leuchten, die Tag und Nacht brannten, an manchen Tagen in Hunderten und Tausenden von Kelchen. Unter den Spendern waren sichtbar sehr bedürftige Menschen, und öfters kam es sogar vor: Je ärmer der Spender, desto reichlicher die Spende. Wie solle da ein kleiner Knabe, der von der Welt nichts kennt, anders sein als die Erwachsenen ringsum, die in tiefgläubiger Versenkung stecken? Ja, ich war nicht weniger gläubig als all die Menschen! Irgendwann streift ein Gerücht mit höchst aufrührerischem Inhalt das Ohr. Später Getuschel, dass an jenem Gerücht doch etwas dran sei. Dann Nachrichten, Verlautbarungen. Schließlich der Untergang unserer kleinen Klosterwelt. Das Beben der Erde unter meinen Füßen. Was das für mich bedeutete? Nach dem Wortschatz, den mir die Klosterwelt beigebracht hatte, war es eine zur Hölle führende Missetat. Nach dem neueren jedoch, den ich mir jetzt zulegte, eine Befreiung für das irregeführte und unterdrückte Volk. Mit achtzehn Jahren führte ich eine Gruppe von leidenschaftlichen und gut gedrillten Jugendlichen, bevollmächtigt, die Schwarzen und Gelben Feudalherren zu entmachten und ihre Besitztümer einer an Ort und Stelle zu gründenden Volkskommune zu übergeben. Wie jener schlecht überlegte Schritt enden musste, ist euch ja bekannt. Jahre später, als Maos Rotgardisten in China wüteten, musste ich mit schlechtem Gewissen an meine eigenen Taten zurückdenken. Ja, es war ein Bärendienst an unserem Volk. Doch für mich persönlich ein günstiger Start. Bald werde ich von einem Lehrgang zum nächsten geschickt. Zuerst zur Parteischule in der Hauptstadt, dann in die Sowjetunion. Was wir damals zu lernen hatten, könnt ihr euch leicht vorstellen: das Abc des Marxismus-Leninismus, der Revolution und des Staatswesens. Für uns Nomadenkinder war das alles neu, und wir gaben uns wirklich alle Mühe.

Also kehre ich heim, durchgeknetet von Gehörtem und Gelesenem, angefüllt und verwandelt, und lande gleich unter den Führern der Mongolischen Volksrepublik. Ich werde zum Gehilfen von Tschoibalsan, dem Ersten Mann. Ab dann bin ich dort oben geblieben, platziert um den Gipfel einer allsehenden, allhörenden und allwissenden Partei, die sich einredet, dass ohne ihre unfehlbar weise Führung das mongolische Land samt dem Volk untergehen würde. Zu diesem allmächtigen und selbstgefälligen Häuflein habe also auch ich gehört. Nur gestehe ich dies zu spät. Dieser verspäteten Beichte ist freilich die schmerzhafte Erkenntnis vorangegangen, dass jenes zähe Kleben auf der einmal erreichten Anhöhe selbst für mich nicht gut gewesen ist. Wie so oft in der Geschichte kommt die Erkenntnis erst, nachdem es bereits geknallt hat. Welchen Knall ich hier meine, das wisst ihr, Jungs. Als was für einen Schurken sich meine Person mit einem Mal entpuppt und welche Schäden sie der mongolischen Gesellschaft zugefügt haben soll, ist landesweit laut und breit verkündet worden. Und nun bin ich entlarvt, entmachtet und kaltgestellt. Ein Rentner. Allerdings ein teurer, dem laut den Gesetzen, an denen ich selbst mitgearbeitet habe, eine recht hohe Sonderrente zusteht. Ein gefährlicher Rentner zudem, weil er zu den Geheimnisträgern zählt. Ich habe heute Nacht darüber nachgedacht: Was ich weiß und ihr drei vielleicht nicht wisst, gehört zu den harmlosen, kleinen Geheimnissen. Zu den ganz großen hatte ich von Anfang an ohnehin keinen Zugang. Und das meiste davon hat mittlerweile sowieso an Schärfe, Gewicht und Sinn verloren. Falls nun etwas zur Sprache kommt, worüber man heute lieber schweigen sollte, sehe ich es so: Ich habe keine Sorgen um mich, denn sie können mir, der ich meine Dienstzeit hinter mich gebracht habe, nichts anhaben. Bedenken habe ich aber euretwegen, meine lieben Kinder. Mir wäre nicht recht, wenn auf eurer Laufbahn gewisse Stolpersteine entstehen. Darum also überlegt vorher gut, welche Fragen ihr stellt und was ihr drucken wollt!«

Er steht auf und geht zur Toilette. Wir drei verständigen uns kurz untereinander.

»Wunderbar!«

»Die Glanzjahrzehnte des Ruhmes erwähnt er nicht, merkwürdig.«

»Das wird wohl noch kommen.«

»Wir brauchen sie nicht unbedingt. Die kritische Sicht interessiert uns!«

»Es heißt doch, er sei an der Arbeiterfakultät und auch noch an der Universität mit Zedenbal zusammen gewesen – und darüber kein Wort?«

»Da müssen wir nachhaken.«

»Ich werde ihn nach seiner russischen Frau fragen.«

»Aber bitte vorsichtig!«

Er kommt zurück und sagt, jetzt stehe er für Fragen zur Verfügung.

Warum er über all die Glanzjahre seiner Laufbahn nicht erzählen wolle?

Die Antwort fällt knapp und hart aus: »Ich bin viel zu viel gelobt worden. Die Staatsführung wie auch die Massenmedien haben meine Leistungen und meine Kenntnisse eher übertrieben. Zu viel des Lobes hat die arme Zielscheibe mit besudelt. Drum lassen wir die sogenannten Glanzjahre vorerst ruhen.«

Ob er mit der armen Zielscheibe sich selbst meine?

»Wen den sonst! Tatsächlich brauche ich es gar nicht, mich in falsche, vorgeheuchelte Bescheidenheit zu flüchten. Ich weiß, was ich wert bin. Kommt die Zeit, wird sich auf der Waagschale der Wahrheit zeigen, wer ich gewesen bin und was ich diesem Land an Schaden oder Nutzen gebracht habe.«

Im Volk heißt es, sein Leben sei mit dem des langjährigen Führers Jumdshaagiin Zedenbal eng verstrickt.

»Das meiste davon, was ihr vom Hörensagen kennt, stimmt mehr oder weniger. Das eine oder andere wird sich als Erfindung von Besserwissern entpuppen, während manch Wesentliches fehlt. Da sind nur er und ich berechtigt, unsere jeweilige Wahrheit über jene verflossenen Jahre und die damaligen Ereignisse beizusteuern. Meine vorsichtige Wortwahl soll euch schon warnen, dass ich keinesfalls Anspruch auf die absolute Wahrheit erhebe. Denn in solchen Fällen gilt es, zweierlei zu erwägen. Erstens: Ist man wirklich bereit, der Wahrheit ins Auge zu schauen, auch wenn sie nicht gnädig ist? Und zweitens: Darf man nach so vielen Jahren dem eigenen Gedächtnis trauen? Es verirrt sich zu gern in trügerischen Gespinsten, die der eigenen Eitelkeit dienlich sind!

Zedenbal kam aus dem westlichsten Zipfel des Landes und sprach in einer Mundart, die zumindest in der ersten Zeit für uns, seine Landsleute, schwer verständlich war. Weswegen sich so manche von uns über den kleinen Jungen aus dem Westen lustig machten. Welche Emotionen dieser herkunftsmäßige Unterschied bis zum heutigen Tage auszulösen vermag, ist am deutlichsten bei Ringkämpfen zu beobachten. Ihr könnt leicht begreifen, wie es um unser mongolisches Grüppchen im Ausland stand. Zu meinem Glück gehörte ich nicht zu den lautesten Spöttern. Wobei ich schon zugebe, über seine Aussprache geschmunzelt zu haben. Ich fand sie einfach niedlich. Er war um einiges jünger als ich und schien ein durchaus friedliches Wesen zu sein. Obendrein fiel uns allen sehr bald sein Fleiß auf. Ja, er war ein überaus zielstrebiger Schüler. Was natürlich sein Ansehen nicht nur bei den Lehrern, sondern auch bei uns steigerte. Nun, mit dem Lob kommt immer auch der Neid. Wieder zu meinem Glück war ich nicht dabei, als einige seiner Landsleute den kleinen Streber, so der herabsetzende Spitzname Zedenbals, aus einem Oberstockfenster herunterstießen. Erfreulicherweise hatte der Sturz bei dem leichtgewichtigen, dazu auch noch sehnigen Nomadenjungen keine Folgen. Außer dass dieser Vorfall unter dummen Halbwüchsigen Jahrzehnte später als ein heroisch überstandener Heldenakt des Opfers aufgebauscht wurde und in die Presse kam. Viel tiefer reichende Folgen für uns alle hatte etwas anderes: Jener kleine Streber, der ja zweifelsohne ein Musterschüler war, wurde vor unserer aller Augen von der Universitätsleitung unverkennbar bevorzugt und zu einer wichtigen Persönlichkeit hochgepäppelt. Er bekam als Einziger ein eigenes Zimmer samt Vorraum, während wir Mitstudenten zu viert in einem Raum unterkommen mussten. Wie das kam? Wegen seiner guten Leistungen im Studium? Auch ich hatte sehr gute Noten vorzuweisen! Hinzu kam noch: Über die Sommerferien wurden wir alle in die eigene Heimat entlassen, nur ihm wurde feierlich ein Urlaubscheck nach Moskau ausgehändigt. Als wir dann im Herbst wieder zusammenkamen, erfuhren wir, wo er überall war: Kaukasus, Krim, Schwarzes Meer ... Er prahlte damit nicht, aber all die traumhaften Namen fielen, wenn er vom Urlaub erzählte, einfach aus seinem Mund heraus. Und ein Auto, das ihm zur Verfügung stand, gab es auch.

Damals ahnte keiner die Zusammenhänge. Erst später kam ich darauf, welche Kräfte dahintersteckten: der Geheimdienst. Heute, unter Gorbatschow, ist so manches ans Licht gekommen. Ach, wenn es lediglich die Spitze des Eisbergs sein dürfte. Der KGB hatte schon damals alles unter Kontrolle.«

Ob er wirklich meine, dass jener Riese, der KGB, sich für einen kleinen Studenten interessieren würde?

»Absolut! Denn es geht ja um dessen Zukunft. Um das Land, das er eines baldigen Tages leiten wird. Es gilt, den noch Ahnungslosen möglichst frühzeitig tief ins Schuldennetz zu verstricken. Ihn Griff um Griff mit seiner künftigen Rolle vertraut zu machen. Ihn aufzupäppeln und auf Aufgaben vorzubereiten.«

»Können wir das, wie sie soeben erzählt haben, so in die Presse bringen?«

Er lacht.

»Welche Presse meint ihr? Das zuletzt Gesagte wohl eher nicht. Bis zu der Stelle mit den zwei Zimmern für ihn und dem Sommerurlaub in Moskau mag es passen, meine ich doch.«

»Im Volk wird schon lange erzählt, Sie und Zedenbal seien dicke Freunde geblieben. Ähnliches hörte man auch von euren Gattinnen. War das eine echte menschliche Freundschaft? Oder war auch sie von gewissen Diensten vorgeschrieben?«

»Ich zumindest meine, es sei eine menschliche. Ich schätzte an Zedenbal zwei Eigenschaften besonders hoch. Seinen Fleiß und seine Bescheidenheit. Dass ich in der ersten Zeit unserer Bekanntschaft in ihm einen Jüngeren, ein hilfsbedürftiges Brüderchen gesehen hatte, wirkte fort. Als ich später seinen kometenhaften Aufstieg sah, tat er mir hin und wieder auch leid wegen des Drucks vonseiten des mächtigen Nachbarn. Aber auch wegen seiner Frau, deren Unberechenbarkeit sehr früh bekannt geworden ist. Er schien, trotz des großen politischen Drucks, wie auch des kleinen familiären, weiterhin jener bescheidene, fleißige Goldjunge zu bleiben. Und eine weitere Tugend: eherne Geduld, allem standzuhalten, ohne zu mucksen, und dabei auch noch die angeborene Freundlichkeit zu bewahren. Eine Eigenschaft, die mir von Anfang an gefehlt hat. Also bewunderte ich ihn insgeheim. Hin und wieder verspürte ich Lust, ihn zu besuchen und mit ihm ein paar Herzensworte auszutauschen. Was nur auf seiner Arbeit möglich war. Ja, wie sollte ich ihn zu mir nach Hause oder in mein Büro bitten? Das hätte doch bedeutet, dass sein langer Schwanz aus Sicherheit und Protokoll ihn keinen Moment aus den Augen gelassen hätte. Und bei ihm zu Hause war seine Frau, jene scharfe Wächterin und Richterin, die ziemlich allen Respekt bis unter die Haut einzujagen vermochte. Ich gehörte zwar zu den wenigen, die vor ihr keine Bücklinge machen mussten. Aber ihre Gegenwart war mir irgendwie unheimlich. Besonders konnte ich sehr schlecht ertragen, wenn sie ihren Mann vor Dritten zurechtwies. Also blieb nur sein Kabinett.

Eigentlich mussten seine Sicherheitsleute jeden Aktenkoffer öffnen und kontrollieren. Aber mich ließen sie passieren. Vielleicht war ihnen ja dies und das über unsere Knabenfreundschaft zu Ohren gekommen. In dieser Aktentasche lag jedes Mal, wenn ich ihn besuchte, eine Flasche, zwar in einer dünnen Verpackung, aber deutlich erkennbar. Wie oft hat der Schwerstarbeiter auf dem höchsten Thron seine kindliche Freude gezeigt, wenn ich an der Schwelle des Ersten Kabinetts im mongolischen Staat erschien und mich räusperte. Freilich erkundigte ich mich vorher jedes Mal, ob er Zeit hätte für ein Schwätzchen. Darauf hörte ich ihn meistens ins Telefon fast schreien: O ja! Wann denn? Andere Male rief er bei mir an und fragte, wie es mit meiner Zeit stehe. Da sagte ich in den allermeisten Fällen zu, auch wenn ich andere Verpflichtungen verschieben musste.

Ich stehe dann also an der Schwelle seines Kabinetts, räuspere mich. Er sitzt gebückt, liest oder schreibt, schaut auf, sogleich schießt ein Lichtstrahl über sein Gesicht. Dabei schreibt die Hand weiter, während der Blick auf mich gerichtet ist. Ich gebe ihm mit einer Geste Zeichen, sich Zeit zu lassen und den angefangenen Satz zu beenden. Andere Male schnellt er sofort hoch und eilt mir mit ausgestreckten Händen entgegen. Da sehe ich wieder den kleinen, süßen Streber von früher vor mir und will ihn knuddeln. Meistens dauert es eine ganze Weile, bis dann ein Wort fällt. Wir stehen beide, unsere vier Hände ineinandergekrallt, und schauen einander in die Augen. Ich genieße diesen Augenblick, sehe aber auch, wie tief sich die Spuren der Müdigkeit in seinen Blick gegraben haben. Das Personal trägt den Tee herbei, der mir als Gast zusteht und den er als Gastgeber pflichtgemäß mittrinkt. Es bleibt aber nicht beim angenehm heißen und aromatischen Schwarztee. Ich hole aus der Aktentasche mein Mitbringsel. Meistens ist es der dreisternige armenische Cognac *Ararat.* Wir saugen ihn aus den Teegläsern, die, soeben geleert, vor uns stehen. Ich schenke immer nur zwei Fingerbreit aus und lege die Flasche gleich wieder in die Tasche zurück. Die Vorsicht gilt Anastasia Iwanowna, Zedenbals russischer Gattin, deren Kontrollaktionen zu unerwarteten Zeiten berühmt-berüchtigt sind. Wir schwelgen im Gefühl alter Zusammengehörigkeit, lachend, zwischendurch aber auch still nachsinnend. Unterhalten uns frei von jedem Zwang über die heutigen und künftigen Zeiten. Manchmal geht es da um sehr wunde Themen. Diese werden in der Regel von mir angeschnitten. Erst später ist mir aufgefallen, wie vorsichtig da mein an Jahren jüngeres, an Macht größeres Gegenüber geworden ist. Vielleicht war er nicht ganz sicher, ob nicht gewisse Dienste sogar bis in sein Kabinett hineinhorchten. Was aber auch nur eine Vermutung ist – denn als ich darauf kam, war ich bereits in Ungnade gefallen.

Ich weiß, ihr Journalisten brennt darauf, endlich zu erfahren, wie es dazu gekommen ist, nicht wahr? Nun also zu meinem Sturz. Was natürlich ohne Billigung meines alten Freundes, auf den ich vorhin gerade doch ein Loblied gesungen, nie hätte geschehen können. Ich habe immer zugegeben: Ich bin alles andere als ein urfriedlicher Menschentyp. Bin schroff, stürmisch im Auftritt und jäh in der Entscheidung. Natürlich schafft sich so einer viele Feinde. Alle, die mich, aus welchem Grund auch immer, nicht mochten, müssen sich vereinigt haben. Aber deren Führerin war die gute Anastasia. Mit der Zeit war sie so mächtig geworden, dass sie den Führer des mongolischen Staats in ihre Marionette verwandelte. Also hat unser König dem Drängen der Königin nachgegeben und sich zu dem schweren Schritt entschlossen, die Hand gegen einen seiner treuesten Gefährten zu erheben. Wessen man mich beschuldigt hat, brauche ich euch nicht zu wiederholen. Alles ist dokumentiert, archiviert und nachzulesen.

Natürlich war es für mich ein Blitzschlag aus heiterem Himmel. Anfangs dachte ich, ein Albtraum habe mich ereilt. Ich war ratlos. Gekränkt? Ja, schon. Aber eher ernüchtert und erschrocken. Mein Gefährte tat mir leid. Er kam mir so klein und unglücklich vor. Sein Blick wich dem meinigen aus. Auch die anderen Mitglieder des Politbüros vermochten mir nicht in die Augen zu schauen. Also stand ich in der Stunde meiner Erniedrigung voller Selbststolz da und schaute voller Mitleid auf meine Henker. Vielleicht war dies jener Adrenalinstoß, welcher im schwersten Augenblick jedes Lebewesen als Selbstschutzmittel greift?«

Ich schaue verstohlen auf meine Armbanduhr, erhebe mich wortlos und widme mich der Aufgabe, das Mittagessen zuzubereiten. Während die Pelmeni sanft köcheln, bereite ich alles vor, was ich nachher hinübertragen werde: Suppenteller, Löffel und Schnapsgläser. Als ich die Gläser und die Flasche hinstelle, gibt mir der Gastgeber zu verstehen, dass der Schnaps nur für uns drei sei. Seit er von seinem Jugendgefährten gestürzt sei, habe er jede Lust auf Schnaps verloren.

Die Teigtaschen munden hervorragend. Wir löffeln sie aus tiefen Schalen, samt der Brühe, die gut gewürzt schmeckt, weil ich während des Umrührens einige der Teigtaschen durch Drücken gegen die Kesselwand aus ihrer Verkleidung befreit habe. Der Hausherr lobt diese Zubereitungsart: »Ich sehe, dass du die Sparsamkeit der Nomaden mit der städtischen Raffinesse gekonnt zu verbinden weißt.«

Das Tischgespräch gleicht einem Höhlenwind – immer wieder kommt etwas Neues hereingeweht und verleiht dem guten Essen einen weiteren, bereichernden Beigeschmack.

Ob er schon als Student getrunken habe?

»Am Anfang nicht. Zum Schluss ja. Wir mussten alles lernen, was die Sowjetmenschen taten. Also auch das Wodkatrinken.«

»Von Zedenbal wird gemunkelt, er sei alkoholabhängig gewesen. War das schon so in seiner Studentenzeit?«

»Ganz bestimmt nicht. Er war doch ein Musterstudent. Ein Alkoholiker schafft solches wohl kaum.«

Ob der Marschall Tschoibalsan getrunken habe?

»Am Anfang bestimmt auch nicht. Dann aber gewiss! Es heißt doch sogar, eine Zeit lang sei er einer von den notorischen Säufern gewesen, die die Winkel der Hauptstadt bevölkerten. Bis er eines Tages verschwand. Selbst seine Mittrinker nahmen an, er sei in irgendeiner Ecke untergegangen. Nach etwa zwei Jahren ist er plötzlich wiederaufgetaucht, erholt und in blitzsauberen Klamotten. Kurz darauf wurde er in eine Militäruniform gesteckt. So begann sein Aufstieg, der nicht aufhörte, bis er ganz oben ankam und den einsamen Gipfel des Führers der Nation einnahm.«

Wer denn hinter diesem Spiel gesteckt habe?

»Das ist doch jedem Kind klar. Die Komintern. Wer denn sonst? Sie und ihre eisern gewordene Hand, der KGB!«

Also fiel diesem frischgebackenen Führer des mongolischen

Volkes die unangenehme Aufgabe zu, nach russischem Rezept die Säuberungsaktion der Dreißigerjahre im eigenen Staat durchzuführen?

»Ja, so war es. Hätte er es gewagt, sich den Befehlen auch im Leisesten zu widersetzen, wäre es mit ihm im Handumdrehen aus gewesen. Wie es auch mit seinem Vorgänger Genden geschah. Doch als Historiker muss ich jenem Mörder von Abertausenden unschuldiger, eigener Leute etwas zugutehalten: Er hat wohl ein patriotisches Ziel verfolgt – die Erhaltung des mongolischen Staates. Dies war nur möglich, wenn er dem übermächtigen, vor nichts zurückschreckenden Nachbarn keinen Anlass gab, die sehr formale Selbstständigkeit unserer Volksrepublik im Nu zu annullieren und an sich anzuschließen. So war es mit anderen, wesentlich mächtigeren Staaten bereits geschehen. Diese Einschätzung darf ich mir erlauben, da ich ganze Jahre unter seiner unmittelbaren Führung, in seiner nächsten Nähe, gearbeitet habe.«

Habe er damals gewusst, dass die meisten Verhaftungen und Erschießungen lediglich auf Vermutungen und Verleumdungen hin geschahen?

»Als ich zu ihm kam, lagen die Dreißigerjahre mit ihren politischen Stürmen bereits zurück, auch wenn die Verwüstungen nach wie vor erschreckend sichtbar waren, die Wunden in Abertausenden von Familien noch bluteten und die Erinnerung an die Schreckensjahre immer noch das Mark zu gefrieren drohte. Doch die wildeste Phase der Wüterei war vorbei. Und ehrlich gestanden, ich hatte, wie alle um mich herum, Angst, daran zu denken, geschweige denn, darüber zu reden. Wenn ich vom sicheren Gehäuse der heutigen Zeit aus an ihn zurückdenke, muss er sich seiner Rolle voll bewusst gewesen sein. Wenn er ordengeschmückt in der Uniform der Oberstkommandanten dastand, strahlte er weder Freude noch Stolz aus. Blieb ständig ernst, war wortkarg, und wenn er sprach, dann in eher befehlendem Ton. Später erst erwachte in mir der Zweifel, ob er denn an all die Verdienste vor Volk und Vaterland, welche ihm die Parteipropaganda zusprach, selber geglaubt hat. Doch er tat nichts, um den Lobesregen abzuwehren. Er war wohl der Meinung, das alles gelte nicht ihm als Person, sondern der Figur, die nun einmal den mongolischen Staat versinnbildlichte. Der Staat, das war seine Religion, woran er glaubte und wofür er gnadenlos hart vorging. Er selbst arbeitete unermüdlich und verlangte dasselbe auch von jedem in seinem Umkreis. War streng im Ton und hatte einen jederzeit misstrauischen Blick. Dabei schien er das Unkomplizierte zu mögen. Vernarrt war er in die nationalen Spiele beim Naadamfest. Bei herausragenden sportlichen Leistungen konnte es hin und wieder geschehen, dass er die Uhr vom eigenen Arm zog und sie dem Sieger in die Hand drückte.«

Ich gieße zügig ein, damit wenigstens die eine der Flaschen geleert ist. Wobei man Lhagwaa nicht zum Trinken auffordern muss. Sobald ich nach meinem Glas greife, folgt seine Hand meinem Beispiel, und er leert rasch sein Glas. Donid und ich mühen uns bei jedem spärlichen Schlückchen ab, die wir uns pausenlos genehmigen. Wir quälen uns ab, um die Menge des heimtückischen Getränks möglichst zu verringern und so unseren Kollegen davor zu beschützen. Dennoch scheinen wir entmutigend wenig zur Sache beizutragen.

Irgendwann ist die lästige Flasche endlich doch geleert. Da steht der Hausherr auf und holt die zweite. Ich weigere mich strikt, sie aufzumachen. Donid zeigt unmissverständliches Einverständnis. Doch das andere Drittel meiner Mannschaft schaut erschrocken, ja wütend drein. Ich muss ein Machtwort verlautbaren lassen, sage, dass wir hier sind, um zu arbeiten, und nicht, um zu saufen!

Der Hausherr sagt: »Das in der Flasche darf nicht hierbleiben, denn sie wird Bair bei seiner Rückkehr auf verderbliche Gedanken bringen.«

Ich verstehe ihn und sage: »Dann nehme ich sie mit. Haben wir das Interview druckreif gemacht, werden wir sie zu dritt bei mir, im Kontor, erledigen.«

Schirendew schiebt mir die Flasche erleichtert zu, und ich lasse sie schnell in meiner Umhängetasche verschwinden. Dann schaue ich verstohlen auf Lhagwaa. Oh, die Saufsucht, diese Epidemie, in welcher dieses einst gefürchtete Volk auf dem letzten Restchen vom einstigen Weltreich des Dschingis Khan zu ersaufen droht!

Nun bemerke ich aus jeder Ecke unmissverständliche Zeichen ermatteter Sättigung. Auch geistig. Ich beschließe, das Interview hier abzubrechen, und fange an, mich beim Gastgeber für alles zu bedanken. Er scheint meine Not zu verstehen, denn er tröstet mich, das Wichtigste sei gesagt, und bei Unklarheiten sollten wir ihn anrufen oder mit einer Frageliste vorbeikommen.

So verabschieden wir uns und bezeugen unsere guten Gefühle durch einen langen, festen Händedruck. Donid und ich nehmen den Geschwächten in unsere Mitte. Als wir uns trennen, bringt Donid den hilflos an ihm Hängenden sogar nach Hause. Ich gehe zum Kontor und sperre die vermaledeite Flasche in den Schrank.

Tags darauf stellen wir in gemeinsamer Arbeit das Gerüst des Interviews her. Den nächsten Tag arbeite ich allein, in aller Ruhe daran, wie an einer poetischen Novelle. Würfle die Sätze wieder und wieder durcheinander, wetze und feile an diesem und jenem Wort. Am dritten Tag lasse ich die beiden kommen und meinen Entwurf lesen.

Zuerst erschallt Donids Antwort: »Packend wie ein Krimi!«

»Jeder Satz sitzt. Ich denke, wir lassen es so stehen. Nur, schwer zu glauben, dass die Chefs es in dieser Schärfe durchwinken. Darum wäre es klug, wenn wir eine Kopie machen. Für alle Fälle«, meint Lhagwaa.

Ja, er hat recht. Wer weiß, ob einer der vielen Zensoren daraus eine politische Sache macht, dann kann es schnell geschehen, dass auch das Handgeschriebene eingezogen wird und im Giftschrank landet.

Also gehe ich mit dem handgeschriebenen Manuskript zur Maschinenschreiberin. Sie schaut sich die Papiere an und sagt schnippisch: Das habe sie doch am Vortag schon getippt.

Ich ziehe aus der Jacketttasche einen roten Zehner und lege ihn auf den Tisch. Nun lacht sie. »Soll ich vielleicht noch einen Durchschlag machen, falls ihr die Blätter nochmals verliert?«

Tage später, inmitten meiner Bemühungen um weitere Beiträge, kommt ein Telefonat von Baass'nban'd. Er beordert mich zu sich und will wissen, wie weit die erste Nummer gediehen sei. Ich berichte wahrheitsgemäß und sage, dass für den Hauptbeitrag bereits gesorgt sei.

»Gut. Dann gib die bereits stehenden Beiträge zu mir herüber, damit ich sehe, wie viel Korrekturen sie benötigen.«

Diese ganz ruhig ausgesprochenen Worte machen mich hellhörig. Er will sich alles anschauen? Und spricht von Korrekturen? Davon hat mir der Chef nichts erzählt. Nun stellt sich heraus, dass ein Dritter sich einmischen will! Mit diesen quälenden Gedanken bringe ich ihm das Interview.

Am nächsten Tag bekomme ich es zurück. Die eine Hälfte ist glattweg gestrichen, die andere blaubunt verkritzelt, wie es noch niemand mit einem meiner Text gemacht hat. Er hat das Interview aufs Brutalste entstellt, abgestumpft – ja, abgeschlachtet! Von wegen Perestroika-Organ! Jede Redaktion im Land hätte diesen Text genommen, mit gewissen Unterlassungen und Abmilderungen freilich – aber so abgedämpft und entseelt bestimmt nicht! Also verfolgt dieser Widderschädel ein anderes Ziel: mich entmutigen und von hier wegbringen!

Da habe ich eine Eingebung: mit dem Ersatzexemplar zu Tüdew gehen und dabei das von Baas'nban'd entstellte Exemplar einstecken. Gedacht, getan. Zu meiner Freude treffe ich den Chefredakteur in seinem Kontor, am Arbeitstisch, an. Ich lege ihm das noch saubere Exemplar vor. Er wirft einen Blick auf den Titel und den Einführungstext und ruft begeistert aus: »Du hast es geschafft, den geheimnisumwitterten Schirendew zu knacken! Der Alte hat was zu sagen, nicht wahr?«

Dieser seltene Freudenausbruch von Tüdew, der selber auch ein Geheimnis ist, erleichtert mich spürbar. Doch ich versuche, mich zu beherrschen, bis er, als oberstes Gericht über Baass'nban'd und mir, das Ganze gelesen hat. So sage ich: »Es wäre wunderbar, wenn ich so bald wie nur möglich Euer Gesamturteil hören dürfte.«

»Ich vermute, du hast einen triftigen Grund für solche Eile. Na gut.« Ein Blick auf die Wanduhr. »In zwei Stunden kannst du wieder vorbeischauen.«

Zum genannten Zeitpunkt klopfe ich an seine Tür. Bei der Begegnung unserer Blicke kann ich keinerlei ungünstige Zeichen ausmachen. Er legt den Füllfederhalter weg und greift nach den Blättern. »Deine Auswahl des Gesprächspartners ist perfekt. Dieser Schirendew ist eine der würdigsten Gestalten aus jener Epoche, die zusehends von der Bühne schwindet.«

Dann gibt er mir das Interview zurück. Schnell blättere ich alles durch. Er hat es schon redigiert; einige Ausdrücke ersetzt – »KGB« mit »gewisse Stellen« – und zwei, drei Passagen gänzlich gestrichen. Dazu seine Erklärung: »Noch ist Vorsicht geboten. Solange die Großmacht ihren mächtigen Apparat nicht antastet, dürfen wir nicht voreilig mit Enthüllungen auftreten!«

Ich verstehe den Grund zur Vorsicht. Kann dabei jedoch eines nicht verstehen: Warum hat er die schroffen Aussagen zur Person Anastasia Iwanowna unangetastet gelassen? Hat er doch selbst so oft und so laut Lobesreden auf die Landesmutter gehalten!

Nun aber habe ich andere Sorgen, als solchen Seitengedanken nachzuhängen. Ich hole aus meiner Aktentasche das Exemplar mit den Korrekturspuren von Baass'nban'd und lege es vor ihn hin: »Ich bitte Euch sehr darum, mir nicht zu unterstellen, zwischen Euch und Euren Stellvertreter einen Keil zu schieben. Doch ich wusste keinen anderen Weg. Mit solchen Eingriffen ist es unmöglich, zu der neuartigen Zeitschrift zu kommen. Schaut Euch bitte an, wie Euer anderer Vertrauter mit dem Entwurf umgegangen ist. Und heißt es auf Mongolisch nicht: Lippen einmal aufgemacht, mach auch die Lunge leer? So sei mir erlaubt, Euch von dem schmerzhaften Gedanken in Kenntnis zu setzen, der mich seit gestern verfolgt: Bleibt jener Mensch weiterhin berechtigt, in meine Texte einzugreifen, um alles abzustumpfen, macht es für mich keinen Sinn, hier zu bleiben und mich und letztendlich auch Euch mit einem Märchen über die Idee von der Perestroika auch in der Mongolei zu betrügen!«

Der Chef hört mir regungslos und stumm zu, wie erstarrt. Dann bestellt er zweimal Tee und beugt sich über den zerschundenen Text. Sein Blick gleitet schnell über die Zeilen. Als der

Tee kommt, ist die Hälfte schon durchgesehen. Doch er hört nicht auf, fährt mit derselben Schnelligkeit fort. Ich wage nicht, die vor mich hingestellte Tasse zu berühren, geschweige denn daraus einen Schluck zu trinken.

Zuletzt ordnet er die losen Blätter, faltet sie sorgfältig in der Mitte, zieht vom rechten Flügel seines gewaltigen Schreibtischs eine Mappe zu sich herüber, legt alles hinein und schiebt sie recht unsanft von sich weg. Erst jetzt scheint er das Teeglas auf seinem Schreibtisch und dahinter mich wahrzunehmen. Hörbar laut schlürft er zweimal aus dem Glas. Dann hebt er seinen Blick und sagt fast traurig: »So geht es natürlich nicht. Wären alle in unseren Reihen so voller Angst, dass sie mit den Missständen lieber Frieden schließen, dann würden wir in Kürze vom nördlichen Nachbarn, unserem historischen Gefährten und einzigen Gönner, entlassen. Dann sitzen wir auf der Müllhalde der Geschichte, mit klaffenden Türen und Toren, welche den südlichen Nachbarn herbeilocken werden.«

Nun nimmt er zwei weitere kräftige Schlucke aus dem Glas. »So schnell darfst du nicht aufgeben! Du würdest mich bitter enttäuschen, und unsere Wege würden sich für immer trennen. Du hast einiges zu verlieren. Was würden die Leute denken, wenn dir hier schon wieder gekündigt wird? Eine so angesehene Stellung würdest du nie wieder finden. Das ist mein guter Rat für dich, Akademiker und Ernährer einer vielköpfigen Familie.«

Schon wieder tritt eine Pause ein. Jetzt trifft sein zielender Blick gnadenlos den meinigen. Sosehr ich mir Mühe gebe, dem standzuhalten, ich muss nach wenigen Herzschlägen aufgeben – ich senke meinen Blick. Ich werde darüber noch lange nachdenken. Sicher hat er meine Niederlage in diesem Blickkampf gewollt und hat sie auch genossen. Denn unverzüglich bestellt er von neuem Tee. Während nun auch der getrunken wird, höre ich Folgendes von ihm. Zum Teil ist es Ratschlag, zum anderen eine Einschätzung und schließlich sogar ein verstecktes Geständnis. Baass'nban'd sei ein guter Mitarbeiter, fleißig und gehorsam. Tüdew habe keinerlei Grund, über ihn zu nörgeln. Dabei wisse er wohl, dass jener nach dem Vorsitz des Journalistenverbands strebe. Vielleicht werde er es über kurz oder lang auch schaffen. Dagegen sei nichts einzuwenden. Ich dürfe ihm diese Streichungen und Korrekturen nicht allzu krummnehmen. Lieber sollte ich die Spuren seines Stifts in kühler Ruhe verfolgen, um den Geist und auch die Ängste dahinter zu verstehen. Er will aufsteigen, also darf er sich keinerlei Fehltritte leisten. Also sei er vorsichtig und eifrig gleichzeitig. Was ist Vorsicht? Was ist Eifer? Das sei letztlich nur eine Sache der Sichtweise.

So weit, so gut. Dann nimmt dieser lange, ja langweilige, gar spießig anmutende Monolog eine andere Wendung. Ich werde hellhörig und revidiere am Ende meinen vorweg angekündigten Entschluss zum Rückzug aus dem Schlachtfeld. »Diese explosiven Stellen haben ihn beängstigt. Das ist nicht nur seine Schuld. Er hat das, was ich dir anvertraut habe, von mir nie so gehört. Denn ihr seid von ganz unterschiedlicher Art. Du bist parteilos, hast dadurch keine Stütze im Rücken, bist aber nicht angekettet. Du darfst dich von Entscheidungen führen lassen, die du für richtig hältst. Er dagegen ist in der Partei und muss sich von ihr, der Allmächtigen, Allsehenden und Allwissenden, führen lassen. Als vorbildlicher Parteigenosse muss er an die Dogmen der Partei glauben und ist verpflichtet, alles, was von ihrer Generallinie abweicht, der entsprechenden Stelle zu melden. Dieser öffentlich geleistete, dann tagtäglich gepaukte Treueschwur beeinflusst die Denkweise durchgreifender, als man glaubt. Die Meldepflicht findet den günstigsten Nährboden besonders bei denjenigen, die um jeden Preis aufsteigen wollen. Also könnte mich mein derzeitiger Vertrauter wegen der Schritte, die ich zu gehen gedenke, glattweg anzeigen. Was nicht unbedingt heißen muss, er halte die Gehrichtung für falsch. Nein, ganz einfach deswegen, weil die Generallinie sie noch nicht in den Blick genommen hat und darüber nichts sagt.«

Da zuckt durch mein Hirn ein zweistrahliger Gedanke: Dann gehöre ich also neben Gorbatschow und Tüdew zu den wenigen Erleuchteten, die den Ausweg aus unserer Misere wahrnehmen. Und: Tüdew hat mir Geheimnisse anvertraut, die er nicht wagt, mit seinem eigenen Stellvertreter zu teilen!

Eine Adrenalinwelle schaltet meine Vorsicht aus. Ich lasse mich vom Meister der bilderreichen mongolischen Sprache erneut in Richtung Zukunft führen und verführen. Schließlich verlasse ich den mit vergoldetem Holz vollgetäfelten Raum so ehrfürchtig wie auch zuversichtlich, weil dieser Thronsitz des Generalstabs der mongolischen Journalistik eines baldigen Tages als die Wiege der Perestroika auf mongolischem Boden anerkannt werden würde. Wobei es mir im Kopf schon ordentlich schwindelt, ich bin wohl ganz beschwipst von derlei betäubend süßen Hirngespinsten.

In den nächsten Tagen geschieht etwas Merkwürdiges: Baass'nban'd scheint sich nun mit seinem korrigierlüsternen Stift sehr zurückzuhalten. Nur da und dort ist ein Wort, ein Satzteil gestrichen oder dann und wann ein Frage- oder Ausrufungszeichen an den Textrand gesetzt. Also scheint das größte Hindernis vorerst eingeebnet zu sein. Nun bleibt noch die letzte Hürde, die Staatszensur. Ich bediene mich eines kleinen Tricks: Ich lege das Interview auf den Schreibtisch des älteren Mannes mit der Bemerkung, es sei vom Chefredakteur Tüdew höchstpersönlich gelesen und durchgelassen worden. Das ist nicht gelogen, weil seine schwungvolle, gut lesbare, allbekannte Unterschrift mit den wie gedruckt wirkenden Buchstaben gleich oben vorne steht. Jedenfalls bekomme ich alles ohne jegliche Bemerkung, Seite um Seite links oben und rechts unten genehmigt, wieder zurück.

Über die technisch bedingten Schwierigkeiten infolge des Materialmangels in der Druckerei schweige ich lieber. Doch am Ende der schweißtreibenden Schufterei liegt die erste Nummer der Zeitschrift *Setgüültsch* vor mir!

Und dies mit nur geringer Verzögerung laut Zeitplan. Was mich veranlasst, den Schwung eigener Gedanken wenigstens einige Atemzüge lang anzuhalten und mich tief zu verbeugen vor all jenen Meistern samt den unzähligen lichten Geistern, die mich im wellend-wallenden, schwärend-schäumenden Strom des Lebens bis hierher begleitet haben, und ihnen innig zu danken.

Die Auflage der ersten Nummer, von der Verbandsführung erst einmal als Experiment angedacht, war auf achthundert Exemplare vorgegeben. Dies ist die Gesamtzahl aller Angestellten bei den Massenmedien unserer Volksrepublik. Die Praxis in diesen Zeiten ist eherne Disziplin: Wer als Mitglied einer Organisation eingetragen ist, der hat deren spezielles Organ zu abonnieren, um ideologisch im Bild zu sein, betreffend seiner Arbeit. Das hat seine Vorteile für jeden, der in einer Redaktion arbeitet, denn so haben die Presseorgane eine stabile, genügend hohe Anzahl von Abonnenten und können ungefährdet weiterexistieren. So ist auch für mein Blatt von Anfang an gut gesorgt, weil bei jedem der achthundert Mitglieder jeweils weitere drei Tögrük vom Gehalt abgeschnippelt werden – so viel soll das

Blatt kosten, wie alle anderen Vollformatzeitschriften mit zweiundsiebzig Seiten im Land auch.

Aber ich will zweihundert Exemplare mehr als das behördlich vorgegebene Limit drucken lassen. Ich rede mit meinem kleinen Chef Baass'nban'd darüber. Er zögert und sagt dann: »Wer soll sie dir denn abnehmen?«

»Dazu habe ich meine Ideen. Zum Beispiel werde ich zu den zentralen Bushaltestellen gehen und sie probeweise unter den Wartenden verteilen, mit der Frage, wer sie für den normalen Zeitschriftenpreis erwerben könne.«

»Das ist doch nicht gestattet!«

»Warum nicht? Andere verkaufen auf der Straße ihre selbstgeschneiderten Handschuhe, Unterhemden und tausend Dinge, obwohl sie es laut gesetzlichen Bestimmungen nicht dürfen. Ich aber tue nichts Illegales, denn alles, was darinsteht, ist offiziell genehmigt worden. Ich bin sogar davon überzeugt, dass unsere Zeitschrift schnell auffällt und durch ihre ungewohnt frechen, kritisch-ketzerischen Aussagen bei jedem, der hineinschaut, sofort die Nerven wachkitzelt. Und einen Drei-Tögrük-Schein hat fast jeder in der Tasche. Es geht darum, dass möglichst viele Menschen auf diesen Neuling aufmerksam werden. Wir müssen mutig die Neugier der Öffentlichkeit wecken! An die Pforten der vielen Zweiginstitute der Akademie der Wissenschaften könnte man sich morgens oder abends mit einem Stapel der druckfrischen Zeitschrift stellen. Wer würde am Bild und Namen seines langjährigen, verehrten Präsidenten gleichgültig vorbeigehen? Auch in die Vorlesungspausen der Hochschulen könnten wir gehen. Ach, es gibt so viele Möglichkeiten!«

Diesen Ausbruch meiner Leidenschaft belohnt Baass'nban'd mit einem Blick, in dem unerwartete Begeisterung aufscheint.

»Gut. Erhöhe die Bestellung bei der staatlichen Druckerei auf eintausend Exemplare. Aber du übernimmst die Verantwortung für die Kosten der unplanmäßigen zweihundert Zeitschriften!«

Wenige Tage später ist es so weit. Ich werde von der Druckerei benachrichtigt, dass ich die zweihundert Exemplare abholen soll. Zuallererst rufe ich meinen guten Kameraden Dshige in der *Hödülmür*-Redaktion an und setze ihn damit, wie erwartet, in Feuer und Flamme. Er will gleich mitkommen, um das Neugeborene mit in Empfang zu nehmen.

Und so geschieht es auch: Ich sehe seine kurze, stämmige und kerzengerade Gestalt schon dort stehen, Ausschau haltend. Noch nie habe ich mich über seine liebe, mir tief ins Gedächtnis eingebrannte Erscheinung so sehr gefreut wie in diesem Augenblick. Ich renne auf ihn zu, um ihn sogleich in meine Arme zu schließen. Dshiges auffällig kleine Augen weiten sich für einen oder zwei Lidschläge lang beträchtlich, als er mich endlich wahrnimmt. Woraufhin jedoch sein ganzer Körper eine steife Haltung annimmt und in eine wartende Stellung verfällt. So wie bei Nomaden, besonders bei Hochbetagten, wenn eines der eigenen Kinder nach langer Abwesenheit endlich ins eigene Nest zurückkehrt. Sie werden steif und zögern die Berührung hinaus, um sich zusammenzunehmen, und zusätzlich noch, um die Vorfreude auf das endlich wahr werdende Wiedersehen bewusst ein wenig zu verlängern. Und dabei auch das bereits bewiesene Aushaltevermögen auf beiden Seiten für weitere Pulsschläge auf die Probe zu stellen. Wie um anzudeuten, auch wenn es noch länger gedauert hätte, würden wir dem irgendwie standgehalten haben.

Nun fühle ich mich verpflichtet, dem Älteren meinen ehrfürchtigen Gruß zu entbieten. Also lege ich die Tasche schnell ab und nähere mich ihm behutsam mit gebücktem Kopf. Er streckt mir beide Arme mit entfalteten Händen entgegen, wobei seine regungslos stille Miene würdevolle Ruhe ausstrahlt. Seine Hände greifen nach meinem Gesicht, legen sich mir um beide Backen und ziehen es zu sich. Ich gebe dem Druck gern nach und nähere mich seinem Mund, und nun beriecht er mich an den Schläfen, eine nach der anderen, und dann küsst er mich auf die Stirn.

Dann endlich kommt es zu dem Gespräch, das zwischen uns beiden längst fällig geworden war. Wie lange es doch gedauert hat, bis wir einander wiedergesehen haben! Wie Vater und Sohn gehen wir Hand in Hand zur Druckerei. Die Ware besteht aus Zehnerbündeln. Gewichtig befrachtet machen wir uns auf den Weg, scherzend über die schwere Last von uns zwei Schreibwütigen, die sich wörtlich im Schweiße ihres Angesichts ernähren. Das selbst verdiente Futter wird am würzigsten schmecken.

Dabei erzähle ich Dshige überschwänglich: »Ich betrachte dies sowieso als mein Privateigentum. Der stellvertretende Chef des Journalistenverbands hat nämlich beschlossen, dass ich die Druckkosten der überzähligen Exemplare aus eigener Tasche begleiche. Zwei vierzig für jedes Exemplar.«

»Der Abonnementspreis beträgt drei Tögrük. Also kannst du an jedem verkauften Exemplar sechzig Mönggü verdienen. Das macht einen Gewinn von hundertzwanzig Tögrük, oho!«

Dshige hat, bevor er Journalistik zu studieren anfing, im eigenen Landkreis als Buchhalter gearbeitet. Manchmal kann er trocken und handfest sein. Er brummt leise: »Die Frage wird sein, ob man sie alle loswird. Wenn es schlecht läuft, kannst du viel verlieren.« Ich versuche, seine Bedenken zu zerstreuen, sehe aber, dass der so begeisterungsfähige Freund die Zweifel des

Buchhalters in sich nicht so einfach abschütteln kann. Was mich anspornt.

Wir gehen an einer Bushaltestelle vorbei, wo eine Menge Leute warten. Und es durchzuckt mich: Ich gehe zur Holzbank und bitte einen dort sitzenden jungen Burschen, etwas Platz zu machen. Ich lege darauf meine beiden Bündel übereinander, packe eines aus und halte in jeder Hand drei, vier Exemplare auseinandergeschoben vor die Menschenmenge, die schon auf mich aufmerksam geworden ist. Sogleich fange ich an zu reden: »Hier ist die druckfrische erste Nummer einer völlig neuartigen Zeitschrift. Sie will die Leserschaft mit den Hintergründen unserer neuesten Geschichte vertraut machen. Wohlbekannte Persönlichkeiten kommen hier ungeschminkt zu Wort! In dem Falle ist es Professor Schirendew, eine Leitgestalt aus der Führung unserer Partei und Regierung und zuletzt der Präsident der Akademie der Wissenschaften.«

Ich drücke einigen Menschen ein Exemplar in die Hand und lese die Passage laut vor, wo unser Held den Jugendfreund Zedenbal auf der Arbeit besucht, indem er in seiner Aktentasche eine Flasche Ararat-Cognac in das Kabinett Nr. 0001 reinschmuggelt. Worüber sich der Führer des mongolischen Staats wie ein Kind freut, ehe die beiden die Schmuggelware aus Teegläsern trinken und in gehobener Stimmung eine recht menschliche Unterhaltung führen.

Auf den Gesichtern der Menschen, die bislang so etwas nie in der Öffentlichkeit gehört haben, Angst und auch Misstrauen. Darum erkläre ich: »Das ist ein Organ des Mongolischen Journalistenverbands, gegründet auf Initiative seines obersten Chefs und Staatspreisträgers, Lodongiin Tüdew, und genehmigt von der obersten Zensur. Ich bin Tschinagiin Galsan und arbeite als Redaktionssekretär dieser Zeitschrift. Zum Start des neuen Organs haben wir probeweise einige wenige Exemplare zum Freiverkauf unter der Bevölkerung drucken lassen, jedes Stück für drei Tögrük.«

Nun verschwindet das Misstrauen auf den Gesichtern, die meisten fangen an, bei sich nach Geldscheinen zu suchen. Auf der Stelle verkaufe ich nicht nur das erste Bündel gänzlich, sondern muss auch ein weiteres aufmachen. Mit jenem ersten, gewagten Schlag setzen wir siebzehn Exemplare ab! Aus freudigem Übermut lade ich den Freund, aus welchem sich der Buchhalter längst wieder verzogen hat, in die nächste Gaststätte ein. Wir nehmen das einzige Gericht, das zu haben ist: Eintopf mit geschnetzeltem Fleisch und handgemachten Nudeln. Zu jeder Portion gehören eine Schale Milchtee und eine Scheibe Weißbrot. Alles zusammen kostet drei achtzig. Dieses einfachste aller Volksgerichte ist mir das schmackhafteste seit Langem. Da meldet sich der Buchhalter in Dshige wieder, er sagt: »O Mann! Trotz deines Leichtsinns, gleich noch einen Zweiten ins Gasthaus mitzunehmen, bringst du immer noch einen Reingewinn von sechs Tögrük und vierzig Mönggü nach Hause! In einer freien Marktwirtschaft wirst du es zu einem kleinen Kapitalisten bringen!« Worauf wir beide vergnügt lachen.

In den Zeiten, die später über unser Land lawinenhaft hereinfluten, werde ich mich an jene Worte des guten Freundes wieder erinnern. Denn da werde ich tatsächlich gezwungen sein wachzubleiben, um nicht unterzugehen. Dann auch noch in die Lage versetzt, die gröbsten Regeln der schmutzigen Spiele des Geldes einigermaßen zu begreifen.

Nach unserem eigentlich asketischen, aber vergnügten Schmausen bringt mich Dshige mit dem Restgepäck zu meinem Büro. Er nimmt mir auch noch zehn Exemplare ab, probeweise, sagt er. Wobei er mit mir buchhalterisch genau abrechnet und vierundzwanzig Tögrük auf meinen Schreibtisch legt: »Mal schauen, ob auch ich in der Lage bin, auf einen kleinen Nebenverdienst zu kommen!«

An diesem ersten Tag meiner Vorübung für den Basar der freien Marktwirtschaft gehe ich noch zweimal zur nächstliegenden Bushaltestelle und werde dort weitere einundzwanzig Exemplare los. Dshige ruft gegen Mittag des nächsten Tages bei mir an und erstattet mir Bericht: »Die zehn Exemplare sind längst weg. Wie schade, dass ich nicht mehr davon mitgenommen habe, ich Feigling.«

Bald darauf beginnt das Telefon zu läuten, in immer kürzeren Zeitabständen. Ich höre nur eine Frage: Wie man zu einem Exemplar der Zeitschrift kommen könne? Bald gleiche ich dem Besitzer eines Ladens, der Mangelware verkauft. Meine Zeitschrift ist eine Mangelware, nach der die mongolische Gesellschaft im Geheimen gedurstet hat. Oh, ich werde diese aufregenden Tage nie vergessen!

Nun werde ich nicht mehr mit meinen Paketen zur Bushaltestelle rennen. Muss am Schreibtisch, an meinem Telefon bleiben und die nächste Nummer der Zeitschrift vorbereiten. Die zweihundert Exemplare gehen in nur drei, vier Tagen aus, und ich erreiche bei der Leitung, dass noch eine Nachauflage gedruckt wird, und übernehme die Druckkosten für weitere tausend Exemplare. Das darf ich wagen, denn mittlerweile kommen die Anfragen aus allen Ecken des Landes.

So wird diese erste Nummer zu einem Bestseller, was ich bei aller Mühe nie wieder erreichen werde. Ermutigt durch unsere Zeitschrift, beginnen nämlich auch alle anderen Presseorgane heiklere Themen anzupacken. Vonseiten der Obrigkeit entstehen keinerlei Schwierigkeiten wegen jener ersten Nummer. Dies bringt mich auf den Gedanken, dass die wahre Zensur in den Köpfen der Journalisten selbst gesteckt hat. Zudem haben die sowjetischen Zeitungen ihren Mitteilungsstil längst gewechselt. Jeder ahnte, dass es nur eine Frage der Zeit war, wann es auch bei uns dazu kommen würde. Denn das blieb eine unverrückbare Tatsache: Wir mussten es dem allmächtigen Nachbarn nachtun, wollten wir unsere relative Selbstständigkeit ungefährdet erhalten.

Nach dieser Feuertaufe erscheinen insgesamt sechs Nummern der Zeitschrift *Setgüültsch*. Nachträglich darf ich behaupten, dass sie sich von Nummer zu Nummer als zeitkritisches Organ journalistisch, textlich und auch politisch-gesellschaftlich verfeinert und gefestigt hat.

Dann aber heißt es an einem Tag aus heiterem Himmel: Ich sei entlassen. Es kommt mir zuerst wie ein schlechter Scherz vor. Der Boden unter meinen Füßen scheint einzubrechen. Keine Verwarnung, keine Versammlung, gar nichts geht dem voran.

Per Telefon werde ich ins wenige Schritte entfernte Bürozimmer von Baass'nban' bestellt. Er steht von seinem Sessel auf und sagt, sobald ich die Tür hinter mir geschlossen habe und auf ihn zukomme, mit einer holztrockenen Stimme: »Nicht hinsetzen. Ich muss gleich zu einer Beratung im Zentralkomitee. Vorher wollte ich Eurer Person Folgendes mitgeteilt haben: Heute hat eine Leitungssitzung der Zeitung *Ünen* beschlossen, unter anderem, Eure Person mit sofortiger Wirkung zu entlassen. Sie sind verpflichtet, noch am heutigen Tage mit der Buchhaltung abzurechnen sowie Dienstausweis und Zimmerschlüssel abzugeben.«

Ein paar Herzschläge lang vermag ich aus mir keinen Ton hervorzubringen. Bis ich irgendwann sage: »Dann muss ich wohl zum großen Chef gehen und die Sache aufklären.«

Baass'nban'd sagt betont sicher: »Das wird nichts bringen. Hier ist der Beweis.« Er streckt mir ein Blatt entgegen. Hastig greife ich danach. Erkenne die in Großbuchstaben getippte Überschrift: ENTLASSUNG. Darunter meinen Namen mit Vatersnamen. Und unten die so vertraute Signatur mit den legendär schwungvollen, dennoch gut lesbaren dicken Buchstaben.

Klar, dass ich die Nacht wenig schlafe. Am nächsten Tag gehe ich direkt zu dem Menschen, der mir bis gestern als gottmächtig und gottgütig vorgekommen ist. Er empfängt mich nicht. Lässt mir durch seinen Sekretär sagen, ich solle mich mit möglichen Fragen an seinen Stellvertreter wenden. Das erschüttert mich fast mehr als jener Blitzeinschlag und Donnerkrach meiner Entlassung! Da fallen mir all die geflüsterten Berichte über seine mephisteuflisch kalten Berechnungskünste und seine Unmenschlichkeit wieder ein, gehört von jenen, welche er nach getanen Diensten weggeworfen hat wie abgenutzte Arbeitshandschuhe. Da endlich vergeht mir jede Lust, ihm wieder ins Gesicht zu schauen, geschweige denn ihm weiter zu dienen.

Von seinem freundlichen Sekretär werde ich Tage später den Grund meiner Entlassung erfahren: Ich soll bei einer Leserkonferenz an der Parteihochschule das zögerliche Verhalten des Hauptblatts, der *Ünen*, also des von ihm geleiteten Organs, erwähnt haben. Eine Tonaufnahme davon habe ihm sein Stellvertreter vorgespielt.

Die Leser werden spüren, dass eine Zäsur naht. Ja, mit diesem erneuten Sturz ist meine Laufbahn als Journalist ihrem Ende geweiht. O je, wieder ein Sturz ins Bodenlose! Doch das Unbekannte, in welches ich fallen gelassen werde, wird sich wesentlich weicher und empfänglicher entpuppen, als ich selber zuerst gefürchtet habe. Ja, nachträglich kommt mir mein Leben wie das Werk eines erfahrenen und menschenfreundlichen

Regisseurs vor. Bei jedem neuen Sturz lande ich nicht im erwarteten Abgrund, sondern auf einer höheren Sprosse der Lebensleiter. Bald komme ich mir vor wie jener Urzeitvogel Phönix, der sich im Feuer des aufflammenden Vernichtungsbrands verjüngt und aus der Asche stärker und schöner aufersteht.

Ich möchte die jüngste Enttäuschung mit der klaffenden Wunde quer und entlang aller meiner Herzfasern vergraben und die Verursacher jener Schmerzen, treu dem schamanischen Vergeltungsritual, mit lieben Worten und linden Wünschen bedenken. Und mich damit für immer von ihnen verabschieden.

Wieder einmal mit Maxim Gorkis Zunge gesprochen: Mein letzter Chef war eine »meiner Universitäten«. Gut, er hat mich gebraucht für seine Ziele. Und dann ausgezogen und abgeworfen wie einen verdreckten, unbrauchbar gewordenen Handschuh, sobald ich mich erdreistete, in meine Kritik unserer maroden Gesellschaft sein Werk auch mit einzubeziehen. Was bestimmt schäbig und schändlich ist, letztlich mehr für ihn als für mich. Doch dass er mich für jene heikle Aufgabe auserwählt hat, war für mich Gelegenheit, mein Bestes herauszuholen. Ich durfte mich mit den welthistorischen Ideen und Taten von Perestroika und Glasnost verbinden, wenn auch für eine kurze Zeitstrecke in einer zögerlichen Phase meines Heimatlands vor der allgemeinen Wende. Wie vielen Wartenden habe ich dadurch Licht ins Herz und Schub ins Rückgrat geben dürfen.

Und gerade derselbe eiskalte Rechner und teuflisch schlaue Taktiker hat mir, wie wir wissen, auf meinem Weg in die Welt der Literatur wie kein anderer geholfen, indem er veranlasste, dass meine Erzählung *Auf Spuren eines Braven* in der Tageszeitung seines Jugendverbands erscheinen durfte. Später redigierte er die mongolische Ausgabe meines Erstlings, der fünf Jahre zuvor auf Deutsch erschienen war. Den für das Großmongolische Gedankengut unzulässigen Titel *Eine Tuwinische Geschichte* ersetzte er durch einen rettenden harmlosen: *Geschichte aus einer gewittrigen Zeit.* Und er wagte es auch, das Buch mit einem sehr positiven Vorwort einzuleiten.

Nein, ich habe kein Recht, ihm gegenüber Groll zu empfinden. In diesem Sinne habe ich Monate später einen literarischen offenen Brief an ihn geschrieben und an die Literaturzeitschrift *Glut* geschickt. Nach Monaten habe ich über Umwege erfahren, dass die Redaktion dem Adressaten eine Kopie hat zukommen lassen, um von ihm eine Genehmigung zur Veröffentlichung zu bekommen. Da der Text nie veröffentlicht wurde, nehme ich an, der mächtige Mann hat keine Genehmigung erteilt.

Eines Tages wird es an den Tag kommen. Denn bei mir liegt ein noch unveröffentlichtes Buchmanuskript aus Briefen, geschrieben an verschiedene Spitzenpolitiker im Laufe vieler Jahre. Es enthält auch jenen Essay in Briefform. Der Titel jenes Buchmanuskripts sei schon verraten: *Sklave meiner Überzeugungen.* Noch hat kein Verlag in der Mongolei es gewagt, jene Briefe zu veröffentlichen, weil so manche der Adressaten oder deren Kinder immer noch auf den Landesthronen sitzen. Doch ich glaube, dass der Tag kommen muss, da die Meinungsfreiheit aufhören wird, ein Abstraktum zu sein, und ihr papiernes Gefängnis verlassen darf.

6

Ich komme nicht dazu, nach einer neuen Arbeitsstelle Ausschau zu halten. Sie findet mich, noch bevor ich aus dem Schock meiner erneuten Entlassung erwacht bin. Das verdanke ich erstens der Zeitschrift, die ich aufgebaut und unter die Leute gebracht habe. Und zweitens der Sippengesellschaft, die die Mongolei immer noch geblieben ist. Deshalb gibt es in diesem Land keine absoluten Geheimnisse. Die Glieder der Gesellschaft sind von oben bis nach unten so mitteilungslustig, dass am Ende die innere Kommunikation immer funktioniert.

Dementsprechend ist die Nachricht über meine Entlassung in Windeseile bekannt geworden. Von einer unbekannten Frau bekomme ich schon gegen Mittag des nächsten Tages einen Anruf. Sie sei die Chefredakteurin des Filmbetriebs *Mongolkino.* Zurzeit noch, aber nicht mehr lange, ergänzt sie. Denn sie würde aus familiären Gründen demnächst nach Moskau gehen. Sie suche jemanden, dem sie ihren Posten mit gutem Gewissen anvertrauen dürfe.

Noch am selben Tag vor Arbeitsschluss sitze ich ihr in ihrem Bürozimmer gegenüber. Sie führt mich mit einfachen, klaren Worten in meine Aufgaben, Pflichten und Rechte ein und erzählt über die Lebensküche, die um sie herum brodele.

Am nächsten Morgen schon stellt sie mich dem Betriebsdirektor vor, einem Hünen namens Toewgoo. Ich scheine ihm schon seit Langem bekannt zu sein, noch vor der Zeitschrift, durch meine Reportagen. Seine schlichte Herzlichkeit gefällt mir ausnehmend. Er sei bereit, wie er sagt, mich in seinen Leitungsstab aufzunehmen. Was mich beschämt, vor allem aber erfreut und aufmuntert. Noch am Vormittag desselben Tages findet im Büroraum des Direktors die Beratung des Leitungsstabs statt. Die bisherige Chefredakteurin wird verabschiedet, und ich erhalte ihre frei gewordene Stelle. Was mich äußerst verlegen macht. Darum wohl kann ich mir die wenigsten der Namen und der Funktionen der Anwesenden merken. Dies alles geschieht nur drei Tage, nachdem ich drüben aus meiner engen Nische beim Journalistenverband, aus dem Erdgeschoss des fünfstöckigen finstergrauen Gebäudes, herausgebombt worden bin.

Der Filmbetrieb ist von allen Institutionen, durch welche mich der Strom des Lebens bis jetzt gespült hat, der wohnlichste Winkel. Er verfügt über ein geräumiges Gelände mit mehreren Gebäuden, und die Angestellten scheinen recht gemütlich darinnen untergebracht zu sein. Mein Bürozimmer spricht mich durch seine Sauberkeit, die Farben und Gerüche sofort an. Jede Hand- und Fußbreite im Raum verrät die über viele Jahre eingeprägten Lebensspuren einer sorgsamen Frau. Die Ordnung, die im Schreibtisch, dem Schrank, dem Regal und um das Sofa herum herrscht, zeugt davon, dass die Verwalterin wusste, was Ordnung im täglichen Leben und Stolz auf die eigene Arbeit bedeutete. Ja, was der Staatsdienst mir bisher nie gegönnt, erblicke ich hier auch: ein Sofa. Und zwar ein so aristokratisch gelbes, dass es mich sofort an den Mercedes unserer berühmt hellwachen, berüchtigt unberechenbaren Landesmutter Anastasia erinnert. Wenn später nicht sehr sauber angezogene Besuche sich darauf niederlassen, wird mir diese Kostbarkeit oft

Sorgen bereiten, denn die empfindliche Farbe des vornehmen Möbels könnte leicht Flecken bekommen. Besonders bedenklich wird es, wenn die Drehbuchschreiber vorbeikommen. Und am schlimmsten sind die Betrunkenen und dazu noch Rauchenden! In meinem vornehmen Bürozimmer, im Leuchtschein dieses goldgelben Sofas, werde ich erleben, dass so mancher dröhnende Ruhm allzu oft im grellsten Widerspruch zur Leibespflege und zum Benehmen eines Menschen stehen kann.

Hier mache ich auch die etwas beschämende Erfahrung, dass ich mit viel weniger Anstrengung genauso viel verdiene wie bei meinen vorhergehenden Stellen. Ich durchlebe hier täglich nicht die Hälfte, nein, nicht einmal ein Viertel der Strapazen von dem, was ich vorher in den Redaktionen an Hirnverschleiß und Körperschweiß habe aufbieten müssen. Vorher war ich ein Lastenträger. Jetzt heißt es, ich werde für das Tragen der Verantwortung bezahlt. Ich gehöre zum Leitungsstab! Da muss ich einer anderen Arbeitsstruktur folgen. Die Tage richten sich nach dem Plan des Stabs. Jeden Nachmittag findet eine Versammlung statt oder im Kinosaal eine Filmvorführung. Ich bin verpflichtet, dem beizuwohnen. Besonders die Vorführungen gleichen einem ehernen, ja, heiligen Ritual. Meist ist es ein ausländischer Spielfilm, der im seltensten Fall dann öffentlich vorgeführt werden darf. Wir im Leitungsstab dürfen ihn sehen, um im Bild zu sein, wie es mit der Filmkunst weltweit steht. Also darf ich mir einbilden, zu einem privilegierten Kreis zu gehören. Gern und dankbar schaue ich mir jeden Film an, auch wenn zwischendurch manch einer als Kunstwerk nicht viel taugt und sogar schwachsinnig ist.

Auch die anderen, im Vergleich zu mir ohne Ausnahme alte Hasen, kommen zu dieser Filmvorschau sehr gern zusammen.

Dies auch, weil auf dem niedrigen, langen Tisch vor dem Chef und den beiden Stellvertretern ständig eine Flasche und einige Gläser stehen. Die drei Chefs sehe ich nur nippen, und es bleibt beim ersten Glas. Ganz im Gegensatz zu den Regisseuren! Die Mehrheit aus dieser Berufsgilde gehört wie die Ton- und Wortdichter zu den Prominenten, also zu den geduldeten Trinkern, die längst eine der zahlenstärksten Bevölkerungsgruppen darstellen. Ich schaue auf den nur nippenden Chef und frage mich, warum er diese fragwürdige Angewohnheit mitten in der Arbeitszeit mitmacht, wo er doch am Zechen selber keine besondere Lust zu haben scheint. Er wollte wohl der Organisation, die länger als er existiert und deren Steuerrad ihm anvertraut wurde, ihre althergebrachten Gewohnheiten nicht zerstören. Er hat wohl jene Wahrheit erkannt: Es ist nicht so, dass die hier Versammelten ihm ihren Lebenssaft verdanken, sondern er verdankt diesen teilweise der Trinksucht Verfallenen, genauso sein gutes Gehalt samt dem hohen Ansehen und all den mit seinem Amt verbundenen Privilegien.

Hier lerne auch ich zu nippen und erst zum Schluss das Glas auszutrinken. Also gewöhne ich mich Schluck um Schluck, Glas um Glas an den Schnaps. Was meiner guten Hassaa nicht entgeht. Sie scheint sich darüber zu freuen, denn sie meint, heutzutage gehe alles – Bekanntschaften, Anstellungen, Förderungen, Auszeichnungen, Auslandsreisen – über Schnaps. Bislang habe ich versucht, mich dagegenzustemmen und ohne das auszukommen.

Doch während einer dieser Filmstunden fehlt die rituelle Flasche auf dem Tisch. Das älteste, aber gleichzeitig auch feurigste Glied im Stab, der Regisseur S., lässt seine berühmte Feldkommandantenstimme über alle hinwegdröhnen: »Wer hat denn heute hier, verdammt noch mal, Bereitschaftsdienst?«

Ich frage meinen Platznachbarn, was denn mit Bereitschaftsdienst gemeint sei? Und erfahre, dass alle, die zur Filmvorschau zugelassen sind, der Reihe nach für eine Flasche zu sorgen haben. Ach, so ist es, denke ich beschämt. Bisher habe ich angenommen, der Schnaps gehe, wie der schwarze Tee auch, auf Kosten des Betriebs.

Alle Augen sind auf mich gerichtet, o weh! Schleunigst stehle ich mich aus dem Raum und renne die Treppe hinunter und eile ins nächstgelegene Lebensmittelgeschäft. Dort ist aber der Wodka, das Volksgetränk, gerade ausgegangen. Dafür gibt es edlere und teurere Schnäpse. So nehme ich für den doppelten Preis eine Flasche Cognac. Leise schleiche ich mich in den Saal. Die Filmvorführung hat schon begonnen. Ich stelle die Flasche verstohlen auf den Tisch. Und gleich nach dem Schluss des Films, sobald das Licht angeht, brandet ein kleiner Applaus auf, denn einige haben die Flasche gesehen.

»Ein echter Cognac!«

»Sogar ein Ararat! Edleres gibt es nicht!«

Ein jeder stößt mit mir an und lächelt mich dabei freudestrahlend an. Im Stimmengewirr streifen einige Bemerkungen meine Ohren besonders deutlich. Die eine, von dem großen S.: »Ja, beflügelt von genau diesem edlen Getränk habe ich mit Aram Chatschaturjan in Kingino darüber diskutiert, warum gerade diejenigen Menschen, die zwischen schroffen Gebirgen herangewachsen sind, mit betörenden Stimmen begnadet werden.«

Was Kingino ist oder wo es liegt, weiß ich nicht. Aber der Name des großen armenischen Komponisten ist mir bekannt. Ich habe sein Ballett »Gajane« in Leipzig gesehen und zu Hause sogar die Platte mit dem Säbeltanz.

Und noch eine Bemerkung, die in meinem Ohr hängen bleibt: »Mit dem eisernen Tigran Petrosjan habe ich Schach gespielt, zwar dabei wie alle dreiundzwanzig neben mir verloren, aber immerhin habe ich mit dem Schachweltmeister gespielt. Jedes Mal, wenn ich einen Schluck Ararat koste, erinnere ich mich an den großen Armenier.«

Vielleicht sind es geflunkerte Episoden, vielleicht sind sie wahr. Man weiß es nicht bei diesen Kerlen. Alles ist möglich.

Nach kaum einem Jahr muss ich diese friedliche Bucht am Ufer meines Lebensflusses schon wieder verlassen. Es geschieht abermals gegen meinen eigenen Willen. Ich werde schon wieder entlassen. Nur lautet diesmal der Grund sanfter: Der Posten des Chefredakteurs wird, wie manch andere Stellung, abgeschafft. Was ich durchaus einsehe. Denn unter mir stehen zwei weitere Redakteure, einer für Spielfilme und der andere für Dokumentarfilme. Über deren Schultern throne ich als rein symbolischer Träger der Verantwortung für alles Gedruckte und Gesprochene. Also gehe ich, und zwar mit öffentlich demonstrierter Dankbarkeit. Nach meiner letzten Filmvorschau stelle ich wieder eine Flasche dieses Cognacs auf den Tisch und halte eine kurze Dankesrede, so wie sie mir gerade aus dem Herzen sprudelt: Die Zeit, die ich hier unter dem Dach des Mongolkino habe verbringen dürfen, komme mir wie ein Geschenk des Himmels vor, wie ein Aufatmen nach Jahren härtester Proben. Also wünsche ich dem Betrieb und seiner einträchtigen Leitung Gedeihen und Glück.

Wieder arbeitslos und ohne Existenzgrundlage, schreibe ich den Entwurf eines Filmszenariums, zumal ich glaube, nun die Geheimnisse jenes Hand- und Geistwerks zu kennen. Tatsächlich bringe ich den Stoff in einer Woche zu Ende. Er ist wohl schon seit Langem in mir gereift. Denn es handelt sich nicht um etwas völlig Neues, sondern lediglich um die Filmversion von *Auf Spuren eines Gefälligen,* jener Geschichte, die dank des mächtigen Tüdews vor einigen Jahren in der Jugendzeitung erscheinen durfte.

Mit der federfrischen Arbeit gehe ich unverzüglich zu der heiligen Stätte, wo ich bis vor wenigen Tagen in einer Leitungsposition war. Dort stoße ich zufällig als Erstes auf den Regisseur D., einen stillen, schmächtigen Mann. Ich entbiete ihm einen herzlichen Gruß, denn er ist nicht nur bedeutend älter als ich, sondern ich habe ihn während meiner Tage unter diesem Dach verehrt wie einen Schamanen. Was ihm wohl nicht entgangen ist. So reicht er mir schüchtern lächelnd seine Hand und lädt mich in sein Büro sein.

Das Zimmer kommt mir aber unglaublich eng, schmuddelig und ungemütlich vor. Aus meiner Aktentasche hole ich die Mappe mit dem Manuskript und beginne, ihm überstürzt zu erzählen, wovon es handelt. Er sagt kein Wort, der zielende, stille Blick seiner undurchschaubar trüben Augen aber verrät, wie aufmerksam er mir zuhört. Er nimmt die Papiere, wie mir allerdings scheinen will, mit eher gleichgültiger Geste entgegen und legt sie, ohne reinzuschauen, auf einen Papierstapel. Im Aufstehen, mit einer Körperbewegung, die besagt, dringlichere Aufgaben warteten auf ihn, verspricht er: »Ich werde es mir anschauen, sobald ich etwas mehr Ruhe habe. Bitte drängle mich nicht. Versuche, es dir für eine Weile aus dem Kopf zu schlagen. Widme dich lieber deiner nächsten Arbeit. Du weißt ja bestens, für wie viele Spielfilme unsere Kapazität reicht – nicht mehr als sechs, sieben im Jahr.«

Bei diesen letzten Worten schließt er schon die Tür seines Zimmers hinter uns zu, eilt dann, wie von einer Biene gestochen, durch den Flur davon. Ein viel gefragter, allseits begehrter Regisseur.

Später werde ich mich öfters fragen, warum ich denn jenes frisch geschlüpfte Gelege aus meinem Geiststall ausgerechnet so einem überlassen habe. Ich war wohl vom Mongolkino so verblendet, dass mich jeder Regisseur unter diesem Dach gleich an Riesen wie Sergej Eisenstein, Akira Kurosawa oder Ingmar Bergman denken ließ.

Lange, süße Einleitung – kurzer, herber Schluss: Ich bekam mein Manuskript nie wieder zu sehen. Erfuhr aber viel später, dass meine Erzählung verfilmt worden war. Unter der Regie und nach eigenem Drehbuch jenes kleinen Mannes mit dem stechenden, forschenden Blick.

Auf dem Weg nach Hause weiß ich schon: Die Hoffnung, als Texteschreiber des Mongolkino mein Leben zu fristen, ist zunichtegemacht. Also beschließe ich, mein Glück in einem zeitgemäßen Gewerbe zu versuchen, um mich mit dem Dämon der sich ankündigenden Marktwirtschaft gutzustellen. Denn ich muss, was auch geschieht, Geld, Geld und noch mal Geld verdienen. Danach würde ich mich endlich als freischaffender Schriftsteller einrichten und meine ganze Lebenszeit der heilig ernsten Literatur widmen.

Zunächst habe ich keine Ahnung, wie ich überhaupt zu Geld kommen soll. Ich grüble und grüble, doch mir fällt nichts ein. Schon wieder vom Schuldgefühl vor meinen Liebsten belastet, brüte ich über der Zukunft, die einer dicken Nebelmasse gleicht, hinter der ich meine Familie weiß. Inzwischen ist der Sozialismus mit all seinen Verordnungen, darunter das Arbeitsgesetz, zu Scherben zersprungen. Es gibt keine Kaderabteilung mehr, die verpflichtet wäre, für mich Entlassenen eine neue Arbeitsstelle zu finden. Aber ich möchte auch gar nicht mehr irgendwo als Neuling anfangen, um dann eines Tages wieder entlassen zu werden. Drei Mal schon ist es immer dasselbe gewesen. Ängstlich-glücklich irgendwo beginnen und dann, kaum eingeschult, heißt es schon wieder: Entlassen! Genug ist genug!

Jetzt aber ist es, im Unterschied zu früheren Zeiten, erlaubt, arbeitslos zu sein. Wenn ich trotzig genug bin, darf ich Tag und Nacht im Bett bleiben, faulenzen und hungern, bis ich verhungere. Welch schöne Freiheit, die wir errungen haben.

7

Schreibe ich weiterhin für Zeitungen und Zeitschriften Artikel, werden die spärlichen Honorare mich und die Meinigen vor dem Hungertod gerade noch bewahren. Doch wie werden sich meine arme Frau und unsere heranwachsenden Kinder damit fühlen? Sie werden wegen des arbeits- und platzlosen Familienoberhaupts leiden und sich vor den Mitmenschen schämen.

Natürlich bin ich nicht der Erste in dieser menschenunwürdigen Lage. Vielen, die später als große Geister, ja Leuchtsterne gewürdigt und gefeiert wurden, ging es so. Doch ich will schon heute als vollwertiger Mensch leben. Also kommt für mich Armut nicht infrage. Ich will nicht leben wie das Genie Schiller, der Titan Beethoven und wie viele andere unserer Weltenzyklopädie.

Aber wie denn? Von meiner Hassaa erfahre ich eine Neuigkeit: Ihr Chef sei dabei, von der Bank einen Kredit aufzunehmen, um eine eigene Firma zu gründen. Auch ich könnte das versuchen.

Schon am nächsten Tag fülle ich die Kreditanträge aus, für eine eigene Firma mit Namen *Nüüdeltschin,* Wandernomade. Nun geht alles so schnell, dass es in den Ohren von Menschen aus späteren Zeiten schier unglaubhaft klingt. Die später auf Schritt und Tritt lauernde, künstliche Kosten verursachende,

Fallen stellende und somit zur Bestechung führende Bürokratie des Raubkapitalismus ist nämlich erst am Aufkeimen. So besteht kaum eine Woche später die Firma, zumindest auf dem Papier, und ich habe das Recht, mich Firmendirektor zu nennen. Ich verfüge schon über ein Geldkonto mit der schwindelerregenden Summe von einhunderttausend Tögrük. Es liegt einzig in meiner Macht, wofür ich sie ausgebe. Wobei ich weiß, dass ich damit sparsam und klug umzugehen habe. Das Geld muss effektiv eingesetzt werden, damit es sich vermehrt. Das rät mir Freund Dshige, der ehemalige Buchhalter, den ich in meinen ersten blauäugigen Stunden zu Rate ziehe. Stillliegendes Geld bringe keinerlei Nutzen, im Gegenteil, es nutze sich ab durch Kaufkraftschwund, wie alles unter Wind und Witterung, höre ich. Warum das so sei, will ich wissen. Er kann es mir nicht genau erklären, sagt lediglich, dass er in seiner Jugend für einen Zehner viel mehr als heute hat erstehen können. Ich müsse lernen, jeden Tögrük-Schein als einen meiner Knechte zu sehen, für den es keine Ruhezeit geben darf. Ich solle sie gnadenlos antreiben und schuften lassen. Je mehr sie schwitzen, desto mehr Nutzen springe für mich ab. Je besser ich diese Kunst beherrsche, umso schneller würde ich mich in einen kleinen, aber richtigen Kapitalisten verwandeln. Da brechen wir beide in Gelächter aus. Meine Fröhlichkeit ist bang, denn ich weiß: Mit jedem Tag steigt die Bankschuld, weil ich Zinsen zahlen muss.

Der gute Dshige berät mich bei den dringlichsten Anschaffungen. Dazu gehöre ein Fahrzeug, da meine Firma für Tourismus, Transport und Handel zugelassen ist. Doch fast noch dringlicher sei, dass ich selbst zu einem Führerschein komme. Einen Fahrer anzustellen würde am Ende mehr kosten als das Fahrzeug selbst. Zudem gebe es mittlerweile mehr Unehrliche als Ehrliche. Sie würden dieses und jenes vom neuen Auto abmontieren, es gegen gebrauchte Teile austauschen, Treibstoff aus den Tanks verkaufen – so schäbig sei inzwischen die mongolische Wirklichkeit geworden, herübergeschwappt aus sozialistischen Zeiten, da theoretisch alles allen, also niemandem gehörte.

So melde ich mich, den fünfzig Jahren auf meinem Buckel zum Trotz, bei einer neuen Fahrschule am westlichen Rand der Stadt an. Sie gehört nach wie vor zum Militärapparat, nur eben in einer neuen Struktur. Die Schulung dauert ganze fünf Monate. Wenig später werden meine Kinder in Privatfahrschulen innerhalb von vier Wochen zu ihren Führerscheinen kommen. Die Tochter bekommt ihn sogar ohne einen Tag Ausbildung, bei einem Stempelhalter gegen eine gediegene Geldsumme. Meine Ausbildung zur Fahrkunst dauert so lange, weil dreimal landesweit der Treibstoff ausgeht, sodass der Lehrbetrieb eingestellt werden muss. Zudem werden wir nach den Regeln der alten Epoche militärisch streng ausgebildet. Noch während der Lernzeit gelingt es mir, zu meinem ersten Auto zu kommen, einem militärgrünbraunen UAZ 469. Das ist jenes geländegängige Fahrzeug, das der russischen Armee bis auf den heutigen Tag dient. Bin ich die ersten Monate Tag für Tag mit dem öffentlichen Bus viele Haltestellen gefahren und anschließend etwa einen Kilometer zu Fuß gelaufen, fahre ich nun den langen Weg zur Schule hin und zurück im blank polierten Firmenwagen. Am Steuer sitzt ein Fremder, den ich gegen ein volles Gehalt angestellt habe. Es ist ein junger Mann mit guten Manieren. Dennoch kommt es genau so, wie mein guter Dshige es prophezeit hat. In diesen vier Monaten büßt das Auto nach und nach so manches ein. Der Gipfel ist wohl, dass eines Morgens das neue Fahrzeug nicht anspringen will. Als ich die

Motorhaube öffne, starrt mich eine ausgelaugte Altbatterie mit Flickspuren an. Das ist wohl das obligatorische Lehrgeld. Dafür bin ich jetzt auf keinen Fahrer mehr angewiesen und muss mich von keinem Fremden ausnehmen lassen.

Ich werde mich nie zur Behauptung erdreisten, ein guter Fahrer zu sein. Doch war ich nach einem reichlichen Vierteljahrhundert hinter dem Steuerrad nie an einem Unfall beteiligt und habe mir keine nennenswerten Verkehrssünden zuschulden kommen lassen. Dies darf ich heute resümierend zu Protokoll geben, da ich mich seit einem Jahr angesichts des zunehmenden Verkehrs und meines Alters zwar wehmütig, aber auch dankbar für immer vom Lenkrad verabschiedet habe. Der Grund für diesen guten Abschluss ist vielleicht, dass ich auf den vielen Tausend Kilometern in jedem Augenblick, als Spätanfänger, vor der Motortechnik ehrfürchtig und demütig geblieben bin. Ja, ich habe mich zu jedem der zahlreichen Autos, die ich fahren durfte, niemals als Herr, sondern als Gefährte verhalten, vereint mit jenem Wunderwesen in einem Wir.

Nicht viel anders habe ich mich als Schreibender vom ersten Tag an zur Sprache verhalten. Ich fühlte mich nie im Recht, ihr etwas abzuzwingen. Ich sah mich als Bittsteller: Darf ich mich deiner bedienen, um einige Gedanken, die mir keine Ruhe lassen, zu den Mitbewohnern dieser Erde hinüberzutragen? Ja, wirklich! Beim Schreiben habe ich nie gewagt zu denken, ich beherrschte diese Sprache. Jede Sprache ist ein Ozean, niemand bringt es fertig, sie auszuschöpfen und sich im Umgang mit ihr sicher zu fühlen. Jederzeit kann sie all ihre Möglichkeiten entfalten, in eine unbekannte Laune ausbrechen, genau wie ein Pferd. Im Deutschen erst recht, da habe ich als Spätanfänger, als hereingewehter Fremdling gar, auf peinliche Pannen gefasst zu sein.

Mein Unternehmen beginnt bescheiden, sogar unbeholfen. Ich halte Ausschau nach Landesfremden. Versuche dann, sie in ihrer Muttersprache zu grüßen. Bei Einzelpersonen, die man nicht reden hört, erkennt man selten gleich die Nationalität. Da schicke ich ihnen zunächst einen freundlichen Gruß in einer der Weltsprachen. Sie fahren zunächst ein wenig verwundert auf, erwidern ihn aber gleich. Worauf ich freudestrahlend die Frage auf den Weg schicke: Aus welchem Land? Kann ich Ihnen behilflich sein?

Viele Begegnungen gehen ohne finanziellen Nutzen für mich aus. Einige Fälle sind sogar recht entmutigend. Nach wenigen Tagen begreife ich, dies ist nicht der Weg. Da klettere ich auf eine höher liegende Ebene: Ich schreibe Briefe an Bekannte und Freunde, auch die ersten Geschäftsbriefe auf Firmenbogen und am Ende mit eigenem Stempel, an Zeitungsredaktionen und Fernsehkanäle ins Ausland, biete meine Ortskenntnisse und Dienste an.

Innerhalb von wenigen Tagen bekomme ich zwei Anrufe, einen aus Berlin-West und dann aus Bingen. Der erste Anrufer hat eine recht junge Stimme. Er arbeitet in einem Reisebüro. Eine zwölfköpfige Gruppe, zehn davon Studenten, wollen an einem internationalen Wettkampf in Hongkong teilnehmen und den Rückweg über die Mongolei nehmen. Und der Anrufer wolle mit seiner Freundin zum gegebenen Zeitpunkt direkt nach Ulaanbaatar fliegen und die Gruppe während achtzehn Tagen begleiten.

Dann geht es um den Preis. Oh, da werde ich unsicher und frage den Unbekannten: »Was würden Sie mir anbieten?« Das ist wohl der gröbste Fehler, den einer, der Geld verdienen will, machen kann. Denn die Stimme stockt zuerst für ein paar Atemlängen. Dann erschallt in der Hörmuschel ein Gelächter, eher gutmütig als wirklich boshaft. »So gefragt, würden die meisten Menschen am liebsten ganz umsonst kommen. Nein, im Ernst, wie wären pro Person und Tag hundert Dollar?«

Jetzt bin ich es, der wie erschlagen verstummt. Ich traue meinen Ohren nicht. Mein Herz pocht so wild, dass ich jeden der Schläge mit einem zusätzlichen Echo zu vernehmen glaube. Um mich zu vergewissern, muss ich mich einer kleinen Lüge bedienen. »Entschuldigung! Die Verbindung ist nicht gut. Das habe ich akustisch nicht verstanden. Was sagten sie?«

Und ich höre es noch mal: »Pro Person und Tag, alles inbegriffen, einhundert US-Dollar.«

Ich bringe mühsam heraus: »Einverstanden ... Vielen Dank.«

Später werden Hassaa und ich mit dem grundgütigen, blutjungen Unternehmer Wolfgang und seiner Freundin Monika viele schöne Lebensstunden verbringen. Im Hohen Altai auf unser Heiligtum Haarakan blickend, wird Wolfgang mir erzählen, dass er eigentlich vorhatte, achtzig Dollar anzubieten. Dann aber sei er von der Naivität des fernen unschuldigen Nomadenwesens so berührt gewesen, dass er den erhöhten Preis aussprach, wohl als einen bewussten Protest gegen seine eigene Welt. Für mich, den Analphabeten in der kapitalistischen Marktwirtschaft, wird seine selbstlose Entscheidung jahrelang einen festen Boden unter den Füßen schaffen. Noch oft werde ich als Oberhaupt der Tuwa mit westlichen Geschäftspartnern verhandeln, um das Überleben meines Sippenvolks zu sichern. Dieses gutmütige Wesen aus Berlin wird einer unserer Schutzengel bleiben. Sein Tarif dient uns als Kompass im Businessstrudel durch das trübe Meer der neuen Zeit, die uns Nomaden zu verschlingen droht. Hätte er fünfzig gesagt, wäre ich darauf ohne Widerrede eingegangen. Denn auch das war in meiner verzweifelten Lage eine traumhafte Geldsumme.

Der andere Anruf kommt von einer Frau, deren Stimme ebenso freundlich klingt. Sie besitze mit ihrem Ehemann zusammen eine private Filmproduktion, die Dokumentarfilme aus aller Welt drehe und an Fernsehkanäle verkaufe. Trotz meiner Aufregung bringe ich es fertig, die Frage zu stellen, wie sie zu meiner Telefonnummer gekommen sei. Eine ihrer Bekannten sei Journalistin, und deren Chef habe einen Brief von mir bekommen. Wieder über das Netz von Bekanntschaften. Also gilt unser Sprichwort: Ein Mensch mit Bekannten gleicht einer ganzen Steppe, während einer ohne Bekannte nur der eigenen Handfläche gleicht.

Die Frau verrät mir noch mehr: Sie und ihr Mann wüssten, dass ich aus dem Altai stamme, in Leipzig studiert habe und dort für einen adoptierten Sohn des Schriftstellerehepaares Erwin und Eva Strittmatter gehalten werde. Im ersten Augenblick kommt mir das rätselhaft, ja unheimlich vor. Aber dann komme ich auf die Lösung des Rätsels. Sicher haben sie mein Buch *Eine tuwinische Geschichte* gelesen. So war es denn auch.

Es wird ein langes Telefonat, das mich sehr aufmuntert. Denn sie wollen über die Ecke und die Menschen, die im Buch vorkommen, einen Film drehen. Ich frage, wann sie zu kommen gedenken, und schlage die Zeit vor, in der ich auch die andere Gruppe erwarte, Anfang Juli.

»Wunderbar«, höre ich. »Wir kommen für drei Wochen.« Ich soll zudem die ganze Logistik für das vierköpfige Filmteam zusammenstellen. Das Wort »Logistik« kenne ich nicht, präge es mir aber fest ein: Muss etwas mit Logik zu tun haben.

Das gute Frauenwesen will wissen, ob sie mit einem kleinen Fest rechnen dürften, wenn sie mich in meine Heimatecke begleiten? Darauf sage ich vollmundig: »Sie dürfen sogar mit einem großen Fest rechnen! Denn wir wollen nach dreiundvierzig Jahren Aussetzen erstmalig unser Stammes-Owoo wieder einweihen, auf herkömmliche Art und Weise mit allem, was uns nur zur Verfügung steht. Solche Weihen waren im Kommunismus verboten.«

»Das ist ja wundervoll! Welch ein Glück für uns!«

Diese Begeisterung am anderen Ende der Leitung freut mich sehr. Wildfremde Menschen hinter Tausenden von Bergen und Flüssen teilen mit uns also die Freude. Doch da ist noch mehr zu bedenken: Bedeutet das nicht, dass sie bereit wäre, mehr zu zahlen? Ich muss also meine schnelle Zunge zurückhalten, denn jetzt geht es um den Preis. Ich nehme mir Zeit und schweige. Sie scheint von einer kleinen Unsicherheit gepackt, denn sie sagt: »Hallo! Sind Sie noch da?«

Ich täusche Ruhe vor, sage leise und gedehnt: »Ja.« Diese kleine Unsicherheit auf der anderen Seite gibt mir Selbstvertrauen. Jetzt nur nichts überstürzen. »Wie wäre es, wenn ich zuerst Ihr Angebot höre?«

Wieder eine kleine Pause. Dann nennt sie die Summe. Die kommt mir tatsächlich hoch vor. Doch zwinge ich mich zur Geduld. Nehme mir bewusst Zeit und schweige weiterhin.

Viele Jahre später, in diesem Augenblick, da ich darüber berichte, erkenne ich, dass mein Zögern mehrere Gründe hatte. Der natürliche Selbsterhaltungstrieb hat sich in mir als stärker erwiesen als meine Erziehung, die ich zunächst in der Urgesellschaft um die Elternjurte herum und dann ausgeformt im Zwergenkommunismus meiner sämtlichen Schul- und Folgeanstalten durchlaufen habe. Also hat sich die Kraft der Selbsterhaltung, von der alten Ideologie unter dem Schimpfnamen Gier als bekämpfungspflichtig deklariert, nun in einer Selbstentladung durchgesetzt.

Erneut nuschelt es aus der Hörermuschel: »Hallo! Hören Sie mich noch?«

Jetzt merke ich eine deutliche Unruhe in der Stimme. Ich bleibe gelassen: »Sicher höre ich Sie. Ich bin am Überlegen, ob Sie nicht einen etwas höheren Betrag vorschlagen können?«

Sie stockt. »Ich dachte, Sie seien ein Schriftsteller – ein ganz abgefeimter Geschäftsmann sind Sie! Ich mache ein zweites Angebot. Aber passen Sie auf, wenn Sie damit nicht einverstanden sind, dann lege ich sofort auf und fahre in die Kalahari-Steppe, zu den Pygmäen, über die wir ursprünglich drehen wollten.« Dabei höre ich unverhohlenen Zorn in der Stimme, die deutlich an Tonhöhe zugelegt hat. Sie nennt einen neuen Betrag. Er ist um ganze dreitausend höher.

Ich lache. »Ich verneige mich vor Euch, Madame. Ja, das ist genau die Summe, die ich mir vorgestellt habe – also einverstanden.«

Nun lacht auch sie. »Sie sind ja nicht nur ein ausgefuchster Geschäftsmann, sondern auch ein Charmeur.«

»Vielleicht werden Sie, verehrte Schwester, meine Not verstehen, wenn Sie ein paar Tage auf der Altaierde verbracht haben. Wir haben es zu keiner Zeit leicht gehabt. Doch so schwer wie in den letzten paar Jahren war es noch nie. Um aus der Geschichte nicht ganz ausgelöscht zu werden, haben wir uns sehr anstrengen müssen, oft auch vom Zweifel gepackt, ob wir all dem, was sich gegen uns verschworen hat, überhaupt gewachsen sind. Wir werden Fetzen um Fetzen, Stück um Stück um das Letzte gebracht, was uns noch verblieben: die Restchen an Wohngebiet und Tierbestand. Unsere Menschen haben jegliche Möglichkeit zur Mitbestimmung verloren, keiner findet Arbeit und Einkünfte. Sie sind gezwungen, ihre Tiere und manchmal sogar das Wertvollste, ihr Winterlager, zu verkaufen, um Beigaben zu Fleisch, Milch, Wolle und Häute zu bekommen. Wer weggezogen ist und eine bezahlte Beschäftigung hat, muss vom Lohn ständig etwas abzwicken, um jene zu unterstützen, die daheim noch durchhalten als die letzten Wächter. Damit die Ecke mit den Gebeinen der Vorfahren und allen unseren vergrabenen Nabelschnürchen weiterhin bewohnt bleibt. Ihr Film ist eine Gelegenheit, jenen letzten Mutigen, die in unserer Urheimat geblieben sind, endlich eine kräftigere Spende zukommen zu lassen. Ich bedanke mich für Ihre gütige Bereitschaft, meiner Bitte so großzügig entgegenzukommen!«

Ist sie gerührt? Oder gar beschämt? Oder nur vom langen Telefonat ermüdet? Mit schwacher Stimme sagt sie: »Ich habe Sie verstanden. Mich und meinen Mann wird es freuen, wenn Sie mit der vereinbarten Summe die Nöte Ihres Volkes lindern können. Es ist ja auch eine hübsche Summe. Sie setzt natürlich eine entsprechende Gegenleistung voraus.«

»Ich werde mich bemühen.« Eigentlich will ich hinzufügen: »Um Sie nicht zu enttäuschen.« Aber meine Zunge versagt. Während ich sie über den Gaumen schiebe, glaube ich, ein leises Knistern zu vernehmen. So trocken fühlt sich mein Mund an, ohne die kleinste Spucke. Bin wohl am Ende meiner Kraft.

Die gute Frau ruft am nächsten Tag noch einmal an. Ihre Stimme klingt um einiges strenger. Hat sie wegen der eigenmächtig erhöhten Summe von ihrem Mann eine Rüge bekommen? Ich höre: »Mein Mann möchte vorher einen Drehbuchentwurf zu einem einstündigen Dokumentarfilm aus Ihrer Hand lesen.«

Sie zählt auf, welche Motive gewünscht sind: Unberührte majestätische Natur. Dazu passende Tiere. Jaks, möglichst ungeschoren. Kamele, Pferde. Reiter und Reiterspiele. Ringkämpfe, Bogenschießen. Ein geerdetes, geistergläubiges Volk.

Menschen in möglichst alten, abgetragenen Trachten. Umhänge aus Tierhäuten und Fellen. Uralte Sitten und Gebräuche … Mehr belustigt als erschrocken denke ich: Meine Güte, was die uns alles vorschreiben wollen? Aber ich sage nur: »Wunderbar, ich habe verstanden. Wir tun unser Bestes.« Ein Großteil der Wünsche lässt sich verwirklichen. Und für den Rest finden wir Ersatz.

Sie will wissen, wie lange die Post zwischen uns brauchen würde. Ich sage: eine Woche. Wunderbar, sagt sie, dann könne in zwei Wochen das Konzept auf dem Schreibtisch ihres Mannes liegen.

Dann zieht mich die Dame in eine lockere Plauderei hinein. Vielleicht will sie ihre Fühler nach der fremden Steppenwelt ausstrecken oder mir auf den Zahn fühlen. Ich berichte allerlei Kleinigkeiten aus unserem Alltag und stelle bald fest, dass ihre Stimme jenen besonderen, betörenden Klang zurückgewinnt.

»Sie haben mich neugierig gemacht. Ich hoffe, Sie schaffen das Konzept so, dass mein überperfektionistischer Mann damit etwas anfangen kann.«

Bei diesen Worten bekomme ich einen solchen Schreck, dass ich Gänsehaut über der ganzen Rückenhaut spüre. Was, wenn jener geldmächtige Zensor meinen Entwurf als »untauglich« abschmettert?

Ich erteile mir selbst einen militärischen Befehl: Jetzt alles, auch das Letzte geben! Mit Geist, Körper und Finanzen! Schluss mit Faulenzen! An nichts sparen!

Obwohl ohne andere Verpflichtungen, stehe ich weiterhin um vier Uhr in der Frühe auf, dusche kurz und kalt, ziehe mir den Trainingsanzug an, gehe an den Schreibtisch und stürze mich auf den Entwurf. Um halb sechs wecke ich die beiden Söhne, die inzwischen schon Studenten sind. Dann eilen wir zu unserem Sportplatz. Dabei wird der Sprachunterricht fortgesetzt. Anschließend folgen Dauerlauf und gymnastische Übungen, die in Liegestützen gipfeln. Mittlerweile beherrschen beide Söhne schon die Grundlagen meiner Kultsprache. Nun weihe ich sie in ein neues Kapitel ein – die ersten Vokabeln aus dem Business-Bereich: Selbstständigkeit, Firma, arbeitslos, Lohn …

Beim Frühstück beginne ich das längst fällige Aufklärungsgespräch mit ihnen: »Ihr wisst doch, dass ich seit einiger Zeit keine feste Arbeitsstelle mehr habe und mir niemand ein Gehalt auszahlt. Also bin ich ein Selbstständiger. Ich muss die Arbeit selbst finden, um euch zu ernähren. Das ist gar nicht so einfach. Doch ich hoffe, ich werde es irgendwie schaffen.« Dann erzähle ich, was auf mich und unsere ganze Familie zukommt: die Urlauber und die Filmleute. »Wenn wir es gut machen, wird der Lohn gut ausfallen. In drei Wochen werden wir wissen, ob wir uns künftig als Selbstständige ernähren können.«

Die beiden sind irritiert. Ich kann sie verstehen: Bis jetzt haben sie von allen Seiten gesagt bekommen, wir arbeiten alle für unseren Staat, der uns im Gegenzug ernährt und beschützt. Und nun sollen wir gänzlich auf uns selbst gestellt leben.

Die Erfahrungen aus der Zeit meiner Dolmetschertätigkeit für so manche Staatsgäste erwachen wieder in mir. Ich weiß bereits einiges über die Wünsche und Gewohnheiten, aber auch Abneigungen der Europäer. Die Logistik – mittlerweile weiß ich aus Wörterbüchern, was das ist – besteht aus Folgendem: sechs Wohnjurten, siebzehn Reitpferden, einem Lkw mit gepolsterten Sitzreihen und einem möglichst geräumigen Zelt. Die Jurten werden wie folgt zugeteilt: eine für das Filmteam, zwei für die Studentengruppe, eine für den Reisechef und dessen Freundin, eine für mich, Hassaa und ihre Gehilfin und eine als Küche und Lagerraum. Bei der Beschaffung von all dem setze ich auf Freunde und Verwandte und beziehe sie in mein Geschäft ein. Das entspricht meiner nomadischen Vergangenheit, wo alles Wichtige, Schöne wie auch Schwere mit Sippe und Nachbarschaft geteilt wird.

Briefe gehen aufs Land an diejenigen, die sich bereits als zuverlässig erwiesen haben. Es geht da um Jurten und Pferde, um Brennholz, Schlachtschafe und Melkkühe. Zu jeder Jurte gehört eine ganze Ausrüstung: Betten, Matratzen, Kopfkissen, Filzmatten oder Tierfelle als Bodenunterlage, Sitzhocker, Ofen, Feuerzange. Zu jedem Pferd gehört ein Sattel mit Zubehör, ein Paar Steigbügel, Brust- und Bauchriemen, Zaum, Peitsche, Dreifußfessel oder ein langer Strick zum Anpflocken des Tieres in der Nacht.

Die erste Antwort kommt von meinem Bruder Galkaan, der für seine Zuverlässigkeit weit bekannt ist. Jurten und Pferde seien leichter zu finden als Sättel mit Zubehör. Deshalb solle ich eine genügende Anzahl selbst beschaffen, mit dem Seitengedanken an die Zukunft. Und er fände es nicht gut, einen Fahrer mit Lkw an Ort und Stelle zu nehmen – wieder an die Zukunft gedacht. Lieber solle ich mir einen gebrauchten Mittelklasselaster zulegen und unseren Verwandten B. in Ulaanbaatar für die Zeit als Fahrer anstellen. Danach würde er, der Bruder, den Laster bei sich unterstellen und zwischendurch auch selbst benutzen. Er habe das Autofahren schon ausprobiert und herausgefunden, es sei für ihn, den langjährigen Motorradfahrer, gar nicht so schwer.

Oho, denke ich, belustigt wie auch erfreut, mein Bruder, der noch älter ist als ich, will auch chauffieren lernen. Es ist wirklich eine neue Zeitepoche angebrochen! Also werde ich mit B.

reden, ob er Fahrer sein will, und mache mich auf den Weg zu ihm.

Ich erfahre, dass auch er arbeitslos geworden und dankbar für jeden Auftrag ist. Wir tun uns zusammen und finden einen zehn Jahre alten, aber fahrtüchtigen russischen Viertonner. Mit dem Laster fahren wir täglich zum Basar und kaufen für die alles entscheidenden Tage ein. So kommen wir nach und nach zu zehn Sätteln, alle nach russischer Art weich gepolstert und mit frischen Lederteilen, die noch nach Gerbsäure riechen. Da zu Hause Bettwäsche und Mattenbezüge vermutlich schon gebraucht und nur mit selbst gesottener Seife gewaschen werden, kaufen wir einen ganzen Ballen schön gemusterten Baumwollstoff. Kaufen auch all die vielen Kleinigkeiten für die Küche: Schneide- und Nudelbrett, Teigroller und Küchengeschirr, Messer, Löffel, Gabeln, Trinkschalen, Teller, Kellen, Schüsseln und Eimer. Zudem einen Vorrat an Gewürzen und Beigaben zu Fleisch und Milch. Und all dies für zwanzig Personen.

Bei all diesen Besorgungen steht mir Hassaa zur Seite. Denn sie ist, erst zweiundvierzig Jahre alt, zwangsberentet worden. Die neuen Herrscher, die sich als demokratische Revolutionäre rühmen und im Machtrausch alles erst einmal durcheinanderwürfeln, halten es für angebracht, die Chefköchin des gestürzten Politbüros auf die Straße zu setzen. Das empört mich anfangs fast mehr als alles, was ich selbst erlebt habe. Nun aber danke ich dem Schicksal dafür. Denn sonst hätte ich nicht nur all die Besorgungen mit dem recht grob geschnitzten Fahrer B. allein erledigen müssen, sondern auch eine Kochkraft finden, die den wildfremden Herrschaften mit bestimmt hohen Ansprüchen tagtäglich etwas Zumutbares vorsetzen kann. Weil aber unser festes Familienbudget auf null geschrumpft ist, muss unser Vorhaben jetzt erst recht gelingen.

Den bestellten Entwurf ringe ich mir in zäher Arbeit ab. Noch eher als gedacht, kommt der Rückruf. Die Frau mit der betörenden Stimme, von Hassaa liebevoll unsere weiße Tara genannt, bedankt sich zuerst umständlich. Dann aber werden mir weitere Aufträge aufgebrummt: Das Team wolle die ersten drei Tage in der Hauptstadt drehen und mich in verschiedenen Szenen haben, von welchen zwei vorgegeben sind: Erstens soll ich mich, in Armenkluft, in die Schlange für Brot, Milch oder Fleisch stellen. Zweitens soll ich eine Begegnung mit dem höchsten mongolischen Repräsentanten ermöglichen, bei welcher ich, in Anzug und Krawatte, als Staatsdolmetscher fungieren soll, damit ich auch dabei gedreht werde.

Was mich fast umhaut. Unser höchster Repräsentant ist doch der Staatspräsident. Ich soll also um die Genehmigung betteln, mit wildfremden Ausländern zu vorgegebener Stunde aufzutauchen, das Gespräch auch noch selber zu dolmetschen und diese Szene von einem der Fremden auch noch filmen zu lassen, o großer Himmel! Diese Forderungen sind geradezu unverschämt! Also ist der verlockende Auftrag dieser mit Geldscheinen wohlgepolsterten Menschen unerfüllbar. Geplatzt ist der süße Filmtraum! Doch wie immer, wenn Gefahren drohen, gelingt mir das Umschalten von Schockstarre zur Erkenntnis der Lage: Selbst jegliches Weichtier weiß doch der herannahenden Gefahr auszuweichen!

Wo wäre hier ein Freiraum für mich? Noch finde ich keinen. Aber kommt Zeit, kommt Rat. Später wird sich schon eine Lücke finden, dem Garaus zu entgehen. Also sage ich militärisch knapp: »Verstanden! Werde mich bemühen, auch diesem Auftrag nachzukommen.« Hauptsache, sie kommen. Sie werden bestimmt nicht wieder zurückreisen, nur weil dieser eine Punkt sich als unerfüllbar erweist. Mit der eigentlichen Sache hat er ja nichts zu tun und dient höchstens ihrem journalistischen Ehrgeiz und Größenwahn.

Die Rettung kommt schneller als gehofft. Im Außenministerium erfahre ich die Regeln und Tarife für Filmaufnahmen und deren Ausfuhr. Alles ist mit schwindelerregenden Bürokratien und gewaltigen Gebühren verbunden. Jeder gescheite Mensch wird dem aus dem Weg gehen. Also sollen sie bescheiden ausgerüstet als Touristen ankommen und möglichst verdeckt auftreten!

Beim nächsten Anruf habe ich einiges zu berichten. Ich frage neckisch, ob sie Lust hätten auf unzählige Kontrollen und massive Gebühren. Mit einem Mal werde ich vom gehorsamen Ausführer ihrer Forderungen zu einem vertrauten Berater.

»Was raten Sie uns?«

»Als Touristen einreisen, keine auffallenden, sperrigen Gegenstände mitbringen. Stative und Kameras lieber hier ausleihen. Keine unnötigen Sonderwünsche. Die Dreharbeiten aufs Hauptthema konzentrieren, auf die Umwälzungen am Beispiel einer wiedererlaubten Owoo-Weihe durch eine nationale Minderheit.« Ich erzähle auch noch, dass ich zuletzt bei Mongolkino gearbeitet habe und dort sogar meine *Tuwinische Geschichte* verfilmt wurde, wobei ich an der Produktion direkt beteiligt war.

Die Frau scheint überzeugt. Also mache ich mich auf den Weg zur Institution, die bis vor Kurzem die angenehmste meiner bisherigen Lebensstationen war. Dort bekomme ich alles Material zugesprochen. Der schnöde Mammon kommt erfolgreich ins Spiel, denn ich bezahle für alles vorab die tarifmäßigen Leihgebühren.

Zehn Tage vor der Ankunft des Filmteams schicke ich den Fahrer mit dem Lkw auf den Weg in den Altai.

Und dann ist es so weit: Sie kommen an. Zunächst stehe ich allein und klein vor einem ganzen Quartett aus lauter großgewachsenen Gestalten. Doch bald scheinen alle außer einem bis zur Zwergenhaftigkeit zusammenzuschrumpfen. Der älteste unter den drei Männern ist wohlbeleibt und auch gleich durch Blick und Stimme als Teamchef erkennbar. Die beiden Jüngeren, der Kameramann und der Tonmeister, hören aufmerksam zu und schweigen. Dass sogar die Ehefrau, die mir gegenüber jedes Mal wortreich und selbstbewusst aufgetreten ist, sich nun auch derart kindsschmal und mucksmäuschenstill verhält, kommt mir unverständlich vor.

Da lerne ich allmählich, dass es besser ist, die Eigenmeinung strikt zurückzuhalten, solange der Arbeitgeber nicht danach fragt. Ich begreife, was Geld ist: Der wahre Gott der heutigen Epoche. Und der Arbeitgeber: sein Bevollmächtigter. Ich zügle den Unmut, der sich in mir regt, weil ich ahne, er könnte mein Honorar empfindlich reduzieren. Ich muss bereit sein, manche bittere Pille himmelslammfromm zu schlucken und maulwurfstumm zu verdauen. Doch ich bin wild entschlossen, denn mein Endziel ist degenklingenscharf und gletschertropfenklar: genug zu verdienen, um freischaffender Schriftsteller zu werden.

Zuerst zeige ich ihnen meine Anschaffungen und richte ein paar wohl abgewogene Worte an sie. Dass wir hierzulande lange Jahre in einer völlig anderen Ordnung gelebt hätten und daher klassenkampforientiertes Gedankengut noch zäh erhalten geblieben sei. Also sollten sie bitte zurückhaltend auftreten, um nicht angefeindet und belästigt oder gar angezeigt zu werden.

Während die drei schweigsam zuhören, unterbricht mich der Teamchef immer wieder: Er habe gedacht, in der Mongolei sei mit dem Kommunismus Schluss gemacht worden? Ich gebe mir artig Mühe, aber ahne bereits, wie anstrengend die bevorstehenden Tage ausfallen würden. Denn in zwei Tagen wird auch die Studentengruppe eintreffen und mit dem Filmteam zusammen nach Ölgii weiterfliegen. Ob diese jungen Sportler sich mit dem machtbewussten, dröhnenden Teamchef vertragen? Habe ich mit meinem Vertrauen auf die traditionelle Gastlichkeit vielleicht zu nomadisch gedacht? Ich bin davon ausgegangen, dass beide Gruppen aus demselben Kulturnest stammen und darum eine große, liebe Familie in dieser wildfremden Weltecke bilden würden. Nach den ersten Berührungsproben bin ich verunsichert und behalte die Neuigkeit über die Studentengruppe vorerst tief in mir verborgen.

Da sagt der mächtige Herr: »Ich möchte Sie in einer Warteschlange für Lebensmittel drehen.«

»Morgens gegen sechs Uhr bildet sich auf der Straße hier in der Nähe eine Menschenschlange für Milch. Ich gehe in einem verbeulten Trainingsanzug und mit einer kleinen Aluminiumkanne hin und reihe mich in die Schlange ein. Das können Sie drehen. Nur müssen Sie dabei wissen: Wir kennen uns überhaupt nicht. Sie sind mit Ihrem Kameramann zufällig vorbeigekommen.«

»Können Sie uns dabei einige Fragen beantworten?«

»Das geht nicht. Ich würde entweder von der Menschenmasse gesteinigt oder von der Polizei verhaftet. Dann kann unser Projekt nicht realisiert werden.«

Gewiss habe ich übertrieben, doch ich muss den gerade Angekommenen ihre Gier austreiben, im fremden Land ständig in dessen Wunden zu stochern. Wir einigen uns, und zum guten Schluss zeige ich ihnen den Weg zur Bude, wo morgens der Milchverkauf nach kaum einer Stunde schon endet, weil selten mehr als vier oder fünf Kannen von einer der Milchfarmen angeliefert werden. Ja, in unserem viehreichen Staat ist Milch schon immer Mangelware gewesen – eine Schande für die sozialistische Planwirtschaft.

Am nächsten Morgen verlasse ich im Sportanzug und mit der Milchkanne in der Hand etwas zeitiger als sonst mein Wohnhaus und halte, gemächlich schlendernd, Ausschau nach den Verabredeten. Da zeigen sie sich auch schon zum vereinbarten Zeitpunkt. Als Erkennungszeichen hebe ich meine Arme mit der Milchkanne und lotse sie zur Bretterbude. Die Verkäuferin verspätet sich erwartungsgemäß wieder, und die Schlange wächst schnell in die Länge. Das Filmteam dreht schon. Den Kopf starr nach vorne gerichtet, nehme ich sie nur aus dem Augenwinkel wahr, vernehme aber verstimmte und beschämte Bemerkungen der Menschen hinter und vor mir. Auch verärgerte und sogar feindselig-kämpferische Worte fallen. Oh, es wird mir sterbenspeinlich! Zum Glück scheint unter den Menschen keiner zu sein, der mich kennt. Zittrig denke ich an die Beschuldigungen, die ich mir über die Jahre bei den Disziplinarverfahren habe anhören müssen: Spion fremder Mächte, Vaterlandsverräter, Nestbeschmutzer … In Gedanken bete ich: O großer, gütiger Himmel, lass doch bitte möglichst bald da vorne die unpünktliche Verkäuferin erscheinen, damit ich schleunigst hier wegkomme!

Nach einer gefühlten Unendlichkeit ist es endlich so weit. Flinken Schrittes flüchte ich. Das Team ist immer noch dort und scheint von seiner ersten Beute so schnell nicht ablassen zu wollen. Ich eile nach Hause, stelle die Kanne in den Kühlschrank, renne zurück und warte.

Ich mache ihnen den Vorschlag, im Park zu drehen, bei der Rennbahn, wo ich mit meinen Söhnen jahraus jahrein unseren allmorgendlichen Dauerlauf mache. Wie schön es dort heute ist, mit all den Düften der vielen Bäume und Blumen, die die laue Luft des neuen Tages würzen. Doch der mächtige Herr antwortet darauf etwas, was mich fast umhaut: »Nein, so viel Grün passt nicht in mein Grundkonzept. Ich brauche mehr grauen Hintergrund.«

Wie das? Die vielfarbige Mongolei in Steingrau zu zeigen kommt mir beleidigend vor. Wie eine Vergewaltigung der Realität und Filmkunst. Mich tröstet nur, dass dieser Irrwitz, alles in Grau zu tauchen, kaum haltbar sein wird. So kommt es dann auch. Dabei wird mir auffallen: Die ins Bild gebannte Starre des Todes wird dem quirlenden Leben immer vorgezogen. So auch die Spuren des Zerfalls den heiteren Zeichen der Schöpfung.

Die Touristen reisen an. Das Filmteam und die Reisegruppe stehen vor dem Abflugschalter der Inlandsflüge nebeneinander und ahnen noch nicht, dass sie gemeinsam unterwegs sind. Im oval-schmalen Rumpf der kleinen Maschine sitzen wir eng beisammen und schrauben uns zielstrebig westwärts. Wir schweben über Schleierwolken, die an das Fettgewebe um die Eingeweide von Tieren aus futterknappen Zeiten erinnern. Durch die Lücken wird der Blick auf die Erde da unten frei, meistens in verschwommenen Mischfarben, mal graubräunlich, mal braungrünlich und schließlich auch blassgelblich. Erkennbar sind Fetzen von Wüste, Steppe, Berge, Wälder und Seen. Dazwischen ziehen sich Flüsse und Pisten wie Adern durch das Fleischgewebe eines Lebewesens. Ich kann mich an dieser Vielfalt des unter uns unaufhörlich rückwärtsfließenden Streifens Erdkörper nicht sattsehen. Der Flug in seiner Höhe und Geschwindigkeit weckt und reizt meine Sinne. Ich erwache aus dem süßlich faulen Halbschlummer des städtischen Lebens und eile den Weide- und Jagdgründen meines Volkes entgegen.

Die Studenten spähen durch die Bullaugen des Flugzeugs. Die Filmprofis, an Jahren älter, wirken ernst und nachdenklich. Nur einmal wendet sich der Chef, der mit gekreuzten Armen vor der Brust tiefernst schweigt, an den Kameramann, worauf dieser sofort zu der Handkamera greift, das Objektiv gegen die Luke richtet und recht lange dreht. Unten sehe ich ein Stück kahler Wüste mit etlichen runden weißen Flächen. Es sind ausgetrocknete Böden von Salzseen.

Auch ich verbringe die drei Flugstunden zumeist schweigend. Flüstere nur das Nötigste in die vordere Sitzreihe, zwischen die Ohren von Hassaa und Tante Büdee.

Bei dieser Gelegenheit will ich Tante Büdee vorstellen: Längst über das Rentenalter hinaus, hat sie, wie sie uns laut lachend zu sagen pflegt, alle Zeit der Welt. Obwohl sie selber drei erwachsene Söhne hat, die auch schon Kinder haben, bewohnt sie ihre geräumige und auch vornehm eingerichtete Dreizimmerwohnung ganz allein. Jede mongolische Mutter und Großmutter hätte diese einem der Söhne samt seiner Familie längst abgetreten und wäre selbst ins kleinste Zimmer gezogen. Dieses merkwürdige Benehmen lässt sich am ehesten mit der besonderen Stellung ihres verstorbenen Mannes erklären. Er war ein sehr bekannter, beliebter Filmschauspieler, der es zu fast allen Preisen und Titeln gebracht hatte. Darüber hinaus war er auch eine hochgebildete und überaus disziplinierte und vielseitige Persönlichkeit, um welche sich Ehrfurcht einflößende Legenden rankten. Vielleicht wollte Tante Büdee nicht von jener elitären Höhe ins übliche enge Familienleben herabsteigen. Hassaa musste bei ihr nur anfragen, und sie sagte sofort zu, uns zu begleiten. Zudem hat sie den Hohen Altai noch nie gesehen. So reist sie nun als Küchengehilfin der einstigen Staatsköchin mit.

Die Landung auf der Steppenpiste zwischen rundum dräuenden Bergen ist für das Flugzeug wie den Piloten gewiss eine Herausforderung, für Weltenreisende jedoch, die auf Abenteuer aus sind, ein erstes unvergessliches Erlebnis. Die hammel- bis pferdeaugengroßen, von Wind und Wasser der Jahrmillionen rund geschliffenen Steine unter den Gummirädern lassen die dahinpreschende Maschine polternd, klappernd, zischelnd und raschelnd hopsen und hüpfen. Man fürchtet, dass sie auseinanderbräche und ihre Einzelteile über der Steppe verteilt auseinanderflögen.

Nach der Landung wartet der Fahrer unseres Lastwagens in der Menschenmenge und winkt uns frohgemut zu. Wenig später erkennen wir auch den Wagen, der unter einigen kleinen Autos wie ein Koloss heraussticht. Schwer mit Gepäck beladen eile ich hin und klettere hoch, um zu sehen, ob die Ladefläche sauber ist. Da entfährt meiner Brust ein begeisterter Ruf, denn die abgenutzten Bohlen der ganzen Ladefläche sind mit einer dicken Filzschicht verdeckt, und mit Filzstreifen gepolsterte Schemel bilden drei lange Sitzreihen in der vorderen Hälfte. Das sieht ja richtig einladend aus. Mein Bruder hat den gezielten Willen und die geschickte Hand von unserem sagenhaft emsigen Vater geerbt.

Ich lasse zuerst die Filmleute, die Älteren, über die selbst gezimmerte Hängeleiter an der Rückwand des Ladekastens aufsteigen. Sie sollen sich gegen das Rütteln und Schütteln auf holprigen Pisten möglichst eng aneinandergelehnt setzen. Dann erkläre ich der Studentengruppe die Hauptregel im Umgang miteinander, welche wir alle ab nun zu befolgen haben: »Das Alter hat immer den Vorrang!« Und füge eine landeskundliche Erläuterung hinzu: »Hier gilt: Das Alter hat zu sagen, die Jugend hat zu hören. Das Alter hat zu nehmen, die Jugend hat zu geben. Das Alter hat zu fragen, die Jugend hat zu antworten. Der tägliche Grußwechsel in der Gemeinschaft ist die einzige Ausnahme – wer jünger ist, macht zuerst den Mund auf, um allen, die älter sind, seine Achtung zu erweisen.«

Da klettert natürlich der Reise-Organisator als Erster die Leiter hinauf. Dann seine Dame. Worauf es zu einer scherzhaften Fragerei kommt – wer nun der Nächstälteste sei? Diese Frage kommt von einem auffallend hochgewachsenen Kerl, welchen ich noch gegen Ende des Tages unter dem Namen Jan kennenlernen werde. Die lustige Fragerei nach dem jeweils Nächstältesten stellt er unverdrossen weiter, bis er selbst allein als Letzter unten steht. Also ist der längste Kerl auch der Jüngste. Noch ein Anlass zur allgemeinen Heiterkeit.

Bei der Führung dieses Protokolls über meinen Erdenaufenthalt achte ich sehr darauf, nah an der Wahrheit zu bleiben. Hin und wieder sehe ich mich gar zu mikroskopischer Genauigkeit gezwungen, auf die Gefahr hin, der Haarspalterei bezichtigt zu werden. Werfen wir also einen Blick auf gewisse Schwierigkeit im Umgang der Hiesigen mit Vertretern meines germanischen Wahlvolks. Letztere hat der Schöpfer im Durchschnitt mit üppigeren Körpern versehen als uns. In sauerstoffärmeren, geschlossenen Wohnräumen wachsen sie schneller in die Länge und durch zuckerhaltige Nahrung auch in die Breite. Mit einem Wort: Sie übertreffen uns beim Körperumfang. Sie scheinen auch größere Selbstsorgen zu haben. Ein jeder sorgt zunächst für sich selbst, während unsereins davon ausgeht, dass das Wohl der Nächsten vorausgeht, weil die Vorfahren uns von Kindesbeinen an eingebläut haben: Dir kann es erst dann wirklich gut ergehen, wenn es der Gemeinschaft gut geht! Bei dieser Sachlage bringen jene an sich tollen Menschen sich und auch uns als Gastgeber in Schwierigkeiten, indem sie jeden

Raum, den sie betreten, für sich allein beanspruchen und alle, die später hinzukommen, zu ignorieren scheinen. Eine Unerträglichkeit in einem Land, wo nicht nur jede Räumlichkeit, sondern auch jede Tasse Getränk und jeder Bissen Essen unter allen Anwesenden geteilt wird. Die Jurte ist kein Kino, geschweige denn ein Stadion. Jeder Reisende, der zu meiner Jurte kommt, hat ein Recht, dort seinen Durst zu löschen, seinen Hunger zu stillen oder sich ein wenig auszuruhen. Für die Kinos und Stadien in jenen Weltteilen, wo alles durch geschriebene Bestimmungen geregelt ist, mag es als normal gelten, dass manche Besucher aus Platzgründen draußen bleiben müssen. Hier aber gelten andere Bestimmungen, die nirgends niedergeschrieben sind. Alle Menschen wissen, dass ihre Vorfahren sich seit Urzeiten von gefestigten Regeln haben leiten lassen. Eine davon ist: Kein Nomade wird einem durstigen, hungrigen, müden Reisenden den Zutritt in seine Jurte verweigern, weil sie von anderen schon besetzt ist.

So erlebe ich, dass vier, fünf üppig beleibte Europäer mit ihren noch üppiger gepflegten Ansprüchen auf die eigene Bequemlichkeit eine mittelgroße Jurte für andere unbetretbar machen. Ich sehe aber auch, dass vierzig, fünfzig Einheimische in so eine Jurte hineinpassen und dort ein seliges Fest feiern. Hier dasselbe Prinzip: Die ersten vier haben sich auf dem Laster breitgemacht. Auch ihr Gepäck haben sie nach vorne geschleppt, auf und zwischen die Reihen weich gepolsterter Schemel gepackt, die doch als Sitzgelegenheiten gedacht waren. Dies trotz meiner vorweg gegebenen Erklärungen. Ich gebe mir sehr Mühe, meinen köchelnden Zorn im Zaum zu halten. Für diesen Gefühlszustand hat meine Muttersprache folgendes Bild: eine Hand mit der anderen festhalten. Es gelingt mir, sanft zu bleiben: »Ich bitte euch, Jungs, euren Mitreisenden zu helfen und die Gepäckstücke seitlich hinzustellen, damit alle zu Sitzplätzen kommen.« Ich sehe, wie das Gesicht des Teamchefs dunkelrot anläuft und der besorgte Blick der Frau zu seiner Rechten ihn kurz streift. Worauf sie mich wie bittend anschaut und sagt: »Wir haben von Mitreisenden wirklich nichts gewusst.«

Da gelingt mir, zu meinem abermaligen Erstaunen, ein weiteres Stück von asiatisch-nomadischer Diplomatie. »Ja, diese Neuigkeit habe ich absichtlich als freudige Überraschung für euch bis zu diesem Augenblick aufbewahrt. Bislang sind, soviel ich weiß, keine westlichen Filmleute in dieser Ecke gewesen. Man wird diese jungen Sportler als eure Bodyguards sehen, falls es zu Konflikten mit islamischen Strömungen kommt, die merklich frecher geworden sind, seit der Staat seinen festen Griff gelockert hat.«

»Konflikte? Warum haben wir vorher darüber nichts erfahren?«

»Ach, so schlimm ist es wiederum nicht. Niemand wird es wagen, unser Lager anzutasten, weil wir ja jetzt vorbereitet sind.«

Ein Zucken huscht über das Gesicht des Teamchefs angesichts dieser Zumutung von meiner Seite. In den nächsten Tagen kommt ihm das zugute, denn ich fühle mich wirklich sehr unverschämt, weil ich ihm die andere Reisegruppe verschwiegen habe. Also werde ich mich, angesichts unserer beiden verblüffend ähnlichen Naturen und der so unterschiedlichen Kulturen dahinter, bei allen Konflikten zurückhalten und ihm entgegenkommen. Wie jeder, der unter schlechtem Gewissen zu leiden hat.

So kommt jeder Gast zu seinem Sitzplatz. Weiß der Geier, was die Verwöhnten aus dem Wohlstandswinkel des Welthauses von diesen Sesseln halten. Unsereins, die im nackten Ladekasten von Lastern ganze Tage reisen müssen, wäre dankbar über so viel Luxus. Wir würden die Europäer allerdings warnen – sie lassen viel zu viel Leerraum zwischen den Schultern, Schenkeln und Gesäßen. Denn je enger die Passagiere eingezwängt sitzen, umso besser ist ein jeder beschützt vor Stößen und Erschütterungen auf der hucklig-buckligen Bergsteppenpiste.

Zum Schluss stapeln der Fahrer und ich sämtliche Koffer und Reisetaschen zu einem Hügel auf, decken ihn mit einer Plane zu und verschnüren alles stramm. Was die anderen zunächst mit skeptischen Blicken begleiten, wird später großes Lob einbringen: Unfassbar, dass bei all den Stößen nichts verloren geht.

Endlich können wir losfahren. Da stehe ich vor einer kleinen, peinlichen Knacknuss: Wo soll ich selber eine Sitznische finden? Daran habe ich dummerweise während der ganzen Platzierungsaktion meiner Gäste nicht gedacht. Die Fahrerkabine ist vollbesetzt, da sitzen Frau und Tante. Mich irgendwo zwischen die Gäste quetschen? Wo es für sie ohnehin den Eindruck erweckt, als wäre der Freiraum um ihre so unantastbaren Körper herum bis an die äußerste Grenze geschrumpft. Ausgeschlossen, jemanden zu belästigen!

Der Fahrer sagt, auf der Ladefläche sei noch Platz für ein halbes Dutzend Passagiere. Ich verstehe ihn, doch er kennt die Europäer nicht. Er erkennt mein Zögern und sagt entschlossen: »Dann komm in die Kabine und nimm deine Frau auf den Schoß.« Mir wäre es lieb, meine Hassaa wieder einmal auf dem Schoß zu halten, wie in der ersten verliebten, halbwahnsinnigen Zeit. Doch ich kann die Gäste, die noch so ahnungslos in allem sind, nicht fünf Stunden lang da oben ihrem Schicksal überlassen. Das geht gar nicht.

So bitte ich die beiden Frauen in der Kabine um etwas Polster unterm Po. Ich bekomme eine Wolljacke und auch noch einen Übergangsmantel. Klettere dann hoch und stopfe die Polster in eine Lücke zwischen dem Gepäckstapel und der hintersten Sitzreihe. Da quetsche ich mich hinein und hocke auf halber Höhe der vor mir Sitzenden.

Wie gut, dass die Ladefläche wenigstens mit dickem Filz bedeckt ist. So bin ich zu einer recht sicheren, sogar sehr bequemen Mitfahrmöglichkeit gekommen. Das erinnert mich an ganz andere Fahrten in meiner Schulzeit: Mit welcher Erleichterung habe ich unter meinem Po den harten Bretterboden gespürt. Denn im Gerangel um ein Plätzchen auf dem begehrten Rücken des eisernen Rosses war man erst sicher, mitfahren zu dürfen, wenn man ganz sicher einen Platz auf der Ladefläche gefunden hatte. Vorher konnte man jederzeit gewalttätig aus der Mitte der wirbelnden, lärmenden Menschenmenge, gleich einem Stück lästigen Gepäcks, herausgehievt und über den Rand des hohen Ladekastens befördert werden. Und die Rückreise aus den Quartalsferien fiel immer in den kältesten Winter. Hier und jetzt aber atme ich mit allen meinen Sinnen laue, würzige Sommersteppenluft und erfühle unter den Schuhsohlen dämpfend weichen Filz.

Meine Unbeholfenheit und wohl auch übertriebene Befangenheit haben mich um meinen Platz gebracht. Also kauere ich am Rand der Gästematte und schaue auf eine Mauer aus lauter Menschenrücken. Und dies sozusagen in der eigenen Jurte sitzend, denn das Auto ist mein ganz gesetzliches Privateigentum.

Die Fahrt beginnt. Zunächst führt sie über recht ebene Steppe. Doch ganz flach ist es auch da natürlich nicht. Die von Wasser und Wind in Jahrmillionen geschliffenen Abermillionen faust- bis knöchelgroßen, von der Sonne dunkel gebackenen

Steine unter den Rädern machen alles zittrig. Sowohl das Gebrumm des Motors als auch die menschlichen Stimmen hören sich merkwürdig zerhackt-zersägt und wabbelig-schwabbelig an. Man fühlt sich dem Ansturm einer Unzahl winziger Kügelchen ausgeliefert und empfindet einen andauernden Kribbelreiz.

Alsbald beginnt aber die holprige Piste über die endlose, bucklig-knitterige Hügellandschaft. Das greise, vielfach zusammengeflickte Vehikel mit seinen abgetakelten, ausrangierten Einzelteilen rattert und rumpelt aufs Grausamste. Meine Gäste kommen ungewollt ins Wanken und rutschen über ihre eingangs so betonte Sitzabgrenzung zum Nachbarn hinüber. Was wiederum unübersehbar macht, dass ein jeder lieber versuchen sollte, an den Nächsten heranzurücken, statt ihn zu fliehen. Es wird deutlich, dass neue Passagiere zusteigen sollten, damit die Sitzfläche ausgefüllt und prall gepolstert ist.

Der Lange sitzt mir am nächsten, unmittelbar vor mir. Offenbar hat er die Lage erkannt und rückt etwas zur Seite: »Wäre es nicht besser, wenn Sie sich in diese Lücke setzen?«

Was mich so sehr rührt, dass ich ihn fassungslos anschaue. Nicht allein aus Dank wegen der eigenen Bequemlichkeit, sondern als Dank für seine Erkenntnis. Weil er das einfache, aber längst entstellte Urgebot des Miteinanders so schnell wiedererkannt hat, obwohl die menschlichen Umgangsregeln seiner Welt anders lauten.

Also steigen meine kurzen Beine umständlich über den dickgepolsterten Schemel, und ich schiebe mich gehemmt und vorsichtig in die Lücke. Immerhin sitzen nun in meiner Reihe alle entspannter, weil wir, fester zusammengeklemmt, nicht bei jedem Stoß gleich wegschlittern. Während es auf den Reihen vor uns mit dem ständigen Rutschen unverändert weitergeht. Sicher ließe sich etwas dagegen tun, wenn man bei der ersten

Pinkel- und Zigarettenpause aus dem Gepäcksstapel ein paar passende Stücke herauszöge und sie als Keile in die Lücken schöbe. Doch ich lasse das, geleitet von dem Gedanken: Keine Erfahrung kommt kostenfrei zu einem. Ein jeder muss seine Gebühr entrichten, erst dann kann er die passende Schlussfolgerung ziehen. Bei der Rückfahrt werden dann tatsächlich Schlafsäcke und weitere mit Wäsche prall gestopfte Beutel mit nach vorne genommen. Also hat die erfahrene Mühsal die Gäste zu Kennern rauer Pistenfahrten gemacht.

Nun, auf gleicher Höhe mit der Fahrgemeinschaft platziert, beschließe ich, endlich in meine Rolle als Guide zu schlüpfen und kurze Auskünfte in die Runde zu streuen. Sehr bald werden Fragen gestellt. Wie bin ich dankbar dafür. Dadurch wird der Schatten der Fremdheit, der um jeden dieser Menschen herum eine unsichtbare Trennwand bildet, Hauch um Hauch schwinden. Die vielen splitterhaften, splitternackten Ichs werden zu einem Wir zusammenfließen, zu einer gemeinsamen Schutzhaut. So bildet sich Gemeinschaft, jene ersehnte Heimat einer jeden menschlichen Seele, vor der die Säure der Einsamkeit ihre ätzende Macht verliert.

Wolfgang, der Reiseleiter, ein feiner, draller Kerl, kaum älter als die Studenten, erweist sich als ein hellwacher und wissbegieriger Geist. Auch die liebe Berlinerin, die mich in unserem vergessenen Land ausgekundschaftet hat, gewinnt durch das lebhafte Ausdrucksspiel auf ihrem schmalen Gesicht meine Sympathie noch mehr. Sogar von der harschen Außenschale ihres Mannes scheinen sich nun die Schuppen abzulösen. Außerdem beginnt mich seine energiereiche Stimme aus dem stierhaft starken Hals mit dem breiten, glatten Nacken zu beeindrucken. Er lässt sich von der Gesprächslust seiner Frau anstecken und stellt selber auch ein paar Fragen.

Wie gut, denke ich immer wieder, dass vor mir Menschen sitzen, die sich mit der Vielfalt des Lebens in anderen Ländern vertraut machen wollen. Wie spielerisch die Jungen ihre Gefühle ausdrücken! So kreischen sie laut auf und fallen anschließend in ein kollektives Gelächter, wenn das alte Vehikel mit seiner erlahmten Federung einen Huckepacksprung macht. Die Fröhlichkeit gleicht die Unannehmlichkeit aus, denke ich, selber mitschmunzelnd.

Gegen Ende der vierten Stunde erreichen wir Ortaa Hara Ushuk – das Mittlere Schwarze Kap. Am östlichen Ufer des schmalen, aber höheneiswilden Gletscherflusses Haraaty steht ein neuzeitiges Zelt, und davor erkenne ich Bruder Galkaan und weitere Verwandte. Nach der Menge der Asche um den Kessel auf drei Steinen zu urteilen, müssen sie schon seit Stunden hier sein. Dieser Empfang mitten in der Natur überrascht und beeindruckt die Gäste: Welch ein Abenteuer!

Ich sage eine längere Pause an und steige als Erster ab. Die Männer verstreuen sich in viele Richtungen. Hassaa und Büdee haben sich erst einmal der feierlich-umständlichen Begrüßungszeremonie von Vertretern des Sippenvolks zu stellen. Kurz nachdem die andachtsvollen Worte und Gesten ausgetauscht sind, stehen die Männer schon am Fluss, der trotz seines langen Weges von der felsigen Höhe des Haarakan bis zum Mittleren Schwarzen Kap noch nicht zur Ruhe gekommen ist. Polternd und zischend strömen seine weißschäumenden Fluten durch das Tal. Unsere beiden Frauen hocken sich im Rücken der Männer schnell nieder. Unter der weiten Tracht mit dem langen Rockschoß können sie ihre Blasen entleeren, bevor die anderen sich umschauen.

Alle werden gebeten, sich die Hände zu waschen, denn inzwischen ist die nomadische Empfangstafel gedeckt. Ein klafterlanges, grob gewebtes, hellgraues Baumwolltuch liegt auf der schmalen, grünen Uferwiese ausgebreitet. Darauf reihen sich Schalen und Geschirre aus rauchgesteiftem Leder, Wurzelholz, Porzellan, Metall und Glas. Sie enthalten die nicht allzu zahlreichen, aber hochwertigen Erzeugnisse der nomadischen Naturküche: Aarsch, getrockneter Quark in fingerhutgroßen Happen, Eeshigej, natursüßer Absatz von Milch, Boorsak, in Fett gebackene Fladen, B'schdak, Weichkäse, Dshöökej, Süßsahne, Öreme, Milchrahm, Ak-üs, geschlagene Butter, und, zu einem Hügel aufgehäuft, Dülgen et, gekochtes Fleisch.

Alle Blicke sind auf diese nomadische Speisengalerie gerichtet, die meisten begeistert, andere überrascht oder sichtlich befangen, vielleicht sogar verängstigt. Dann geht es mit dem Beißen und Kauen los. Die Mehrheit der jungen, kraftstrotzenden und weltoffenen Männer lässt sich nicht lange bitten, greift kräftig zu und bekundet laut, es schmecke gut! Dies glättet jegliches Zaudern und alle Bedenken bei den anderen. Also kommt eine gelungene Mahlzeit zustande, was mich erleichtert.

Das ist meinem Bruder zu verdanken. Ein solcher Empfang wird künftig für viele Gäste aus nah und fern der erste, entscheidende Anstoß sein, unseren einzigartigen Erdwinkel ins Herz zu schließen.

Die Fahrt geht weiter, die Gäste sind in gehobener Stimmung. Das altersschwerfällige Vehikel ruckelt und zuckelt im Zickzack durch die bucklig-löchrige Geröllllandschaft und braucht für die knapp zwanzig Kilometer eine reichliche Stunde. Derweil nähre ich einen süßen, beruhigenden Gedanken: Wie schnell und schmerzlos hat sich doch unsere neue Familie zusammengefügt!

Doch dieser Wunschtraum mündet bei der Ankunft in eine ernüchternde Wirklichkeit. Der Teamchef will die Jurte, die ich ihm und seinen Leuten zugeteilt habe, weiter weg von den anderen aufgestellt wissen. Arg befremdet über diese Forderung, lasse ich aber den Wunsch ohne Widerspruch auf der Stelle erfüllen. Wobei das runde Nest, mit dem Gerüst aus Weidenholz, der Zudecke aus Schafwolle und den Stricken und Schnürchen aus Jakhaar, in aufgebautem Zustand bleibt. Wir tragen es einfach dorthin, wo die Bewohner es haben wollen. Ich bitte drei Studenten, es zu tun. Dies mehr aus symbolischen Gründen: Auf die recht grobe Entscheidung, von den Nachbarn wegzurücken, erfolgt eine besänftigende Antwort – sogar solchen, die von der Gemeinschaft wegrücken, lässt man gutnachbarliche Hilfe zukommen. Was durchaus asiatisch-nomadisch ist: auf Hartes weich, auf Dunkles hell, auf Kühles warm zu antworten. Vielleicht nicht viel anders als beim christlichen Angebot: Wirst du auf die linke Wange geschlagen, halte auch die rechte hin.

Anstatt eines Dankes kommt noch eine Forderung: eine eigene Toilette. Was allerdings arg an meinen ohnehin angespannten Nerven zerrt. Etwas in mir zieht sich zu einem Knoten zusammen und entlädt sich in Worten: »Kapiert! Und was noch, meine Herrschaften? Bitte bringen Sie alle Wünsche jetzt vor, damit ich rechtzeitig weiß, ob darunter noch einer ist, woran ich kleiner Diener, armer Wandernomade, wegen unserer begrenzten Möglichkeiten scheitern werde. Wir wollen ja nicht, dass unsere dürftige Gastlichkeit sich am Ende als völlig vergebliche Plackerei herausstellt.«

Kaum ist diese Wortbombe geplatzt, denke ich erschrocken: Nun ist alles aus. Ach, meine lockere Zunge. Natürlich hätte ich auch diesmal mit süßlicher Dienerstimme reden sollen! Doch zu spät, die Worte sind ausgesprochen, die Pfeile abgeschossen!

Im Blick der Dame ist eine deutliche Spur von Erschrecken abzulesen. Sie sagt: »Die Verlegung des Zeltes ist eine praktische Überlegung: Wir sind zum Arbeiten gekommen, während die jungen Menschen sich hier austollen. Die getrennte Toilette ist nur ein Wunsch. Sollten Sie damit Schwierigkeiten haben, dann vergessen Sie es bitte einfach. Würden Sie es jedoch möglich machen, wären wir wunschlos glücklich. Es ist alles gut und auch wunderschön hier. Vielen Dank erst einmal!«

Wie dankbar bin ich ihr um diesen rettenden Ausgang. Ich lasse ein zusätzliches Loch in angebrachtem Abstand hinter ihrer Jurte ausheben und darüber eine Nothütte zur Notdurft aufrichten.

Erst zwei Stunden später, bei Sonnenuntergang, erscheint der Bruder mit seinen Gehilfen. Einige seiner Reiter hätten direkt zum eigenen Ail heimkehren können, aber sie sind neugierig auf diese vielen Germanen. Sie kannten sie ja bislang nur von Kriegsfilmen her, und da als brüllende Faschisten, meist von sowjetischen Schauspielern gespielt. Nun aber ist eine wimmelnde Schar aus jener verhasst-begehrten, gefürchtet-bewunderten Weltecke eingetroffen. Darf man diese Gelegenheit verpassen? Ich kann meine Sippengenossen gut verstehen.

Die Ankunft der Reiter bringt das Lager in Hochstimmung. Männer und Frauen hoch zu Pferd, alle in nationaler Tracht, sind selten geworden, weil überall Autos, Motorräder und importierte Billigklamotten das Hergebrachte verdrängen. Der Bruder führt zudem ein Handpferd unterm Lastensattel, an dem zwei Dungkörbe an beiden Flanken herabhängen. Das scheint sogar meinen beiden Hauptstädterinnen die Sprache zu verschlagen, denn Hassaa hat solches nie gesehen, und Tante Büdee, die seit einem halben Jahrhundert in der Stadt sitzt, seit einer Ewigkeit nicht mehr, kann sich an diese Transportart aber aus der Zeit ihrer Kindheit noch erinnern. Also klar, dass auch unsere Gäste begeistert sind. Ich aber fühle einen Schuss Minderwertigkeitsgefühl vor meinem Bruder. Auch heute wieder hat er alles besser erwogen als ich, der ich mich doch Direktor dieser amtlich registrierten Reisefirma nenne. Während der Herr Firmenchef von einer Panne in die andere schlittert, hat er, der mit Tourismus keinerlei Erfahrung hat, alles auf eigene Faust organisiert. Ganz bestimmt hat er sich diesen Reiterauftritt ausgedacht und seine Leute angewiesen, sich in Nationaltracht zu werfen und ihre Motorräder zu Hause zu lassen.

Es kommt zu einer in dieser Weltecke noch nie gesehenen Szene: Zeitgleich zielen die Gäste mit den Mündungen ihrer Fotoapparate auf die Ankömmlinge, was ein Dauerklicken und Dauerblitzen auslöst. Die Angezielten sind zunächst arg eingeschüchtert, bald jedoch nur noch belustigt. Durch die Hinwendung so vieler Menschen fühlen sie sich wohl geachtet und verehrt.

Mir fällt ein, gelesen zu haben, wie kontaktscheu und kamerafeindlich die Bewohner in manchen Ecken unserer Erde seien, sodass man als Landesfremder das Fotografieren lieber lassen sollte. Es kann einem unter Umständen sogar das Leben kosten. Meine Leute aber genießen es geradezu, stellen sich in Positur, sobald sie eine Kamera auf sich gerichtet wissen.

Dieser erste Tag, prallvoll mit Leben und auch manchen Spritzern von Erleuchtung erfüllt, erteilt mir am Ende eine herbe Lehre. Nach unserer ersten Zusammenkunft in der größten der Jurten ruft mich der Teamchef zu einer Unterredung zu sich in die Jurte. Während des Nachtessens hat er kaum ein Wort gesprochen und dabei ein finsteres Gesicht gezeigt. Kaum habe ich Platz genommen, fragt er, wie es nun weitergehen soll. Ich frage unschuldig zurück, wie er es genau meine. Diese

Gegenfrage scheint einen mit Mühe niedergehaltenen Druck in ihm ins Aufbrausen zu bringen. Seine ohnehin überwach glänzenden, kugelrunden Augen rollen sich mit einem Mal so bedrohlich, als wollten sie über die Ränder der Höhlen springen. Sogleich dröhnt die Stimme: »Meine Frage lautet: Wie soll das klappen mit zwei Gruppen, wir Filmer und diese Touristen. Wir müssen arbeiten! Wie soll das gehen, ohne dass wir uns ständig in die Quere kommen?«

So gestellt, schließt die Frage natürlich von Anfang an jegliche positive Antwort aus. Dabei hat mein Gedankenkonzept so ausgesehen: Wir D'walar stellen eine Kulturinsel dar, stecken geblieben in der Urzeit, wieso auch immer. Zudem sind wir eine der vielen Völkerschaften, die nach dem Ende des Totalitarismus nach Anschluss zur großen Welt streben. Daher öffnen wir uns gern jedem, der den Weg zu uns findet, und sind dankbar für jede Zuwendung und Aufmerksamkeit. Mit dieser Haltung breiten wir allen, den Touristen wie auch den Filmern, eine gemeinsame Gästematte auf dem Ehrenplatz unserer großen Altai-Jurte aus. Da wir so denken, sind wir auch davon überzeugt, dass unsere Gäste gemeinsam auftreten, sich aneinander erfreuen und möglichen Engpässen, Schwierigkeiten und Gefahren auch gemeinsam begegnen.

Doch nun muss ich erfahren, dass mein Gegenüber solche Denkart für utopisch und unrealisierbar hält. Er vernichtet sie gnadenlos mit seinen realistischen Argumenten. Ob ich denn einen zweiten Dolmetscher und Betreuer für die Gäste habe? Ob ich in der Lage sei, mich gleichzeitig für zwei verschiedene Aufgaben und Gruppen einzusetzen? »Wie wollen Sie drüben bei den Touristen Reiseleiter und Dolmetscher und hier Reiseleiter und Dolmetscher sein, und gleichzeitig noch Darsteller der Hauptrolle?«

Sang- und klanglos verlasse ich die Kampfmatte unserer so unterschiedlichen Ansichten und versuche, mir über Nacht etwas auszudenken. Immerhin habe ich mein Gegenüber nicht noch mehr gereizt, und er hat erst einmal alle seine Geschosse abgefeuert und dadurch ein wenig zur Ruhe zurückgefunden. Denn am nächsten Morgen merke ich, dass beim Chef ein deutlicher Gemütswandel eingetreten ist. Ich vermute fast, er hat meine dummkindische Beharrlichkeit so ausgelegt: Ach, dieses Volk kann einfach nicht präzise denken. Ohne erheblichen Verlust kann ich die Sache nicht mehr stoppen. Versuchen wir also, das Beste daraus zu machen.

Von da an bahnt sich zwischen mir und den Filmleuten ein erträglicheres Verhältnis an. Zumal ich in der Nacht dem Leiter der Touristengruppe meine heikle Lage ungeschminkt gestanden und ihn gefragt habe, ob es genüge, wenn ich mit seiner Gruppe nur während der Mahlzeiten zusammenkomme, sie dann für den Tag meinen Reiterburschen anvertraue und dafür abends zur Verfügung stehe, soweit sie daran interessiert seien. Worauf der kleine Wolfgang nur lachte: Er werde es seinen Leuten weiterleiten und hoffe doch sehr, dass sie die Lage eines viel beschäftigten Nomadenhäuptlings verstehen würden. Also läuft nun alles einigermaßen übersichtlich und schmerzarm für mich ab.

Bei all dem leide ich arg an schlechtem Gewissen. Ich habe als Firmenchef versagt und es dann notgedrungen vertuschen müssen. Die Reisen der beiden Gruppen hätten auf keinen Fall gleichzeitig stattfinden dürfen. Dafür muss ich hart büßen. Ich genehmige mir nachts noch kürzere Ruhefrist als Napoleon sich selbst während seiner Feldzüge. Komme einige Male gar nicht dazu, mich hinzulegen, weil ich mich um Pferde, Sättel und tausend Dinge kümmern muss. Einige unter den Tagelöhnern erweisen sich als untauglich. Entweder sind sie dem Fusel zugeneigt oder dermaßen verwirrt von dem neu Gehörten und Erlebten, dass sie abhauen, wann sie wollen, samt dem, was sie in die Hände bekommen können. Abräumen und davonlaufen, wie es so viele im Land tun in jener ersten berauschenden Phase des Epochenwechsels. Die Parolen von Demokratie und Menschenrecht hat eben ein jeder nach dem Volumen des eigenen Verstandes aufgenommen. So manchem dumpfen Mitläufer steigen die Tumulte jener Zeit zu Kopfe, sodass er sich als Kämpfer gegen die Diktatur wähnt, wenn er Ordnung und Disziplin über den Haufen wirft.

Die Last trifft auch Hassaa und Tante Büdee. Die beiden versuchen, mir beizustehen, und verzichten auf einen Großteil ihres Schlafs. Meiner Gefährtin war schon in der Küche der Staatsspitze nur selten erlaubt, sich nach Herzenslust auszuschlafen, also ist uns das gemeinsame Schlafdefizit schon vertraut.

Die harte Rolle des Ziehochsen, der unterm Joch eingespannt bleibt, trifft mich physisch hart. Aber mir kommt auch zu Ohren, was im Volk über mich herumgesprochen wird: Ich sei wahrhaft der Sohn meines Vaters, der sich nie gescheut hat, tags der eigenen Schafherde nachzugehen und obendrauf nachts die Pferdeherde der Sippe zu hüten, als es von Dieben und Räubern so wimmelte, dass der Zuständige oft überrumpelt wurde. In diesen Tagen und Nächten, wo ich rund um die Uhr die Zähne zusammenbeiße, werde ich wohl von den eigenen Leuten als Nachkomme meiner Vorfahren, die seit Langem die Adaj-Irgit-Sippe durch dick und dünn zu führen hatten, erst richtig anerkannt.

Die Dreharbeiten nehmen viel Zeit in Anspruch, so viel, wie

einer mit gesundem Menschverstand es sich kaum vorzustellen vermag. Während des ersten Lagerumzugs muss ich den Karawanenteil mit den drei Kamelen, auf deren Rücken unsere Jurte verpackt liegt, sage und schreibe achtmal über die kleine Holzbrücke führen. Nach jedem Mal, wenn die zwanzig, dreißig Schritte abgegangen sind, schrillt die Feldherrnstimme des Teamchefs: »Noch einmal!«

Schon am ersten Drehtag habe ich die unheilvolle Erfahrung gemacht: Den ersten Versuch lässt er sowieso nicht gelten. Wobei das erste Mal durch keine Wiederholung zu ersetzen ist, weil es Frische ausstrahlt und keinerlei Hemmung und Ermüdung. Mit jeder Wiederholung werde ich nervöser und lahmer. Nach dem siebten Mal ist die Grenze erreicht. In mir wallt und brodelt es. Ich brülle dem Team entgegen, das am anderen Ende der Brücke steht und uns Schwitzende in der sengenden Sonne schindet – Kamele unter Last, Pferde unter Sattel und ich mit dem Führstrick in der Hand: »Jetzt reichts aber mit dieser Tier- und Menschenschinderei! Noch ein letzter Versuch, aber dann werde ich alles wegschmeißen und abhauen! Und das allmächtige Wesen da oben wird meine Unschuld bezeugen!«

Die vier wohlbeleibten Erwachsenen erstarren wie erschreckte Tierkinder. Sogleich blitzt es mir wieder durch den Schädel: Ist nun alles vorbei? Ist dies das Ende meiner Hoffnung auf den blassgrünen Stapel von lauter Hundertdollarscheinen?

Da höre ich den Chef rufen, als wäre nichts gewesen: »Weitermachen – Kamera!«

Ich lockere die Zügel in meiner Linken, während sich die Rechte fester um den Führstrick der Kamele hinten ballt. Die Brücke wird passiert, die Aufnahme abgewinkt, und die Karawane darf ungestört fortziehen.

Am Abend werde ich in die Jurte der Filmer gebeten und bekomme als Erstes einen Drink angeboten. Dann kommt es zu einem sachlich-kollegialen Meinungsaustausch. Ich höre das, was zum Mantra jedes Grünschnäbelchens aus der Gilde geworden ist: Man wolle keine naturalistischen Bilder wahllos drauflosdrehen, sondern Qualität herstellen.

Ich entgegne: »Qualität ja, aber kein Perfektionismus. Der wird uns alle zermürben. Jede unnötige Wiederholung einer Szene ermüdet und entmutigt!«

»Bislang ist jede Wiederholung nötig gewesen.«

»O nein!«

Die Miene des Herrn Teamchefs verfinstert sich. Aber er bemüht sich, seine Aufregung niederzuhalten, indem er abwechselnd mit der einen Hand die andere knetet und dabei deutlich hörbar schnauft und schnaubt. Jetzt tut mir dieser Mann leid, ergeben nicht nur seiner Sache, sondern hartnäckig wie ich auch. Also tue ich es ihm gleich – ich schweige und trage dazu bei, dass es zwischen uns zum Frieden komme. Er hebt sein Glas und führt es zum Mund. Wir trinken langsam und schweigend. Siehe da, es hilft schon! Ich entschließe mich zu etwas, wozu ich von Natur aus leider Gottes nicht veranlagt bin: zu einem Schuldgeständnis.

»Ich bitte um Verzeihung, sollten über meine Lippen zu schroffe Worte gekommen sein!«

Er schaut mich bestürzt an, stottert eine Weile und bringt dann aus sich heraus: »Dann darf ich Sie wohl ebenso um Vergebung bitten, wegen meiner Haltung, die so manches Mal auch meiner Frau allzu diktatorisch vorkommt!«

Mit einem gequälten Schmunzeln schaut er in ihre Richtung.

Sie springt auf und schreit fast: »Dem großen Gott sei Dank!

Unsere beiden Herren sind so weit, gemeinsam an der Friedenspfeife zu saugen!«

Hurtig schenkt sie aus der Flasche in alle fünf Gläser ein.

Nun trinken wir und reden dann von anderen Dingen. Jeder weiß: Wir haben uns verstanden. So beginnt, dem Hohen Himmel sei Dank, die selige Phase unserer Zusammenarbeit. Allen natürlichen Widernissen des Alltags zum Trotz führt sie zu einem glücklichen Ausgang.

Die Einweihung unseres Stammes-Owoos wird zu einem mitreißenden Volksfest. Der allerkostbarste Glanzpunkt für mich ist, dass ich meine fünfundachtzigjährige Mutter, die sich einem Kinde gleich um meinen Hals schlingt, mit all ihrem Gewicht gut hundert Schritte den Steilhang hinauf bis zum Owoo tragen darf. Die Greisin, selbst in jüngeren Jahren nicht gewichtig, inzwischen auch noch geschrumpft, kommt mir anfangs recht leicht vor. Aber dann scheint sie mit jedem Schritt schwerer in meinen Armen zu liegen, sodass ich am Ziel triefnass geschwitzt und außer Atem ankomme. Später werde ich für jeden Schweißtropfen dankbar sein und denken: Welches Glück, unter dieser Bürde wenigstens einmal im Leben schwitzen zu dürfen!

Der zweite Glanzpunkt, abermals mit der Mutter verbunden: Inmitten des Festes singen wir zu zweit mit weiter Brust und aus vollem Halse. Später habe ich jene Lieder auf einer CD des weltbekannten Quartetts Huun-Huur-Tu wiedergefunden, vorgetragen vom großartigen Künstler Kaigal-ool Khovalyg:

Weiß nicht, ob die Pferde in der Mulde
Zehn waren oder fünf
Genauso wenig, ob die Worte, gesagt
Von dir, ernst oder gescherzt …

Und der dritte Glanzpunkt ist die erste große Kulturdelegation aus der Republik Tuwa in der Russischen Föderation, die angereist ist und an der Owoo-Weihe teilnimmt. Wodurch unser Fest doppelt internationales Gewicht bekommt. Zum ersten Mal darf ich mit Tuwa-Künstlern von Weltrang in Verbindung treten. Ab da werden wir einander nie vergessen und keine Gelegenheit verpassen, das Publikum aufeinander aufmerksam zu machen.

Viele Male werden sich unsere Wege noch kreuzen. Einmal führt uns sogar ein guter Geist zusammen, der an einer Studienreise in den Hohen Altai teilgenommen hat. Zu Hause bewegt er den Kulturbeauftragten eines Schlosses in der Nähe seines Wohnorts in Deutschland dazu, ein Wochenende unserem Volk zu widmen. Der Kulturtag besteht aus dem Konzert der Kehlkopfsänger und der Dichterlesung des Autors mit seinem deutlich fremdländischen Gesicht und einer nahezu deutschen Aussprache, die sich eher der erzgebirgischen Gegend zuordnen ließe.

Während des Konzerts wird etwas passieren. Sayan, der Sänger, wird das nächste Lied ansagen: »Khongguraj – Lied eines Pferdehirten von unseren Blut- und Knochenverwandten in der Mongolei, die trotz der Trennung vom Mutterland durch Berge und Steppen weiterhin ihre eigene Sprache sprechen und Kultur pflegen.«

Doch die eigentlich schroff aufrüttelnde Melodie des allbekannten Kampflieds setzt wiegend sanft ein, dann schmelzen die anderen Stimmen milde ein. Mich stachelt etwas – vielleicht jener Teufel, der einen hin und wieder reitet: Ich springe auf, eile auf die Bühne und herrsche die vier, die mich bestürzt anstarren, in unserer Sprache an: »Abbrechen!«

Am Rand der Rampe lege ich los: »Euer Takt ist falsch, Jungs!

Das ist doch kein Wiegen- oder Liebeslied! Sondern ein Kampflied, und zwar aus dunklen Tagen einer schweren Zeit. Die D'walar, im Bund mit allen westmongolischen Stämmen, waren der Fahne des Dschingis Khan treu geblieben, auch wenn seine direkten Nachfahren im Jahr 1691 ihr Heil beim Kaiser der Mandschu in China gesucht hatten. Der beschließt, mit den Ungehorsamen im Norden seines Reiches abzurechnen, und zieht 1755 in den Krieg gegen die Oiraten. Unsere Vorfahren, die D'walar, haben damals im Heer des letzten oiratischen Königs einen vorderen Platz eingenommen, denn sie gehörten zu den zahlenstärksten im Bund.

Die Eindringlinge waren in der Überzahl und darüber hinaus hinterhältig angeordnet. Sie rückten in drei Reihen vor: In der vordersten die Mongolen, in der mittleren die Chinesen und in der hintersten die Mandschu, damit jedermann seinen Vorderen von hinten abschießen konnte, falls dieser im Kampf irgendwie zögerte. Dennoch zog sich die Menschenabschlachtung über Jahre hin. Den Überfallenen begann es an Mann und Ross zu fehlen. So wurden Eilreiter in die Tiefe des Landes geschickt, um Nachschub zu fordern. Dieses Lied ist ein dringlicher Ruf nach Hilfe!

Ssesen aschgan dshylgyngnyng
Ssemisi gaidal, Hongguraj
Ssess goshuun dshurtungnung
Scherii gaidal, Hongguaj

Von den mehr als achtzig Pferden
Wo sind die Kräftigen, Hongguraj!
Von euren acht Bezirken
Wo sind die Krieger, Hongguraj!

Dieses ›*Ssess*‹ – Acht – knallt wie von einer Peitsche und rasselt wie von einem Säbel. Ja, unsere Muttersprache, die sonst immer als äußerst weich gilt, kann auch kriegerisch klingen! Also, Jungs, wachrüttelnde Klänge, pochendes, polterndes Hufgetrappel im Pferdegalopp passen zu diesem Lied der Blutenden und Fallenden!«

Dabei mache ich selber die Körperhaltung eines Eilreiters im Sattel vor, laut auf der Stelle trappelnd.

Dann drehe ich mich zum Publikum und wiederhole das soeben Gesagte auf Deutsch. Die knisternde Spannung im Raum löst sich, alle atmen auf. Da setzen die Musiker von Neuem an. Welch ein Unterschied! Was vorhin an eine Serenade erinnerte, entzündet nun das Herz und erfrischt den Verstand. Ein lückenloser Klangkörper aus mehreren Stimmen wallt und braust, brandet und sprudelt, erschallt und erdröhnt. Ein jeder singt und spielt mit voller Hingabe. Dabei kann und kann ich meinen Blick nicht von Sayan abwenden. Denn immer wieder rollen über die Ränder seiner vollen, klaren Augen unter dichten Brauen satte Tränenkugeln und rinnen glänzend über die hageren Backen.

Nach dem Abklang des heroisch-tragischen Gesangs herrscht im Raum einen Atemzug lang Stille. Dann aber bricht ein Sturm von Applaus aus.

Zurück aber in den Altai, meine flackernde Erinnerung hat mich wieder einmal aus der Bahn von Zeit und Raum geworfen. Ja, das Owoo-Fest ist so schön geworden, dass alle beschwerlichen Kleinigkeiten bei unseren ausländischen Gästen aus der Erinnerung weggewischt sind. Wir sind so sehr erleichtert, dass Ermüdung und fehlender Schlaf mit einem Mal zu verfliegen schienen.

Zum guten Ende, man kann es nicht verheimlichen, gehört

das Geld. Sowohl der nette Wolfgang als auch der strenge Teamchef beglücken mich zum Schluss mit der vereinbarten Summe. Die Stapel aus Hundertdollarscheinen liegen nun wohlverpackt in der Tragetasche meiner Frau.

8

Was nun geschieht, droht zuerst mich und später andere aus dem Gleichgewicht zu bringen. Wir wollen das Geld bei einer Finanzkasse umwechseln, wo die Bedingungen wesentlich günstiger sind als bei der Staatsbank. Auf dem Schwarzmarkt hätten wir einen noch günstigeren Kurs bekommen, doch dann hätten uns für alle Zukunft die amtlichen Wechselpapiere gefehlt, die man auf Schritt und Tritt vorweisen muss.

Unsere Vorsicht ist nicht umsonst, denn auch jetzt müssen wir aussagen, wo wir die Dollarscheine herhaben. Und dann fängt der Kassenbeamte an, die mongolischen Währungsscheine, die uns im Gegenzug zustehen, aufzustapeln. Zuerst die Hunderter, dann die Fünfziger, dann die Zwanziger, dann die Zehner, dann die Fünfer, dann die Dreier und schließlich die Einer. Diese Operation dauert ihre Zeit. Warum komme ich mir in diesem Augenblick schuldig vor? Vor dem Beamten, der so angestrengt am Tisch vorne arbeitet, aber auch vor denen, die in der Schlange hinter uns stehen. Vor der Gesellschaft. Dem Staat. Oder gar vor dem Gottesersatz namens Partei, die uns inzwischen eigentlich gleichgültig sein sollte?

Ich weiß wirklich nicht, warum und vor wem. Aber mir ist sehr unwohl.

Schließlich ist die gute Person mit dem Sortieren und Zählen fertig. Wir bekommen Tüten aus gesteiftem Packpapier. Doch wie sollen wir mit unseren vier Händen diese vielen oben offenen Tüten zusammenhalten? Zu dumm, dass wir keine größere Tasche mitgenommen haben. Auf dem Herweg passte der Stapel mit den abenteuerlich verdienten Dollarscheinen bequem in Hassaas Damentasche. In unserem Rausch haben wir nicht daran gedacht, dass wir nach dem Umtausch wesentlich mehr Scheine heimtragen müssen. Da fasse ich einen nomadisch einfachen Entschluss. Greife mit der einen Hand um das Gelenk des anderen Arms, lege den Kopf nach hinten: Hassaa soll die Päckchen reihenweise an mir aufstapeln, wie beim Tragen von gehacktem Holz. Es werden zehn bis fünfzehn Kilo, und das Ziel liegt etliche Straßen weiter.

Also kommen wir verschwitzt und hundemüde zu Hause an. Kaum fällt hinter uns die Tür zu, lasse ich die Last los. Die prallen Tüten plumpsen dumpf auf die Dielenbretter. Die Bündel, immer zu hundert mit einem Gummiring umschnallt, purzeln über den Boden.

Hassaa legt sie in die Tüten zurück und trägt sie wortlos ins Schlafzimmer, wo auch der Wandschrank ist, der Platz für Dokumente und Bargeld. Jetzt erst fällt mir ein, dass meine gute Gefährtin, eine eher dauersprühende als verschlossene Natur, auf dem ganzen langen Weg kein Sterbenswörtchen von sich hat hören lassen. Mit einer leisen Stimme gesteht sie, dass diese Mengen an Geldscheinen, die nun uns gehören sollen, sie in Schock versetzt haben. Jetzt fühle auch ich mich ertappt, denn im Grunde ist es mir nicht anders ergangen.

Beim Betreten des Schlafzimmers nehme ich als Erstes wahr, dass die Päckchen in deutlichem Abstand zum Diwan aufgehäuft liegen. Denn dieser Diwan, wohl das wertvollste Stück unter allen unseren Möbeln, dient uns nachts ausgespannt als Ehebett und bei Tag, zusammengeklappt, als einladendes, überaus bequemes Sofa.

Während ich die Stapel in das unterste Fach des Wandschrankes hineinstopfe, komme ich wieder ins Schwitzen und denke: Großer Himmel, wie und wofür sollen wir denn all diese Geldmengen verwenden? Eigentlich brauchen wir gar nicht mehr zu arbeiten. Dabei wird mir sehr unwohl. Diese verwirrende Erkenntnis eines Menschen, der nie mit dem großen Geld gelebt hat, macht mich tieftraurig. Auch Hassaa scheint dies alles nicht zu behagen.

In der Nacht träumt es mir merkwürdig. Der übergroße Umriss eines Mannes, den ich nicht zu erkennen vermag, weil er in einem grellen Licht steht, spricht donnernd mit der Stimme meines Vaters zu mir: »Hier beginnt das Tal des Reichtums. Die erste Fülle liegt zu deinen Füßen. Doch du darfst nichts behalten, musst es gleich weiterleiten.« Dann fängt die Stimme, einem Echo gleich, zu hallen an: »Denn nur so bleibt … das Flussbett … für Zu- und Ausfluss … für Zu- und Ausfluss … frei … frei …ei … ei …«

Diese letzten hallenden Worte klingen in meinen Ohren vertraut. Denn unser Vater hat immer wieder erzählt, dass jene Worte das Mantra von seinem Vater, unserem Großvater Hylbang, dem reichsten Mann im ganzen D'wa-Land zu seiner Zeit, gewesen seien. Eine Weile stehe ich verwirrt da, dann aber glaube ich zu begreifen: Der Großvater, den ich nie gesehen habe, schickt mir, seinem jüngsten Enkel, eine Botschaft!

Am Morgen frage ich Hassaa: »Wie wäre es, wenn wir dieses Geld an unser Zuhause im Altai weitergäben? Dort sind viel mehr Wesen in dringenderen Nöten als wir hier!«

Sie schaut mich verdutzt an. Dann sagt sie besonnen: »Wenn du als Familienoberhaupt das sagst, hast du wohl einen guten Grund. Stimmts?«

»Diese Nacht habe ich von meinem Großvater geträumt, den ich nie gesehen habe, weil er längst gegangen war, als ich kam. Ich habe seine Worte deutlich vernommen.«

Leise sagt sie: »Wie wäre es, wenn wir wenigstens den Bankkredit ablösen und den Rest weitergeben?«

»Daran habe ich zuerst auch gedacht. Aber die Ecke, die mich in die Welt hinausgelassen hat, verdient den ganzen Ertrag, den wir erstmals gemeinsam haben abernten dürfen. So wie man die ersten Spritzer und Happen von Speisen und Getränken, womit Himmel und Erde uns Menschen segnen, tagtäglich hautfrisch, euterwarm und kesselheiß den höheren Geistern opfert, noch bevor man selber davon gekostet hat. Wobei ich glaube, dass uns künftig noch vieles zufließen wird. Die Menschen in der großen Welt werden bald aufmerksam werden auf unseren Altai. Wir müssen nur wach bleiben und besser sein, wenn die nächsten Gäste kommen.«

Es braucht allerdings einige Vorarbeit. Wir beauftragen unsere Kinder, immer wieder mit einer Handvoll kleiner Scheine zu allen möglichen Kassen zu gehen, um sie gegen größere umzutauschen. Nach einigen Tagen ist der Papiervorrat schon wesentlich kleiner geworden und passt in einen Diplomatenkoffer. Schließlich fliege ich mit knapp zehn Kilo Geldscheinen nach Hause. Als das Taxi mich vor die Tür der elterlichen Hütte bringt, erreicht die Sonne gerade den Rand des Berges im Westen.

Bruder Galkaan fragt mich besorgt, ob ich denn keine weiteren Gepäckstücke hätte. Ich deute auf den Koffer und sage: »Das ist mein ganzes Gepäck.«

Er nimmt mir das Köfferchen ab und fragt verwundert: »Was ist denn da drin, es fühlt sich so merkwürdig schwer an?«

»Das werden wir nachher schon sehen«, sage ich wie beiläufig.

Als mir die Mutter die Schläfen berochen und die Backen gestreichelt hat und der gemeinsame Tee getrunken ist, setze ich mich zwischen die beiden, nehme den Koffer auf den Schoß und klappe ihn auf. Stramm, wie festgepresst liegen die Geldstapel da und scheinen uns bedeutungsvoll anzustarren.

Die Mutter fragt arglos: »Was ist das? Lauter Bilderbücher?«

Der Bruder zuckt zusammen und flüstert stockend: »Geldscheine? So viel Geld!« In dem Augenblick hören wir draußen schlurfende Schritte. Hastig drückt er den Deckel des Koffers zu. Es ist eine Nichte, die in ihren schulfreien Stunden der Großmutter hilft. Gerade hat sie aus dem Fluss Wasser geholt.

Auf die Frage, warum ich das Geld hierhergeschleppt habe, will ich nicht gleich antworten. Zuerst erzähle ich den beiden meinen Traum vom Großvater. Worauf die Mutter sagt: »Ja, genau so hat er gesprochen. Aber auch gehandelt. Die Großzügigkeit in Person. Darum ist er vom Volk geliebt und verehrt worden wie kein anderer der Wohlhabenden jener Zeit, ja!«

Wie dankbar bin ich ihr für diese Worte! Denn zwischendurch war ich nicht ganz sicher, ob die beiden, deren Rat ich bei einer so wichtigen Entscheidung hören möchte, mich nicht für leichtsinnig, verschwenderisch oder, noch schlimmer, größenwahnsinnig halten würden. Die Mutter ist jedenfalls auf meiner Seite.

Nun rücke ich endlich mit dem Geheimnis heraus: »Ich habe mit Billigung meiner Hassaa und unserer Kinder beschlossen, den ganzen Erlös unseres allerersten gemeinsamen Einsatzes auf das unmissverständliche Geheiß unseres Großvaters hin dem D'wa-Land und D'wa-Volk zu stiften.«

Sogleich entfährt dem Bruder ein kratzendes »Gibts-doch-nicht!«.

Die Mutter hat einen so heftigen Schreck bekommen, dass eine Blässe wie eine hauchdünne Eisschicht ihr rundes Greisengesicht entstellt. »Ist denn das dadrinnen … mein liebes Kind … alles wirklich Geld?«

Mich schmerzt etwas, dass sie es erst jetzt begreift, und ich sage schonend leise: »Ja, Mama.«

Worauf sie beide Handflächen über die Stirn führt, dabei die Augen geschlossen hält. Ihre Lippen bewegen sich. Zu hören sind nur gemurmelte Wortfetzen – sie betet.

Der Bruder hat sich mittlerweile einigermaßen gefasst. Durch und durch ein Lehrer, spricht er jetzt präzis und umsichtig. »Dass du an die Heimat gedacht hast, halte ich für mehr als nur löblich. Doch haben die Vorfahren nicht gleich alles abgegeben und geteilt, sondern lediglich das, was über die eigenen Bedürfnisse hinausging. Du wirst jetzt gleich die Abgabe an die höheren Geister ins Feld führen. Lass uns das genauer betrachten. Ehe wir etwas zu uns nehmen, bringen wir ihnen davon etwas dar durch Verspritzen, Verbrennen oder Ablegen auf eine erhöhte Stelle. Den ganzen Rest dürfen wir selber behalten! Du aber willst dich selber mit leeren Händen zurücklassen? Das geht gar nicht, mein lieber kleiner Bruder. Deine große Familie will ernährt, bekleidet und behütet sein. Und wer weiß, was noch alles auf euch wartet?« Die Stimmlage meines Bruders, bekannt sonst als eine sanfte Natur, ist dabei höher und höher gestiegen.

Ich denke: Ja, da redet die Vernunft. Tatsächlich, es wäre naheliegend, die störenden, verwirrenden Mengen von bunten Scheinen flugs auf die Bank zu tragen, mit einem Teil davon die Schulden zu begleichen und den Rest als Kapital der

Familienfirma auf dem Konto zu belassen. Dann wäre alles hinter ein paar Zahlen verschwunden, und wir müssten nie wieder ans Geldverdienen denken.

Mutter murmelt noch immer mit geschlossenen Augen vor sich hin und wirkt ganz in ihr Gebet versunken. Doch die Belehrungen ihres einen Sohnes dem anderen gegenüber sind keineswegs an ihr vorbeigegangen. Erstaunlich munter erklingt jetzt ihre Stimme: »Hör gut zu, Sohn Gakaj! Ich will nicht behaupten, dass das, wovon du sprichst, etwa nicht stimme. Alles ist richtig. Aber was weiter? Dir und deiner Frau kann auf unserer Erde niemand etwas recht machen. Ein Leben lang alles richtig getan, werdet ihr zwei von euch selbst denken. Seid ihr denn deswegen weitergekommen als alle anderen? Merk dir: Zu einem solchen Schritt hat bislang keinem, aber wirklich keinem unter dem Altaihimmel der Mut gereicht! Meine Bitte daher: Lass ihn das machen! Mein Herz ist sich sicher, dass die Geister der Vorfahren, die ihn erweckt haben, ihm auch schützend beistehen werden.«

Sosehr ich sie für diese klaren Worte bewundere, tut mir mein lieber Bruder doch arg leid. Er hat ja die althergebrachte Pflicht, als Älterer dem Jüngeren beratend und beschützend beizustehen. Was ist wohl der Grund für diese losgeblitzten und -gedonnerten Worte der Mutter? Die ungewöhnliche Schärfe in der Stimme des Älteren dem Jüngeren gegenüber muss die Mutterseele gestört haben. Vielleicht haben auch gewisse natürliche Reibereien zwischen Schwiegermutter und Schwiegertochter das Ihrige getan. Denn meinem grundgütigen, absolut giftfreien Bruder ist das Schicksal beschieden, zwei Drittel seiner Lebenszeit zwischen Mutter und Ehefrau, zwei allzu unterschiedlichen Naturen, als Stoßdämpfer zu stehen. In den Augen der Mutter ist die Ehefrau kotzknausrig, stinkargwöhnisch und ohne jegliche Gefühlswärme. Während die Ehefrau im Gegenzug die Schwiegermutter kindisch leichtsinnig, dumm verschwenderisch und ermüdend geschwätzig findet. Also muss der Bruder, die Gutmütigkeit in Person, ständig dem Stoß und Knall ausweichen und geduldig versuchen, zwischen seinen beiden Nächsten zu vermitteln, um den Familienfrieden zu bewahren. Wie im Sprichwort vom armen, lieben Hund, der ungerechte Schläge abbekommt und dennoch seiner Pflicht, Jurte und Herd zu bewachen, treu nachgeht.

Also antworte ich ihm sanft: »Ja, alles ist richtig, was Ihr gesagt habt, großer Bruder. Seit unser Vater entschlafen und sich zum Himmel begeben hat, führt Ihr die Zügel der Sippe mit Klarsicht und Fürsorge. Jeder verständige Mensch wird darüber gleich urteilen.«

Mein guter Bruder hockt leicht nickend da, den Blick auf einen Punkt am Rohr des Herdofens gerichtet. Die Mutter zupft bedächtig an ihrer Gebetskette, die Augen schon wieder geschlossen. In der Tiefe ihrer Mutterseele regt sich vielleicht schon ein erster Selbsttadel, ob sie vielleicht wieder einmal zu weit gegangen ist und ihren armen Sohn verletzt hat. Denn er kümmert sich tagtäglich treu um sie, und dies schon seit Jahren. So ist nun einmal unsere liebe Mutter – aufbrausen, blitzen und donnern, aber dann ist der Jähzorn ebenso schnell wieder verflogen. Kaum ist der Seelenraum befreit, kommt die Sorge, ob ihr Blitz keinen allzu großen Schaden angerichtet habe.

Meine Pflicht als kleiner Bruder vor dem Großen ist es, seinen Bedenken ohne Wenn und Aber nachzugehen, damit der Friede wieder in die elterliche Hütte einkehre. Ich lenke das Gespräch auf meine Entscheidung zu: »Der eigentliche Gewinn vom vergangenen Sommer ist nicht, was dieser Koffer enthält, sondern dass die Außenwelt nun vom Altai weiß und wir zwei weitere Besuche betreuen können. Die allererste Beute behält ein richtiger Jäger nie für sich selbst, sondern er reicht sie feierlich seinem Jagdgefährten weiter. Dies mit den Worten: Deine Rippen verheißen mir Segen! Darum haben wir in der Familie beschlossen, die Ernte unseres ersten gemeinsamen Einsatzes unangetastet darzubringen. Sie soll treu verwaltet und weise ausgegeben werden, um die vielen Löcher am Obdach unseres Volkes zu flicken. Und ich ahne, dies wird uns die Türen zum Herzen der Gemeinschaft öffnen.«

Der Bruder gibt auf. »Du hast mich überzeugt, mein Kleiner.«

Die Mutter enthält sich jeder selbstzufriedenen Bemerkung, betet stattdessen laut hörbar zum Altai und den Geistern der Vorfahren: Sie möchten nie aufhören, ihre beschützenden Blicke auf die noch übrig gebliebene, kleine Schar der D'walar zu richten.

Sogleich notieren der Bruder und ich auf einem Blatt Papier, was am dringendsten angepackt werden müsste. Wir einigen uns auf fünf verschiedene Fonds:

1. Wiederherstellung der vier Wohn- und Wirkungsstätten von Großvater Hylbang in den Schwarzen Bergen, also seiner beiden Winterlager und dem Frühjahrs- und Herbstlager.
2. Die Anstellung von Lehrkräften für Kehlkopfgesang, traditionelle Musik, Epenerzählen und Unterricht in unserer Sprache.
3. Gründung eines Laienkünstlerensembles und Anschaffung der dafür nötigen Instrumente.
4. Einrichtungen zur Unterbringung und Betreuung von Gästen und Reisenden, die uns besuchen.

5. Ein Fonds zur Nothilfe für die Viehwirtschaft in harten Wintern.

Am nächsten Morgen tragen wir das Geld zur Zweigstelle der Staatsbank im Ort. Der Mann mit dem hohen Titel Bankdirektor wirkt wie vom Blitz geschlagen, denn wie alle Staatsangestellten ist er zurzeit arm dran. Zudem herrscht hier wie überall bittere Knappheit an Bargeld. Auf mein Verlangen nach einem Einzahlungsformular erhellt sich sein mürrisches, graues Gesicht, und er wird sofort gesprächig: »Allah sei Dank, endlich eine Einzahlung. Seit Tagen höre ich immer nur: Abheben! Abheben! Aber das Bargeld ist uns längst ausgegangen. Da bekommt man einen Schreck, sobald die Tür aufgeht: Schon wieder einer, der Geld will!«

Als sein Blick in meinen geöffneten Koffer fällt, entfährt ihm ein dumpf krächzender Brustlaut. Mit geheimnisvoll gesenkter Stimme fragt er, ob ich wirklich das Ganze einzahlen möchte? Worauf ich stumm nicke. Nun befiehlt er, laut auf Kasachisch rufend, den beiden Männern, die schon dastanden, als wir hereinkamen, und uns die ganze Zeit mit stechendem Blick angestarrt haben, den Raum zu verlassen. Er müsse beträchtliche Geldsummen in Empfang nehmen und brauche darum Ruhe. Da sagt der Ältere von den beiden: »In Allahs Namen bitten wir dich, Bruder, jage uns nicht raus. Wir werden uns hier hinten hinhocken und still bleiben.« Der andere schiebt nach: »Nicht umsonst heißt es doch bei unserem Volk: Das Schöne zum Bestaunen, das Hässliche zum Ermahnen. So viel Geld haben wir im Leben noch nie zu Gesicht bekommen.«

Sie halten Wort und bleiben mucksmäuschenstill, während über die Theke hinweg Geldbündel gereicht, gezählt und gestapelt werden. Ein kribbelnder Schauder zieht mir über die

Rückenhaut wegen des Geheimnisses, das im Phänomen Geld stecken muss. Welche Kraft birgt es, dass diese Menschen sich so sehr von ihm beeindrucken lassen?

Jede der hinübergereichten Hundertschaft von Scheinen wird zwischen Daumen und Zeigefinger sorgfältig abgezählt, mit hörbar knisterndem Geräusch und einer fühlbar betäubenden Ausdünstung. Der Bruder verfolgt jede Bewegung mit wachem Blick, wobei auch seine Lippen sich mitbewegen. Obendrein macht er, sobald eine weitere Packung den Koffer verlässt, einen lotrechten Strich in seinen Notizblock.

Nach einer gefühlten kleinen Ewigkeit ist das mühselige Durchzählen des Geldes zu Ende. Der Genosse Bankdirektor streckt sich mit einem befreienden lauten Gähnen und greift nach dem deutlich abgenutzten Rechenbrett, seinem einzigen Arbeitsgerät. Mit den Fingern der Rechten schiebt er die Perlen am Rechenbrett knallend laut hinüber und herüber, während die Finger der Linken von einem Stapel zum nächsten wandern. Staunend schauen wir diesem wahrhaft geübten und dabei auch stolzen Fachmann zu.

Schließlich überträgt er das Ergebnis vom Rechenbrett auf ein Blatt Papier und schaut auf. In großen Ziffern steht da deutlich die Summe. Ich hole hinter dem Innendeckel des Koffers einen Zettel hervor, auf den ich vor zwei Tagen die Zahl der von mir gezählten Endsumme aufgeschrieben habe. Nun vergleichen wir unsere Ergebnisse und brechen gleichzeitig in Lachen aus. Sie sind haargenau gleich! Ich strecke meinem offensichtlich stolzerfüllten Gegenüber die Hand entgegen, zur Anerkennung seiner Kunst auf dem Rechenbrett.

Nachdem wir die Quittung eingesteckt haben, will ich so schnell wie nur möglich hier wieder raus. Doch der Bruder hält mich zurück und spricht den Angestellten auf Mongolisch an, was schon ein Zeichen dafür ist, dass nun etwas Offizielles kommt. Tatsächlich sagt der Bruder in einem betont kühlen, bestimmten Ton: »Dieses Geld ist für dringende Aufgaben unserer Gemeinschaft bestimmt. Die Bank muss den Großteil der Summe für uns ständig bereithalten, sodass unsere Arbeit nicht stockt. Das muss garantiert sein. Darum vereinbaren wir jetzt strikt, Genosse Angestellter, bevor das alles im Panzerschrank verschwindet: Nichts davon darf für Kredite weggegeben werden! Einverstanden?«

Der Angestellte des einst allmächtigen, auf jeden Fall ständig recht behaltenden, inzwischen aber leck und schwach gewordenen Staates blickt ihn fast ängstlich an und sagt ergeben: »Jawohl, Chef. Das kann ich Euch beim Namen von Allah, ja, selbst meinen Vorfahren schwören.« Er streckt seine Rechte aus, und die beiden wechseln einen bekräftigenden, hochoffiziellen Händedruck ganz wie richtige Staatsmänner.

Dann sagt der Bruder gewichtig: »Unseren Vätern galt ein Händedruck so viel wie ein Stempelabdruck. Und deren Vätern reichte das Wort aus zwei Männerkehlen, ganz ohne die Gegenwart eines Zeugen. Nun haben wir nach Sitten der Väter und Großväter gehandelt – erweise dich also als ein ehrenwerter Dshigit!«

Die zwei Männer, die sich an der Tür vorbildlich still verhalten haben, wollen uns in ein Gespräch verwickeln. Doch ich will so schnell wie nur möglich die Bank verlassen. Ich haste aus dem Gebäude. Hinter mir höre ich den Zuruf des Bruders: »Warte doch!« Nun muss ich mir eine Lehrer-Lektion anhören: »Der Kerl von der Bank und die beiden Männer werden alles rumerzählen. Heute noch weiß es die ganze Siedlung und in drei, vier Tagen der ganze Bezirk. Das uralte System der Von-Mund-zu-Ohr-Volksnachrichten funktioniert nach wie vor bestens. Sie werden sagen: Der Sohn von Tsch'n'k-baj? Also ein Enkel von K'lbang-baj? … Dann ist alles klar, von dem heißt es doch, er sei der großzügigste Gabenverteiler gewesen. Also war dein Entschluss richtig, mein kleiner Bruder. Ich habe es aus den ehrfürchtigen Blicken der drei Männer in der Bank gelesen. Und alle werden sich fragen: Warum bekommt das ausgerechnet der D'walar-Stamm, der bei Gott nicht gut gestellt ist? Hoffentlich werden sie von nun an ein wenig vernünftiger mit uns umgehen.«

Als wir bei unserem rauchgebräunten Nest ankommen, fühle ich mich erleichtert, als spürte ich unter den Schuhsohlen endlich einmal den Boden einer zeitlosen, sorgenfreien Welt. Der festgestampfte Grund der elterlichen Hütte ist für mich, den wieder und wieder heimkehrenden Sohn, tatsächlich eine uralte, die Ewigkeit darstellende und darum jeglicher Sorge entrückte Welt. Diese Seligkeit dauert an, solange ich Mutters Tee trinke.

Jenes Geld, das anfangs allen den Atem verschlagen hat, wird dann viel eher verbraucht sein als gedacht. Denn die Inflation gleicht einem Albtraum. Sie wird das zur Bescheidenheit gezwungene, ziemlich gleichgestellte Volk in Reiche und Arme aufspalten.

Meine Zuversicht erweist sich keineswegs als Seifenblase. Weitere Gäste kommen, erleben mit uns kunterbunte Tage und Nächte und reisen, wie sie beteuern, mehr als zufrieden zurück – so manche mit Tränen in den Augen. Hassaa macht mit ihrer Gästeküche bald noch mehr Erfahrung in Empfang, Bewirtung und Betreuung von Besuchern. Übrigens lehne ich das Wort Tourist ab und sehe in jedem Ankömmling einen, dem seine Reifung vom Gast zum Mitglied unserer großen Nomadenfamilie bevorsteht. Und wenn die zu neuen Mitgliedern gereiften Gäste nach siebzehn, achtzehn Tagen in die eigene Heimat zurückkehren, dann bleibt neben vielen Farbfotos, die von schönen Erinnerungen zeugen, auch eine gewisse Geldsumme zurück. Womit sich unsere Kasse wieder etwas füllt, sodass die Firma überleben kann.

Viele Kleinigkeiten müssen noch verbessert werden, damit es demnächst noch runder läuft. Im Unterschied zu anderen im Getümmel der neuen Firmenlandschaft drängt es mich aber nicht zu Wachstum oder Verfeinerung der Logistik. Denn ich sehe, wie die meisten Unternehmer den Großteil ihres schwerverdienten Geldes für Hotels, Gaststätten und Sprit ausgeben. Nein, unsere Besucher im Nomadenland werden wir mit Luxus westlicher Machart nie zu begeistern vermögen. Diesen zu lauter Künstlichem gezwungenen, zivilisationsmüden und entwurzelten Wesen wollen wir unberührte Natur, urzeitliche Kultur und die urfriedliche wie auch urneugierig gebliebene Bevölkerung ohne beschönigenden Überzug zeigen. Also empfangen wir die Gäste mit der sprichwörtlichen mongolisch-nomadischen Gastfreundschaft und Weltoffenheit: Tretet ein und teilt alles, was da ist, mit uns!

Die Ankömmlinge, bislang ständig im Wettrennen mit der tickenden Uhr und auf Tritt und Schritt hastend und hetzend, begeben sich zutiefst dankbar in diese neue Umgebung, wo der Himmel alles bereithält und die Menschen rundum zufrieden sind.

Hierfür braucht es keine kostspieligen Dienste. Was den Leib des Menschen wohl erhält und die Seele erheitert, haben wir zur Verfügung. Zusätzliches kann ich immer wieder ausleihen. Für Jurten und Pferde zahlen wir gutes Geld und unterstützen damit die Besitzer. Und verdienen dabei auch selber genügend Geld für die Fortexistenz der Firma. Durch die sorgfältige

Nutzung dieser bereits vorhandenen Strukturen taste ich die Grundlagen meiner nomadischen Welt nicht an. Hassaa und ich samt unseren Gästen werden so immer wieder wegwandernde, aber auch ständig zurückkehrende Glieder der Sippe.

Dennoch will mir dabei so manches nicht behagen. Das Steueramt verlangt halbjährlich einen Rechenschaftsbericht, und jedes Mal brauche ich zwei volle Lebenstage, um all die gähnenden Lücken in den Formularen mit Worten und Zahlen aufzufüllen. Dann muss ich zur Behörde gehen und im Dschungel der Bürokratie die vielen Unterschriften und Stempel einsammeln. Manchmal frage ich mich, ob der Kapitalismus nicht noch bürokratischer ist als der Kommunismus? Das Widerlichste dabei ist, dass ich mich an jeder Schalterspalte drastisch genötigt fühle, der zur Regel gewordenen Schmiererei Folge zu leisten. Bei der stundenlangen Warterei in einer zähflüssigen Menschenschlange von Leidensgenossen erfahre ich die Tagespreise der Bestechungsgelder und wie sie zwischen die Formulare zu stecken sind, immer ansteigend von Stufe zu Stufe in diesem düsteren Dickicht der Bürokratie.

Außerdem merke ich bei mir selbst einen verdächtigen, ja gefährlichen Wandel: Die Zahlen, die sich durch mein Hirn wälzen, nehmen mit der Zeit Oberhand. Sie scheinen die kunterbunten poetischen Bilder, die vorher durch meine Hirnlandschaften fegten, zu überwuchern. Eines Nachts liege ich stundenlang wach, unter einem Gedankensturm aus Zahlen, Zahlen und nichts als Zahlen. Was mich so sehr erschreckt, entmutigt und ärgert, dass ich am nächsten Morgen mit einem Entschluss aufstehe: Du wolltest doch zeitlebens Schriftsteller werden und keinen Augenblick lang Millionär. Also machen wir schon heute ein Ende mit diesem Affenspiel!

Ich gehe zur Behörde, die mir vor Jahren die Genehmigung

für eine Firma erteilt hat. Gebe den Zulassungsschein samt dem Firmenstempel ab. Verwunderte Augen schauen auf mich, und ich höre eine Frau sagen: »Mit deiner Firma geht es doch wunderbar aufwärts, Mann. Warum aber das?«

»Geld zu jagen und Leute zu bestechen ist meine Sache nicht! Ich will nicht meine Gesundheit ruinieren, den Ruf beschmutzen und mich am allgemeinen Verfall mitschuldig machen!«

Das Wort »bestechen« lässt alle verstummen. Ihre Blicke starren leer und blind in die Luft.

Wovon soll ich künftig leben? Noch weiß ich es nicht. Später wird sich herausstellen: So manche aus meiner Leserschaft finden den Weg zu mir von selbst. Gäste kommen nach wie vor, aber nun muss ich keine verhassten Formulare ausfüllen, keine Beamten bestechen und keine Fremden und mich in Schulden stürzen. Ohne Firma im Rücken sind alle, die zu mir kommen, nun wirklich meine persönlichen Gäste. Also bleibt mir auch die Steuerbehörde erspart. Das großmütige, vertrauensvolle Verhalten der Behörden wird mich später dazu bewegen, so manche schweren Aufgaben, für die eigentlich Vater Staat zuständig wäre, aus freien Stücken zu übernehmen. Das wird darin gipfeln, dass ich eines Tages den ganzen Ertrag, den ich zeitlebens erwirtschaftet habe, für die Bewaldung meines Landes zur Verfügung stelle.

Die Besucherkette zwischen Europa und dem Hohen Altai wird in all den kommenden Jahren beständig sein und nicht abreißen. Bis eines Tages die Pandemie ausbricht und eine Sperre über Länder und Kontinente verhängt wird. Ein Häufchen Leidenschaftlicher und Unternehmungslustiger aus meiner Leserschaft wird es auch dann Jahr für Jahr fertigbringen, sich zu uns durchzuschlagen. Und auch in solchen Zeiten können wir unsere Gäste würdevoll empfangen.

9

Der Gang der Jahre scheint sich um mich herum zu beschleunigen, und mit mir geschehen manche Veränderungen. Preise kommen auf mich zu, weitere Bücher erscheinen, ich gehe als Autor auf Lesereisen.

Ich bin am angesteuerten Ziel angekommen und darf mich endlich dem Schreiben widmen. Erst auf den zweiten, genaueren Blick hin werde ich erkennen, dass jene für gerade gehaltene Fährte in Wirklichkeit voller Kehren und Kurven, Kanten und Ecken, Furchen und Beulen gewesen ist. Ja, mein Körper darf, über den Schreibtisch gebeugt, ganze Tage und Wochen in der wärmenden, betäubenden Nähe des eigenen Herds hocken. Und meine ohnehin flatterigen Gedanken dürfen davontrollen, mal Vergangenem hinterher, mal Künftigem entgegen, den Holprigkeiten des Alltags entfliehen. Sie können Eingeschlafenes und Verblasstes erwecken, all dessen Falten und Furchen abtasten und durchfilzen.

Doch mein neues Erdendasein als freischaffender Autor bringt es mit sich: Mein kurzer, knubbeliger Körper, längst den Zähnen und Krallen des Raubtiers Alter ausgeliefert, muss nun über Länder und Kontinente ziehen. Dieses Herumwandern hat eine gewichtige Bezeichnung: Lesereise. Für mich, und alle Unzivilisierten wie mich, ist es ein aufregendes Novum. Eine mehr oder minder fette Anzahl von Menschen aus nah und fern findet sich zu einer bestimmten Stunde eines bestimmten Tages in einem bestimmten pieksauberen und vornehmen Raum zusammen und hört mir mucksmäuschenstill zu, wenn ich, vorne auf der Bühne hinter einem kleinen, schmucken Tisch sitzend, aus meinem gerade erschienenen Buch vorlese. Auf dem Tisch stehen meistens drei Dinge – eine Vase mit frischen Blumen, eine Wasserflasche mit Trinkglas und eine kleine elektrische Leuchte, die angeschaltet wird, bevor das Licht im Zuhörerraum ausgeht, wie in einem Theater während der Vorstellung. Das Getränk betreffend werde ich vorab gefragt, was ich haben möchte. Was Kaltes oder etwas Warmes? Wenn kalt, dann mit Kohlensäure oder ohne? Am Anfang benehme ich mich nomadisch-bescheiden. Meiner Erziehung aus guter Jurte verpflichtet, sage ich: »Egal.« Und bekomme darauf eine denkwürdige Belehrung erteilt: Egal gäbe es leider nicht, aber eines von all dem anderen könnte ich bekommen – Wasser, Tee, Kaffee, Saft, Rotwein, Weißwein oder sogar einen Schnaps. Das wird natürlich mit einem verschwörerischen Lächeln gesagt. Ich überlege kurz und sage: »Wasser, bitte.« Denn das ist unter all den Getränken das Billigste und entspräche also der vielgerühmten nomadischen Bescheidenheit.

Nur, mit der Zeit schmilzt mir jene streng gepflegte nomadische Tugend. Ich gewöhne mich an die neue Welt mit ihrem wohltuenden Überangebot, das irgendwann wohl auch anfängt, wie Wärme, Kälte und Gerüche in mich einzudringen. Ich beginne, mich als Teilchen dieser überfeinen, überreichen und übervollen Welt zu fühlen. Schließlich verliere ich jede Hemmung vor ihr. Auch bei meinem Getränkewunsch während der Lesung. Auf dem Weg nach oben bin ich anscheinend nah daran, diese großartige Freizügigkeit überzustrapazieren. Eines Abends in München-Gasteig, im großen Kulturzentrum, wird es mir bewusst. Da sitze ich vorne auf der Bühne, im Rampenlicht mit einem gewaltigen Glas Erdinger Weißbier unter dicker Schaumkrone vor der Nase. Und daneben ein zusätzliches Glas Rotwein. Auf einen Schlag komme ich mir zum Schreien komisch vor, dann aber zum Weinen traurig. Da habe ich mich wohl aus lauter Übermut, als von Buch zu Buch immer bekannter werdender Autor, über eine unsichtbare, aber deutlich spürbare Grenze verrannt. Die Kritischen werden in dem Typ da vorne Selbstgefälligkeit sehen, während die Wohlwollenden verunsichert sind: Soll die überladene Menge auf der knappen Tischfläche die entfesselte Genusswut unserer Zeit herauskehren? Steckt hinter der gleichzeitigen Auswahl von zwei schlecht zueinander passenden Rauschgetränken gar eine bestimmte Absicht?

Ich fälle über mich selbst ein hartes Urteil. Womit mir eine Selbstheilung gelingen kann. Denn nun bin ich aus dem Rausch erwacht, den mir der Schall des Ruhmes und der Schaum des Erfolges vorgegaukelt hat.

Aber ich wollte ja nur aus der Sicht eines Ahnungslosen das Phänomen »literarische Lesung« beschreiben. Schon wieder bin ich meiner Grundschwäche erlegen, habe die Zügel der Erzählung aus den Händen verloren. Was an Wesentlichem ist noch nicht gesagt? Ach ja, vor jeder Lesung stellt ein Zuständiger mit kräftigen Lobesworten den Autor vor. Hört der dann auf zu lesen, schließt sich die Diskussion an. Womit gemeint ist, dass die Leser Fragen stellen und der Autor darauf antwortet. In meinem Fall gibt es viele Fragen, weshalb mir oft empfohlen wird, nur ein kurzes Stück vorzulesen. Wenn die Fragen versiegen, tritt der Zuständige wieder vor, erklärt die Lesung für beendet, bedankt sich bei allen Teilnehmern für ihr Kommen und wünscht ihnen eine gute Heimfahrt. Und im nächsten

Atemzug weist er das Publikum auf den Büchertisch hin. In diesem Zeitbruchteil findet zwischen mir und der zuständigen Person ein Blickkontakt statt: Ich werde gefragt, ob ich bereit sei, Bücher zu signieren? Selbstverständlich! Ich bekräftige das mit einer entschiedenen Geste. Denn das ist doch das Wichtigste – für den Veranstalter wie auch für mich, den Autor, der von den Tantiemen verkaufter Bücher sein Lebensbrot bezieht. Und auch für den Buchhändler, der Kisten angeschleppt und den Abend über ausgeharrt hat. Meine Freude über jedes verkaufte Buch muss ich vor dessen Käufer nicht verheimlichen, vielmehr teile ich sie mit ihm. Diese Freude lässt von Mal zu Mal einen ganz persönlichen, gar intimen Spruch für das Menschenkind vor mir entstehen, im Augenblick, wenn ich dessen Vornamen höre.

Zum Schluss des Abends unterschreibt man als Autor eine Quittung und erhält sein Honorar. Ja, das ist der Gipfelpunkt einer jeden Veranstaltung. Denn es festigt dem freischaffenden Künstler die Basis seiner Existenz. Die Honorare scheinen mir mehr als reichlich. Den Geistern Germaniens und ihrer Sprache sei demütig gedankt. Also lebe ich rundum zufrieden mit dem, was aus mir, dem einstigen krabbelnden und zappelnden Inhalt jenes Bündels aus altersweichem Schaffell, hat werden dürfen.

In meinem Land gibt es Hunderte und Tausende von Familien, die sich mit dem, was ich an einem Abend verdiene, einen ganzen Monat lang über Wasser halten. Selbst im Land, wo ich lese, arbeiten Menschen dafür einen ganzen Tag. Dies höre ich da und dort, fast neidisch gesagt. Hier wage ich, darauf zu antworten: Der erste Schritt dorthin, wo ich heute stehe, ist gelegt worden, als ich fünf Jahre alt war. Also gilt das Honorar meinen Anstrengungen von mehr als siebzig Jahren. Das ist auch der Grund, weshalb ich den Verdienst meines Schweißes am Ende immer weiterspende. Was ich an diesem Abend berichte, ist das Eigentum unzähliger Geschlechter meines Volkes. Ich bin lediglich derjenige, dem es nun einmal gegeben ist, daraus zu schöpfen und eine Auslese jener großen Sammlung zu präsentieren.

Dieses Weiterschenken ist eine ehrenwerte Zielstellung, zweifelsohne. Nur werde ich hin und wieder von Samen des Zweifels angefallen, ob ich denn wirklich Gutes tue. Denn ich mache bald folgende Erfahrung: Viele, denen ich materielle Hilfen habe zukommen lassen, wollen weitere Hilfen haben, und dies in immer größeren Ausmaßen. Wer letztes Jahr ein Radio bekommen hat, will heuer einen Fernseher. Wem ich zu einem Motorrad verholfen habe, lässt mich früher oder später von seinem Wunsch nach einem Auto wissen. Sodass ich mich verstört frage, ob in jedem Menschenkind doch die Seele der gierigen Frau des gütigen Fischers steckt, die dem gefangenen und wieder freigelassenen goldenen Fisch alle möglichen Wünsche abringt? Puschkins berühmtes Gedicht *Der goldene Fisch* ist mongolischen Menschen so vertraut, dass ein jeder es mindestens zur Hälfte auswendig kennt. Habe ich durch meine lockeren Gaben so manchen Menschen nicht zur Erfüllung ihrer Lebensträume verholfen, sondern sie nur zur Gier angestachelt und somit erst recht unglücklich gemacht? Ist am Ende der Spruch doch wahr: Der Planet Erde sei zwar in der Lage, die ganze Menschheit am Magen satt zu halten, aber nicht, einem Einzigen die Gier in der Seele zu stillen?

Ich bekomme zu spüren, dass unbedachtes Geldverteilen Gefahr läuft, unter meinen eigenen Leuten den Samen des Neids zu streuen. Zu dieser ernüchternden Einsicht verhilft mir unser Jüngster, der, nach Khalil Gibran, nicht wirklich unser, sondern seiner Zeit Kind ist. Der Kluge schlägt mir vor, eine Stiftung zu gründen, um das Geld gezielt einzusetzen für Vorhaben, die nicht nur einer Einzelperson oder deren Familie, sondern der ganzen Gemeinschaft zunutze kommen. Sein Argument erinnert mich an das nomadische Sprichwort: Die Hörner, die sich erst später herausbilden, werden am Ende länger sein als die Ohren, die schon von Anfang an da sind. So also kommt die Stiftung zustande, die dann meinen Namen tragen wird.

Ich versuche, dem Sohn weitgehend freie Hand zu lassen und selbst im Hintergrund zu bleiben. Bittsteller verweise ich an ihn, den Stiftungsdirektor. Ich bin also befreit von der lästigen Aufgabe, eine begrenzte Geldsumme verteilen zu müssen, ohne den Einzelnen zu kränken. Was aber nie ganz gelingen will, weil es am Ende immer Leute gibt, die mit leeren Händen dastehen. Was nicht nur sie, sondern auch mich selbst sehr belastet. So oft werde ich denken: Warum habe ich mit dieser letzten Endes unmöglichen Mission überhaupt angefangen? War ich realitätsfern, als ich das erste Mal aus schierer Freude, an keine Folgen denkend, das Geld verschenkte, um Menschen in Freude zu sehen?

Das Auftauchen des Sohnes mit seiner ganz anderen Erscheinung und Prägung vermindert für mich diese Peinlichkeit. Noch wichtiger dabei ist mir, dass mein hauptstädtisch geformter und bislang wenig bekannter Sprössling seine ersten Erfahrungen als künftiges Oberhaupt unseres Volkes machen kann. Schon während seines ersten längeren Aufenthalts im Gebiet der Vorfahren ahne ich, dass er meine Rolle fortsetzen kann. Er kennt die Welt, spricht viele Sprachen, ist jung, ansehnlich und voller Energie und Schaffenslust. Und er verfügt über ein besonnenes Gemüt, was mir abgeht. Mich müsste man eher heftig bis hitzig nennen.

Dann bescheren uns die strengen Naturgottheiten der Höhensteppe in kurzer Abfolge eine Reihe von Erprobungen. Es beginnt mit dem übermäßig harten Winter des Jahres 2015 und dann zwei, drei Jahre darauf schon wieder: Schnee, Kälte, Futtermangel. Schon bei der ersten Herausforderung spannt der Sohn alle Muskeln der Stiftung erstmalig richtig an und unternimmt vieles, was der Vater nie geschafft hätte. Als Kind seiner Epoche versteht er es meisterhaft, die neuzeitliche Nachrichtentechnik in unseren Dienst zu stellen und alle Verbündeten im Ausland über die schwierige Lage im Altai zu benachrichtigen. Worauf die Verbündeten ebenso blitzartig handeln. Sie rufen zu einer Hilfsaktion für die frierenden Nomaden und deren verhungernde Herden auf. Wunderbar, dass selbst in der heutigen Zeit, da eine globale Gefühlskälte die Menschheitsfamilie zu zersetzen droht, in wenigen Tagen schier unglaubliche Spendengelder bei uns eintreffen. Der Initiator dieser Aktion fliegt sogleich in die Bezirkshauptstadt, kauft dort Schmugglern und Schiebern Heu und Kraftfutter aus Russland ab, stellt eine ganze Lkw-Kolonne zusammen und fährt damit in den Landkreis, wo die Mangelware auf Kleintransportern, Traktoren, Kamelen, Ochsen und Pferden bis zu den Jurten und Herden gebracht wird.

Die ausgemergelten Wesen, die zwei- wie auch die vierbeinigen, hätten beim Anblick und Duft des Heus angefangen zu zittern und zu weinen, wie es mir der Sohn später berichtet hat. Da zwickt es auch mich, inzwischen auf staksigen Großvaterbeinen zu Hause geblieben, an der Nasenwurzel, und meine Augen werden tränentrüb. O ja, ich kenne das – Tiere weinen wie wir, auch aus Freude.

Nur schon drei Jahre später kommt eine neue Probe. Der Winter, der in der Vergangenheit alle zehn bis zwölf Jahre ungewöhnlich streng auszufallen pflegte, zeigt schon wieder seine mörderischen Zähne und Krallen. Eine noch gewaltigere Kolonne mit Viehfutter kommt zu Hilfe und stoppt das schon eingesetzte Viehsterben recht schnell. An der Spitze der weithin sichtbaren Kolonne aus lauter hoch- und schwer beladenen Lastern steht diesmal neben dem Stiftungschef auch eine Europäerin – sie ist als Präsidentin des Vereins Open Hearts for Mongolia mit Spenden unserer Freunde aus der kleinen, aber sonst in jeder Hinsicht mächtigen Schweiz herübergeeilt. Was auf die geretteten Menschen wie eine stärkende Botschaft wirkt.

Ich empfinde bei all dem vor allem: Seligkeit … Glück … Trefflichkeit. Und dann jedoch: Vorsicht … Überlegtheit … Demut. Denn unsereins freut sich, wenn die Sprösslinge weiterkommen, mehr erreichen und besser leben als die Eltern. Das neidgetriebene Verhalten des gefeierten Tondichters und tiefbedauerlichen Johann Strauß Vater gegenüber der Laufbahn seines ihn schließlich übertreffenden gleichnamigen Sohnes ist unserer materiell kärgeren, aber seelisch üppigeren Welt wesensfremd. Also ermuntere ich meinen Nachfolger, lenke ihn auch aufs angepeilte Ziel und versuche, ihn mit jeder Prise meiner nachlassenden Kräfte vorwärtszuschubsen. Denn ich glaube, dass der Sohn mich in vieler Hinsicht deutlich übertreffen wird.

Tatsächlich packt er neue Projekte an, die über seine Familie hinaus vielen nützen. Er lässt die begehrte, hoch fetthaltige Milch der Jak-Kühe verarbeiten. Während des kurzen Sommers lässt er einen Bergkäse nach europäischem Rezept pressen und gründet die erste mobile Käserei in einer Jurte, stellt den ersten Jakmilch-Käse weltweit her. Diesem Veränderungsruck an unserem uralten Leben folgen bald weitere. Der Städter mit seinen Altaiwurzeln erkennt die altersmorschen Stellen im hergebrachten Gefüge, die bislang einfach hingenommen wurden – es ist doch damit bis jetzt gegangen! Er sieht, dass die einheimischen Tiere geschrumpft sind, weil ihr Blut allzu lange Zeit keine Erfrischung von außen bekommen hat. So holt er Zuchttiere aus verschiedenen Ecken des Landes herein: zuerst Schafe, dann Jaks und Ziegen und schließlich zwei Pferdefamilien mit je einem Hengst und zwei Stuten. Die Sippengenossen, zeitlebens den Tieren so nah wie ihren Nächsten, wissen die Neuankömmlinge sofort zu schätzen.

Ich fühle mich nun ausgeglichener zwischen der Wehmut des hereinbrechenden Alters und dem Trost durch den gefundenen Nachfolger, der mich vor dem gesamten Stamm vertritt und die traditionelle Führungsrolle der Adaj-Irgit-Sippe nach innen und außen würdevoll fortzusetzen verspricht. Schon halte ich Ausschau nach der nächsten Gelegenheit, das Amt feierlich dem Sohn zu übertragen, um die mir noch verbliebene Zeit ohne Bürde als freier Mensch, nur nach eigenem Belieben und Herzenslust verbringen zu dürfen.

So also stehen heute die Dinge. Auf dem Kalenderblatt steht der 22. November des Jahres 2020. Die Menschheit stöhnt inmitten einer sehr schweren Zeit. Die Pandemie hat den Reichsten und Mächtigsten wie auch dem Ärmsten und Schwächsten eine Lehre erteilt. Ein dem Auge unsichtbares und dem Hirn schwer erfassbares Virus hat sich als gefährlicher und zerstörerischer erwiesen als alle vorhergesehenen Bedrohungen. Innerhalb von wenigen Wochen wurde die Welt in die Knie gezwungen, alle Kontakte um den Erdball lahmgelegt. Die davon verursachten Schäden haben jede Grenze der menschlichen Vorstellung längst gesprengt.

Die Großmächte, die sich allen Herausforderungen und Gefahren entrückt glaubten, sind für eine kurze Zeit beschämend kläglich und klein geworden. Sie müssen erfahren, dass sie trotz ihrer aufgehorteten Vernichtungswaffen und Einschüchterungsgeräte hilflos dastehen.

Was ich doch alles während der kurzen Zeitspanne meines Menschenlebens habe erleben dürfen! Urgesellschaft, Feudalismus, Sozialismus-Kommunismus, Kapitalismus. Und alles mit seinen Vorzügen wie auch Nachteilen. Auch die Pandemie will mir, trotz ihrer Schrecknisse, wie ein Geschenk vorkommen. Denn ich empfinde sie als eine Atempause in der allgegenwärtigen, hetzenden Tollwut. In den Tagen der strikten Quarantäne kann man die Erde wieder atmen hören und den Himmel wieder leuchten sehen. Die Flüsse fließen mit einem Mal fröhlicher und die Meere wellen sanfter. Die Tiere und Pflanzen können sich in der kurzen Zeitspanne unseres abgebrochenen Dazutuns wieder erholen.

Eine weitere Freude: Das Mittelalter mit seinen Pesterfahrungen ist mir mit einem Schlag näher gerückt. Boccaccio kommt mir vor wie ein Zeitgenosse, und sein *Decamerone* wie eine Erzählung für die heutige Zeit.

Die Not bringt uns neue Vokabeln bei: »Online« wird zu einem Segen. Ich mache die ersten Fernschritte in alle Ecken und Enden des Globus. Gestern durfte ich einen Blick ins Büro einer Firma in München werfen und mit der jungen Unternehmerin eine ganze Stunde ein sachlich-herzliches Gespräch führen. Soeben konnte ich einen der Wundertäter unserer Zeit und Welt, Nagunbilik aus der Inneren Mongolei, zu mir herüberholen. Morgen will ich dem Wunsch eines hochbetagten Lesers in einem kleinen Bergdorf in der Schweiz nachkommen. Und nächste Woche soll ich mich einer Gruppe aus vier Ländern Europas in einem virtuellen Raum vorstellen. Alles sitzend an meinem Schreibtisch im eigenen Haus. Als weiterhin aktives

Mitglied der großen Menschheitsfamilie, nun auf diesem recht merkwürdigen Weg. Also habe ich während dieser holprigen Zeitstrecke Verlust und ebenso Gewinn verbuchen dürfen. Dies meine ich nicht nur für meine eigene Person, sondern für alle Menschen, als deren spähendes Auge, horchendes Ohr, denkendes Hirn, redende Zunge und knüpfendes Glied ich seit Jahr und Tag in der Welt auftrete.

Nach dieser recht kräftigen Aussage muss ich mich erst einmal zurechtstutzen. Unbescheiden? Aber gewiss! Diesen Vorwurf habe ich schon oft einstecken müssen. Doch hier geht es um meine Memoiren. Wer sich entschließt, den Extrakt seines Lebens zu brennen, der darf nicht auf Misstöne in der Öffentlichkeit achten und darf keinen einzigen Gedanken zurückhalten. Die wichtigste Erfahrung meines relativ langen Menschenlebens lautet: Wer alles der Bescheidenheit zuliebe tun will, der sorgt dafür, dass seine Lebensfrist auf Gottes Erde als mäusemutiger, läusenichtiger Spießer spurlos verläuft. Die Niederschrift von Memoiren soll er lieber lassen, weil das, was er bald hinter sich lassen wird, ganz einfach zu nichtig gewesen ist. Wer dagegen aber dem Schlag seines eigenen Herzens folgt, dem schenkt jeder Lebenstag etwas, das eines Tages zu einem wertvollen Teilstück am großen Ganzen wachsen kann.

Solches hat mir auch der heutige Tag gezeigt. Jener Mann aus der Inneren Mongolei, von dem ich erst heute erfahren habe, ist nicht nur ein sehr erfolgreicher, mit allen Diplomen ausgestatteter Arzt, sondern ein von breiten Menschenmassen anerkannter Heiler. Die Videofilme mit seinen Besuchern, die Freudentränen in ihren Augen, die Zuversicht auf ihren Gesichtern lassen mich erkennen, woran auch ich glaube und wofür ich mich seit Jahr und Tag einsetze.

Womit meine Tätigkeit als Heiler endlich explizit genannt

sein will. Falls dieses Bekenntnis eines Schriftstellers bei manchen auf Zweifel stößt, möchte ich so antworten: Gleich wie ich mit meinen Armen und Beinen, Händen und Füßen und auch anderen Organen gegen Beschwerden Hilfesuchender angehe, so setze ich gegen Störungen in Seelenlandschaften meine Gefühle und Worte ein. Klingt es salonfähiger, wenn ich sage: Mit meinen Texten will ich die Seele der Leser erreichen und ihnen helfen, sich innerlich gesund zu erhalten? Der Wortkunst, wie ich sie betreibe, wohnen durchaus Heilzwecke inne.

Noch bevor ich in die Schule komme, bin ich Schüler bei der bekanntesten Schamanin unserer Ecke. Und bevor ich lesen und schreiben lerne, bevor ich von Zaubersprüchen erfahre, denke ich mir Gebete, Anrufungen und Beschwörungen in Stabreimen aus, um den übermächtigen Geistern näher zu kommen und ihren Beistand zu suchen. Zum künftigen Heiler macht mich die jucklustige Rückenhaut meiner Mutter. Abends, wenn in der Jurte das Herdfeuer zu fauchen beginnt, der Fleischkessel dampft und prasselt und auf dem Altar die Butterleuchte flackert, bittet sie mich, mit den messerscharfen Nägeln der acht zusammengelegten Finger meiner Kinderhändchen ihren entblößten breiten Rücken zu kratzen. Was lange andauert und mir so manche Lobesworte und Segenswünsche einbringt.

Vater ist der Nächste. Wie meistens sitzt er da und klopfte einen Batzen Jakleder weich. Da wendet er sich mit merkwürdig verdrehtem Oberkörper und verzogenem Gesicht an mich, kaum hat mich Mutter entlassen: »Ach, Kindchen, fahr doch mit einer Hand kurz dahinein!«

Sogleich stecke ich einen Arm hinter seinen Hemdkragen, die Finger schon gekrümmt, um loszukratzen.

»Ja, genau da.« Doch kaum einen Lidschlag später: »Au, nicht so derb!«

Denn ich habe schon angefangen, meine Hand mit den gesteiften Fingern über seinen Rücken zu führen. Aber ich weiß, dass ich das nicht derber tue als vorhin bei Mutter. Also muss ich beim Vater, den ich mir nicht nur größer und stärker, sondern auch mächtiger und mutiger als Mutter vorstelle, sanfter vorgehen. Von da an weiß ich, dass Männer im Schmerzenaushalten schlechter und auch sonst weniger belastbar sind als Frauen, die zumindest in der nomadischen Welt für weniger gehalten werden als das starke Geschlecht.

Irgendwie werde ich auch mit dem Vater fertig und ernte nette Segenswünsche. In dem Augenblick trifft sich mein Blick mit dem der Großmutter, der wärmenden Sonne am Morgen meines Lebens. Darin glaube ich denselben Wunsch zu lesen. Ich frage, ob sie auch drankommen wolle. »Ach, nein, mein Welpchen. Du hast für deine Eltern genug gearbeitet. Nun darfst du weiterspielen!«

»Ich will aber nicht spielen. Möchte lieber Euch Gutes tun, Großmutter.«

»Du tust mir schon genug Gutes, mein Schlauköpfchen. Denn ich freue mich auch, wenn ich dir einfach zuschaue, wie du spielst, weiterhin gesund und munter bleibst und heranwächst, du unser unermüdliches Spätzchen!«

»Vater und Mutter meinen, ich sei aus dem Alter heraus, ständig ans Spielen zu denken. Was soll ich nun tun, Großmutter?«

Sie hört mir geduldig zu, überlegt eine Weile und sagt dann in ihrer gütigen Art leise: »Wonach zieht es dich, unser tolles, nimmermüdes Geistchen?«

»Euch allen folgen. Aber wie soll das gehen?«

»Jeder von uns dreien hat wohl recht. Weil jeder dabei meint, so sei es für dich das Beste. Richte dich danach, wonach es dich gerade drängt. Behalte dabei aber das andere auch verwahrt hinter der Stirn.«

»Dann möchte ich Euch jetzt den Rücken kratzen.«

Großmutters Augen, sonst schmal und halb verschlossen, werden mit einem Mal größer und funkeln. »Dann komm her, mein Spätzchen!«

Ich eile zu ihrem Lager, wo sie liegend wartet, bis das Fleisch gar ist. Ich greife nach der Hand, die sich mir entgegenstreckt. Sie richtet sich auf, zieht mich zu sich heran und schnuppert lange, laut und genussvoll an meinen Schläfen. Dann erst sagt sie: »Mein Rücken braucht deine Händchen nicht. Es genügt, wenn du sie mir auf die Schulter legst, mein Augenstern.«

Nicht enttäuscht, nur verwundert tue ich das, denn ich fühle große Behaglichkeit, sooft ich mich an die Großmutter anlehnen darf. Nun aber höre ich unerwartet Lobesworte: Es sei, als ob aus meinen Händen kleine Flammen in ihre alten, kalten Schultern hineinstrahlen. Und wieder höre ich Segenswünsche, und dazu die Mahnung, ich solle mir die Hände gut waschen.

Ab dann darf ich meiner Großmutter Freude bereiten, wann immer es mir einfällt und wo immer sie meine Hände will: auf den Schultern, den Knien, dem Kreuz und wiederholt auf den Handgelenken. Und dieses Wärme-, ja, Hitzeausstrahlen soll ich auf ihren Wunsch hin bald nicht nur mit meinen Handflächen, sondern auch mit dem ganzen Körper ausführen. Sie meint entdeckt zu haben, dass der Druck meiner Hände und auch Füße ihrem Körper guttäte. Das erzählt sie den Eltern und folgert, in mir stecke bestimmt ein künftiger Heiler. Das will die Mutter natürlich gleich selber testen. In Unterkleidern legt sie sich links vom Herd auf den Bauch und lässt mich auf sich steigen, damit ich mit meinen Knien und Ellenbogen ihr Kreuz und ihre Schultern knete. Sehr bald höre ich genießerisches

Jaulen: »Ahii, mein Kind, ahii!« Diesen Laut, halb gequiekt und halb gewinselt aus der Nasenhöhle, kenne ich schon als Zeichen von großem Wohlbehagen. Ich fühle mich ermuntert, muss nur aufpassen, dass ich nicht seitlich abrutsche. Denn Mutters Rücken ist nicht anders als der von Hunden und Schafen, mit lockerer, wabbelnder und schlotternder Haut. Je fetter das Tier, umso wackliger. So fühlt es sich auch hier an, Mutter ist wohl etwas fett. Nur geziemt es sich nicht, das bei Menschen zu sagen, erst recht nicht bei der eigenen Mutter.

Solche Gedanken gehen durch meinen Kopf, während ich auf ihr mit meinen Knien und Ellenbogen nach Herzenslust zapple und strampele. Und was bekomme ich für dieses wilde Getue zu hören? Weitere Lobesworte und Segenswünsche! Was mir ein wenig unverdient vorkommt, doch, ehrlich gestanden, auch gefällt.

Dieses merkwürdige Spiel ist der Anfang meiner Tätigkeiten als nützliches Wesen auf Gottes Erde. Viele Jahre lang werde ich mit Abertausenden von Menschen, die hilfesuchend zu mir kommen, jenes Spiel spielen, in gewissen Abwandlungen freilich. Zunächst sind es die Ältesten in der eigenen Verwandtschaft. Dann deren Bekannte, die im Sommer ihre Winterjurten im Schutz von Bergen und Felsen verlassen und auf weiten Ebenen zu kleineren und größeren Gehöften zusammenkommen. Das ist immer die schönste Zeit für die ganze Gemeinschaft. Herden und Menschen genießen die Freuden des Daseins aus vollen Zügen. Die Kinder spielen und toben sich aus, während ich mit älteren Menschen beschäftigt bin und auf ihre Wünsche hin Rücken und Schultern knete und klopfe. Dafür werde ich mit allerlei Leckerbissen belohnt, mit einer gekochten Schafsniere oder -zunge, oder mit einem auf Glut gerösteten Jakbullenhoden. Hin und wieder sogar mit einer

Schale Mehlbrei oder mit einem kamelfußsohlengroßen Gebäck. Ja, das kommt von Oma Ewej. Ich habe mit den Kanten meiner beiden Hände auf ihre krachenden Schultern eingehauen und sie immer wieder zum Aufschreien gebracht. Der Vater mahnt mich, etwas sanfter mit Oma umzugehen. Doch sie widerspricht heftig: »Lass den Jungen machen. Diese morsche Hülle braucht derbe Kopfnüsse!« Und dann zu mir: »Ahii, mein Kind, ahii! Weiter so!«

Erst viele Jahre später werde ich begreifen: Das arme Wesen hat gegen ihre quälenden Gebrechen einen Hass entwickelt. Die kleinen Schmerzen unter meinen Kinderhänden versteht sie als lustvolle Vergeltung an ihrem treulosen, unzuverlässigen Körper. So gesehen, bin ich wohl ihr kleiner Racheengel gegen den Feind Rheuma. Darum bewirtet sie ihren Wohltäter mit etwas ganz Besonderem in jener knappen Nachkriegszeit: mit einem frisch gebackenen Weißmehlklops. Sie reicht ihn mir auf einer blinkenden und klimpernden Aluminiumplatte wie einem ehrenwerten und seltenen Gast. Um zu beschreiben, wie gut die Gabe mir geschmeckt hat, fällt mir kein Wort ein.

Niemand ließ mich umsonst arbeiten. Zumindest gab es Lobesworte und Segenssprüche für ein langes Leben. Morgen, am 26. Dezember 2020, werde ich laut meinen Dokumenten siebenundsiebzig Jahre alt. Keinem von meinen Geschwistern war es vergönnt, diese Altershöhe zu erreichen. In unserer Sippe haben bisher nur zwei diese Grenze überschritten: Meine Mutter wurde fünfundachtzig und ein Vetter von ihr fünfundneunzig. Dennoch steht es fest, dass sich meine irdische Zeit ihrem Ende zuneigt. Dieses Wissen treibt mich zur Eile, wenigstens das laufende Manuskript zu einem einigermaßen lesbaren Ende zu bringen. Dabei stecken in mir Entwürfe zu so vielen weiteren Arbeiten! Dass mein Hirn sich solches noch zutraut, halte ich für ein gutes Omen. Möge mir der Himmel dazu die Zeit gönnen. Vielleicht erreicht ja die weltweit zunehmende Lebenserwartung sogar uns asiatische Wandernomaden. Und dann die viel beobachtete Erfahrung, dass dem zuletzt verbliebenen Nestling die nichtgelebten Jahre seiner zu früh gegangenen Geschwister nachträglich zuzufallen scheinen. Ich spüre immer deutlicher, dass ich mit jedem Tag näher rücke an die geheimnisvollen Zahlen 80 ... 88 ... 99 ... 108 ... 113 ... und sogar 120.

In einer deutschen Talkshow fragte mich der Meister Alfred Biolek nach meinem Hauptberuf. Ich antwortete: »Der Mensch.« Er stutzte eine kleine Weile und sagte: »Ja, das geht.«

Gnädig, dass der Meister meine hochtrabende Antwort, geboren halb aus Trotz und halb aus Eitelkeit, gelten ließ und mich vor Millionen seiner Zuschauer nicht entblößte. Heute muss ich an dieser Stelle, wo es um endgültige Aussagen geht, mit der ungeschminkten Wahrheit herausrücken. Hauptberuflich bin ich Heiler gewesen. Also nicht Hirte, Jäger, Lehrer, Journalist, Dichter, Schriftsteller, Schauspieler, Redner. Ebenso wenig Gärtner oder Baumzüchter oder geradezu romantisch klingender Naturhüter oder gar kindisch-provokativer Weltenretter! Nein, bei der Benennung eines jeden dieser Berufe habe ich mich nur an bestimmte Szenen meiner Irrungen und Wirrungen durch den Dschungel des Lebens erinnert. Dahinter stand als Ziel ständig das Wohl, nämlich die Heilung.

Also wollte ich, wo ich auch war, Heiler sein, und wohin ich auch driftete, Heiler bleiben. Damit bekommt mein Leben einen anderen Rhythmus. Im Ausland werde ich bald auch um Heilseminare gebeten. Keine dieser Veranstaltungen vermag einer anderen gänzlich zu gleichen, anders als bei Lesungen, wo doch ein gedruckter Text vorliegt. Ein Heilseminar dagegen stellt von vornherein eine Ungewissheit dar. Es gleicht einer von oben herabstürzenden Wassermasse, die sich ein Bett zum Abfließen bahnt. Als Seminarleiter muss ich mich jedes Mal den entgegenschwappenden Erwartungen der Teilnehmer stellen und sehen, dass sich die kunterbunte Menge aus untereinander noch unbekannten Individuen im Raum so schnell wie nur möglich zu einer Körperschaft festigt, um mit mir zusammen auf Suche nach Lösungen für die alsbald auftauchenden Rätsel zu gehen. Jedes Seminar ist eine Herausforderung für beide Seiten. Für mich eine erneute Probe, ob es mir zusteht, Heiler genannt zu werden. Und für jeden Teilnehmer ist es eine Zumutung, weil ohne jede Garantie auf eine Wirkung – die Teilnahmegebühr macht das Vielfache einer Lesung aus. Es beansprucht mindestens einen ganzen Tag, während eine Lesung selten länger als zwei Stunden dauert.

Dennoch ist jedes Heilseminar ein lohnendes Abenteuer, weil es den Beteiligten sehr oft bislang ungeahnte Ein- und Ausgänge im Lebensdschungel bietet. Denn in jedem Menschen steckt eine ganze Horde von Geheimnissen, die nur er selber austragen kann. Freilich braucht jedes Geheimnis einen Schlüssel, um aufgedeckt zu werden. Ich wage, mich für einen zu halten, der in der Findung solcher Schlüssel recht geübt ist. Denke ich an die Menschenmengen, die ich bislang habe kennenlernen, berühren und beglücken dürfen, fällt mir nichts anderes ein, als dass dies meine Gabe gewesen ist. Mein Amt, mir bestimmt vom Höchsten. Und so hat es auch einen jeden meiner Erdentage fortdauernd mit Sinn erfüllt.

10

Wie habe ich mich gefreut, als 2009 mein Favorit als der neue Staatspräsident aus dem Wahlkampf hervorging! Tsachiagiin Elbegdordsch war der Kandidat der Demokratischen Partei, und diese steckte noch nicht in dem Schlammloch, in dem sie heute steckt und stöhnt, um all die Schandflecken ihrer Vertreter an der Macht gebleicht zu bekommen. Damals stand auch ich, trotz meiner Parteiallergie, auf ihrer Seite.

Was das für mich bedeutete!

Sogleich fange ich an, in die weite Welt hinaus zu verkünden: »Hallo, wir haben ab heute einen demokratischen Staatspräsidenten!« Ich will ihm persönlich und auch im Namen meiner Familie und meines ganzen Sippenvolks gratulieren und ihn vor den Schmeichlern warnen, die, Kletten gleich, ihn bestimmt von allen Seiten anfallen würden.

So einfach, wie ich mir das ausgemalt habe, ist die Sache nicht. Auf meinen schriftlichen Antrag zu einer Begegnung kommt keine Antwort. Tage, Wochen, Monate vergehen. Mühselig telefoniere ich mich bis zum Präsidialamt durch und erfahre, dass mein Schreiben noch unter den Pendenzen liege. Doch dann kommt vom Amt die Nachricht, ich solle zu dem Tag und der Stunde an einer bestimmten Pforte in entsprechender Bekleidung und mit meinem Personalausweis erscheinen. Endlich, denke ich erleichtert. Doch die Euphorie der ersten Tage nach dem Wahlsieg ist weg und droht, auf den Nullstand zu sinken. Denn nicht der Präsident ist es, der mich empfängt, sondern einer von dessen Gehilfen. Ein unglaublich misstrauischer Typ. Er will immer wieder ganz genau wissen, warum ich denn den Herrn Staatspräsidenten – auf diese Amtsbezeichnung scheint er größten Wert zu legen – unbedingt persönlich treffen möchte. Anfangs sage ich noch lachend und salopp: »In den alten Zeiten waren wir wie Brüder, wie Kameraden einer Kompanie. Ich war der Ältere, Erfahrene, er brauchte Schutz und Rat.«

Ich sehe gleich, das schmeckt diesem wichtigtuerischen Winzling zwischen Staat und Volk gar nicht. Denn ich werde auf der Stelle gewarnt: »Bitte achten Sie auf die richtige Wortwahl. Hier ist die Rede vom Herrn Staatspräsidenten!«

Die Zurechtweisung durch einen nichtigen Speichellecker lässt mir den Kragen platzen. »Du weißt genau, wer ich bin. Im Archiv eurer Behörde liegen dicke Mappen über meine Person. Deine Vorgänger haben sie immerhin gelesen. Wie ich euch kenne, sind hier bestimmt Wanzen angebracht. Ich werde jetzt ein paar Worte direkt an ihn richten. Wenn du Mumm genug hast, spiel sie dem Herrn Staatspräsidenten vor.«

Mein Gegenüber wird fahl, seine Lider und Lippen zittern kaum merklich. Vielleicht ist er gar nicht von der Stasi, sondern ein armer Niemand, der durch einen Glücksfall im Präsidialamt Unterschlupf gefunden hat. Nun fahre ich mit veränderter Stimme fort: »O mein lieber kleiner Bruder, mein Kollege aus alter Zeit! Wie wunderbar, dass alle, die für die Demokratie glühen, mit dir bei den Präsidentenwahlen gewonnen haben! Warum aber ist der Weg des Volkes zum eigenen Präsidenten so endlos lang geworden? Vor einem halben Jahr habe ich gemeldet, dass ich dich treffen will. O Brüderchen aus der süßen Stunde unserer ersten Bekanntschaft, o Kollege unserer großen, gemeinsamen Träume, o Kamerad aus der Zeit geheimer Pläne, o mein Gefährte aus den Monaten der Kämpfe! Denk bitte an die erste gewagte Auseinandersetzung Intellektueller mit den Politbüromitgliedern im Haus der Jugend, an unsere erste offene Kundgebung trotz Verbots auf dem Platz der Jugend im November 1989, an die große Demonstration an jenem klirrend kalten Januartag, als du uns per Lautsprecher zum Lenin-Denkmal geführt, dich davor verneigt und deine Stirn gegen den eiskalten Marmorstein gedrückt hast, um dem Führer des Weltproletariats laut und klar zu beteuern, dass wir nicht gegen, sondern für seine Ideen demonstrieren! Denn auch du hast damals an die Verbesserung des Kommunismus geglaubt, wie Gorbatschow und Millionen andere. Und erinnere dich an den Nachmittag im Jahr 1989, in meinem Büro, Zimmer 105 im Journalistenverband – du bist mit einer Flasche Sekt erschienen und hast mir das erste Glas in die Hand gedrückt. Du warst der Jüngste von uns allen, bist schon immer durch deine lockere Zunge aufgefallen und warst besonders wortgewandt. Warst ganz einfach vieler Menschen liebstes kleines Brüderchen!«

Der Typ unterbricht mich nicht. Während meiner ganzen Tirade sehe ich auf seinem leblosen Eistellergesicht, dieser Einheitsvisage der neuzeitlichen mongolischen Beamten, keinerlei Reaktion. Ich breche dieses seltsame Briefdiktat ab und sage, dass ich dem Herrn unnahbaren Präsidenten einen persönlichen Brief schreiben werde. Stehe auf und gehe.

Dann aber verliere ich auch dazu jede Lust und schreibe nicht. Der Volksmund hat sein schön redendes, aber hässlich handelndes Oberhaupt, diesen kleinformatigen Schläuling, inzwischen mit dem Spitznamen »Murmeltier« versehen. Auch bin ich durch die schwere Krankheit meiner Frau so sehr abgelenkt, dass mir die schmutzigen Tricks des Affenzirkus Politik gleichgültig geworden sind. Doch anderthalb Jahre später kommt ein Telefonanruf: Der Staatspräsident wolle mich sprechen! Nach kurzem Rascheln vernehme ich tatsächlich die quickmuntere, vertraute Stimme in der Hörermuschel: »Hier ist Elbegdorj. Vor einiger Zeit haben Sie ein Schreiben an das Präsidialamt gerichtet, mit dem Wunsch, mich zu sprechen. Sie könnten heute 16.30 Uhr vorbeikommen.«

Ich bin arg überrascht, aber teile im nächsten Augenblick meine Bereitschaft in ebenso amtlichem Stil und knappen Worten mit.

Erst vor dem erdrückenden Regierungsgebäude wird mir bewusst, wie lange ich nicht mehr hier gewesen bin – ganze fünf Jahre! Zuletzt war es 2006, als der damalige Präsident Nambaryn Enkhbayar anlässlich des achthundertjährigen Jubiläums des Großmongolischen Reichs zur Feier lud. Eine Stunde später kam ich wieder heraus, mit einem glitzernden Edelmetallstück am Jackenaufschlag und in der Tasche eine goldbeschriftete Urkunde, die mich als Verdienten Kulturschaffenden des Mongolischen Staats ausweist, was mir seitdem mancherlei Erleichterungen im Leben beschert.

Heute, am 19. Januar 2011, fällt mir auf: Das Gebäude ist abgezäunt wie eine Festung. Die vielen Uniformierten erinnern mich an eine Kaserne oder gar ein Gefängnis. Nach einer ersten Kontrolle gehe ich auf das Tor zu, das mir und meinen Kindern so vertraut ist, da Hassaa ganze zwölf Jahre lang jeden Morgen hineingegangen und jeden Abend wieder herausgekommen ist. Draußen oder auch drinnen haben wir oft auf sie gewartet. Damals konnte jeder bis zur Eingangspforte herangehen. Auch der bewaldete Park rechter Hand gehörte allen. Tausendmal habe ich ihn am frühen Morgen betreten, um den bequemen elliptischen Spazierweg als Rennbahn beim Frühsport zu nutzen. Später kamen meine Kinder dazu. Während wir darauf unsere zehn bis fünfzehn Runden drehten, beäugt von den Hirschen im Wäldchen, brachte ich den Kleinen Morgen für Morgen ihre ersten deutschen Vokabeln und Sätze bei.

Solche Erinnerungen lassen die Schwernisse jener Jahre verblassen. Angesichts der Unzulänglichkeit der Gegenwart kommt in einem hin und wieder sogar eine gewisse Sehnsucht nach der Vergangenheit auf, die man vor nicht allzu langer Zeit endlich überstanden glaubte – merkwürdiger, schmerzhafter Epochenwechsel!

Ich steige die Stufen zum Eingang hinauf. Die Tür geht auf, und ein Uniformierter schaut nicht nur prüfend, sondern auch, wie mir scheinen will, herablassend auf mich herunter. Ich zeige ihm gelassen den Wisch in meiner Hand und sage nur: »Zum Präsidenten.«

Ein anderer Uniformierter führt mich zum Fahrstuhl, ein weiterer Uniformierter wartet schon, als ich aussteige. Unheimlich, diese Automatik. Im Wartezimmer endlich wieder Menschen in Zivil. Ich nehme Platz und sehe alle mir noch unbekannten Anwesenden dankbar an. Der Wartende links neben mir lächelt zurück und fragt: »Na, was macht die Kunst?«

Also muss ich ihm als Schriftsteller bekannt sein. Wenig später fragt er auch nach meinen Bäumen: Wo ich sie pflanze, welche Baumarten das sind, in welchem Zeitraum ich die versprochene Million zu erfüllen gedenke. Aus seiner Brusttasche holt er eine Visitenkarte und gibt sie mir. Pflegte ich selber auch Visitenkarten mit mir zu führen, hätte ich es mit meiner erwidert. Aber ich habe damit aufgehört, nachdem ein Ostberliner

Journalist, ursprünglich ein sehr guter Bekannter, nach der Wende arbeitslos und verbittert, einen überaus gehässigen Beitrag über mich veröffentlicht hat, wo von einem ständig Visitenkarten zückenden Mann die Rede ist.

Die Karte in der Hand, weiß ich, neben wem ich sitze. Es ist der Chef eines Pharmaunternehmens, einer der reichsten, auch einflussreichsten Personen im Land. Ich erkenne: Dass ich mich wegen der Gehässigkeiten des verbitterten Schreiberlings von Visitenkarten verabschiedet habe, war ein feiger und falscher Schritt. Demnächst werde ich mir wieder welche drucken lassen.

Endlich geht die hintere Tür auf. Überrascht sehe ich, wer da herauskommt: der Abt des Gandan-Klosters in Ulaanbaatar, das als einziges auch zu kommunistischen Zeiten hat existieren dürfen. Dessen höchster Würdenträger im nun wieder buddhistisch, aber auch kapitalistisch werdenden Land steckt natürlich in seiner goldgelben Tracht unter dem dunkelroten Umhang.

Hochwürden sieht erhitzt aus. Er schickt mit vor der Brust zusammengelegten Händen, dabei den Oberkörper beugend, einen Gruß in unsere Richtung. Der Geschäftsmann und ich fahren eilig hoch, um den Gruß auf dieselbe Art zu erwidern. Der Geschäftsmann bekommt ein Zeichen einzutreten und verschwindet hinter der sich geräuschlos schließenden Tür.

Hochwürden, habe ich angenommen, würde sogleich davongehen. Aber nein, er schaut mich freundlich und gekonnt lächelnd an. Er setzt sich auf einen Sessel, wobei er die Säume der weiten Tracht und die herabhängenden Enden des ellenbreiten Umhangs unter sich schiebt und dann in aller Ruhe den Oberkörper geraderichtet. Eine kurze Weile hält er die Augen geschlossen. Im Raum scheint die Stille noch tiefer zu werden. Ich bin vom Benehmen meines Sitznachbarn, vor allem von der

Ruhe, die er ausströmt, sehr angetan. Er ist das oberste Oberhaupt des Hauptklosters der Mongolei und vermutlich einer der zahlreichen Schüler des Dalai Lama und eifert ihm nach.

Bei diesem Gedanken erwacht in mir die Erinnerung an meine gute Mutter, die im Frühsommer 1979 unmittelbar neben jenem Gott-Menschen nicht nur hat sitzen, sondern sich und unser Töchterchen hat segnen lassen dürfen. Durch Zufall war die alte Hirtin aus ihrer fernen Altaiheimat zu einem kurzen Besuch bei uns und erlebte diesen krönenden Abschluss. Während der Begegnung wagt sie es, dem Stapel aus lauter Köstlichkeiten, errichtet zu Ehren des Höchsten Gastes, einen Würfel Zucker zu entnehmen und ihn ihrem göttlichen Platznachbarn vorzuhalten. Dieser wendet sich verwundert an den Dolmetscher, was das Mütterchen wünsche. Und Mutter antwortet: »Ich bin im Altai zu Hause. Habe eine große Sippe, zu der ich bald zurückkehren werde. Zu Hause werde ich den Würfel zu Pulver zerklopfen und jedem eine Prise auf die Zunge geben. Würdet Ihr bitte, Eure Heiligkeit, so gütig sein, diesen da für uns zu segnen?«

Worauf der Dalai-Lama erst einmal in sein berühmtes schallendes Gelächter ausbricht, wobei er der Bittstellerin wie einem Kind herzlich die Wange streichelt. Dann nimmt er eine frisch angebrochene Würfelzuckerschachtel, spricht darüber ein längeres Gebet und händigt sie Mutter aus mit den Worten: »Ich hoffe, dass nun die Prise doch nicht ganz so winzig ausfällt!«

Ich glaube zu verstehen, warum meine Mutter, von lauter Naturgläubigen umringt, zeitlebens den Lamas und deren Lehren treu geblieben ist. Und habe vielleicht einen kindischen, ja törichten Gedanken: Dem Dalai Lama und meiner Mutter zuliebe könnte ich eines Tages sogar zum Buddhismus überwechseln, wer weiß.

Ach, ich war wieder einmal auf einer Zeitreise. Vielleicht sind nur zwei, drei Pulsschläge vergangen? Vielleicht steckte dahinter eine kleine Ewigkeit?

Die Augen von Hochwürden leuchten wieder. Seine Rechte sucht in einer Innentasche der Tracht nach etwas. Ein sorgfältig gefalteter Beutel aus feiner, gelber Seide kommt zum Vorschein. Die feinfingrigen, hellen Hände falten den Beutel geruhsam auseinander, holen daraus eine Tabakflasche. Ich bekomme heftiges Herzklopfen. Sosehr ich versuche, mir nichts anmerken zu lassen, ist mein Blick gebannt von dem, was da neben mir, auf dem offenen Schoß eines der sichtbarsten Gestalten der gegenwärtigen Mongolei vor sich geht. Denn er ist einer der liebenswürdigsten Menschen in unserer so merkwürdig umgekippten Gegenwart des sich selbst zerstörenden und begrabenden Restes des mongolischen Nomadentums.

Wie sehr bedaure ich, meine Tabakflasche nicht mitgenommen zu haben. Sonst würde ich mich in diesem Augenblick an den eigenen Schatz machen, um damit Hochwürden gegenbewirten zu können, falls er mir von seinem Tabak anbietet, der zweifelsohne betörend duften wird und von der teuersten indischen oder nepalesischen Sorte sein wird. Und aus einer Flasche, die aus Halb- oder Ganzedelsteinen geschliffen ist, für welche ich wahrscheinlich keinen Namen habe. Oh, und dann würde dem weltenbewanderten Blick von Hochwürden gewiss meine prachtvolle Fleckachatflasche nicht entgehen, mit ihrem Verschluss aus echter Meereskoralle, prall wie ein breiter Schmiededaumen. Er würde nach dem Ursprung dieses Schatzes fragen. Wie gern würde ich dann die Geschichte des wertvollsten Erbstücks in unserer Familie seit Generationen erzählen! Ich ahne schon, wie er seinen Blick nachdenklich auf den Sprung richtet, der durch den hell-dunkel abwechselnden

Körper des Halbedelsteins führt, wie eine verdrehte Wurzel in tiefer, bewegter Wasserwand. Wie schnell manche Besserwisser diesen Sprung bemäkeln! Da warte ich jeweils ab, bis ich meinen laut bemitleideten Schatz zurückhabe. Sobald ich ihn wieder in eigener Hand halte, sage ich: »In meinen Augen ist dieser Sprung die Spur der Zeit und des Lebens. Für mich steigert sie den Wert dieses Erbstücks der Vorfahren.«

Ihm müsste ich das zweifelsohne nicht erklären. Wenn er mich überhaupt wissen lassen will, dass er es gesehen hat, wird er womöglich nur sagen: »Ja, wenn Steine reden könnten.« Oder etwas Ähnliches, in jeglicher Hinsicht Besänftigendes.

Tatsächlich, er streckt mir seine Rechte mit der Schnupftabakflasche entgegen! Seine fließende Bewegung hat dabei nichts Herausforderndes, und ich bin in der Seele so sehr erschüttert, dass meine Bewegung wohl etwas verkrampft ist. Denn mir wird bewusst, dass ich meine von Natur aus zu flink gesteuerte Motorik, anstatt etwas zu bremsen, aus Schreck beschleunigt habe. Immerhin habe ich, seinem Beispiel folgend, die Rechte, die ich ihm entgegenstrecke, um die Flasche in Empfang zu nehmen, mit der Linken von unten am Ellbogen abgestützt. Ich nehme die Flasche in beide Hände und führe sie an die Stirn, drücke sie zwei, drei Pulsschläge lang dagegen, mit geschlossenen Augen und gebeugtem Kopf. Ich tue es für meine Mutter, die mit einem Mal vor mir aufgetaucht ist. So hätte auch sie es getan. Dann gebe ich die Flasche zurück, mit derselben Haltung der höchsten Ehrfurcht, nun wieder mit sehenden Augen.

Dann beginnt Hochwürden das Gespräch. »Ein Schnupfer seid Ihr bestimmt nicht, wie ich sehe.«

»Das ist wahr«, sage ich. »Aber eine Tabakflasche besitze ich dennoch. Nur vergesse ich sie meistens, wenn ich nicht gerade zu einer hoch ehrwürdigen Person gehe.« Füge dem dann eilig hinzu: »Ich wusste nicht, dass ich hier und heute Euch begegnen würde, Hochwürden. Vorhin habe ich arg bedauert, dass ich sie nicht mithatte. Sonst hätte ich sie in Eure Hände legen und dann vor die Bilder meiner seligen Eltern stellen können. Mit den Worten: Diese Schnupftabakflasche, die Ihr von den Großeltern geerbt, ein Leben lang benutzt und schließlich mir und meiner Familie überlassen habt, hat das Oberhaupt aller mongolischen Buddhisten in seiner Hand gehabt und auch daraus geschnupft.«

Der Mann sitzt still, wie verlegen, die Flasche immer noch in der Hand. Jetzt zieht er den Stöpsel heraus, lässt aus der offenen Flasche durch sanftes Klopfen ein hasenköttelgroßes Häufchen auf den Nagel des linken Daumens gegen den gekrümmten Zeigefinger herausrieseln. Eine Weile schaut er still darauf – vielleicht meditiert er?

Er nimmt sich bei allem viel Zeit, denke ich und beneide ihn. Was aber mache ich? Bin ständig in Hast. Renne, flitze, jage durchs Leben wie ein tollwütiger Hund. Bin ein Esel, der zwischen so vielen Schobern nicht stehen bleiben und nach dem duftenden Heu schnappen kann. So werde ich wohl verhungern.

Hochwürden entschließt sich schließlich doch zum Genuss. Er hebt die Hand hoch, dabei neigt sich ihr der Kopf bedächtig entgegen. Nase und Finger treffen sich, drücken aneinander so fest, dass keine lecke Stelle für die Luft bleibt. Dann aber zieht er, wie jeder Schnupfer, die Luft so scharf hoch, dass ein dumpfes Knacken zu hören ist. Das Häufchen ist weg. Es ist geschnupft. Nun müsste der Tabak anfangen zu wirken.

Mit Rührung, auch mit Bedauern stelle ich fest, dass das kräftig gelbe Pulver auf der Oberlippe und um die Nasenlöcher von Hochwürden deutliche Spuren zurückgelassen hat. Abhängig von diesem Laster, zieht er geübt aus einem seiner Ärmel ein vergilbtes weißes Tuch heraus und fährt sich damit behutsam um die Nase herum. Das hilft, aber nicht ganz: Die Reste dieses viele Male benutzten Tuchs lassen blasse, dennoch unverkennbare Spuren zurück. So ist die bittere Wahrheit: Es gibt einfach keine Kultivierten unter den Rauchern wie auch unter Schnupfern – ebenso wenig wie unter Trinkern.

Um diesen unerquicklichen Gedanken zu verscheuchen, frage ich den Abt nach dem Dalai Lama, was man von Ihm höre und wie es Ihm gehe.

»Alles erfreulich«, sagt er strahlend. Dann fährt er mit dem Oberkörper hoch und lächelt, nein, lacht hörbar laut, von einer neuen Freudenwelle erfasst: »Ach, ja, gerade fällt mir ein, dass wir drei doch einmal beieinander waren und ein paar denkwürdige Augenblicke verbracht haben, nicht wahr? Wann war das denn?«

»Es war ganz zum Schluss Seines allerersten Besuchs in unserem Land, 1979. Unser Gespräch war gegen elf Uhr vormittags, am 6. August«, antworte ich.

Der Abt gerät in Schwung. Streckt den linken Arm vor, drückt nach nomadischer Gewohnheit nach jeder Jahreszahl, die er nennt, einen Finger und kommt so auf die Zeit, die seitdem vergangen ist. »Zweiunddreißig Jahre, meine Güte! Ein halbes Menschenalter. Was ist seitdem nicht alles geschehen! Wir drei waren noch sehr jung damals. Dass Ihr Euch so genau an den Tag erinnert. Was für ein Gedächtnis!«

»Ach, sonst ist mein Gedächtnis recht schwach. Aber das Glück, Seiner Heiligkeit leibhaft begegnen zu dürfen, ist unsereinem nicht so oft beschieden. Daher ist jenes eine Mal mir so unverwischbar erhalten geblieben.«

Sein Blick, soeben noch voll von Erregung, wird nachdenklich. Doch im nächsten Augenblick erwacht darin wieder ein Feuer. Schon wieder voller Lachfalten, sagt er: »Gerade ist mir eingefallen, dass Ihr damals Seiner Heiligkeit widersprochen habt.«

Ich bekomme einen Schreck und sage leise und kleinmütig: »O je! Das muss mir unbewusst passiert sein, denn mir will nichts in der Hinsicht einfallen.«

»So schlimm war es nicht«, beruhigt er mich. »Seine Heiligkeit hat zu Euch gesagt, Er könne sich gerade noch vorstellen, dass wir Menschen, wenn es sein müsse, Prosa in einer fremden Sprache aufs Papier zu bringen imstande seien. Gedichte aber wohl nie. Darauf habt Ihr gesagt, Ihr schreibt auch Gedichte in fremden Sprachen. Worauf Er große Augen gemacht hat. Als wir anschließend zum Flughafen fuhren, hat Er noch mal Eure Antwort erwähnt: Dieser junge Dichter hat wohl recht. Mich selbst hat damals Euer Mut, selbst dem Dalai Lama zu widersprechen, beeindruckt. Die meisten würden uns Honig um den Mund schmieren.«

Da geht die Tür auf, und der Pharmakologe kommt heraus. Ich verabschiede mich mit einer sanften Geste.

Das Präsidentenkabinett ist ein eher kleiner Raum, der mir überraschend wohnlich vorkommt. Und Ebi, wie wir den Mann, der sich hinter dem gewaltigen Hochglanztisch aufrichtet, damals im vertrauten Kreis zu nennen pflegten, wirkt untersetzt wie früher. Nur ist er sichtbar in die Breite gegangen. Tatsächlich wie ein Murmeltier, blitzt es mir durch den Kopf. Munter wie schon damals, streckt er mir, lächelnd und strahlend, sein kleines, breites Händchen entgegen. Weil der Tisch recht breit ist, müssen wir zwei knapp geratene Wesen uns ordentlich bemühen, um zueinanderzugelangen. Er aber bewahrt Haltung, bleibt kerzengerade stehen, also muss ich mich dehnen und strecken, um die begehrte Hand des Herrn Staatspräsidenten berühren zu dürfen. Ja, berühren ist das richtige Wort. Es kommt kaum zu einem Druck, geschweige denn zum Schütteln. Und schon zieht er die seinige zurück und sagt, ich solle Platz nehmen, während er es sich auf seinem Thron, wie mir scheinen will, bequem macht.

Sprudelwach schaut er auf mich, wie um zu sagen: Du wolltest mich treffen, also schieß los!

Ich bin entmutigt und weiß nicht mehr, was sagen. Ursprünglich wollte ich ihm gratulieren, aber jene rauschhaften Tage sind in weiter Ferne zurückgeblieben. Dann aber nehme ich mich zusammen und überlege kühl: Nicht jedem ist beschieden, mit dem Staatspräsidenten zusammenzukommen. Ich wäre ein Idiot, diese Gelegenheit nicht am Schopf zu fassen. Also los, keine Bange!

»Wir beide haben, als wir in den Lebenskessel hineinfielen, die Luft des Altai eingeatmet, und unser Geburtsschleim wurde vom Wasser des Homdu gespült. Lagen dann beide in einer windzerzausten Nomadenjurte, ins Schaffell eingewickelt in einer Weidenholzwiege, jeder mit einem babyhandgroßen Stück Schafschwanzfett im Mund. Dann wurden wir unter Lärm und Staub der Herden erwachsen. Dabei waren wir beide vom Schöpfer nicht gerade mit dem Leib eines Hünen versehen, aber mit der Zunge eines Redners. Vielleicht sind wir darum Journalisten geworden. Wir standen an einer Front, teilten den gleichen Traum, verfolgten das gleiche Ziel. Wir waren wie zwei Finger einer Hand. Was kalt war, fror beide, was rau war, drückte beide. Schneller als gedacht, wurde unser Traum wahr. Verständlich, dass daraufhin die menschlichen Schicksale unterschiedlich verliefen. Doch ich meine, dass man die verbindende Vergangenheit nicht vergessen darf. Also habe ich mich über Ihren Sieg maßlos gefreut und wollte den Träger der großen Verantwortung ganz persönlich zu seinem Sieg beglückwünschen und ihm dabei als Älterer ein paar Worte ans Herz legen. Nun, das ist anderthalb Jahre her. Und an diesem Tisch sind wohl schon genug Worte gefallen, sodass ich langweilige Wiederholungen vermeiden möchte.«

Diese Worte kommen wie in einem einzigen Atemzug. Für keine Sekunde versucht er, meinem Blick auszuweichen. Dabei bewahrt er seine Haltung, gleich einem Denkmal. Dann endlich spricht er: Er habe doch seinen Gehilfen beauftragt, mich zu empfangen.

»Aber mein Wunsch war es, den Herrn Staatspräsidenten selbst zu treffen, meinen Bruder vor nicht allzu langer Zeit.«

Leise und deutlich abweisend sagt er: »Ein Präsident hat wahrlich viel zu tun. Ich nehme an, Sie haben noch mehr auf dem Herzen?«

»Aber gewiss!«, stößt es aus mir heraus. »Ich schreibe an weiteren Büchern und will die vierzig, die bereits erschienen sind, auf mindestens sechzig bringen. Und ich pflanze Bäume, habe versprochen, eine Million davon der Mongolei zu stiften. Und versuche bei all dem, auf der Schiene meines von Kindheit an erlernten Berufs als Heiler zu bleiben, möchte mithelfen, alles zu heilen, was leidet. Mensch, Tier, Erde, Himmel – ja, auch dem Himmel beistehen, indem ich den Regen, der seit ganzen Jahrzehnten verloren gegangen zu sein scheint, wieder in unser Steppenland, das an Dürre dauerleidet, zurückhole.«

Als ich die Bäume erwähnte, habe ich ein Zucken in seinem Blick gemerkt. Nun spricht er: »Ich verstehe. Die Idee mit den Bäumen interessiert mich. Darüber würde ich gern zwei, drei Worte mehr hören.«

Was ich über mein Vorhaben am Herzen trage und im Hirn braue, könnte jeden Buchrahmen sprengen. Doch versuche ich nun, wie Seine Hoheit es mir unmissverständlich limitiert hat, alles in kurze Worte zusammenzudrängen. »Von der versprochenen Million sind bisher dreihunderttausend geschafft. Die Setzlinge, gepflanzt bei Kindergärten, Schulen, Krankenhäusern, Kasernen und in entstehenden Parks, gedeihen gut. Es könnte schneller vorangehen, doch meine finanziellen Möglichkeiten sind begrenzt. Ich brauche dringend Unterstützung vonseiten des Staats, mein Präsident!«

Worauf er fast tonlos lacht, metallisch wie aus einem Automaten: »Der Präsident verfügt über keine Geldmittel. Das tut die Regierung, das Ministerium für die Finanzen.«

Sofort habe ich verstanden: Von ihm ist keine Hilfe zu erwarten. Somit könnte ich nun aufstehen, mich bedanken und das Feld räumen. Doch da taucht vor mir ein inneres Warnschild auf: Sei nicht dumm! Nicht vorzeitig aufgeben!

»Gestattet mir bitte, Präsident, zwei, drei kurze Fragen.«

Verwundert zieht er die Augenbrauen hoch. »Vielleicht bin ich gar nicht imstande, darauf befriedigende Antworten zu geben. Aber bitte!«

Erleichtert greife ich nach jener Frage, die mir am nächsten liegt: »Wieso gestattet der mongolische Staat uns Angehörigen des Tuwa-Stammes nicht unsere Eigenbezeichnung?«

»Wieso nicht gestatten? Wie eure Eigenbezeichnung lautet, das ist doch eure Sache!«

»So denken eigentlich auch wir. Doch Euer Vor-Vorgänger Zedenbal konnte den Namen nicht hören und hat mir in Gegenwart seines Politbüros eingeschärft, dass es in der Mongolei keinen einzigen Tuwa-Menschen gäbe. All die Tausende von Tuwa seien alle Urianhae.«

»Was der Kommunistenführer gesagt und getan haben mag, damit habe ich nichts zu tun.«

»Auch ich würde gern so denken. Doch der Chauvinismus gegen uns Angehörige einer nationalen Minderheit ist schlimmer geworden, da der Staat sich immer noch weigert, uns wenigstens unsere Eigenbezeichnung zu lassen. War der Nationalismus, geschweige denn seine krassere Form des Chauvinismus, in der kommunistischen Ordnung zumindest formell geächtet, bekommt er heute sogar staatlichen Rückhalt. International geächtetes Vokabular wird gedankenlos zugelassen: Reinblütiges Mongolentum … Dazu der maßlose Kult von Dschingis Khan und dessen Klan. Wer seine ethnische Herkunft als ›Tuwa‹ angibt, fliegt ab einem gewissen Dienstgrad von jeder Bewerbungsliste. Darum verfälschen schlaue junge Menschen in unserem Volk ihre eigene Herkunft.« Hier mache ich erst einmal halt und warte ab. Bei all meinem Poltern und Trampeln ist der Blick aus seinen hellwachen Augen mit meinem verhakt geblieben.

Wie aus einem Wachtraum erwachend, sagt er unvermittelt: »Wir waren vorhin bei den Bäumen. Nun frage ich Sie: Mit wie viel Arbeitskräften und technischen Mitteln und in welchem Zeitraum haben Sie die dreihunderttausend Bäume zu pflanzen vermocht?«

»Mit ein paar Spaten, Schaufeln, Spitzhacken, Brecheisen, zwei ständigen Mitarbeitern, einer beweglichen Anzahl von Tagelöhnern aus Studenten, Oberschülern und Soldaten, und dies in vier Jahren.«

»Soldaten als Tagelöhner? Wie soll das gehen?«

»Die Abertausende von Soldaten, die ein Leben auf Kosten des Staats führen, könnten doch zwischendurch ein paar Bäume für das Mutterland pflanzen und ihren Kasernen dafür etwas

Geld einbringen, habe ich gedacht und daraufhin mit der Führung des Verteidigungsministeriums gesprochen.«

»Und man ist darauf eingegangen?«

»Nach einigem Hin und Her, ja.«

»Was kostet die Arbeitskraft eines Soldaten pro Tag?«

»Zehntausend Tögrük.«

»Wer hat das so festgelegt?«

»Ich und mein Sohn haben mit dem General und dem Obersten, die uns zum Gespräch empfingen, verhandelt.«

»Wer war denn der General?«

»Ich habe seinen Namen vergessen.«

»Ich möchte doch hoffen, Sie werden zumindest den Namen des Obersten nicht vergessen haben!«

»Tut mir leid. Auch sein Name scheint meinem Gedächtnis entfallen zu sein.«

»Meinen Sie nicht, ich könnte die Namen herausbekommen? Und trotzdem wollen Sie die Namen Ihrer Komplizen nicht verraten?«

»Ich habe die guten Männer, die sich lange geweigert haben, schließlich überredet. Ich werde sie nicht verraten. Wobei ich doch hoffe, dem mongolischen Staat indirekt ein wenig geholfen zu haben.«

»Sie wissen, dass es gesetzeswidrig ist, Handel mit Arbeitskräften von Soldaten zu betreiben. Genauso wie mit Schülern!«

»Als Sie und ich vor zweiundzwanzig Jahren neue Wege suchten, haben wir niemanden um Genehmigung gebeten, nicht wahr?«

»Was wir anstrebten, haben wir inzwischen erreicht. Die Revolution hat stattgefunden. Jetzt ist es unser Ziel, dass wir das Erreichte vor jeglicher Übertretung schützen und das Gesetz zur Norm unseres Lebens erheben!«

»Herr Präsident! Während ich über dieses patriotische Thema mit Euch rede, habe ich in meinem privaten Leben gewaltige Schwierigkeiten. Meine Frau, Mutter meiner vier Kinder, liegt zu Hause sterbenskrank. Vielleicht dürft Ihr das nebenbei auch bedenken.«

Das sage ich in einem deutlich gekränkten Ton. Doch er reagiert nicht. Hört er mir überhaupt zu? Etwas verunsichert, aber hartnäckig fahre ich fort: »Sollte bei meinem Eifer die eine oder andere gesetzliche Bestimmung übertreten worden sein, dann ganz bestimmt nicht für meinen eigenen Vorteil. Zu Vorzeiten wurde ich, wie Ihr es sehr wohl wisst, hochoffiziell zu einer politisch unzuverlässigen Person erklärt und mit einem Berufsverbot belegt, das übrigens, zweiundzwanzig Jahre nach dem Ende jener Ordnung, immer noch nicht aufgehoben worden ist. Nein, wir sind noch lange nicht am Ziel angekommen, von dem wir träumten. Können wir die Gesellschaft, in der wir im Augenblick leben, als unser Ziel akzeptieren? Mitnichten – weder gerecht noch human ist sie. Ist nicht viel mehr als eine Räuberkaschemme! So etwas als unser Endziel akzeptieren? Nie und nimmer!«

Seltsam, dass dieser Ausrutscher meiner Zunge, der ohne Weiteres als Majestätsbeleidigung angezeigt werden könnte, vom Herrn Präsidenten mucksmäuschenstill hingenommen wird. Mit einem Mal wird mir bewusst, dass wir in eine unglaubliche Lage geraten sind: Ein Rentner, bar jeglicher Staatsämter, erteilt dem Staatspräsidenten politische Lektionen. Und der Letztere scheint geduldig zuzuhören.

Warum wohl? Vielleicht weil sonst keiner es wagt, so offen mit ihm zu reden? Oder werde ich beim Hinausgehen verhaftet? Was schlimm wäre für meine Familie, allen voran für meine arme Hassaa, welcher nur noch gezählte Tage geblieben sind.

Wie auch immer, ich stecke in einer Lage, die kein Zurück mehr erlaubt. Der Pfeil, einmal an die Sehne gelegt und gegen den Bogen gespannt, will abgeschossen sein. Also fahre ich fort: »Ich verstehe Eure Lage. Ihr seid das Oberhaupt dieses Staats. Für mich dagegen steht das Land, der Altai, an erster Stelle. Daher denke ich, wir dürfen nicht nur, wir müssen beide unterschiedliche Meinungen vertreten.«

Da geschieht ein Wunder – mein Gegenüber lächelt zum ersten Mal. Künstlich freilich, aus Amtspflicht, wie mir scheint. Dennoch wird mir jetzt irgendwie wohler. Höchste Zeit, von den heiklen politischen Themen abzusteigen und zu den Bäumen zurückzukehren. So sage ich: »Wollen wir nicht lieber bei den Bäumen bleiben?«

Er erwidert schnell: »Ja, wir bleiben bei den Bäumen, die keinem schaden und jedem guttun. Da, hoffe ich, werden wir wie Schloss und Schlüssel zueinanderpassen.«

Endlich ist eine Redewendung aus dem eigenen Wortschatz gefallen, denke ich frohgemut. Alle im Land wissen, dass er über eine geschickte Zunge verfügt. Und weit und breit in mongolischen Landen weiß man inzwischen sogar, woher er diese Fähigkeit hat: von seiner Mutter. Sie ist durch eine Sendung im Wahlkampf vor anderthalb Jahren landesweit bekannt geworden. Da tritt der Sohn auf seiner Wahlkampfreise in die Jurte, wo er geboren ist. Die Mutter hockt, unter der Last der Jahre, in einer schummrigen Ecke ihrer Wohnstätte, zupft mit halb geschlossenen Augen an einer Gebetskette und murmelt buddhistische Mantras. Er sinkt auf die Knie und fragt unter Tränen und in bühnenmäßig deutlich ausgesprochenen Worten: Ob es stimme, wie manche behaupten, dass seine Vorfahren aus China stammten und erst vor zwei, drei Generationen in die Mongolei eingewandert seien? Da fasst ihn die Mutter beidhändig an den Backen, wischt ihm die Tränen ab und tröstet ihn mit Worten, die zornig aus ihrem Mund sprudeln: »Alle deine Vorfahren waren blausteißige Mongolen, braunhäutige Nomaden! Haben jahraus jahrein die Berge und Steppen des Altai bewohnt. Mach dir nichts aus solchen Verleumdungen, mein Kind. Das heilig reine Blut deiner Vorfahren ist dein Zeuge. Weine nicht, Junge! Trockne die Tränen, balle die Fäuste und diene dem mongolischen Staat weiterhin tapfer und treu!«

Eine ausgezeichnete Inszenierung, haargenau zugeschnitten auf die Psyche des Nomadenvolks. Leicht denkbar, dass dabei viele Zuschauer feuchte Augen bekommen haben. Der Kandidat, der bislang deutlich hinter dem Konkurrenten lag, geht am Wahltag als Sieger hervor. Diesen unerwarteten Sieg schreiben die Meinungsforscher später jenen Tränen des Sohnes und den Worten der Mutter zu.

»Sie sprachen vorhin von zwei ständigen Mitarbeitern. Sind es ausgebildete Facharbeiter?«

»Die beiden haben anfangs von der Sache genauso wenig verstanden wie ich. Dann haben wir angefangen, gemeinsam zu lernen.«

»Wie sieht es mit den Lebenschancen der Setzlinge aus?«

»Wenn aus zehn oder zwanzig Setzlingen manchmal einer eingeht, dann füllen die gedeihenden die Lücke aus. Espen und Sanddornsträucher säen sich nach einer gewissen Zeit selber aus, sobald sie um sich herum Platz genug wittern.«

»Ich habe gehört, dass bei unseren Wetterbedingungen nur jeder zweite, dritte oder vierte Setzling überlebt.«

»Das kann mitunter vorkommen. Eine Gruppe der Universität Bielefeld hat nach fünf Jahren Feldforschung resümiert: In der Mongolei könnten von hundert Neupflanzungen nur fünf wirklich wachsen. Aber das waren Versuche auf ungeschütztem Gelände.«

So fließt die Unterhaltung eine Weile ruhig weiter. Erneut fragt er nach meinen Mitarbeitern. Ob ich mit ihren Leistungen zufrieden sei? Wie ich sie vergüte? Feste Gehälter oder nach Leistung?

»Ich bin dem Himmel dankbar, dass ich die beiden habe. Ohne sie wäre ich nichts. Darum zahle ich ihnen feste Gehälter. Fünfhunderttausend für jeden im Monat.«

»Das ist doch wesentlich höher als der Landesdurchschnitt.«

»Was sie leisten, ist auch wesentlich höher als der Durchschnitt.«

»Also haben Sie zwei tolle Mitarbeiter. Wie heißen sie?«

Der Staatspräsident interessiert sich für die Namen meiner Mitarbeiter, zuckt es freudig durch mein Hirn. Vielleicht will er sie auszeichnen!

Er notiert sich die Namen. Dann fragt er nach ihren Telefonnummern. Er reicht mir sogar sein Handy und sagt, ich soll sie anrufen. Ich wähle die Nummer, wobei mir schon die Worte auf der Zunge liegen: Bitte nicht umfallen! Ich rufe aus dem Kabinett des Staatspräsidenten an, und zwar über sein persönliches Handy!

Nur: Keiner geht ans Telefon, sosehr es läutet.

Er gibt mir eine Visitenkarte für die beiden. Sie sollen sich bei der vermerkten Person melden. Endlich erklärt er mir: Die Ecke, die er bewalden wolle, liege hundert Kilometer westlich von der Hauptstadt. Ich könne meine Setzlinge auch dort unterbringen. Was mich hellwach macht: Wie schlau doch Politiker mit Worten umgehen können. Meine Setzlinge auf seinem Grundstück unterbringen. Das verdreht alles ins Gegenteil.

Von mir, den jeder Setzling Geld und Arbeit kostet, dem Geber also, will er die Bäume kostenlos haben!

Ich entscheide mich, vorerst das Mäuschen zu bleiben, um zu erkunden, wie mächtig der Hunger des Katers ist, der mir nachstellt. Also kehre ich den demütigen Bittsteller heraus: »Wie viele von unseren Setzlingen dürften wir auf Eurem Grundstück unterbringen?«

»Ich habe Platz genug!«

»Für eintausend?«

»Kein Problem.«

»Für zehntausend?«

»Ginge auch!«

»Für zwanzigtausend?«

In seinem Blick glaube ich, Zweifel zu erkennen. »Können Sie denn so viele Bäume in einem Jahr anpflanzen?«

»Wir haben bisher jährlich achtzigtausend geschafft. Ich könnte unserem Land jeden Sommer mindestens eine Million Bäume geben, um unser kahles, karges Paradies zu begrünen. Ja, ich bin dahintergekommen, wie man eine Handvoll Samen zum Leben erwecken und zu ganzen Hainen aufziehen kann. Aber es fehlt mir an Geld, Arbeitskräften und an Macht. Deshalb habe ich mich an Euch gewandt, Herr Präsident!«

Meine Stimme ist fester und rauer geworden, und seine Haltung mir gegenüber zahmer und vorsichtiger: »Ich habe bereits gesagt, dass ich weder über finanzielle Mittel noch über Arbeitskräfte verfüge. Dafür gibt es ein ganzes Ministerium mit Hunderten von Fachkräften. Die sitzen ganz bestimmt nicht tatenlos da.«

»Wenn man nur sähe, was dieser Schwarm von Gehaltsempfängern für die Reste der erhaltenen Urwälder tut, ganz zu schweigen von der Aufforstung neuer Flächen!«

»Von außen zu kritisieren ist das Einfachste!«

Das ist nun wieder die gebieterische Stimme des Staatspräsidenten.

Ein Gedanke steigt mir gallenbitter bis zur Kehle, droht, in Worte zu explodieren: Dein ehemaliger Mitstreiter will dich in sein Netz verstricken! Du sollst mit deiner Spende ihm als einer seiner Lakaien dienen. Ach, meine liebe, arme Mongolei, du letzter Fetzen von jenem gewaltigen Weltreich, bewohnt mittlerweile von armseligen Dieben und kleinschlauen Betrügern!

Also bin ich hier fehl am Platz. Ich muss gehen. Doch da passiert abermals eine Merkwürdigkeit: Er will mich noch nicht entlassen. Erinnert mich an das Regengerät, von dem ich eingangs gesprochen haben soll. Hab ich das wirklich getan? Ich bin verwirrt. Oder hat sein Geheimdienst ihm einen vollständigen Bericht über all meine Tätigkeiten geliefert?

Wie auch immer. Ich erinnere ihn an die Dürre, die uns seit Jahrzehnten heimsucht. »Ich glaube zu wissen, wie man Regen erzeugen könnte.«

»Indem man Raketen mit ionisierten Sandkörnern in die Wolken schießt?«

»Das wäre zu teuer. Und es ist mit der nomadischen Denkweise schwer vereinbar, in den Himmel zu schießen, um ihm Regen abzuzwingen. Nein, durch eine andere, mildere Weise. Einer aus Algerien hat in der Sahara dreißig Hektar in eine grüne Wiese verwandelt. Er wird nächstes Jahr herüberkommen und mir so ein Gerät bauen.«

»Ist das ein Freund von Ihnen, der die Mongolei sehen und uns das Gerät schenken will?«

»Kein Freund. Ein Bekannter. Und kein Geschenk. Ein Auftrag. Billig ist es nicht, doch so verlockend, dass ich mich für die Ausgabe entschlossen habe.«

»Ich könnte diesem Gerät auf meinem Grundstück einen Platz anbieten. Um Ihnen zu helfen.«

Oh, wieder so teuflisch berechnend. Ich lächle ergeben, danke für seine Liebenswürdigkeit und mache Anstalten, aufzustehen. Diesmal hat er offensichtlich nichts dagegen, dass ich gehe. Er kommt um den Tisch herum und reicht mir seine Hand zum Abschied. Diesmal spüre ich sogar einen Handdruck. Der knackkurz geratene, kugelrund gewordene Mann bleibt, wie sein Amt ihm gebietet, väterlich mild lächelnd zurück.

Am Abend bitte ich meine beiden Mitarbeiter, umgehend mit der Person auf der Visitenkarte Kontakt aufzunehmen. Dies, weil die darauf vermerkte Adresse mit dem Haus, in welchem die Redaktion der regierungsnahen Tageszeitung *Ardyn Erh* residiert, übereinstimmt. Ich vermute, der Staatspräsident will, dass ein Journalist über die beiden berichtet. Doch bald erfahre ich den niederträchtigen Sachverhalt: Der Mann auf der Visitenkarte ist der weitbekannte Schwager des Herrn Präsidenten.

Er ruft die beiden zu sich und will sie mir kurzerhand abspenstig machen: »Auf höchster Ebene wurde beschlossen, dass ihr als Gärtner eines präsidialen Objekts angestellt worden seid. Ich gratuliere zu dieser Ehre!«

Die beiden fallen aus allen Wolken. Bindirja, die eine schnelle Zunge hat, ruft erschrocken aus: »Wir sind doch seit Jahr und Tag hier angestellt! Was soll dann aus unserem Projekt werden?«

Mönggöö, der sonst Wortkarge, bekräftigt: »Nein! Das kommt nicht infrage. Wir bleiben, wo wir sind.«

An diesem Tag stirbt für mich der Mann, mit dem ich einst so manches gemeinsam hatte und für den ich in den Wochen der Präsidentschaftswahlen geradezu geglüht und geflammt und mich auch eingesetzt habe. Und mit ihm der Glaube an die Möglichkeit, in der Politik irgendwelche Spuren von Moral zu finden.

II

Im Zentrum der lauten Weltmetropole Wien habe ich lang genug, vier reichliche Stunden, geschlafen. Entsprechend gut ausgeruht, einen Becher echten Wiener Kaffee in der Hand, steige ich ins Taxi. Es fährt mich zum Flughafen und entlässt mich in den Mahltrichter des Tages.

Wieder Alitalia, aber diesmal ohne Verspätung. Und die dermaßen geringfügige, die ich in Berlin-Tegel dann doch zu kosten bekomme, habe ich längst vergessen, sobald ich mich in der nächsten Maschine wieder ausstrecke. Wie wohl ich mich doch fühle, während ich in der geräumigen, blitzsauberen Boeing 767–300 ER, in Reihe 14 C sitze. Meine Sitznachbarin, ein junges Mädchen mit einem leuchtenden Gesichtchen, erinnert mich sofort an meine drei Enkelinnen. Vielleicht hat sie einen Großvater wie mich, und ich erinnere sie an ihn? Sie heißt Zengg'lsürün und hat zwei Jahre in Hamburg zugebracht, zuerst als Au-pair, dann als Sozialarbeiterin. Nachdem wir einige Worte gewechselt haben, sagt sie mit einem Mal: »Wie schön ist es doch, endlich wieder in der eigenen Sprache zu reden und dabei auf ein vertrautes, einheimisches Menschengesicht schauen zu dürfen!«

In Moskau verweilen wir zusätzliche zwei Stunden wegen Verspätung. Anstatt mich darüber zu ärgern, ziehe ich ein Büchlein, das mir jemand zugesteckt hat, aus der Jackentasche:

So flucht und schimpft man in Österreich. Während ich darin lese, huschen kunterbunte Gedanken über meine Hirnlandschaften: Früher hättest du während eines solchen Fluges einen ganzen Aufsatz oder etliche Gedichte niedergeschrieben. Suchst du in dieser kleinen Leichtgewichtlektüre vielleicht ein Fädchen zu einem künftigen Roman? Schone doch lieber dein ohnehin geschwächtes Augenlicht, was geht dich denn an, wie die Österreicher fluchen und schimpfen! Aber erstaunlich, wie saftig und witzig und würzig diese Österreicher sein können …

Schlag acht Uhr merke ich, wie das Flugzeug abbremst und sich in Richtung des Flughafens dreht. Wir landen auf eigenem Boden, worauf ein Beifallssturm im Salon ausbricht. Ich alter Kerl trage dem heftig bei, bis ich zum Schluss ein angenehmes Brennen über der ganzen Handfläche verspüre. Wie oft habe ich diesen Augenblick aufbrausender Freude über die Heimkehr erleben dürfen. Wie beglückend ist doch die Schwerelosigkeit des Gefühls auf der festsaugenden Erde!

Die Zeit, die man, auf das Auftauchen des Gepäcks wartend, am Fließband stehen muss, kommt einem peinigend lang vor. Diese halbe Stunde erschöpft mich. Als ich dann endlich mit dem Gepäckwagen aus der Innenhalle hinaustrete, sehe ich, wie sich ein Kind aus der stehenden Menschenmenge herauslöst und mir entgegenrennt: Buluk, mit wehender schwarzer Mähne um sein rundes, braunes Gesichtchen, das jüngste meiner neun Enkelkinder. In diesem Augenblick bestrahlt ein gewaltiges Licht meinen ganzen Innenraum. O Himmel, o Erde – mir wird vor lauter Glück so schwindlig, dass ich stehen bleiben und mich am Griff des Schiebewagens festhalten muss. Mitten in diesem Menschenwald ringsum muss ich mich beherrschen. Ich nehme die linke Hand vom Wagengriff, krümme den Arm zu einem Auffangbogen für das herbeistürmende

Kind, während sich die Rechte noch fester um den Griff ballt. Ich bücke mich über den Scheitel des schnaubenden Kindes, beschnuppere es hörbar und sage: »Klettere auf den Wagen und lass dich schieben!«

Nein, er will selber den Wagen schieben. Er ist doch kein kleines Kind mehr, sondern ein großer Junge, der seinem reisemüden Großvater die Arbeit abnimmt. Also überlasse ich ihm die Führung. Er stemmt sich gegen den schweren Wagen und bringt ihn auch ins Rollen. Ringsum ein kleines Beifallsrauschen – man hat uns beide beobachtet und das Kind mit seinem Ehrgeiz verstanden. Da schwindet mein kleines Bedauern. Denn wenn mein eigener Großvater von einer Auslandsreise zurückkam, hat er mich an dieser Stelle auf den Gepäckwagen gestellt und uns beide vorangeschoben. Wäre es nicht schön gewesen, mein Enkel hätte sich in hohem Alter an diese Szene erinnern können?

Sekunden später sehe ich seinen Vater, meinen Sohn, auf uns zukommen. Gehend berieche ich ihm die Schläfe und fahre ihm mit zittriger Hand über Nacken und Schulter. Während die ersten Fragen und Antworten fallen, treten wir ins Freie. O was für ein herrlicher Morgen! Gierig atme ich die würzig frische Luft und nehme den schwindelerregenden hohen Himmel und die fast wie unwirklich anmutende weite Steppe wahr. Ja, diese Empfindung bleibt trotz der sperrigen Bauten ringsum vor Himmel und Steppe – meine Sinne müssen sich den Maßstäben der neuen Welt schon angepasst haben. Mit triumphierendem und tröstendem Stolz denke ich: Dieser Himmel und diese Erde bleiben uns, trotz allen menschlichen Eingriffen. Unbezwingbar mächtig und heilig erhaben!

Eine sich schmerzhaft lang dahinziehende Stunde später taucht endlich mein Zuhause auf. Die anderen Enkelkinder sind wach geblieben, um ihren Großvater zu empfangen. Ins Haus tretend, sehe ich vor mir alle Türen sperrangelweit offen stehen, auf dass ich die letzte Strecke des langen Heimwegs ungehindert und feierlich durchschreiten könne. Am Ende des Ganges sehe ich Tüschigee, die gutherzige, treue Schwiegertochter, in der besternten blauen Schürze der Schwiegermutter, deren verwaistes Haus und zurückgelassene Küche sie nun seit genau zehn Jahren treu und fleißig verwaltet, um mir, dem Verwitweten, die Leere und Härte des Witwerdaseins zu lindern.

Wie immer, wenn ich von einer Reise zurückkomme, ist das Haus bis in jeden Winkel so aufgeräumt wie zu Zeiten der Gegangenen. Dabei will mir immer und immer wieder vorkommen, als ob jene Wirtin, die früher diese Wärme spendende Ordnung herbeigezaubert und bewahrt hat, im nächsten Augenblick um die Ecke treten würde, mit ihrem erhitzten, ebenmäßigen Gesicht, auf dem ständig ein kleines, schüchternes Lächeln zu nisten pflegte. Doch ach, wie oft musste ich daraufhin aus der süßen Täuschung erwachen, mich zusammennehmen und mir eingestehen, dass ich ihr, meiner Hassaa, in diesem Leben nie wieder begegnen werde!

So geht alles seinen angestammten Gang. Nun wird das gute Essen aus der Küche kommen. Dann das Aufmachen des Reisekoffers in der Stube und die Verteilung der mitgebrachten Geschenke an alle Familienmitglieder.

Dann steht unser Jüngster, der Stammhalter, vor mir. Was meinen Gefühlen einen weiteren freudig-feierlichen Schwung verleiht, zumal er es ist, dem ich die Pflichten samt dem Recht des Stammeshäuptlings zu übertragen gedenke. Diese Entscheidung hat viele Jahre zum Ausreifen gebraucht. Wie die vier Finger unter dem Daumen sich unterscheiden, so haben sich meine vier Kinder von Anfang an als doch unterschiedliche

Wesen, ja, vier verschiedene Planeten erwiesen. Als Vater, als Häuptling Däumling, bin ich nach vielem Nachdenken zum Endergebnis gelangt: Der Jüngste, also das Nesthäkchen, begnadet aber nicht nur mit dem längsten Körper unter seinen Geschwistern, sondern auch mit einer geduldigen und geschickten Art im Umgang mit Menschen, soll es sein.

Beladen mit zusätzlichen Aufgaben, wenn ich auf Reisen gehe, erstattet er mir nun Bericht darüber, was gewesen, geschehen und wie entschieden, verblieben ist. Ich höre von einem Streit im Stamm, worüber nur ich entscheiden könne. Seit Tagen seien von verschiedenen Mitgliedern etliche Anrufe gekommen, alle drängen auf eine schnelle Lösung. Also hat der Anwärter auf den uralten, quietschenden und knarrenden Holzsattel eines Oberhaupts vorausschauend schon einen Platz im morgigen Flugzeug gebucht. Also geht es in wenigen Stunden schon wieder weiter, denke ich. Dann aber überlege ich unter dem spürbaren Druck der Müdigkeit noch einmal: Was wäre, wenn dieser gehorsame, peitschengewöhnte, aber doch alte Gaul mitten im Trab einknickt?

So heroisch-trotzig mir dieser Gedanke anfangs auch vorkommt, er wird alsbald quälend, und ich spüre in jeder Pore nadelspitze Stiche. Dann sage ich dem Sohn: »Früher oder später wirst ohnehin du, Junge, unter der Last schwitzen, dich zugleich an ihrer Hitze wärmen dürfen. Geh also du. Tritt dein Amt an. Du wirst sehen, das Volk wird dir gutwillig entgegenkommen und deinem Ratschlag folgen.«

Ich gebe ihm die ganze Ausrüstung mit, die mich als Stammesoberhaupt ausweist: den altehrwürdigen, turmhohen Hut aus seidengefüttertem Filz mit dem geflochtenen Knoten, herausragend aus der Mitte eines Kreises flammenhaft flatternder Fransen. Die handfüllende Schnupftabakflasche aus fleckigem

Achat mit dem hammelaugengroßen, strahlend roten Meereskorallenverschluss, eingefasst von blank gegriffenem Silberrand. Sowie den ellenlangen Dolch, dessen Griff aus einer Holzscheide herausragt. Und schließlich auch das jahrhundertealte Feuerzeug aus Edelstahl an einer kiloschweren, fingerdicken Kette aus weichem Weißsilber.

Der Sohn scheint bei jeder dieser Kostbarkeiten einen Pulsschlag lang zu zögern, nimmt sie dann doch behutsam entgegen und führt sie sogleich zur Stirn. Schließlich sagt er mit leicht zittriger Stimme, dass er sich die größte Mühe geben würde, um diesen Auftrag möglichst erfolgreich zu erfüllen.

Ich rüste ihn für seine Feuerprobe mit allerlei aus: eine gute Anzahl von Hadak für die Anführer der streitenden Seiten. Eine große, grellbunt beschriftete Flasche Schnaps. Einige Dosen »Gletscherprise«, dem Schnupftabak aus jener fernen, tüchtigen Weltecke, der dem Riechsinn des Hirten- und Jägervolks in der Höhensteppe im Altai längst vertraut ist. Ich gebe ihm meine Grußworte an alle Stammesgenossen mit: »Vertragt euch! Denn jede Uneinigkeit macht uns, verdorrtes Blatt am Ast des großmongolischen Vaterbaums, von der Führung des Staats verleugnetes Volk, zum gefundenen Fressen für jene gierigen Hunde, die sich längst an unsere Jurten herangeschlichen haben.«

Tage später tritt er mir mit strahlendem Blick wieder entgegen. Also lag keinerlei Irrtum zwischen uns, Vater und Sohn, als ich mich entschloss, ihn als Abgesandten in die eigene Ecke zu schicken.

Die nächsten Nächte werde ich stundenlang wach liegen und den Spuren folgen, die ich selbst durch Raum und Zeit gezogen habe. Dankbar und demütig kann ich feststellen, dass ich Gottes Erde habe viel länger bewohnen und dabei mehr sehen, hören und erfahren dürfen als die allermeisten meiner Zeitgenossen. Hereingestolpert in diese Zeit, bin ich weitergezogen von Höhen zu Tiefen, von Weiten zu Engen, von Bergen zu Steppen, von Wiesen zu Sümpfen. Habe zwischendurch auch Salz geschmeckt und Asche geatmet, bin keuchend durch Wüsten gestapft. Aber manch guter Geist des blauen Himmels hat mich auf seinem starken Rücken getragen, an seiner strengen Hand geführt und durch das Leben, dieses von Mildtätigen wie auch Hinterhältigen bespickte Spiel- und Schlachtfeld, geleitet, weitergeleitet und dabei, beschützend, ein Schild über dem Hilfsbedürftigen gehalten.

Je länger ich darüber nachdenke, fühle ich mich von Wärme, Milde und Dankbarkeit gegenüber meiner Vergangenheit erfüllt, wobei diese Emotionen all die widrigen Umstände nicht ausschließen, sondern sie gerade einschließen wollen. Ja, ich bin allen Episoden und Geistern, die mir auf meinen Wegen und Stegen begegnet sind, dankbar, auch allen Quernissen und Schwernissen. Wie auch deren Verursachern, da sie mich geschärft und gestählt, geschliffen und geläutert haben.

Diese Grübelei führt mich zum Schluss: Du hast ja ein tolles, ereignisreiches und gehaltvolles Leben gehabt. Als Rinnsal hat es seinen Anfang genommen, zunächst Tropfen um Tropfen, vom Gletscher auf dem Scheitel eines der erhabensten Berge der Welt. Hat sich dann vereint mit Tausenden von Bächen und Hunderten von Flüssen. Wurde ein mächtiger Strom, der den großen See im Schoß der Ebene erreicht, um endlich in die verdiente Tiefe und zeitlose Ruhe einzumünden!

So wohltuend diese dichterisch getränkte Vision auf mich wirkt – ich muss doch gestehen, dass es mir jetzt kalt über den Rücken läuft. Denn dahinter steckt, ungenannt, auch dies: Ziel erreicht … angekommen … Schluss, Ende, Tod.

Glücklich, wer sein Ziel im Leben hat erreichen dürfen. Aber dann muss selbst dieser Glückliche sich gestehen, dass er demnächst auch die Scheidelinie erreicht, hinter welcher er alles und alle zurücklassen, in einen dumpfen, dichten Nebel der Ungewissheit mutterseelenallein hinabtauchen wird. Um dem Blick aller zu entschwinden und das Spielfeld des Lebens zu verlassen.

Was gewiss hart, ja, zum Brüllen hart ist, dennoch aber auch erträglich, weil gerecht. Über jeglichem – ob klein oder groß, hoch oder niedrig – waltet dasselbe Gesetz. Nichts und niemand entkommt dessen eherner Regel. Was geworden ist, muss wieder vergehen. Wer gekommen ist, muss wieder gehen.

Wie oft habe ich früher diese einfache Wahrheit gestreift und bin dabei kühl und taub geblieben. Nun aber stecke ich mitten in ihr fest, wie eine Fliege im Spinnennest. Ich zucke und springe, mache hochtrabende Sprünge, und dabei wird mein Geist müde. Irgendwann muss es dieser Fliege doch gelingen, dem Netz zu entkommen! Werde ich die Ruhe und den Boden finden, um an weiteren Vorhaben zu weben? Um mich all dem zu widmen, was ich bisher vernachlässigt habe?

So geht es mir in dieser Restphase meines Aufenthalts auf Gottes Erde. Ich habe mich abgefunden mit dieser zur Unabänderlichkeit geronnenen Wirklichkeit. Eine Pflanze im Spätherbst, werde ich tagein tagaus immer stiller und tauche noch tiefer hinab in Erinnerungen an Abertausende kunterbunte Begebenheiten entlang der Allee aus Jahren. Und ziehe dabei, um beim erwähnten Bild zu bleiben, als Strom durch die große Ebene zu Füßen mächtiger Berge voran, angezogen vom blubbernden Schoß des mächtigen Sees, in den jedes Wasser des Hohen Altai einmündet und seine verdiente Ruhe findet.

Ich erinnere mich an den Tag, als ich Hassaas Hand auf meiner Schulter spürte, leicht zitternd und voll großer Hitze. Beunruhigt fragte ich sie, ob sie nicht etwa Fieber hätte. Sie sagte nur, sie fühle sich sehr müde. Verriet auch noch, sie habe auf der Treppe zwei-, dreimal stehen bleiben müssen, bis sie die oberste Stufe erreicht habe. Dann bat sie mich, meine Hand auf ihre Stirn zu legen. Was ich auch tat. Sie war glühend heiß und schweißgebadet.

Ein panisches Gefühl beschlich mich. Sogleich nahm ich sie an der Hand, sagte: »Komm!«, und führte sie ins Bad nebenan. Sie zeigte keinerlei Geste des Widerspruchs, seltsamerweise. Ich trocknete ihr Stirn, Gesicht, Hals und Hände mit einem Tuch, machte es dann nass, seifte es leicht ein, wrang es aus und rieb damit die Stellen noch einmal ab. Schließlich führte ich sie in die Schlafstube und zum Bett. So begann es.

Bei diesem ersten Mal, als sie mitten am Tag das Bett hüten musste, fragte sie, was ich machen würde, wenn sie gestorben sei. Ich erschrak. Da ihr Blick forschend auf mich zielte, musste ich antworten. Nach einigem Stottern sagte ich: »Werde wohl an meinem Schreibtisch kleben und die Schreiberei fortsetzen. Und dies so lange, bis ich zusammenbreche und dir folgen darf.«

»Wirst du auch über mich schreiben?«

»Ja, aber nur, wenn du die siebenundsiebzig überschritten hast, bevor du mich verlässt.«

Das war das einzige Mal, dass sie den Tod erwähnte. Später, als es mit ihr bergab ging, blieb ihr Mund verschlossen, sosehr ich auch versuchte, sie ins Gespräch zu ziehen. Ich erwähnte das große Naturgesetz, wonach einer von uns beiden als Erster gehen und der andere zurückbleiben müsse. Anfangs, als sie noch einigermaßen bei Kräften war, unterbrach sie mich schon nach den ersten Worten: »Hör auf, darüber zu reden, bitte nicht schon wieder!«

Noch später, als jede Hoffnung verschwunden war, schloss sie die Augen und zeigte keinerlei Zeichen, ob sie mir überhaupt zuhörte oder schon wieder vom Schlaf überwältigt wurde, den die starken Medikamente bewirkten. Worauf ich mein Vorhaben, ihr den unvermeidlichen Weg ins Ungewisse vielleicht ein wenig zu glätten, aufgeben musste.

Nach dieser traurigsten Phase meines Lebens ließ mich das junge Volk nie allein in dem plötzlich so riesig und so leer wirkenden Haus. Was es mir gewiss erleichterte, mit den sinn- und endlos langen Stunden trüber Tage und schlafloser Nächte irgendwie fertigzuwerden. Meistens war das Haus voll von Menschenstimmen, und der vertraute Lebensbetrieb setzte sich fort. Wenn auch der Letzte kurz weggehen musste, bekam ich Bescheid, wann er zurückkommen würde. Und nie blieb ich ohne eine Thermosflasche mit heißem Milchtee zurück.

So mir selbst überlassen, kam ich mir vor wie ein Kind, das auf seine Eltern wartet. Nun, da ich meine Eltern, und noch schlimmer, meine Hassaa ins Niewiederkehrbare verloren hatte, wurden die Rollen vertauscht: Meine Kinder sind jene geworden, die mir Schutz und Fürsorge geben. So komme ich mir hin und wieder kindhaft schutzbedürftig vor und überlasse vieles ihnen. Aber dann wiederum erinnere ich mich an meine Aufgabe als Oberhaupt dieser Familie und von Sippe und Stamm. Und da fühle ich mich für alles verantwortlich. Womit ich an den Ästen des Sorgenbaums in mir wieder neue Fragezettel hängen sehe: Ob nicht einer oder anderer krank geworden sei? Fehlt der Küche etwas? Ist der Strom für den letzten Monat bezahlt? Wieso sind gestern die Kinder so schweigsam gewesen – hat es Streit gegeben? Hoffentlich hat Tüschigee ihren Arzttermin nicht vergessen! Buluk, mein Augenlicht und Herzblut, bringt zwar immer sehr gute Zensuren, doch steckt dahinter auch viel zu viel Anteil der Mutter – der Junge muss seinen Erfolg selbstständig lernen zu erarbeiten. Der Winter naht – ob der eine oder andere nicht ein Paar warme Schuhe braucht? Die Geschwister besuchen einander zu selten und verbringen zu wenig Zeit miteinander – was tun, damit es anders wird und die Großfamilie ungefährdet bleibt?

Doch dann werden meine Sinne mit jedem Tag ruhiger, mein Hirn klar wie noch nie. Du darfst zufrieden sein, hast deine drei Aufgaben erfüllt: Hast Kinder gezeugt, Bücher geschrieben und Bäume gepflanzt. Es ist dir gelungen! Du darfst die dir vergönnte Frist mit einer stillen Serenade fortsetzen. Und sollte sich eines Tages der Abschluss melden, wirst du ihm wie deiner lang erwarteten Geliebten entgegeneilen und dich inbrünstig hingeben!

Diese Erkenntnis entfesselt in mir einen Hunger auf alle bisher zu kurz gekommenen weltlichen Genüsse. Ich tue dies, ich tue jenes. Gehe mit dem einen oder anderen der Enkelkinder mitten am Tag ins Kino, verbringe mit diesen oder ihren Eltern so manche Abende in Theatern. Probiere in namhaften Lokalen allerlei Speisen und Getränke. Mit fast wütender Lust gebe ich Geld aus und denke dabei trotzig-heiter: Ach was, diese Papierfetzen mit den aufgedruckten Zahlen habe ich mit dem Schweiß meines Hirnes verdient, um sie auszugeben. Nicht um sie aufzuhäufen! Es wird genug zurückbleiben, wenn ich gehe.

Dabei bleibe ich ungeduldig, in ständiger Erwartung des Wichtigsten: jenes letzten Tages, der endlich heranträte und mich erlöste. Von Kindesbeinen an war ich ein neugieriges Wesen und bin es auch als Greis offenbar immer noch geblieben. So brenne ich darauf, mit eigenen Augen zu sehen und mit eigener Haut zu erfühlen, was mich drüben erwartet.

Und dann mit eigenem Hirn urteilen zu dürfen, wer recht hat. Die Gläubigen? Oder die Ungläubigen?

Dazwischen melden sich immer wieder schmerzhafte Gewissensbisse wegen meiner Untätigkeit. Ein Leben lang habe ich Tag um Tag an mehreren Fronten gegen den Sekundenzeiger angekämpft und darin den Sinn meines Erdendaseins gesehen. Der Müßiggang wird mir zur quälenden, klaffenden Leere, die ich auffülle mit Dingen, die meiner gar nicht bedürfen. Ertränke ich meine armen, betrogenen Sinne in künstlich erzeugten, kurzlebigen Freuden und Sorgen? Ärgerlich, dass ich dieses schlechte Gewissen vor der unmittelbaren Mitwelt, den Kindern und Enkeln nicht verstecken kann. An Gründen für Missmut und Misstrauen fehlt es nie. Es kommt eben vor, dass die gute Schwiegertochter, zuständig für meinen Haushalt, sich morgens verspätet oder den ganzen Vormittag nicht auftaucht oder nicht einmal anruft, um mir über den Grund ihres Ausbleibens Bericht zu erstatten. Oder ihr Mann, zuständig für Haus und Hof, hat immer noch nichts unternommen gegen das Tröpfeln eines Wasserhahns, obwohl es ihm schon vor Tagen berichtet wurde. Oder mein Jüngster hat mich seit Wochen nicht mehr besucht. Ich falle ihnen zur Last, sie wollen mich loswerden!

Es fehlt nicht an Anlässen, die die oft überempfindlichen Saiten der vielfach verwundeten Seele des alten Mannes ins Schwingen bringen. Das schlechte Gewissen ist wie eine schwärende Wunde, es quält seinen Träger. Und fortlaufend sucht der Gequälte nach schuldlosen Schuldigen. Der Ausweg, die Erlösung aus dieser Dauerqual wäre der Tod! Nur, er kommt und kommt nicht. Also muss man wohl mit seinem schlechten Gewissen und seinen zweifelhaften Scheinfreuden vorerst weiter- und dahinleben.

Epilog

Ich habe wieder geheiratet! Ja, zu einer so späten Lebensstunde. Ein Grund war bestimmt die seelische Not, in welcher ich mich befand. Aber gewichtiger war: Ich begegnete einer Menschenseele, die mir gleich vom ersten Augenblick an wie eine Fügung Gottes vorkam. Später hörte ich von ihr das gleichlautende Geständnis. Wir waren beide in Not, litten unter Einsamkeit. Also brauchte ich ihr von meinem Leidensweg nichts vorzusingen. Da der Schöpfer uns auch sonst in vielerlei gleich gestrickt hat, passten wir so gut zueinander, dass wir es bedauerten, dass er uns nicht schon früher zusammengeführt hat.

Nun stehen wir beide in einem Spätfrühling. Und fühlen in uns noch genügend Kraft für einen Neustart. Wir gehen ihn entschlossen an.

Abends, im Bett liegend, pflegen wir einander Märchen und Geschichten aus unserer Kindheit zu erzählen. Eines Tages bin ich wieder an der Reihe. Bevor ich mit der Erzählung beginne, sage ich: »Dieser Ort, wo wir gerade leben, heißt Hadatyn-am, auf Deutsch: Felsental. Darum erzähle ich dir heute eine Geschichte, die sich vor vielen Jahren in Hajalyg-Ga't im Altai ereignet hat. Der Ortsname bedeutet ins Mongolische übersetzt dasselbe wie unser hiesiger Hadatyn-am. Die Geschichte geht so:

In Hajalyg Ga't, dem Felsigen Berg, am Rande des von Menschen bewohnten Landstrichs, am Oberlauf der Schlucht von

Terektig, stand die einsame Jurte des Jägers Gongguschdaj. Berüchtigt für seine Sturheit, pflegte er tagtäglich sein Unwesen in den nahe liegenden Bergen zu treiben, während seine kranke, hochbetagte Mutter als Wächterin der Jurte zu Hause zurückblieb. Einmal schleppte sich die Alte mühsam aus der Jurte bis hinter einen felsigen Hügel, um ihre Notdurft zu verrichten. So ein Geschäft kann dauern, aber sie hat ja alle Zeit der Welt. Als es schließlich getan ist und sie sich an ihrem Gehstock endlich wieder aufrichten will, ist auch ihr gesundes Bein wie betäubt. Sie will den Rückweg zu Jurte und Bett antreten, da entdeckt sie wenige Schritte entfernt einen Wolf, der sich ihr nähert, mitten am helllichten Tag! Sie will schreien, aber der Hals ist ihr wie zugeschnürt. Doch in Gedanken hört sie sich selbst reden: Das ist die Strafe für das Meer von Blut, das deine Brut vergossen hat. Wolfszähne werden dich zerfleischen, im Wolfsgedärm wirst du verfaulen, und schließlich wirst du aus dem Wolfsarsch als klebriger schwarzer Kot herausgestoßen!

Doch das Raubtier zeigt keinerlei Gebärde, sie anzugreifen. Friedlich wie ein Haushund bleibt er neben ihr stehen. Sie denkt: Der zittert ja am ganzen Körper, sein Fell wirkt fast tot. Das Maul ist weit aufgesperrt, die tränenden Augen schauen sie trüb, fast bettelnd an.

Die alte Frau, immerhin Mutter eines Jägers, schämt sich wegen ihrer vorherigen Angst. Denn sie hat einen Mitbewohner des Altai, wenn auch nur in Gedanken, verleumdet. Sie fühlt sich verpflichtet, dem Opfer ihrer ungerechten Mutmaßung wenigstens ein wenig Mitgefühl zukommen zu lassen. Sie geht mühsam auf den Fremden zu, um ihm deutlich zu machen, dass sein bettelnder Blick sie keinesfalls kaltgelassen hat. Sie will nachschauen, was ihm fehlt – schließlich ist er zu ihr gekommen, und da will sie ihm Gesellschaft leisten.

Der Ankömmling weicht nicht zurück. Nun erkennt sie in dessen Maul einen spannenlangen, querstehenden Gegenstand: Eine Rippe ist zwischen Rachen und Kinn stecken geblieben. Mit ihrem Stock versucht sie, im aufgesperrten Maul die Rippe zu lösen, sieht aber bald, dass es so nicht geht. Ein dumpfes Wimmern aus dem Rachen des Wolfes zeigt, dass der Ärmste Schmerzen leidet. Entschlossen steckt sie eine Hand in den Rachen und packt das störrische Ding.

Wie lange diese Hilfsaktion gedauert hat, weiß niemand. Irgendwann aber gibt die Sperre nach. Völlig entkräftet fällt die Frau in Ohnmacht. Der Wolf, befreit von der Falle, geht seinen Weg. Als die Alte erwacht, sind die Finger ihrer linken Hand um einen glitschigen Steinbockrippenknochen so festgekrallt, dass erst am Abend der heimkehrende Sohn ihn mit Mühe trennen kann. Die Mutter sagt lediglich: ›Bitte, den Knochen nicht wegwerfen, ich brauche ihn.‹

Später brauchte sie ihn tatsächlich, als Beweis für ihren merkwürdigen Hilfsdienst. Denn zuerst will ihr keiner glauben, man hält ihre Geschichte für einen Traum. Da wird sie ärgerlich und sagt schroff: ›Geht zum Tewe-Haja und schaut in die Felsspalte! Dort liegt die Antwort darauf, ob ich gelogen habe oder nicht!‹ Und tatsächlich – in der ellentiefen, handspannenbreiten Felsenspalte liegt, geschützt von einem hingelegten Stein, der genannte Knochen, die Fleischreste daran sind zu einer dunklen Grinde verhärtet.

Die gute, weichherzige Frau ist natürlich längst nicht mehr unter uns. Doch der Beweis ihrer beherzten Tat liegt verblichen, aber als Steinbockrippe deutlich zu erkennen, bis auf den heutigen Tag in jener Spalte des Tewe-Haja. Und mit der Zeit wurde der Spruch: ›Geh zum Tewe-Haja und schau selber nach‹ zu einem geflügelten Wort, wenn einer seine von anderen bezweifelte Wahrheit beweisen will.«

In den nächsten Tagen stellt mir meine Zuhörerin immer wieder Fragen bald nach dieser, bald nach jener Einzelheit aus der Erzählung, auch nach der Bedeutung der geografischen Namen. Die Geschichte hat sie innerlich bewegt. Sie sagt, dieser Berg strahle in ihren Ohren einen Zauber aus. Mehr im Scherz antworte ich, vielleicht sei sie von Anfang an als künftige Bewohnerin des Hochgebirges geboren worden. Worauf sie kurz innehält und mir dann über ihren Traumwunsch im Jungmädchenalter erzählt: Sie hätte so gern anders geheißen – Anita Bergmann, diesen Nachnamen haben ihre Urgroßeltern getragen.

»Dein Mädchenname ist ja auch Steinke! Du hättest ihn beibehalten oder wiederbekommen können, als wir heirateten«, sage ich.

»Ich hätte nochmals durch ein Labyrinth der Bürokratie gehen müssen. Doch jetzt tut es mir leid, dass ich es nicht getan habe.«

Seit ich diesen Namenswunsch meiner Liebsten kenne, ertappe ich mich dabei, mir den Namen Anita Bergmann über Gaumen und Zunge gehen zu lassen.

Ja, Anita! Meine Entscheidung für sie habe ich vor vielen Jahren in dem Buch *Im Land der zornigen Winde* getroffen. Damals war sie ein Traumgebilde aus jeder Bekanntschaft, jeder Liebschaft, die ich eingegangen bin. Ein vielfaches Extrakt all der edlen, leselustigen, schreibwütigen und erlebnishungrigen Frauen.

Was soll ich nun dazu sagen? Dass das reine Geistwesen, damals zu meiner Geliebten erklärt, inzwischen zu meiner

Ehefrau mit Haut und Haar, Fleisch und Blut, Schweiß und Träne geworden ist! Ich danke dem Himmel dafür, dass er es so gefügt hat.

Hadatyn – am 29. November 2022, 8:58 Uhr

Worterklärungen

Ail Jurtengehöft, Jurtendorf

Chatschaturjan, Aram herausragender sowjetisch-armenischer Komponist (1903–1978)

D'walar Selbstbezeichnung der Tuwa

Dshigit berittener Krieger

Ehrenburg, Ilja russischer Autor, Journalist und Berichterstatter von den Fronten des Ersten und Zweiten Weltkriegs (1891–1967)

Elbegdordsch, Tsachiagiin mongolischer Politiker (*1963), Parteichef der Demokratischen Union; Premierminister 1998 und 2004–2006, Staatspräsident 2009–2017

Erdene, Sengiin mongolischer Schriftsteller (1929–2000); sein reiches, vielfach übersetztes Werk verlieh der mongolischen Literatur entscheidende Impulse

Gagarin, Juri sowjetischer Kosmonaut (1934–1968), erster Mensch im Weltraum (1961)

Gandsorig, Maidardschawyn mongolischer Wissenschaftler und Raumfahrtanwärter, Ersatz-Kosmonaut für Sojus 39

Genden, Peldschidiin Staatspräsident und Premierminister der Mongolischen Volksrepublik (1892–1937); wegen Opposition gegen Stalin ausgeschaltet und hingerichtet; 1990 rehabilitiert

Hadak auch: Khadak; blauer Gebetsschal

Homdu im Altai-Gebirge entspringender Fluss; mongolische Bezeichnung: Chowd Gol

Huun-Huur-Tu Musikgruppe aus der russischen autonomen Republik Tuwa; international bekannt durch ihre Weiterentwicklung des tuwinischen Kehlkopfgesangs; Zusammenarbeit mit Frank Zappa, Ry Cooder und vielen anderen

Ieng Sari führender Funktionär und Außenminister der Roten Khmer in Kambodscha (1925–2013)

Jähn, Sigmund erster deutscher Kosmonaut (1937–2019); flog 1978 mit der der Raumkapsel Sojus 31 zur Raumstation Saljut 6

Jessenin, Sergej russischer Lyriker (1895–1925); starb im Alter von dreißig Jahren durch Suizid

Kisch, Egon Erwin österreichisch-tschechischer Schriftsteller und Reporter (1885–1948); bahnbrechend als »rasender Reporter« auf weltweiten Schauplätzen

Komintern Kommunistische Internationale; vereinigte ab 1919 bis zur Auflösung 1943 die Kommunistischen Parteien der Welt

Koroljow, Sergei führender sowjetischer Konstrukteur von Trägerraketen und Raumflugkörpern (1907–1966)

Lermontow, Michail russischer Dichter der Romantik (1814–1841)

Lon Nol kambodschanischer Offizier und Politiker (1913–1985); stürzte 1970 Prinz Sihanouk und floh 1975 kurz vor dem Sieg der Roten Khmer in die USA

Naadam jährliches Nationalfest der Mongolei mit den traditionellen Sportarten Ringkampf, Bogenschießen und Pferderennen

Nationale Front die Nationale Einheitsfront für die Rettung Kampucheas war eine heterogene kambodschanische Organisation, die den vietnamesischen Einmarsch 1978 legitimierte, der die Niederlage der Roten Khmer zur Folge hatte

Neun Neunen traditionelle Einteilung des mongolischen Winters in neun Perioden zu neun Tagen

Oiraten Zusammenschluss westmongolischer Stämme im 15. bis 18. Jahrhundert; auch Dsungaren genannt

Owoo auch: Obo; schamanisch-buddhistische Kultplätze mit aufgetürmten Steinhaufen

Pham Tuan vietnamesischer Kampfflieger und Kosmonaut (*1947); Weltraumflug mit Sojus 37 (1980)

Pol Pot oberster politischer und militärischer Anführer der Roten Khmer (ca. 1925–1998)

Rintschen, Bjambyn mongolischer Schriftsteller, Übersetzer, führender Sprachwissenschaftler und Journalist (1905–1977); während der Stalin-Zeit fünf Jahre inhaftiert; danach Gründungsmitglied der Akademie der Wissenschaften und Direktor des Staatsverlags

Tögrük Währung der Mongolei; historisch in 100 Möngö unterteilt

Tschoibalsan, Chorloogiin Führer der Mongolei (1895–1952); strikter Anhänger Stalins, verantwortlich für die Säuberungen in der Mongolei

Urianhae den Tuwa aufgezwungene, auf Dschingis Khan zurückgehende Fremdbezeichnung

Zedenbal, Jumdschaagiin oberster Partei- und Staatsführer der Mongolei (1916–1991); wurde 1952 Regierungschef und herrschte bis zu seiner Absetzung durch die sowjetische Führung 1984

Ziolkowski, Konstantin bahnbrechender, einflussreicher russischer/sowjetischer Erfinder (1857–1935); gilt als einer der Begründer der modernen Raumfahrttechnik

TSCHINGIS AITMATOW, JURI RYTCHËU, GALSAN TSCHINAG
Die Kraft der Schamanen
Drei große Autoren erzählen von der Kraft und Vitalität des Schamanismus.

Der Mann, die Frau, das Schaf, das Kind
Eine Begegnung – nicht auf dem Land, sondern im Hausflur eines großstädtischen Hochhauses.

Liebesgedichte
Galsan Tschinag spricht mit seinen starken, poetischen Wendungen sein Gegenüber im Herzen an.

Mein Altai
Galsan Tschinag erhebt seine Stimme zu einem Lobgesang auf seine Heimat, den Altai.

Kennst du das Land
Die lebhaften Szenen eines weltumspannenden Lebenswegs – Galsan Tschinags große Autobiografie.

Kennst du den Berg
Galsan Tschinags weltumspannender Lebensweg führt ihn zurück in eine aufgewühlte Mongolei.

Kennst du das Haus
Galsan Tschinags Weg zum Schrifsteller, der rund um die Welt Leserschaft und Einsichten gewinnt.

Weltenwanderer
Der Wanderer zwischen Steppe und Stadtwelt fasst ein ganzes Leben in Verse von urwüchsiger Kraft.

Abschied von Gülsary
Der alte Tanabai und sein Hengst Gülsary haben ein Leben lang Glück und Not geteilt.

Du meine Pappel im roten Kopftuch
Iljas, der Lastwagenfahrer, will das verschneite Pamirgebirge bezwingen. Er verspielt die Liebe seines Lebens.

Der Richtplatz
Awdji Kallistratow, der ausgestoßene Priesterzögling, geht auf eine Reise, die ihm zum Kreuzzug wird.

Dshamilja
Die lebensfrohe Dshamilja lernt den träumerischen Danijar kennen und lieben.

Aug in Auge
Die unzensierte, vollständige Fassung von Aitmatows provokativem Erstling.

Die Klage des Zugvogels
Die frühen Erzählungen des großen Erneuerers einer erstarrten Literatur.

Ein Tag länger als ein Leben
Tschingis Aitmatows Vision und Warnung vor dem Untergang des Menschen durch die Technik.

Begegnung am Fudschijama
Im Gespräch mit Daisaku Ikeda zieht Tschingis Aitmatow Bilanz über Leben und Werk.

Der weiße Dampfer
Der Junge sieht in der Ferne einen weißen Dampfer, der ihn in seinen Tagträumen zum Vater bringt.

Das Kassandramal
Eine rätselhafte Erscheinung bringt die Menschheit in Aufruhr.

Goldspur der Garben
Die Kolchosbäuerin Tolgonai erzählt am Totengedenktag dem Feld von ihrem Leid.

Kindheit in Kirgisien
Aitmatow erzählt von seiner ebenso reichen wie schweren Jugend.

Liebesgeschichten
Drei der schönsten Liebesgeschichten der Weltliteratur.

Frühe Kraniche
Von der Schönheit und Härte des Lebens in der kirgisischen Steppe.

Der Schneeleopard
Weder für den Schneeleoparden noch für den Journalisten scheint es einen Platz zu geben auf dieser Welt.

Der Junge und das Meer
Kirisks erste Robbenjagd wird zum lebensgefährlichen Abenteuer.

Tiergeschichten
Tschingis Aitmatow betrachtet die Welt mit den Augen der Tiere.

Die Memed-Romane

Wie aus Memed, dem schmächtigen, ängstlichen Knaben, ein Räuber, Rebell und Rächer des Volkes wird.

Memed mein Falke
Die Disteln brennen
Das Reich der Vierzig Augen
Der letzte Flug des Falken

Die Insel-Romane

Der Romanzyklus einer paradiesischen Insel in der Ägäis, die zum Spielball der Weltpolitik wurde.

Die Ameiseninsel
Der Sturm der Gazellen
Die Hähne des Morgenrots

Weitere Werke

Der Baum des Narren
Auch die Vögel sind fort
Salman
Die Ararat-Legende
Der Granatapfelbaum
Salih der Träumer
Zorn des Meeres
Töte die Schlange
Das Lied der Tausend Stiere
Der Wind aus der Ebene
Das Unsterblichkeitskraut
Eisenerde, Kupferhimmel

»Der große Zauberer des Nordens heißt Juri Rytchëu.« *Crescendo*

»Mit seinem Blick für das Wesentliche, seinem Einfühlungsvermögen in psychologische Vorgänge und seiner unsentimentalen, mit kleinen dramatischen Höhepunkten versetzten Erzählweise schlägt Rytchëu den Leser in seinen Bann und weckt Hochachtung für die Menschen dieser Gegend.« *Deutsches Allgemeines Sonntagsblatt*

Wenn die Wale fortziehen
Teryky
Unter dem Sternbild der Trauer
Die Suche nach der letzten Zahl
Unna
Im Spiegel des Vergessens
Die Reise der Anna Odinzowa
Der letzte Schamane
Der Mondhund
Gold der Tundra
Traum im Polarnebel
Polarfeuer
Alphabet meines Lebens
Die Frau am See
Die Kraft der Schamanen

»Vieles, was über kleine Völker geschrieben wird, ist eine Fantasie von Leuten, die durch ein Fernglas auf das Ufer schauen.« *Juri Rytchëu*

Die Kairo-Trilogie

Das Hauptwerk des ägyptischen Nobel-Preisträgers – »Der Baedeker zu Ägyptens Seele.« *Newsweek*

Zwischen den Palästen

Abd al-Gawwad, der übermächtige Herrscher der Familie, ist gefürchtet und geliebt zugleich. Strotzend vor Vitalität und Lebenslust, ist er zuhause doch der gnadenlose Patriarch, der Ehefrau, Töchter und Söhne an seinen Fäden führt. Die Familienmitglieder verstricken sich immer tiefer im Geflecht ihrer verunsicherten Beziehungen.

Palast der Sehnsucht

Entmutigt durch die schroffe Ablehnung, mit der der Vater Kamals Begeisterung für die Wissenschaft und die nationale Unabhängigkeitsbewegung begegnet, beginnt Kamal, sich in Weinbuden zu betrinken und durch die Bordellgassen zu streifen. Sein Bruder und der Vater buhlen derweil, ohne es voneinander zu wissen, um die Liebe derselben Frau.

Zuckergässchen

Gealtert und durch Krankheit gezähmt, verfolgt Abd al-Gawwad, der einst so stolze Herrscher der Familie, auf dem Balkon seines Palastes das Straßentreiben. Da erreicht der Zweite Weltkrieg Ägypten. Luftangriffe auf Kairo! Der Riss, der durchs Land geht, bricht auch in Abd al-Gawwads Familie auf.